MEREDITH DURAN

Rühr nicht an mein dunkles Herz

MEREDITH DURAN

Rühr nicht an mein dunkles Herz

Roman

Ins Deutsche übertragen von
Antje Althans

LYX EGMONT

Die Originalausgabe erschien 2009 unter dem Titel *Bound by your Touch* bei Pocket Books, a division of Simon & Schuster Inc., New York, USA.

Deutschsprachige Erstausgabe August 2012 bei LYX
verlegt durch EGMONT Verlagsgesellschaften mbH,
Gertrudenstraße 30–36, 50667 Köln

This edition published by arrangement with the original publisher,
Pocket Books, a division of Simon & Schuster, Inc., New York.

1. Auflage
Redaktion: Jutta Schneider
Satz: Greiner & Reichel, Köln
Druck: CPI – Clausen & Bosse, Leck
ISBN 978-3-8025-8779-5

www.egmont-lyx.de

Für meine Eltern,
deren Unterstützung
meine größte Kraftquelle ist.

Prolog

Im Garten vor dem Fenster ergoss sich die Nachmittagssonne wie Honig über den Kiesweg, und die Fliederblüten bebten im leichten Wind. Drinnen im Salon war eine junge Dame nicht viel ruhiger. Einzig und allein Georges Spiegelbild in der Glasscheibe machte Lydia Mut. Dieser würdevolle, weltmännische Mann hatte ganz vergessen, dem Butler seinen Hut zu überlassen, und hielt ihn wie einen Schutzschild gegen seine Nervosität umklammert. Seine Aufregung entsetzte ihn zweifellos selbst. Denn er sagte oft, ein Politiker sei nichts ohne seine Selbstbeherrschung. Doch sie wollte eine Bereicherung für ihn sein: Wenn seine Stimme versagte, würde sie eben für sie beide sprechen. »Ich liebe Sie«, sagte sie.

Seine erste Reaktion war das leise Knarren seines Schuhleders, als er auf sie zuging. »Wie bitte?«

Ihr breiter werdendes Lächeln spiegelte sich im Fensterglas. Schon als kleines Mädchen hatte sie von diesem Moment geträumt. Später jedoch, als der Spiegel kundtat, dass sie nicht zu einer solchen Schönheit heranwachsen würde wie ihre Mutter, war sie ins Grübeln gekommen. Vielleicht würde sie niemals einen Mann finden. Ihre Belesenheit und ihre exzentrischen Interessen sprachen nicht gerade für sie.

Doch dann hatte sie George kennengelernt. Da sie mit oberflächlicher Konversation nichts anfangen konnte und es ihr peinlich war, derart spät in die Gesellschaft eingeführt zu werden, hatte sie große Angst vor ihrem ersten Ball bei den Hartleys gehabt. In Georges Armen fiel ihr das Tanzen jedoch leicht.

Deshalb tanzen Mädchen also so gern Walzer, dachte sie. Sie unterhielten sich während des ganzen Abendessens, und Georges Fragen bewiesen Tiefsinn und Substanz.

»Ihr Scharfsinn ist höchst lehrreich für mich, Miss Boyce. Mir war nicht bewusst, wie sich Klugheit mit solch weiblicher Anmut paaren kann«, waren seine Worte gewesen.

Nun wandte sie sich ihm zu, geradezu schwerelos vor freudiger Erwartung. Er stand neben dem Strauß gelber Rosen, den er ihr gestern erst geschickt hatte. Vor dem satten Mahagoni der Chiffonnier-Kommode leuchteten sie wie Fragmente aus Sonnenlicht. Ja, alles in dem kleinen, luftigen Salon erschien ihr wie vergoldet: Die blassen Wände und die Chintzbezüge der Polstermöbel wirkten freundlicher und heller in ihren Augen; die kühle Luft funkelte vom Duft der Rosen erfüllt. Dies war der Moment, an den sie sich stets erinnern würde. »Ich sagte, ich liebe Sie.«

Er schnappte so laut nach Luft, dass es wie ein Keuchen klang.

Draußen im Flur ertönten die Gongschläge der Standuhr. Sie war eine Antiquität, in deren tiefen, langsamen Glockenschlägen Lydia schon immer einen gelangweilten Unterton wahrgenommen hatte, als wäre die Uhr ihrer Pflichten überdrüssig und hätte die Neugier der Menschen nach der Uhrzeit satt. Letzten Monat hatte sie diesen Gedanken sogar George anvertraut, der sie daraufhin lachend als seine Uhrwerk-Philosophin bezeichnet hatte. In Anspielung darauf wollte sie noch breiter lächeln, aber das Lächeln erreichte ihre Augen nicht. Denn sie registrierte sein hochrotes Gesicht und seine gerunzelte Stirn. Was sollte das? Wollte er denn nichts erwidern und sie stattdessen nur entgeistert anstarren?

Ein Fuhrwerk rumpelte durch die Hintergasse und brachte das Teetablett zum Klirren, was ihn aufzuschrecken schien. Seine Lippen zuckten und er straffte die Schultern. »Miss Boyce«, begann er. Vor fünf Minuten hatte er sie noch Lydia genannt. Kopfschüttelnd strich er sich über den Schnurrbart. »Meine Liebe. Es tut mir sehr leid, wenn ich Sie auf irgendeine Weise in die Irre geführt habe … Das war nicht meine Absicht, glauben Sie mir!«

Sie musste sich auf der Rückenlehne des Stuhls abstützen, auf dem sie gerade noch gesessen hatte. Sie hatte ihm Earl Grey serviert; die Tassen standen noch auf dem Tisch mitten im Raum, ihr Löffel ragte in einem unschicklichen Winkel von der Untertasse. »Ich habe eine Frage von großer Bedeutung mit Ihnen zu besprechen«, hatte er verkündet, und sie war aufgesprungen wie ein Springteufel, so begeistert und überwältigt zugleich, dass ihr beinahe die Tränen kamen. *Sie in die Irre geführt*?

»Ich …« Nein, ihre Stimme versagte ihr den Dienst. Sie schluckte. »Ich … verstehe nicht.«

»Es ist mir äußerst peinlich.« Er zog ein Taschentuch hervor und tupfte sich damit die Stirn ab. »Bitte, Miss Boyce. Ich entschuldige mich *demütigst*.«

Ihr entfuhr ein erstickter Laut. Er entschuldigte sich? *Warum war er dann hier?* Gütiger Gott! *Sie in die Irre geführt?* Das war unmöglich. Und die vielen Zeichen seiner Wertschätzung? Die Rosen? Sie waren zwar gelb, zugegeben, aber in Blumen und ihre Farbe durfte man nicht zu viel hineininterpretieren. Aber was war mit ihren Kutschfahrten durch den Park? Er fuhr jetzt schon seit sechs Wochen jeden Donnerstag mit ihr den Rotten-Row-Weg im Hyde Park entlang. Und gestern erst, als er ihr auf dem Kiesweg beim Aussteigen aus dem Landauer half, hatte er ihre Hand gedrückt und sie sehr vertraut angelächelt, als wärmte die Berührung seine Gedanken ebenso wie ihre. Sie hatte ihn nicht *falsch verstanden*!

»Sie müssen offen mit mir sprechen«, bat sie zögernd. »Wir sind uns in den letzten Wochen … recht nahegekommen …«

»Gewiss.« Er knetete unruhig an seiner Hutkrempe herum.

Der Hut würde sich nie wieder davon erholen. »Ich habe den allergrößten Respekt für Sie entwickelt, Miss Boyce. In dem Ausmaß, dass …« Die Farbe seiner eben noch geröteten Wangen verblasste nun wieder. »… es mein sehnlichster Wunsch ist, die Ehre zu haben, Sie meine Schwägerin zu nennen.«

Sie vernahm ein gedämpftes Aufstöhnen. Das musste Sophie sein, die heimlich durchs Schlüsselloch linste. »Ihre Schwägerin?«, flüsterte Lydia fassungslos.

»Meine Schwägerin«, bestätigte er.

Ihr Körper prickelte vor plötzlicher Kälte, als hätte man sie in einen Wintersee gestoßen. Sophie? *Sophie*, natürlich! Sophie hatte sie während der Fahrten durch den Park stets begleitet, genau wie bei ihren sonnigen Spaziergängen. Doch niemand hätte je vermutet … Er hatte nie etwas angedeutet. Schließlich hatte er immer nur Augen für sie gehabt! Es war nicht Sophie, die George bei jenem ersten Mal zum Tanz aufforderte. Es war auch nicht Sophie, die nach jenem Ball Blumen von ihm bekam.

Aber es war Sophie, die darauf bestand, zu den Ausflügen mitzukommen. Sophie, die ihn am Ellenbogen berührte, als Lydia zu schüchtern dazu war. Sophie, die sich über sie gebeugt und über jeden seiner Witze gelacht hatte.

Gott im Himmel. Sophie würde ihn nicht abweisen.

Sie ließ den Stuhl wieder los und wich einen Schritt zurück. »Eigentlich ziemt sich das nicht.« Ihre Stimme klang furchtbar trocken. Sie erkannte sie selbst nicht wieder. »Der jüngeren Schwester einen Antrag zu machen, obwohl die ältere noch unverheiratet ist.«

Sein Gesicht bekam wieder Farbe – sicherlich eine Röte der Verärgerung. »Das hat mich durchaus bekümmert. Doch da Ihr Vater in Ägypten weilt, wusste ich nicht, an wen ich mich wenden sollte. Ich habe ihm vor zwei Wochen telegrafiert, aber noch keine Antwort erhalten.«

»Vor zwei Wochen?« Er hegte schon seit zwei Wochen Absichten für Sophie? Als er zu dem Wohltätigkeitsbasar gekommen war, um das von ihr bestickte Schultertuch zu kaufen, hatte er *Sophie* heiraten wollen? »Es ist das perfekte Geburtstagsgeschenk für meine Mutter. Ich glaube, ich habe Ihnen schon gesagt, wie sehr sie Sie bewundert«, sagte er damals.

»Gewiss«, bekräftigte er. »Deshalb wollte ich auch heute mit Ihnen sprechen. Ihre Schwester hat mich informiert, dass Sie eine Art … Verwalterin der Familienangelegenheiten sind.« Hastig fügte er hinzu: »Nicht, dass ich die Kompetenz nicht bewundern würde, mit der Sie diese höchst mühselige Rolle übernommen haben, in Ihrem zarten Alter und mit so geringer Erfahrung. Ich kann mir gar nicht vorstellen, welche Anstrengung es Sie kosten muss, die Angelegenheiten Ihres Vaters zu regeln …«

Ein neuer, schrecklicher Gedanke durchfuhr Lydia. Sophie hatte ihm davon erzählt? »Meine Schwester? Sie *wusste*, dass Sie sich dieses Gespräch erhofften?«

Ein kurzes Schweigen. Er blickte betreten zu Boden. Er wusste selbst, wie schäbig das war. »Ja.«

Das also war der Grund ihrer Befürchtungen: eine böse Vorahnung von Scham, Schmerz und Zorn. Denn sie konnte Sophie diese Partie nicht versagen. Sie war hervorragend. George – *mein George* – war der Erbe einer Baronswürde, und damit eines Vermögens. Etwas Besseres konnte sich niemand erhoffen. Doch zu wissen – zu wissen, dass Sophie sie auf diese Art und Weise *verraten* hatte! Ihre Schwester wusste genau, was Lydia sich in Bezug auf George erhofft hatte. Sophie hatte ihr schweigend und mit einem Lächeln zugehört, wenn Lydia sich ihr anvertraute, sie geradezu ermutigt, mit ihm zu flirten, obwohl sie die ganze Zeit über *wusste*, wem seine wahre Zuneigung galt! *Jedenfalls nicht mir. Nicht mehr.*

Die Wahrheit schwirrte Lydia durch den Kopf wie ein Rätsel,

dessen Lösung ihr versagt blieb, obwohl alle anderen es allem Anschein nach bereits vor zwei Wochen gelöst hatten.

Gütiger Gott. Ich bin eine Närrin.

Lydia blickte zur Tür. Warum spionierte Sophie durchs Schlüsselloch? Um dabei zuzusehen, wie ihre Schwester sich ganz schrecklich zum Narren machte? Denn genau das hatte sie getan. George hatte zu seiner Liebeserklärung angesetzt – um seine Gefühle für Sophie auszudrücken – und sie war ihm mit ihrem eigenen »Ich liebe Sie!« ins Wort gefallen.

Herr im Himmel! Wenn sie doch wie Persephone vom Erdboden verschluckt würde und im Hades landete. Noch nie hatte sie jemanden so falsch eingeschätzt. Gerade sie bildete sich so viel auf ihre Beobachtungsgabe ein!

Leider verschluckte der Erdboden sie nicht. Stattdessen durchdrang ein Schweigen den Salon, das mit jeder Sekunde bedeutsamer wurde und bald nicht mehr zu durchdringen wäre. Doch sie war müde. Papa war so weit weg. An wen sollte sie sich wenden, wenn sie diesen Raum verließ? Papa würde nicht auf sie warten, sie umarmen und necken und sie an die vielen guten Gründe erinnern, warum ein Mann mit Verstand sich glücklich schätzen würde, sie zur Frau zu nehmen. *Du bist meine Perle, Lydia. Versprich mir, dass du nie deine Zeit damit vergeuden wirst, dich nach den Falschen zu verzehren.*

Sie musste etwas sagen. Denn schon in wenigen Augenblicken würden ihr die Tränen kommen, und sie könnte es nicht ertragen, wenn George das mit ansähe. *Diese* Schmach würde ihre Leidensfähigkeit dann doch übersteigen.

Also holte sie tief Luft. Selbst im tiefsten Entsetzen wusste sie genau, was sie zu sagen hatte – jene mächtigen, bedeutungslosen Worte, die dieser Qual ein Ende bereiten würden. Es gab immer ein Rollenheft, und sie kannte ihren Text nur allzu gut. Und George wartete darauf, zählte sogar darauf.

Zweifellos, dachte sie plötzlich mit einer ihr fremden Verächtlichkeit, glaubte er sogar, dass diese Worte wirklich etwas bedeuteten.

Stolz reckte Lydia ihr Kinn empor. »Gestatten Sie mir, Ihnen als Erste zu gratulieren.« Ihre Stimme durfte nicht brechen. Sie bohrte ihre Fingernägel in ihre Handflächen. »Ich weiß, dass Sie *sehr* glücklich werden.«

1

Vier Jahre später.

Bei diesem neuen elektrischen Licht blendete der weiße Marmor. James Durham stützte sich mit den Ellenbogen auf die Balkonbalustrade, faltete die Hände und starrte in seine Empfangshalle hinab. Vermutlich war es ein bisschen zu dramatisch, ein bisschen zu *griechisch* gewesen, die Empfangshalle mit Steinplatten auszulegen, doch damals hatte er es für den Inbegriff reiner Ästhetik gehalten. Jetzt widerte es ihn an. Zu viel Weiß: eine Empfangshalle wie ein Leichentuch. Totenstill war es, bis auf das Surren der Lichter, wie Geier in der Ferne. Ihm war schwindlig. Sein Mund war trocken. Es wäre so leicht, über das Geländer zu stolpern. Eine unvorsichtige Bewegung, ein süßer Schwanensprung in die Tiefe, und der Boden wäre nicht mehr ganz so weiß.

Erschaudernd atmete er aus. Er trat zurück, und sein Kopf schien sich von seinen Schultern in die Luft zu erheben. Gütiger Himmel. Nie wieder würde er einen von Phins selbst gebrauten Tränken ausprobieren.

Hmmm, dieser Vorsatz kam ihm … vertraut vor. Als hätte er ihn schon einmal gefasst. Sogar mehrfach. Wie unverbesserlich er war. Er lachte leise. Ja, wie vorhersehbar, ermüdend unverbesserlich.

»Sanburne!«

Das Wort bohrte sich in sein Bewusstsein, zerstreute den Nebel. Mit Schrecken wurde ihm klar, dass es nie totenstill gewesen war. Musik, Gelächter und schrilles Kreischen drangen die Treppe hinab. *Natürlich, stimmte ja!* Er hatte gut zwanzig Gäste dort oben. Seit gestern Abend war eine Feier im Gange, und er war der Gastgeber. »Verdammter Mist«, sagte er, und das Erstaunen in seiner Stimme klang so komisch und übertrieben, dass er wieder lachen musste.

»*Sanburne*!« Er kam jetzt aus nächster Nähe, der schrille Schrei, der von Elizabeth herrühren konnte oder auch nicht. Ohne direkt hinzusehen wusste er das nie so genau, nicht in diesem Zustand. *Dann sieh doch hoch, du Idiot.* Ja, hervorragende Idee. Das würde er gleich tun.

»Sanburne, bist du auf einmal *taub*?«

Mit Mühe hob er den Kopf. Es war tatsächlich Lizzie, sie schien die Treppe hinabzuschweben. Magie? Aber nein; wenn es auf der Welt Magie gäbe, würde sie nicht von Elizabeth verkörpert, egal, wie sehr sie diese vielleicht benötigte. Das arme, glücklose Schätzchen. In freundlicher Absicht lief er ihr entgegen. Er wollte sie bei den Händen nehmen, denn sie wirkte verzweifelt, und ihre einst kecke Frisur rutschte ihr jetzt über ein tränenfeuchtes Auge.

Aber das Gehen überforderte ihn. Er stolperte über die erste Stufe und setzte sich lieber. Der harte Aufprall erstaunte ihn. Was hatte er sich nur dabei gedacht, das Haus nicht mit Teppich auszulegen?

Ungläubig schüttelte er den Kopf und griff nach dem Geländer. Bevor er sich hochziehen konnte, war Lizzie schon an seiner Seite. Ihre Röcke – mit irgendwelchen Flecken, die nach Wein rochen – bauschten sich um ihre Waden. »Sanburne, er … er hat eine Fr-Fr-Frau …« Sie stieß einen Schluchzer aus, der seine Nase in ihrem Dekolleté landen ließ. In ihrem Ausschnitt klebte ein Rest Kaviar. Er wischte ihn weg. Höchst mysteriös. Was zum Teufel trieben die dort oben?

»Er hat eine Frau auf dem Schoß! Eine deiner Hausangestellten! Er berührt sie vor meinen Augen!« Elizabeths Finger krallten sich Aufmerksamkeit heischend in seinen Oberarm. »*Hörst* du mich überhaupt? Bist du wach?«

Das wüsste er auch gern. »Sind meine Augen offen?«

Sie stieß einen verzweifelten Laut aus. Dann packte sie ihn am Kinn und hob es ruckartig hoch, damit sie ihm in die Augen sehen konnte. »Offen sind sie«, stellte sie fest. »Siehe, ich bin's selber.«

»Allerdings«, stimmte er zu. »Wenn du geweint hast, meine Liebe, sind deine Augen besonders schön. So grün. So viel schöner als weiß.«

Ihre Unterlippe zitterte. »Nello hat sich eins von den Dienstmädchen geschnappt«, jammerte sie.

Irgendwie war sie leicht ... penetrant. Ihre Augen gefielen ihm plötzlich nicht mehr, aber von ihrem Blick losreißen konnte er sich auch nicht. Es ließ die Welt um ihn herum schwerer werden. Die Treppe, sein Haus, eine Party. Eine letzte Sekunde hielt das Schwindelgefühl noch an. Doch dann setzte sein Verstand mühsam wieder ein. »Sagtest du, eins der *Dienstmädchen*?« Er zog sich an einer Balustrade hoch. Der erste Schritt war am schwersten. Nello war ein Vollidiot. Er musste immer eine Szene machen.

»Warte!« Elizabeth kletterte auf allen vieren hinter ihm die Treppe hoch. »James, du wirst ihm doch nicht etwa wehtun? Er ist nur ein bisschen betrunken. Was auch immer Ashmore ihm gegeben hat. Ich will keinen Streit vom Zaun brechen!«

»Natürlich willst du das.« Er sagte es ohne Boshaftigkeit, während er die Treppe hinaufstieg. Das Rauschmittel durchströmte ihn immer noch. Er war nicht imstande, sich auf zwei Dinge gleichzeitig zu konzentrieren. Nello! Der Bursche kannte die Regeln. Die Regeln des Gastgebers brach man nicht. Verteufelt geschmacklos!

Er erklomm die Treppe und musste feststellen, dass die Feier sich aus dem Salon nach draußen ausgeweitet hatte. Elise Strathern lief, mit Christian Tilney auf den Fersen, in Schlangenlinien über den Korridor. Colin Muir, ein schottischer Halunke, flößte einer Steinbüste Alkohol ein, die einen von James' Vorfahren verkörperte, während sein Publikum – die Cholomondley-Zwillinge, wer sonst? – bereitwillig kicherte.

Im gelben Zimmer ging es auch nicht zivilisierter zu. Glasscherben knirschten unter seinen Füßen und die Luft war verpestet vom stinkenden Opium-Gifthauch und von Zigarrenqualm. Irgendjemand hatte die Palmwedel abgeknickt, welche die Musiker von der Gesellschaft abschirmten, und er sollte verdammt sein, wenn der Violinist seinen Kummerbund nicht um den Kopf gebunden trug, während er auf seiner Geige beherzt die neueste Tingeltangel-Weise sägte. Der Flötist hatte aufgegeben und sah mit begeistertem Staunen zu, wie Mrs Sawyer auf der festlichen Tafel, unter der der Cellist und sein Instrument in einer Lache von Punsch schliefen, einen Jig tanzte.

Und da war auch Nello, der sich in der hintersten Ecke mit Dalton stritt. Elizabeth hatte recht gehabt – aber sie war immer detailbesessen, wenn es um diese eine Sache ging, nämlich um die idiotische Wertschätzung, die sie Nello entgegenbrachte. Der hatte eins der Dienstmädchen im Arm, das sich ihm jedoch mit verbissenem Gesichtsausdruck zu entwinden versuchte. James bahnte sich einen Weg durch das Durcheinander und erreichte sie genau in dem Moment, als Nello die Faust zum ersten Schlag gegen Dalton erhob.

James hielt ihn noch rechtzeitig am Handgelenk fest. »Na, na, Kinder.«

»Zum Teufel mit ihm, Sanburne! Dem zeig ich's! Ein geiler Bock bin ich also, ja?«

»Könnte man so sagen«, sagte Dalton mit einem betrunkenen

Grinsen. »Diese ägyptische Hure hast du jedenfalls so heftig gevögelt, dass Sanburne sich auf dem schaukelnden Boot fast zu Tode gekotzt hätte.«

»Du kleiner …«

James schlang den Arm um Nellos Hals und zog ihn nach hinten. Das Dienstmädchen kreischte und fiel auf den Hintern, aus welcher Position es sich, wie James sich mit einem Blick vergewisserte, krabbelnd in Sicherheit brachte. »Was das betrifft«, zischte er Nello ins Ohr, »bist du wirklich ein Hurenbock, und wenn du mir nicht glaubst, wird Lizzie dir schon die Leviten lesen.«

Nello hörte jäh auf, sich zu wehren. »Lizzie …?«

»Allerdings«, sagte Elizabeth, die endlich dazu kam, ihn zur Rede zu stellen. »Du Schwein!«

James lockerte seinen Griff. »Sie ist nämlich wirklich sauer.«

Ihr Gesicht war in der Tat vor Wut verzerrt. Die Hände über den Kopf gehoben, trat sie vor, und James erblickte darin etwas, das er an jenem Morgen eigentlich hätte fortschaffen sollen. *Seine ägyptische Grabstele!*

»Lizzie, nein!«

Die Steinsäule krachte auf Nellos Schulter. Das furchtbare Knacken brachte sogar den Violinisten aus dem Konzept. Mit einem Schmerzensschrei ging Nello in die Knie. »Meine Schulter!«

»Gebrochen«, prophezeite Dalton und rutschte an der Wand hinab, um ein Nickerchen zu machen.

»Gütiger Gott!« James entwand Elizabeth die Stele, drehte sie in alle Richtungen und prüfte sie ängstlich auf Schäden. Er hätschelte das Ding schon seit Tagen, trank abends mit Brandy auf dessen Wohl und freute sich diebisch über den bitteren Neid, den sein Vater bei dessen Anblick ganz bestimmt empfinden würde. Und Lizzie benutzte seine wertvolle Säule, um damit jemanden niederzuknüppeln!

»Ist sie kaputt?«, fragte sie und blickte mit einem merkwürdig leeren Gesichtsausdruck auf Nello hinab.

»Nein«, stellte James mit einem erleichterten Seufzer fest. »Sie sieht unversehrt aus.«

»Seine Schulter, du Idiot, nicht dein kostbarer Stein.«

»Mein kostbarer …? *Prioritäten*, Elizabeth!«

Sie schnaubte verächtlich. »Ach, zum Teufel damit. Diese albernen Mätzchen mit deinem Vater gehören jedenfalls nicht zu meinen Prioritäten.«

James grinste. Ja, sein Vater. Moreland war sicher schon bei seinem Vortrag, in seliger Unwissenheit dessen, was ihn hier erwartete. Diesem Artefakt würde er auf keinen Fall widerstehen können. »Lizzie, Liebling, deine Prioritäten haben mit mir nichts zu tun. Jetzt hör zu«, sagte er forscher, »sei so gut und ruf den Arzt. Und sag Gudge, er soll Nello im blauen Schlafzimmer unterbringen.« Nello stöhnte erneut, und James bückte sich, um ihn kritisch zu beäugen. »Vielleicht mit einem riesigen Eimer«, fügte er noch hinzu. Der alte Knabe war ganz grün im Gesicht.

»Geh nicht«, stieß Nello mit Mühe hervor. »Ich brauche … Hilfe.«

Lizzies Ton wurde noch schriller. »Du lässt mich mit ihm allein? Wo Nello halb tot ist?«

Mit einem beruhigenden Tätscheln der Stele richtete sich James wieder auf. »Niemals. Freundschaft währt ewiglich und so weiter. Aber ich habe einen Termin im Archäologischen Institut, wie du dich vielleicht erinnerst.« Einen Monat in Ägypten hatte er seekrank auf der Kante eines Hausboots zugebracht. Es hatte geschwankt wie ein Pendel – da hatte Dalton recht gehabt. Zahllose Briefe gingen nach Port Said und wieder zurück. Ein Vermögen wurde für letztlich zweitklassige Antiquitäten ausgegeben. Tausende von Pfund, um schließlich doch noch die richtige zu erwerben. Sechs Monate hatte er auf diesen Augenblick hingearbeitet und es jetzt fast vergessen! Phineas hatte wirklich ein Händchen für Toxine.

»Ach, natürlich«, sagte Lizzie sarkastisch. »Das Archäologische Institut. Selbst wenn Nello wirklich tot wäre, bezweifele ich, dass du deinen Termin versäumen würdest!«

Für Nello alles opfern? »Damit kannst du recht haben.« Er hauchte Lizzie einen Kuss auf die Wange und bahnte sich einen Weg aus dem Salon, eifrig darauf bedacht, sich zu verdrücken, bevor sie wieder zu weinen anfing.

Bisher war es Lydia gelungen, mit fester Stimme zu sprechen. Es war auch noch niemand aufgestanden, um sie lautstark als Verrückte zu verunglimpfen.

Sophie war dabei einzunicken (ihr verrutschte der Hut, den sie jäh wieder gerade rückte, wenn Antonia sie anstupste, und dann verrutschte er wieder), aber das war nichts Ungewöhnliches. Am allerwichtigsten war, dass Lord Ayresbury, der in der ersten Reihe saß, ihr mit großem Interesse zuhörte. Alles in allem, dachte sie vorsichtig, lief es sehr … gut.

Die Hoffnung, die sie nun schon seit Tagen im Zaum gehalten hatte, wallte erneut in ihr auf und brach sich Bahn. Sie durchströmte sie mit so schwindelerregendem Tempo, dass sie sogar ins Stottern geriet. »Wenn … äh, wenn die Ergebnisse meines Vaters korrekt sind, deutet das stark darauf hin …«

Hinten im Saal wurde eine Tür aufgerissen, und ein sehr mitgenommen wirkender Gentleman schneite herein. Sein Anblick ließ sie vor Erstaunen innehalten. Obwohl es schon kurz vor Mittag war, trug er noch Abendgarderobe, einen schwarzen Frack mit Fliege.

Ein Teil der Zuhörerschaft drehte sich neugierig nach ihm um, als er nach vorne marschiert kam. Ihm folgte ein Diener in grellroter Livree, der in einem Arm einen Paletot und im anderen eine Art Steinsäule trug.

Ein exzentrischer Nachzügler, zweifelsohne. Aber kein Grund, unsicher zu werden. Lydia rückte ihre Brille zurecht und konzentrierte sich wieder auf den Text. »Das weist stark darauf hin, dass Tell el-Maschuta *nicht* die Stätte des ersten Halts während des Exodus war.«

Der Dicke mit den kupferroten Haaren, der neben Lord Ayresbury saß, stieß ein verächtliches Schnauben aus. Lydia blickte nicht auf; das würde sie nur durcheinanderbringen. Er hatte schon die ganze letzte Stunde diese verächtlichen Laute von sich gegeben. Der Teil ihres Gehirns, der nicht mit ihrem Vortrag beschäftigt war, hatte sich bereits Anteil nehmende Worte für seine angegriffene Gesundheit zurechtgelegt. Vermutlich würde man sie später miteinander bekannt machen. Papa hatte sie in einem langen Brief darauf vorbereitet, was sie zu erwarten hatte: *Gastfreundschaft vermengt mit Argwohn und feindseligen Einsprengseln, dahin wird der Direktor dich unmittelbar nach der Schlussfolgerung deines Vortrags lotsen. Leg dir ein Rückgrat aus Stahl zu und zeig's ihnen!*

Schweiß perlte ihr im Nacken, während sie nach der letzten Seite tastete. Mit eben dieser Schlussfolgerung hatte sie tagelang gerungen, weil sie entschlossen war, Papas Resultate möglichst diplomatisch zu formulieren. Seine Daten waren fundiert, machten es aber erforderlich, einen sehr festen Standpunkt gegen die Wissenschaftler zu vertreten, die für sich beanspruchten, Pithom und Sukkot ausfindig gemacht zu haben. Ein paar von ihnen saßen heute im Publikum, und wenn sie beschlossen, sie lächerlich zu machen, wäre das für Papas Antrag auf Fördergelder nicht gerade hilfreich.

Stahl, erinnerte sie sich. Lord Ayresbury hatte beim Ägyptischen Forschungsfonds ungeheuren Einfluss und war Gerüchten zufolge ein Mann, der Innovationen schätzte. Mit Hilfe seiner Empfehlung würden sie sicher die Gelder des AFF erhalten. Papa benötigte nur noch zwei Forschungseinheiten, um zweifelsfrei zu beweisen, dass er die wahre Stätte ausfindig gemacht hatte, wo der erste Halt des Exodus stattgefunden hatte. Und dann hätten all seine Sorgen ein Ende. Er hätte es nicht mehr nötig, mit Antiquitäten zu handeln. Die Gelder für seine Projekte würden in Strömen fließen, sodass sie Angebote, sie zu unterstützen, sogar ablehnen müssten.

Dieser Gedanke gab ihr neuen Auftrieb. Er hatte sich das jetzt schon so lange gewünscht, und sie würde es für ihn vollenden. Sie leckte sich über die trockenen Lippen. »Nun, wenn Sie erlauben …«

»Aha! *Da* bist du!«

Der Neuankömmling war auf der Hälfte des Ganges stehen geblieben und sprach zu jemandem, der in einer der Zuhörerreihen saß. Ein Raunen ging durch den Saal.

»Dann steh mal auf«, forderte der Eindringling. »Verstecken hat keinen Sinn.«

Lydia wurde ganz anders. Es war wohl alles *zu* gut gelaufen. Sie hätte den Tag nicht vor dem Abend loben sollen.

Ihr kluger Vater hatte das natürlich kommen sehen. *Und, meine Liebe, sollte ein ungezogener Rüpel dir das Wort entziehen, musst du es dir eben zurückerobern*.

Sie atmete tief durch, stützte sich mit flachen Händen auf das Pult und nahm allen Mut zusammen. »Wenn ich bitten darf«, rief sie.

Verwundert blickte er auf. Als ob ihm hätte entgehen können, dass hier gerade eine Veranstaltung abgehalten wurde! Er starrte sie an, als versuchte er, sie einzuordnen. Pochenden Herzens (denn sie hatte keine Übung darin, sich das Wort *zurückzuerobern*, was ihr eine erschreckend martialische Maßnahme zu sein schien) erwiderte sie seinen Blick. Er war ein auffallendes rothaariges Geschöpf mit einem markanten Kinn und einer langen Nase. Zweifellos wurde er von Menschen, die sich von Merkmalen der Entkräftung angesprochen fühlten, für sehr gut aussehend gehalten. Die Schatten unter seinen Augen wiesen auf einige schlaflose Nächte hin. »Jetzt nicht«, sagte er zu ihr und wollte sich schon abwenden. Doch dann blickte er zurück, musterte sie eingehend und fügte nachdenklich hinzu: »Aber später durchaus.«

Diese Dreistigkeit beruhigte sie seltsamerweise. Schönlinge mochten rar gesät sein und sie in Verwirrung stürzen, aber mit gewöhnlichen Lumpen wusste sie umzugehen. »Wenn Sie mir vorher noch zugestehen, meinen Vortrag zu beenden, Sir?«

Doch sie sprach nur noch zu Hinterköpfen. Er hatte seine Aufmerksamkeit auf etwas anderes gerichtet und die ihres Publikums gleich mitgenommen. Papas Publikum!

Ungläubig sah sie zu, wie er zu einem älteren Gentleman, der ganz am Rand der Reihe saß, sagte: »Na schön, dann kommt der Berg eben zum Propheten.« Er gab dem Diener ein Zeichen, der prompt vortrat und ihm die Steinsäule reichte, die er vorher noch unter den Arm geklemmt hatte.

Diverse Mitglieder der Gesellschaft, darunter auch Lord Ayresbury, standen auf, um sie sich anzusehen.

Der ältere Mann erhob sich ebenfalls. »Was hat das zu bedeuten, du Teufel?«

»Das, Sir, werden Sie *mir* sagen müssen.« Auf ein Nicken des Eindringlings hin legte der Diener den Gesteinsbrocken dem älteren Mann zu Füßen. »Meine Stele. Nicht zu verwechseln mit Stella, die du für immer allen Blicken entzogen hast. Ich habe keine Ahnung, was das ist, aber man hat mir versichert, dass es sich um ein ziemlich wertvolles Stück handelt. Und dazu noch ein sehr seltenes.«

Die Zuschauer verfielen in andächtiges Schweigen, während der Diener das Objekt zur Zufriedenheit seines Herrn aufstellte. Ihr Vortrag war zu einer Jahrmarktsdarbietung verkommen. Lydia blickte durch einen eigenartig dunstigen Schleier, was, wie sie entsetzt feststellte, Tränen sein mussten. Du lieber Gott, wie ein kleines Kind zu plärren, und dazu noch in der Öffentlichkeit! Plötzlich war sie dankbar dafür, dass das Publikum abgelenkt war, und wischte sich mit dem Handgelenk über die Augen. Das war aber auch zu albern von ihr. Sie sollte würdevoll auftreten.

Doch die Hoffnung starb immer zuletzt. Auch wenn sie tief in ihrem Herzen ein schreckliches Todesröcheln vernahm.

»Ach was«, rief ein Mann aus der hintersten Ecke. Er drängelte sich in den Gang, was einen Chor aus Gemurre und Protesten derer zur Folge hatte, die in seiner Reihe saßen. »Ist das etwa *Nofretete*?«

Der Eindringling betrachtete die Steinsäule. »Könnte wohl sein«, sagte er nachdenklich. Wusste er es nicht einmal? Diese Schönlinge waren immer die schlimmsten Dilettanten. »Sie meinen die, die sich an den Burschen schmiegt mit dem …?« Er deutete über seinem Kopf eine mysteriöse Form an.

Aha, ein konischer Hut pharaonischen Typs. Lydia machte sich auf etwas gefasst.

Und wahrhaftig: sofortiges Tohuwabohu brach aus. Stühle kippten um, Programmhefte rutschten zu Boden und erstaunte Ausrufe und Spekulationen gellten durch den Raum, während drei Viertel ihrer einstigen Zuhörerschaft ausschwärmten, um das Objekt zu betrachten.

Einige derer, die auf ihren Plätzen blieben, hatten einen mitfühlenden Blick für sie übrig. Es gelang ihr, höflich zurückzulächeln. Der rothaarige Gentleman grinste sie süffisant an, doch sie wandte sich ab und schnitt ihn, was selbst seinen dunklen

Knopfaugen auffallen musste. Aus dem Augenwinkel sah sie, wie er seiner Begleiterin, einer tadellos gekleideten Blondine etwa in Lydias Alter, etwas ins Ohr flüsterte, woraufhin diese ihre dünnen, patrizischen Lippen leicht verzog.

Lydia kämpfte gegen das dringende Bedürfnis an, mit den Augen zu rollen. Solche Blicke waren ihr nur allzu vertraut. Als sie zwölf war, deuteten sie an, dass ihr Lerneifer langweilig war und ihre kurzen Röcke unzeitgemäß. Als sie siebzehn war, dass ihr Interesse an heidnischen Zivilisationen sie wie einen Mann wirken ließ. Als sie zweiundzwanzig war, dass sie merkwürdige Dinge äußerte und es kein Wunder war, dass ihr Schwager sie für ihre Schwester verschmäht hatte. Und jetzt, mit sechsundzwanzig …? Mit sechsundzwanzig Jahren war Lydia zu reif, um sich darüber den Kopf zu zerbrechen. Sie bemühte sich um akzeptables Verhalten, doch mehr schuldete sie der feinen Gesellschaft nicht, und sie verlangte auch ganz sicher keine Gegenleistung.

Schweigend packte sie ihre Manuskriptseiten zusammen. Ihre Finger zitterten. Armselig. Diese Orientalisten! Schon ihr ganzes Leben hatte sie es miterlebt: Ein Wort über Pharaonen und gestandene Männer führten sich auf wie Schuljungen. Sogar Papa, der ergebenste Ehemann seit Menschengedenken, hatte die Nachtwache an Mamas Krankenbett unterbrochen, als ihn die Nachricht erreichte, dass irgendein Würfelhocker aus Kairo eintreffen sollte. Lydia hatte in dem abgedunkelten Schlafzimmer gesessen und mit einer Hand die Stirn ihrer Mutter befühlt, während sie gleichzeitig Sophies Schulter und Antonias kleine, zitternde Finger tätschelte. Von draußen hörte sie das leiser werdene Rumpeln seiner Kutsche, die sich schnell vom Haus entfernte.

Damals war sie erst sechzehn, und es war ganz bestimmt niemandem bewusst, dass Mamas Fieber einen tödlichen Verlauf nehmen würde. Trotzdem stand ihr die Zukunft plötzlich deutlich vor Augen. Papa unterstützte sie zwar bei ihren Studien, doch auf seine ungeteilte Aufmerksamkeit durfte sie nicht zählen. Es sei denn, auch sie selbst machte seiner Geliebten, Lady Ägypten, den Hof.

Nun, wenigstens hatte Papas Leidenschaft eine wissenschaftliche Basis. Soweit sie es beurteilen konnte, benutzten die meisten anderen Ägyptologen die Archäologie als Tarnung und waren insgeheim wie Weiber von glänzendem Tand fasziniert. Sie beäugte den Eindringling noch einmal. Er war beiseitegetreten und beobachtete mit einem zufriedenen Lächeln das Scharmützel, das er verursacht hatte. Dabei tippte er selbstvergessen mit seinem Finger gegen die Oberlippe. Jetzt sah sie, dass Tand auch diesen Mann hier reizte. An seinen Fingern trug er ein Überangebot von mit Edelsteinen besetzten Ringen sowie eine geschmacklose türkis-silberne Taschenuhr am Revers. Und er hatte ganz sicher stundenlang sitzen müssen, bis es seinem Kammerdiener gelungen war, diese Locke aus sonnengebleichtem Haar dazu zu bringen, ihm genau *auf diese Art* in die Stirn zu fallen. Ein eitler Pfau. Ein zerrupfter Gockel hatte ihren Vortrag ruiniert! Schlimmer als das, er hatte auf einen Schlag die Grundlage aller Pläne, die sie und Papa je geschmiedet hatten, zunichtegemacht.

Der Rothaarige freute sich jetzt diebisch. Sie bekam zwar nicht den genauen Wortlaut mit, aber immerhin den Rhythmus dessen, was er Ayresbury ins Ohr gackerte. Hohn und Spott. Da ging also jede Chance auf Förderung flöten. Wenn die Nachricht von diesem Debakel Kairo erreichte, würde Papa schrecklich enttäuscht sein. Er hatte auf Ayresburys Unterstützung gezählt. So wie sie darauf gezählt hatte, sie ihm zu sichern. Sie schuldete ihm das.

Mit plötzlicher Wut raffte sie ihre Röcke hoch und marschierte nach vorn. Ihr fuchsroter Kritiker brummte missbilligend, als sie vorbeirauschte, doch sie beachtete ihn gar nicht. Sie setzte die Ellbogen ein, um sich durch das Gewühl zu kämpfen, ignorierte die verschiedensten Beschwerden und blieb so nahe an der ägyptischen Stele stehen, dass ihre Röcke fast die Kante der Steinplatte berührten.

Ein Blick reichte. »Das ist eine Fälschung«, verkündete sie.

Niemand schien sie zu hören.

»Das ist eine *Fälschung*!«

Ihre Vehemenz erschreckte sogar sie selbst. In dem kurzen, darauffolgenden Schweigen, während ihre Wut langsam verrauchte, fragte sie sich, was sie da angerichtet hatte. Sie klappte den Mund auf, um ihr scharfes Urteil zu relativieren, aber ihr kam jemand zuvor.

»Nie im Leben«, rief ein Gentleman aus, der sich in Missachtung allen Anstands auf Hände und Knie niedergelassen hatte, um genauer hinsehen zu können. »Im Gegenteil, das Stück weist alle Merkmale von Authentizität auf!«

Das war nun doch ein bisschen übertrieben, dachte sie.

»Eine solche Rarität!«, gurrte ein anderer. »Lord Sanburne hat ein Wunder ausfindig gemacht! Sehen Sie sich nur die …«

»Genug jetzt«, bellte der ältere Gentleman, dem die Stele präsentiert worden war. Seine wässrig blauen Augen richteten sich auf Lydia. Als er vortrat, teilte sich die Menge um die beiden. »Verfügen Sie über Kenntnisse dieses Artefakt betreffend, Miss Boyce?«

»Und ob sie das tut.« Das kam von Antonia, die von Parfüm umwölkt zu ihnen trat (Sophies Spezialmischung aus Paris; ein Schnuppern bestätigte es) und sich bei Lydia unterhakte. Lydia hatte sie ein ums andere Mal ermahnt, dass Debütantinnen nicht so schwere Düfte trugen, aber Sophie musste Antonia ja unbedingt darin bestärken. »Allerdings«, fuhr Ana fröhlich fort, »wie könnte sie auch nicht? Schließlich hat sie schon auf Papas

Knien Keilschriften gelesen. Und sie geht jeden Nachmittag in die British Library, um Arabisch zu lernen.«

Diese Übertreibung schien den alten Mann überaus zu freuen. »Natürlich. Ich bin ein großer Bewunderer von Mr Boyces Arbeit.« Er streckte Antonia die Hand hin. »Verzeihen Sie meine Unhöflichkeit. Ich bin Moreland, Earl of Moreland.«

Antonia nahm seine Hand und sank in den schönsten Knicks, den sie mit ihrem Schleppenrock und in Anbetracht der Zuschauer, die keinen halben Meter entfernt standen, hinbekam. »Wie gut, dass Sie nicht der Earl of Lessland sind; ich fürchte, das wäre für Ihre geneigten Freunde höchst betrüblich.«

Der Earl lachte, und Lydia rang sich ein höfliches Lächeln ab. Ein kurzer Blick auf den Eindringling, Sanburne, lenkte sie jedoch ab. Er drängelte sich gerade zu ihnen durch, und erst aus der Nähe war zu erkennen, wie nachlässig er wirklich gekleidet war. Seine offen stehenden Manschetten flatterten und auf seiner lavendelblauen Weste prangte ein Weinfleck.

Das Lächeln, mit dem er sie bedachte, ließ auf ein unmittelbar bevorstehendes Blutvergießen schließen.

»Das hat bestimmt noch nie jemand zu Ihnen gesagt«, sagte Ana gerade, und ein kokettes kleines Lächeln umspielte ihre Lippen.

»Wahrer Witz verträgt endlose Wiederholung«, antwortete der Earl galant und wandte sich an Lydia, die, von einer bösen Vorahnung wachgerüttelt, einen Knicks machte. Er deutete auf den Stein zu ihren Füßen. »Ist das tatsächlich eine Fälschung?«

Oh, jetzt gab es kein Entrinnen mehr. Leg dir ein Rückgrat aus Stahl zu. »Zweifellos«, bestätigte sie, ohne nach unten zu blicken, da es ihr unklug erschien, den Blick von Sanburne zu lösen, der sich jetzt zu ihnen gesellt hatte.

»Eine gute Fälschung?«, fragte Sanburne. Seine Augen waren schrecklich blutunterlaufen.

»Überhaupt nicht«, sagte sie. »Sogar ziemlich schlecht.«

»Begründung?«

Sie holte Luft. Sein stechender Blick war wirklich Respekt einflößend. »Ich …«

»Sie müssen das Benehmen meines Sohnes entschuldigen«, unterbrach der Earl sie und warf dem Mann einen bösen Blick zu, der so reuelos wie Luzifer eine Augenbraue hochzog.

Während sie die überraschende Neuigkeit verdaute, dass die beiden verwandt waren, verspürte Lydia einen noch schärferen Stachel des Unbehagens. Die Familie Durham war berühmt-berüchtigt: die Schwester eine Mörderin, versteckt gehalten in einer Nervenheilanstalt auf dem Lande, und der Sohn, wie sie sich jetzt erinnerte, ein zügelloser Salonlöwe, der die Hautevolee unterhielt, indem er seinen Vater an diversen öffentlichen Schauplätzen düpierte.

Gütiger Himmel! Es schien, als sei sie in einen bösen Familienstreit geraten. Und mit jedem weiteren Wort verstrickte sie sich nur noch mehr darin. »Vielleicht sollten Sie noch einen der Gentlemen zurate ziehen.« Ihr Rückgrat war eben doch nicht aus Stahl. Das war eine alberne Redensart, die jemand erfunden hatte, der nicht wusste, wie es sich anfühlte, wenn einem das Rückgrat gebrochen wurde. »Das ist nicht mein Spezialgebiet. Dazu in einem Saal mit so vielen angesehenen Wissenschaftlern …«

»Genau«, pflichtete der Sohn des Earls ihr bei.

»Unsinn«, blaffte der Earl. »Soweit ich es sehe, sind Sie die Einzige hier, die über genügend gesunden Menschenverstand verfügt, um einen zweiten Blick darauf zu werfen, ohne gleich in diesen … diesen Chor aus Hallelujas auszubrechen. Heraus damit, Mädchen. Woher Ihr Urteil?«

Antonia drückte leise lachend ihren Arm. »Ach, sag es ihnen doch, Lydia.« Zu Lydias Unbehagen ruhte ihr Blick auf dem bedrohlich finsteren Gesicht des verlorenen Sohnes.

Ihr schien, dass sie am schnellsten wieder aus der Sache herauskäme, wenn sie sich durchmogelte. Sie legte die Hand auf Anas, um sich durch die Berührung ihrer Schwester beruhigen zu lassen. »Es gibt zahlreiche Gründe, die mich an der Authentizität dieses Stückes zweifeln lassen«, sagte sie langsam. Jetzt warf sie doch einen längeren Blick darauf, und zu ihrer Erleichterung schien ihre Intuition wohlbegründet gewesen zu sein. »Ja. Es versucht einer Grabstele der Ersten Zwischenzeit in etwa zu entsprechen, aber auf einer solchen Darstellung würde man Bierkrüge erwarten. Stattdessen haben wir hier etwas, das an Salbengefäße erinnert. Und das ist nicht ...« Sie warf Sanburne einen flüchtigen Blick zu. Die Narbe, die eine seiner Augenbrauen spaltete, war hochrot geworden, so verärgert war er. »Das ist nicht Nofretete, und sie *schmiegt* sich nicht an. Sie kniet, was völlig verkehrt ist. Man kniet nur vor einer Gottheit. Wenn man die Meißelspuren auf der Rückseite untersucht, wird man vermutlich auch feststellen, dass dieses Stück nicht mit einem Querbeil gefertigt wurde. Es sieht in jeder Hinsicht einfach nicht ... richtig aus.«

Lord Sanburne schnaubte verächtlich. »Dann sollte es sich vielleicht mal jemand ansehen, der bessere Augen hat.«

Sie klammerte sich fester an Ana. »Ich sehe hervorragend. Das ist schließlich der Zweck einer Brille.«

»Teufel noch eins«, rief jemand hinter ihr. »Sie hat recht.«

Der Earl lächelte zufrieden. »Meine Liebe! So ein scharfes Auge. Wir können von Glück sagen, dass Sie sich entschlossen haben, in die Fußstapfen Ihres Vaters zu treten.«

Das war zwar nicht ihre Absicht, doch dies schien nicht der richtige Zeitpunkt zu sein, das kundzutun. »Danke, Sir.« Sie riss sich zusammen und sah den Sohn des Earls noch einmal an. Diesmal ließ sie sich von seinem stechenden Blick nicht einschüchtern. »Ich glaube, die Forschung verlangt nach neuen Perspektiven. Ich stelle so oft fest, dass die Ägyptologie vielen nur als Vorwand dient, der es Männern mit einer gewissen Veranlagung erlaubt, im Namen der Wissenschaft hübsche Kinkerlitzchen zu sammeln.« Sie warf einen demonstrativen Blick auf die Ringe an den Fingern des Mannes.

Mit welcher Reaktion sie auch immer gerechnet hatte – ein zorniges Erröten, Protest, vielleicht sogar ein tätlicher Angriff, sie traute ihm alles zu –, dass er sie anlächeln würde, darauf war sie nicht gefasst. Und was für ein Lächeln! Zögernd zuerst, als erwöge er, ob er es breiter werden lassen sollte; und dann, ganz plötzlich, verwandelte es sich in ein Lachen. Es veränderte sein Gesicht von Grund auf. Auf einen Schlag war er atemberaubend.

Doch dann ging etwas schief. Anfangs lachte er noch leise, doch dann schien er nicht mehr damit aufhören zu können. Während seine Heiterkeit an Lautstärke gewann, nahm sein Tonfall etwas Irres an. Lydia registrierte nur vage, wie die Leute wieder ihre Plätze einnahmen, da sie den Blick nicht vom Gesicht des jungen Lords wenden konnte. Es war mehr als nur morbide Neugier, was sie an ihm fesselte. Sie hatte noch nie gesehen, wie jemand völlig den Verstand verlor, doch Sanburne bewerkstelligte das. Der Anblick schnürte ihr die Kehle zu, und nur das hielt sie davon ab, zu …

Was zu tun? Großer Gott, was hätte sie einem solchen Geschöpf schon sagen können? Seine Schönheit war bedeutungslos, so willkürlich und unverdient wie die Muster auf Schmetterlingsflügeln. Sie sollte es besser wissen, als sich von ihr beeinflussen zu lassen.

Was den Earl betraf, schien er eher verärgert als besorgt zu sein. »Reiß dich zusammen, Junge! Bei Gott, was hast du geraucht?«

Der Sohn des Earls verstummte plötzlich. »Ertappt«, sagte er zu Lydia. Dann, mit einem weiteren erstickten Lachen, schnippte er mit den Fingern, worauf ihm der Diener unverzüglich seinen Mantel reichte. Als Sanburne ihn sich überwarf, wandte er sich an den Earl. »Vielleicht solltest du sie engagieren, um deine Sammlung gründlich überprüfen zu lassen. Immerhin scheint ihr in gewisser Weise zu, äh, *harmonieren*.«

Lydia erstarrte. Aus seinem Mund klang das irgendwie anrüchig.

»Meine Sammlung? Ich bin nicht so ein Narr wie du, mein Geld in ungeprüfte Fälschungen zu investieren!«

»Vielleicht sollten Sie sie engagieren«, sagte Ana zu Sanburne. »Offenbar benötigen Sie ein besseres Urteilsvermögen als das, was Ihnen selbst zur Verfügung steht.«

»In der Tat«, sagte Sanburne und betrachtete sie eingehend.

Sein prüfender Blick beunruhigte Lydia. »Ich bin mir sicher, dass die Schuld woanders liegt. Mit wem auch immer Sie beim Erwerb dieser Antiquitäten geschäftlich verkehren …«

»Ja, ja«, unterbrach er sie ungeduldig. »So weit dazu. Vater, auf ein Wort.«

Schon ging er los, und als der Earl ihm nicht sofort folgte, hielt er inne und drehte sich noch einmal um.

»Willst du deinen Stein nicht mitnehmen?«, fragte Lord Moreland zuckersüß.

»Und ob«, sagte Sanburne. »Ich werde ihn aufheben und als deinen Grabstein verwenden. Wäre das nicht passend?«

Diese unheimliche Bemerkung machte Lydia ganz benommen. »Komm, wir suchen Sophie«, raunte sie Ana zu. »Hier gibt es nichts mehr zu tun.«

Sie war schon im Begriff, sich abzuwenden, als der Earl nach ihr rief. »Rechnen Sie mit einer Nachricht von mir«, sagte er. »Ich bin Ihnen äußerst dankbar für Ihren heutigen Rat.«

»Oh, in der Tat, und auch mit einer Nachricht von mir«, fügte Sanburne aalglatt hinzu. »Wir könnten uns Ihre Dienste ja teilen, nicht wahr? Ich besitze viele Antiquitäten, die Sie sicher gerne abwerten möchten.«

Sie hielt die Luft an und zählte bis zehn, doch sie sah keine Möglichkeit, ihm zu antworten, ohne die Regeln des Anstands noch weiter zu strapazieren. Nach einem stummen Knicks vor dem Earl wandte sie den beiden den Rücken zu und zerrte ihre Schwester mit sich, um sie in Sicherheit zu bringen.

2

Als der letzte Besucher aufgebrochen war, kehrte Lydia zu ihrem Stuhl zurück. Wie anstrengend die gesellschaftlichen Pflichten während der Londoner Ballsaison doch sein konnten. In ihren Augen war alles ein hanebüchener Unsinn, der sich durch die gewaltige Anzahl von Ritualen, die ihn umgaben, den trügerischen Anschein von Substanz gab. Sophie hatte heute für die halbe Stadt Hof gehalten, was ein echter Triumph gewesen wäre, wenn die meisten nicht ausschließlich gekommen wären, um Lydia anzugaffen. Das Debakel im Institut hatte in allen Gesellschaftskolumnen Erwähnung gefunden.

Als sie sich vorbeugte und nach ihrer Teetasse griff, drang Georges Stimme aus dem Flur herein. Unmöglich, sich nicht zu verkrampfen, während sie sich wieder zurücklehnte. Durch Anas Einführung in die Gesellschaft waren sie noch bis August gezwungen, unter demselben Dach zu leben, und die erzwungene Nähe zu ihm ging ihr langsam auf den Geist. Erst gestern Abend hatte Sophie sie diskret beiseitegenommen und sie über seine ungeheure Bestürzung aufgrund ihres Vortrages informiert. »Er findet, du hättest lieber schweigen und es jemand anderem überlassen sollen, auf die Fälschung hinzuweisen«, hatte sie gesagt.

Diese Scheinheiligkeit hatte Lydia die Sprache verschlagen. Für gewöhnlich hütete sich George, ihr Verhalten in irgendeiner Weise zu kritisieren. Schließlich hatte sich der schockierendste Fauxpas, der ihr je unterlaufen war, in ebendiesem Raum ereignet, und zwar wegen *ihm*.

Die Erinnerung daran hatte sie hinreichend aus dem Gleichgewicht gebracht, sodass sie fast im Begriff war, etwas Unüberlegtes zu erwidern. Doch als sich nun die Tür öffnete, war es nur Ana, die eintrat. Sie überflog die Visitenkarten, die ihre Gäste hinterlassen hatten. »So viele Besucher«, murmelte sie. »Haben wir je so viele gehabt?« Sie blickte lächelnd auf. »Hast du Miss Marshalls Bemerkung gehört, als sie hereinkam? Sie hielt es für eine Teegesellschaft!«

Lydia, die sich langsam wieder beruhigt hatte, lächelte zurück. Anas Lächeln war einfach ansteckend, Mr Pagett jedenfalls, dritter Sohn des Earl of Farlow, schien davon bezaubert zu sein. Darin waren sich die drei Schwestern einig: Wenn er in den nächsten zwei Wochen um sie anhielt, würden sie auf eine Hochzeit im September drängen. Ana wünschte sich Flitterwochen in Norditalien, wo es im Herbst herrlich sein sollte, und Sophie wollte noch vor ihrer Reise an die Riviera im Oktober von ihren Aufsichtspflichten befreit sein. Und je früher Ana unter der Haube war, umso schneller konnte Lydia ihre Kampagne fortführen, Gelder für Papas Projekt zu beschaffen. Der Vortrag war nur der Anfang gewesen. Als Nächstes wollte sie durchs ganze Land reisen und höchstpersönlich bei jedem reichen Amateur-Ägyptologen um Unterstützung bitten, der je auch nur einen Papyrus gekauft hatte. Sie konnte sich nicht länger darauf verlassen, dass der Antiquitätenhandel Papas Projekt finanzierte. Er lenkte ihn nur von seiner eigentlichen Arbeit ab und hielt sie in London fest, obwohl sie sich viel lieber in Ägypten aufhielte, um bei der Koordinierung der Ausgrabungen zu helfen und eigene Forschungen zu betreiben.

Ana warf die Karten auf den großen Tisch und ließ sich auf einem Stuhl in ihrer Nähe nieder. Sie trug ein hübsches weißes Tüllkleid, wie es sich für eine junge Frau in ihrer ersten Ballsaison ziemte. Leider konnte man ihre Fußknöchel sehen, was weniger angemessen war. »Du warst heute sehr beliebt, Lyd.«

Ihre Stimme klang so perplex, dass Lydia sich ein Lächeln verkneifen musste. Ihre Schwestern waren es nicht gewohnt, von ihr in den Schatten gestellt zu werden. Zwar hatten sie alle drei Mamas haselnussbraune Augen und ihr gewelltes schwarzes Haar geerbt, doch Sophie und Ana waren zierlicher und liebreizender, mit rosigen Lippen und schräg stehenden Augen, wie bei Katzen. Als junges Mädchen hatte Lydia sich oft genug im Spiegel betrachtet, um zu erkennen, dass es eben dieser Mund war, der die beiden hübscher machte, und diese Schrägstellung, die sie zu Schönheiten erhob. Da ihr selbst beides fehlte, hatte sie beschlossen, jeder Eitelkeit zu entsagen. »Wenn ich beliebt war, musst du dich bei dem Viscount bedanken. Seine Fisimatenten haben eine Menge Aufsehen erregt.«

»Das stimmt allerdings. Ich frage mich, ob er morgen zum Dinner bei den Durhams kommt.«

Achselzuckend griff sie erneut nach ihrem Tee. »Das bezweifele ich. Sie sind sich nicht grün.«

»Wie traurig.«

»Daran ist er selbst schuld. Verschwende dein Mitleid nicht an diesen Tunichtgut.« Da ihr Anas anhaltende Fixierung auf den Viscount nicht gefiel, wechselte sie jäh das Thema. »Hast du nett mit Mr Pagett geplaudert?«

Ana errötete. »Er ist sehr liebenswürdig. Er hat gesagt, er stattet uns morgen einen Besuch ab.«

»Schön.« Alles lief wie geplant. »Aber du musst Sophie mitnehmen. Wenn er im Zweisitzer vorfährt, bestehst du auf unseren Landauer.« Diesen Trick hatte er schon einmal angewandt, und Ana hatte sich nur allzu bereitwillig mit ihm verschworen. Sie begriff noch nicht, wie anfällig eine junge Dame für Fehltritte war (oder auch, wie leicht ein Gentleman aufgrund einer Fehleinschätzung, zu der er sie selbst ermutigt hatte, das Interesse verlieren konnte).

»Das habe ich doch schon versprochen«, gab Ana gereizt zurück. »Sophie sagt, es ist ein Brief von Papa gekommen?«

»Ja. Er bereitet eine Warenlieferung vor und wollte, dass ich seine Auftraggeber kontaktiere.«

»Lässt er mir etwas ausrichten?«

»Tut mir leid, Herzliebchen. Es ging nur ums Geschäft.«

Ana rümpfte die Nase. »Bei ihm geht es immer nur ums Geschäft!«

Wie es sich für einen der rar gesäten Wissenschaftler gehörte, der kein Vermögen geerbt hatte, um seine Interessen zu finanzieren. »Er ist sehr beschäftigt, Liebchen. Wenn er die Ausgrabung nicht vor Beginn der Regenzeit beendet, war die gesamte Saison für die Katz.«

Ein leises Seufzen war Anas einzige Reaktion auf diese Logik. Früher hatte sie mehr Verständnis gezeigt, aber in letzter Zeit wurde sie mehr und mehr von Sophies Einstellung beeinflusst. »George hat gestern gesagt, es sei eine Schande, dass Papa uns nie besucht.«

Gekränkt richtete sich Lydia kerzengerade auf. »Will *er* vielleicht für Papas Projekt aufkommen? Das würde ihm gewiss einen Besuch ermöglichen. Aber das Angebot hat George ihm nie gemacht.«

»Vielleicht würde er das ja sogar.« Ana zuckte mit den Achseln und faltete die Hände im Schoß. »Er sagt, der Antiquitätenhandel sei für einen Gentleman sehr herabwürdigend. Natürlich stimmt es nicht, aber er meint, es gäbe Leute, die behaupteten, Papa suche bei seinen Ausgrabungen nur nach verkäuflichen Gegenständen.«

Lydia schnappte nach Luft. Wie konnte George es wagen, solchen Gerüchten Ausdruck zu verleihen! »Ana, ich kann nicht glauben, dass du dem nicht widersprochen hast!« Oh, sie würde nicht ruhen, bis sie genügend Geld beschafft hatte, damit Papa diesen Handel aufgeben konnte! Die ägyptische Regierung unterzog jedes einzelne Stück, das Papa exportierte, einer gründlichen Prüfung, und trotzdem setzte seine Arbeit ihn den unverschämtesten Unterstellungen aus. »Also wirklich, zeig ein bisschen Loyalität! Du lebst zwar unter Georges Dach, aber er ist nicht dein Vater!«

»Natürlich nicht.« Ana zögerte. »Lyd, warum könnt George und du euch nicht leiden?«

War es so offensichtlich? »Sei nicht albern. Ich habe nur etwas gegen seine Kritik an Papa.« Als Anas Stirnrunzeln ausgeprägter wurde, fügte sie schärfer hinzu: »Er hat kein Recht, so etwas zu sagen.«

»Ich weiß.« Ana griff beschwichtigend nach ihrer Hand. »Ist schon gut. Wenn ich verheiratet bin, kannst du mit zu mir kommen. Ich verspreche es. Ich heirate nur jemanden, der einwilligt, dass du bei uns wohnst!«

Das Angebot hätte sie besänftigen können, wenn sie nicht erst letzte Woche gehört hätte, wie Ana eine ähnliche Erklärung über ihren jungen Hund abgegeben hatte. Trotz aller Bemühungen ihrerseits pinkelte dieser leider weiterhin auf den Teppich und zerkaute Pantoffeln. »Wie liebenswürdig«, sagte sie daher trocken. »Aber wenn du diesen Musterknaben findest, pass lieber auf.« Sie griff nach unten und zog kräftig an Anas Kleidersaum. »Vielleicht findet er, dass nur Schauspielerinnen ihre Fußknöchel zeigen sollten.«

»Wie unverschämt!« Ana sprang von ihrem Stuhl auf. »Dabei wollte ich nur nett zu dir sein!« Damit stolzierte sie zur Anrichte und arrangierte übertrieben beflissen einen Blumenstrauß neu.

Lydia schämte sich und wollte sich gerade bei ihr entschuldigen, da beugte Ana sich vor und stellte ihre neumodische

Turnüre in all ihrer Pracht zur Schau. Lydia klappte den Mund wieder zu. Sie hatte bei der Modistin dagegen protestiert, war jedoch von Sophie überstimmt worden. Deshalb nahm Anas Allerwertester jetzt dreimal so viel Platz ein, wie die Natur dafür vorgesehen hatte, und zitterte so heftig, dass die Vermutung nahelag, es hielte sich unter ihren Röcken ein kleines Tier versteckt. Ein grässliches Ding! Es war unübersehbar nur für einen Zweck bestimmt: die Blicke der Gentlemen auf Regionen zu lenken, wo sie eigentlich nichts zu suchen hatten.

Ein Seufzer zeugte von Sophies Rückkehr in den Raum. Sie hatte sich mit der Haushälterin gestritten, der sie die Schuld für die durchweichten Plätzchen gab, die den Gästen gereicht worden waren. »Unfähig«, murmelte sie, als sie auf den Stuhl neben Lydia sank. »Höchst bedauerlich.«

Mit einem grimmigen Nicken deutete Lydia zur Anrichte. Ana widmete sich inzwischen dem neusten Blumenstrauß, einer Explosion aus grellrosa Teerosen mit buschigen Zweigchen von Herbstzeitlosen, Akeleien und Geranien. Auf der beiliegenden Karte stand zwar kein Name, doch wenn man die Bedeutung der Blumen aneinanderreihte, wusste man auch so, von wem sie kamen.

Ich werde mich immer daran erinnern. Meine besten Tage sind entschwunden. Ich bin entschlossen, zu gewinnen. Ich erwarte ein Treffen.

»Ganz und gar bedauerlich«, stimmte Lydia zu.

Sophie zog eine Augenbraue hoch. »Bist du auch sicher, dass sie von Sanburne stammen? Es ist so ein grässliches Arrangement, und ihm wird sonst ein erlesener Geschmack nachgesagt.«

»Ha! Das ist nicht das einzige Gerücht, das ich heute über ihn gehört habe.« Sie hatten stundenlang von ihm gesprochen: Sanburne war ein Schlawiner, ein Raufbold. Ein echter Adonis und ein hervorragender Sportsmann. Er trank viel – aber mit Stil.

Er war ein sehr fortschrittlicher Atheist. Sein Onkel mütterlicherseits hatte ihm eine Menge Land hinterlassen, das er veräußert hatte, um von dem Geld ein paar schmutzige Fabriken in Yorkshire zu kaufen. Jetzt machte er ein Vermögen, indem er Arbeiter ausbeutete, und freute sich diebisch über jede Gelegenheit, seinem Vater sein kaufmännisches Talent unter die Nase zu reiben.

»Die Blumen sind eindeutig von ihm«, murmelte Lydia. Während sie an die Überfülle von Edelsteinen zurückdachte, die von seinen Fingern spross, fügte sie hinzu: »Ich finde sie sogar sehr typisch für ihn. Der Mann ist genauso protzig wie dieses Bouquet.«

»Glamourös, Lydia. Er ist sehr beliebt.«

»Beliebt? Bei Trunkenbolden und Einwanderern vielleicht. Mrs Bryson hat mir alles darüber berichtet. Sie sagt, auf seinen Partys tummeln sich allerlei schlecht erzogene Weiberhelden.«

Sophie schnaubte verächtlich. »Ihrer Meinung nach ist jeder Mann ohne Backenbart ein Weiberheld. Und sein engster Freundeskreis ist sehr elegant – etwa so wie der gesellschaftliche Zirkel im Londoner Marlborough House, würde ich meinen, aber es ist noch schwerer da reinzukommen, weil sie alle schon ewig befreundet sind.« Ihr plötzlicher Seufzer stank förmlich nach Neid. »Erinnerst du dich an die Zeit, als George noch Interesse an gesellschaftlichem Umgang zeigte? Damals hätte er Sanburne kennenlernen können. Zu Beginn unserer Ehe hat er keine Party ausgelassen. Und jetzt? Jetzt will er nur noch mit den Mitgliedern seines Clubs über Politik reden. Selbst die Ehefrauen kennen kein anderes Thema.«

Was hast du erwartet? Das sind Politiker. Doch Lydia hütete sich, das laut zu sagen. Wenn sie eine Beschwerde entkräftete, suchte sich Sophie gleich die nächste. Sie fand immer neue Gründe, um von George enttäuscht zu sein. Eine gütigere und großmütigere Schwester würde Sophie sicher helfen, seine Stärken zu erkennen. *Viel Glück dabei, Ana.*

»Sanburne wäre ein erstklassiger Fang.« Sophie zog ihr Büchlein hervor. »Hast du einen Füllfederhalter?«

Lydia stieß ein ungläubiges Lachen aus. Als einzige verheiratete Frau unter ihnen war Sophie die Aufgabe zugefallen, Anas Anstandsdame zu spielen. Sie trug stets ein kleines Notizbuch bei sich, das sie ihr »Kampagnen-Tagebuch« nannte. Darin führte sie eine Liste von Junggesellen aus vornehmem Hause, der sie alle relevanten Details hinzufügte, die ihr zu Ohren kamen. Doch das war zu viel. »Es kann nicht dein Ernst sein, ihn in Betracht zu ziehen. Er ist schon mit Gatwicks Tochter verlobt!«

»Ach wirklich? Ich bekomme in dieser Hinsicht keine klare Antwort. Zudem munkelt man, dass sie in einen anderen verliebt ist.«

»Ach, das ist genau das, was wir für Ana wollen: einen Mann, der seinen Vater nur so zum Spaß gegen sich aufbringt und sich eine Verlobte hält, die nichts für ihn übrig hat.« *Gott, was für ein Durcheinander.* Lydia verstand diese überspannten, extravaganten Menschen nicht. Sie hatten nichts Besseres zu tun, als ihr Leben zu verpfuschen, während der Rest der Welt sie dabei auch noch anfeuerte. Während Normalsterbliche für solche Narreteien hochkant aus der Gesellschaft flögen.

»Nun, ich würde sie ihm ja nicht aufdrängen. Aber wenn er Interesse zeigte …«

Das war genau der Grund, weshalb Papa sie gebeten hatte, Sophies Kuppeleien im Auge zu behalten. »Auf keinen Fall. Und was ist mit Mr Pagett? Ich dachte, du hättest dir geschworen, ihn in den nächsten zwei Wochen zu einem Antrag zu bewegen.«

Mit rebellisch vorgeschobener Lippe beugte sich Sophie vor. »Und das werde ich auch, aber man darf nicht zu sehr drängen. Salbadere du, so viel du willst, über alte Steine und fremde Völker, aber wenn es um *Männer* geht, hast du keine Ahnung.«

Lydia klappte die Kinnlade herunter. Wenn diese Wände reden könnten, würden sie Sophies Behauptung entkräften! »Ach ja? Ich habe keine Ahnung? Wer hat denn das Gespräch gerettet, als Gladstone letzte Woche bei uns zu Abend gegessen hat und du fast eingeschlafen und mit dem Kopf in die Suppe gefallen wärest?«

»Du hast eine halbe Stunde lang über die autonome Selbstverwaltung Irlands schwadroniert«, blaffte Sophie. »Ich bin überrascht, dass *er* nicht eingeschlafen ist. George war es sehr peinlich.«

»George war dankbar für mein Eingreifen«, erwiderte Lydia scharf. Er hatte ihr sogar zum Dank ein mattes Lächeln geschenkt.

Sophie zuckte mit der Schulter. »Vermutlich hat er sich zu sehr für dich geschämt, um etwas zu sagen.«

Sich für sie geschämt, ja? Vor drei Jahren hat sich George jedenfalls nicht für mich geschämt. Als er mich in diesem Zimmer überfallen, mich an sich gerissen, begrapscht und geküsst hat, da fand er mich nicht unzulänglich. »Mr Gladstone hat mich nach meiner Meinung zu dem Thema gefragt«, sagte sie mit zusammengebissenen Zähnen. »Also habe ich geantwortet. Worüber hätten wir auch sonst reden sollen? Über dein Dekolleté? Über Anas neuerdings ausladendes Hinterteil? Also wirklich, Sophie, was für ein Beispiel gibst du ihr mit deinem Benehmen? Schöne Augen sind nicht der einzige Vorzug, den eine Frau haben kann. Und sie nützen auch nicht viel, wenn ein Mann noblere Interessen hat als eine Liebelei.«

Sophie lächelte sie an. »Damit liegst du falsch«, erwiderte sie zuckersüß. »Du verwechselst Desinteresse mit Noblesse. Liebe Lydia, nur weil ein Mann *dich* nicht attraktiv findet, heißt das noch lange nicht, dass er kein Interesse daran hat, mit anderen, hübscheren Frauen zu flirten. Du siehst also, für dich gibt es keinerlei Grund, Ana ein Vorbild abzugeben. Sie wird die Fähigkeiten niemals nötig haben, derer du so sehr bedarfst.«

»Wie grausam du sein kannst«, sagte Lydia nüchtern. »Bist du sehr stolz darauf?«

»Ich sage nur die Wahrheit. Eine bedeutende Wissenschaftlerin wie du sollte das doch bewundern.«

Nie war die Versuchung, ihr alles über George zu gestehen, größer gewesen. Sie war so kurz davor, dass ihr die Worte schon auf der Zunge lagen.

Aber sie würde schweigen. Es war auch schon zu lange her. Und die Geschichte wäre für Lydia selbst genauso wenig schmeichelhaft wie für George. Immerhin konnte er dem Alkohol die Schuld geben. Aber welchen Grund konnte sie dafür nennen, dass sie die Arme um ihn geschlungen hatte? Für wenige, kurze Sekunden, bevor sie sich wieder losriss, hatte sein Verrat sie … mit Genugtuung erfüllt. Du hast die falsche Wahl getroffen, hatte sie gedacht. *Und jetzt weißt du es.*

Durch die Erinnerung an diese Szene wurde ihr wie immer unwohl. Bei aller Selbstverachtung und Wut war ihr nur eines klar: Sie hatte wissen wollen, wie es war, geküsst zu werden, und es zu ihrer eigenen Schande herausgefunden. Sie atmete tief durch. »Ich werde mich jetzt nicht mit dir streiten«, sagte sie und räusperte sich. »Es läuft doch auf Folgendes hinaus: Papa hat uns beide mit dieser Aufgabe betraut. Also werden wir auch *gemeinsam* einen Mann für Ana suchen.«

Sophie gähnte. »Papa ist in Ägypten, und ich wage zu bezweifeln, dass er über einen zukünftigen Earl die Nase rümpfen würde.«

»Papa würde sich keinen Deut um einen Titel scheren, wenn es bedeutete, Ana mit einem Gewohnheitstrinker zu vermählen.«

Ihre Schwester lächelte geziert. »Mir hat er etwas anderes gesagt.«

»Was? Wann?«

»Ach, habe ich es dir nicht erzählt? Papa hat mir einen Brief geschrieben.«

Lydia durchlebte eine Schrecksekunde. »Nein.«

»Nein?« Sophie grinste selbstzufrieden. »Schließlich bist du nicht seine einzige Tochter.«

Ihr gesunder Menschenverstand gewann wieder die Oberhand. Papa erledigte die Familienkorrespondenz grundsätzlich über sie. »Das ist allerdings wahr«, sagte sie achselzuckend. »Zeig mir den Brief.«

»Warum sollte ich? Er war nicht für dich bestimmt.«

Es gab gar keinen Brief. Sophie wollte sie nur ärgern. Womit hatte dieser Streit noch angefangen? Ach ja. »Nun, das ist sowieso alles unwichtig. Sanburne wird schon mit Mrs Chudderley in Verbindung gebracht.«

»Mrs Chudderley?« Ana hatte die Blumen Blumen sein lassen und sich zu ihnen gesellt. Ihr heiterer Ton war wohlüberlegt. Wenn sie maßgeblich daran beteiligt war, hatte sie nichts gegen einen Streit einzuwenden. Aber wenn andere stritten, machte sie das beklommen. »Die Berufsschönheit?«

Lydia intervenierte, bevor Sophie es tun konnte. »Ja, Lord Sanburnes Verlobte.«

»Ach! Er ist mit ihr verlobt? Das überrascht mich nicht. Ihr Bild hängt überall in den Schaufenstern. Sie ist sehr schön.«

Lydia gefiel der bewundernde Unterton nicht. »Du solltest Mitleid mit ihr haben. Verlobt mit einem Mann, der betrunken in der Öffentlichkeit erscheint! Wir finden ganz bestimmt etwas Besseres für dich.«

»Ich auf alle Fälle«, sagte Sophie.

Ana blickte unbehaglich von einer zur anderen. Sie wusste zu wenig über die Hintergründe, um den Konflikt zu verstehen, der zwischen ihren großen Schwestern schwelte. Die beiden waren stillschweigend übereingekommen, es ihr nie zu sagen. »Das will ich doch hoffen«, sagte sie und ließ sich in einen Polstersessel fallen.

»Anmutiger«, murmelte Lydia missbilligend. »Lass dich nicht so … hinplumpsen.«

»Lass sie doch«, fuhr Sophie sie an.

»Sie geben bestimmt ein fantastisches Paar ab«, sagte Ana. »Er ist so schneidig.«

»Wahre Schönheit kommt von innen.« Erst kurz bevor Sophie loslachte, merkte sie, wie steif und prüde sie klang.

»Meiner Erfahrung nach ist Schönheit sehr von Vorteil.« Als Lydia aufblickte, ruhte Sophies Blick auf ihr. »Dem würdest du doch sicher nicht widersprechen, Lydia.«

Wütend erwiderte Lydia ihren Blick. »Nein, allerdings nicht. Ich musste feststellen, dass Schönheit jede Art von innerer Hässlichkeit überdeckt.«

Von seiner Kutsche aus hatte James just in dem Moment einen wunderbaren Blick auf die Rennbahn von Epsom Downs, als der Tumult losbrach. Ganz London war gekommen, um das Rennen zu sehen. Bürger aller Schichten aßen und tranken gemeinsam und prügelten sich – begafften Feuerspucker, bejubelten Akrobaten und warfen umherlaufenden Akkordeonspielern Münzen zu. Ein säuerlicher Geruch nach Schweiß und verschüttetem Apfelwein lag in der Luft, die dazu auch noch stickig vom Rauch gegrillter Würstchen und gebratener Muscheln war. Die Volksfest-Stimmung hätte das Derby selbst in den Schatten gestellt, wäre das Rennen nicht unentschieden ausgegangen.

Diese haarsträubende Nachricht verbreitete sich nicht sofort; immerhin erstreckte sich die Menschenmenge an manchen Stellen über eine halbe Meile. Auf seinem hohen, sicheren Sitz auf dem Kutschbock – eine improvisierte Insel neben einem Meer aus Köpfen – nahm James einen kleinen, aus farciertem Krebs und Champagner bestehenden Imbiss zu sich und beobachtete das herannahende Chaos. Ein schockierter Wetter, der angesichts der Neuigkeit zurückwich, stieß mit einem Stelzenläufer zusammen, der mit einem Schrei auf die Decke einer Familie kippte, die im Schatten von James' Kutsche ein Picknick machte. »Deshalb wette ich nicht«, sagte Phin neben ihm. »Überlass es dem Zufall, verlier es durch Zufall.«

James war überrascht, dass Phin wach war. In den letzten vier Stunden, während James zwischen seiner und Daltons Kutsche hin und her gesprungen war (die inzwischen mit Dalton und Tilney obendrauf von der drängelnden Menschenmenge außer Reichweite geschoben worden war), hatte Phin mit geschlossenen Augen regungslos dagesessen. Er hatte sich gesonnt wie eine langgliedrige, streunende Katze. Oder vielleicht wäre Buddha der bessere Vergleich, denn sein Appetit tendierte gegen Null. Bier, Wein, gepresstes Rindfleisch und hart gekochte Eier – all seine Angebote hatte er der Reihe nach abgelehnt.

Wenn es nur Phins Ziel war, dekorativ dazusitzen, hatte er Erfolg damit. Von der Sonne im Ausland tiefbraun gebrannt, vom Bergsteigen muskulös und hager, gab er eine eindrucksvolle Figur ab. Als James von der Haupttribüne zurückgekommen war, hatte er eine Schar Ladenmädchen angetroffen, die vor der Kutsche herumlungerten und von Phins *breiten* Schultern (*wie der Ärmelkanal*) über die *exotische* Länge seiner braunen Haare bis hin zu seinem *ach so männlichen* Kinn alles beäugten. Was James anging, so hatte er *himmlische* Augen und ein göttliches Gesicht, doch seine Belustigung hatte ihnen weniger gefallen. Deshalb waren sie weitergegangen und hatten sich an Dalton rangemacht.

Nun, Dalton war ein feiner Kerl und würde seinen Freunden den Rücken decken, selbst wenn er sich dabei den eigenen bräche. Doch mit seinem karottenroten Haar, den unsichtbaren Augenbrauen und dem fliehenden Kinn war er nicht gerade der Inbegriff eines Romeos. Niemand wusste das besser als Dalton selbst, der die Mädchen zu sich nach oben eingeladen und sie gebeten hatte, »ihm das Blaue vom Himmel herunterzulügen«. Als Tilney ihn deshalb verspottete, rächten sich die Damen an ihm und drängten Tilney durch subtile Bewegungen bis zum Rand des Daches. Nun trank er Whisky und schmollte. Da er sogar hübscher war als ein Mädchen, war er nicht daran gewöhnt, ignoriert zu werden.

»Armer Tilney«, sagte James, als eines der Mädchen ruckartig die Arme ausbreitete und ihn zur Seite stieß, woraufhin er sich verzweifelt festklammern musste, um nicht das Gleichgewicht zu verlieren. »Wir sollten ihn retten, bevor seine Eitelkeit ganz in sich zusammenbricht.«

Phin grunzte. »Stimmt. Ohne sie bliebe nicht mehr viel von ihm übrig.« Nach einer kurzen Pause fügte er hinzu: »Bis auf seine Schulden. Ich glaube, sein Pferd kam als letztes ins Ziel, genau wie gestern und letzte Woche.«

Da war was dran: Tilney hatte wirklich Pech mit Pferden. James hatte ihm schon unzählige Male mit größeren Summen aus der Klemme geholfen. Aber da spielte auch noch etwas anderes mit: Phins reflexartiges Misstrauen gegenüber Blaublütern. Dass er selbst einer war, machte für ihn keinen Unterschied. Und um fair zu sein: Damals, als sie alle zusammen in Eton waren, hatte es für Tilney auch keinen Unterschied gemacht. Damals hatte noch nichts darauf hingedeutet, dass Phin einen Grafentitel erben würde. Die meisten seiner Kameraden taten ihn als Fall für die Wohlfahrt ab, und einen verdächtig irischen noch dazu.

Phin setzte sich mit Geringschätzung zur Wehr. *Eierköpfige Tölpel, verhätschelt bis zur Unbrauchbarkeit*. Damit redete er im zarten Alter von zehn Jahren abfällig über den Großteil von

Großbritanniens zukünftiger Führungselite. Mit einem Blick auf James fügte er hinzu: *Ich habe wirklich keine Ahnung, wie du so interessant werden konntest. Ich hoffe schwer, dass du so bleibst.*

James gab sich Mühe. Noch Jahre später prüfte er sich immer, wenn er sich in einer Situation wiederfand, in der ihm seine gesellschaftliche Stellung Vorteile gewährte, anhand Phins Prämisse: *Ist das interessant?* Was schon bald bedeutete: *Ist das originell?* Viel zu oft stellte sich heraus, dass die Antwort *Nein* lautete. Von seinem Taschengeld Geschenke kaufen, um damit Dorfmädchen zu verführen: wenig originell. Genau wie: das Personal zu beschimpfen, über Fremde herzuziehen, seine Lehrer zu bestechen und langatmige Urteile über Menschen abzugeben, die ihn nichts angingen – so wie Phin es gerade in diesem Moment tat. »Er ist vielleicht ein schlechter Zocker«, sagte James achselzuckend. »Aber sonst ist er ganz ordentlich geraten. Komm heute Abend mit, dann wirst du schon sehen.«

»Ich kann nicht«, sagte Phin. »Die Pflicht ruft, und was es sonst noch so gibt.«

Das war ihm neu. »Aber du bist jetzt schon seit fünf Monaten zurück. Ich dachte, du wärst damit fertig.«

»Fast.« Phin schien auf die Rennbahn zu starren, doch James (der ein Talent fürs Spielen hatte, aber leider keine Vorliebe dafür) hätte gewettet, dass er etwas ganz anderes sah. »Ich muss noch ein paar zähe Bedenken ausräumen«, fügte Phin hinzu. »Dann bin ich fertig.«

Das darauf folgende Schweigen kam ihm vertraut vor. Und ziemlich langweilig. Bevor Phin außer Landes gegangen war, hatten sie stets offen und ehrlich über alle möglichen Themen gesprochen. Doch im Laufe der Zeit trübten seine ausweichenden und unklaren Antworten zunehmend ihre gemeinsamen Gespräche. Phin war nicht nur ein harmloser »Kartograf«. Das verstand James irgendwann. Doch was er genau für die Armee getan hatte, blieb undurchsichtig. Dieses neue unnahbare Verhalten war gleichermaßen rätselhaft. Was konnte einen Mann, der einst so versessen darauf gewesen war, die Welt kartografisch zu erfassen, dazu gebracht haben, dass er jetzt nur noch versuchte, durch sie hindurchzusehen? »Wenn du Hilfe brauchst«, sagte James, »lass es mich wissen.«

Phin warf ihm einen Blick zu. »Danke.« Es war bezeichnend dafür, wie kühl er in letzter Zeit geworden war, dass James seine so offen gezeigte Dankbarkeit nun überraschte. »Versteh mich nicht falsch. Es ist schön, wieder zu Hause zu sein. Obwohl …« Er holte tief Luft. »Bisweilen kommt es mir schon ein wenig … surreal vor.« Er zuckte gleichgültig mit den Achseln. »Ich frage mich, wann sich das wieder gibt.«

»Niemals, wenn du weiterhin diese abenteuerlichen Tränke herstellst. Der letzte hat mich fast um die Ecke gebracht.«

Phin lachte. »Ja, starker Kaffee wäre eine bessere Idee. Ah – da kommt Elizabeth.« Mit einer geschmeidigen Bewegung erhob er sich und sprang vom Dach. Zu schnell mal wieder, denn er wollte ihm entkommen. Jedes Gespräch, das Phin zu persönlich wurde, schlug ihn in die Flucht wie eine Fuchsmeute einen Hasen. James' erste Reaktion war, das als sehr vorteilhaft zu betrachten, was ihn wiederum leicht beunruhigte.

Doch an einem so sonnigen, sorglosen Tag wollte er sich nicht von so etwas irritieren lassen und konzentrierte sich stattdessen auf den kleinen Fehltritt, der Phins Landung beeinträchtigte. Es war ganz schön weit bis zum Boden, und die meisten Leute hätten seine Ungeschicklichkeit sicher ignoriert. Aber Phin war sonst immer ausgesprochen elegant, mit einer körperlichen Selbstbeherrschung, die so vollkommen war, dass eine Ballerina neben ihm schwerfällig gewirkt hätte. »Alte Kriegsverletzung«, hatte Phin heute Morgen behauptet, als er in ähnlicher Weise vom Tritt in die Kutsche gestolpert war. Doch der Geruch an seinen Kleidern hatte auf etwas anderes hingedeutet. Es schien, als hätte er unter anderem eine Vorliebe für Opium entwickelt. Doch James hatte den Mund gehalten. Grundsätzlich hatte er nichts gegen ein bisschen Experimentierfreude, doch als Ouvertüre zum Frühstück schien es ihm heikel.

Unten auf dem Boden wurde Phins Ritterlichkeit nicht gewürdigt. Lizzie hastete an ihm vorbei, hüpfte über einen schlummernden Hund, wich geschickt drei herumspringenden Kindern aus und starrte zwei Betrunkene in Grund und Boden, wobei sie die ganze Zeit mit der Spitze ihres lavendelfarbenen Sonnenschirms nach oben auf James' Kopf zielte. Dicht auf ihren Fersen war ein Diener, dessen gepuderte Perücke (nur Lizzie verlangte von der Dienerschaft, gepudert zum Derby zu gehen!) langsam in der Hitze erschlaffte. »Ha, du Schlingel!«, rief sie zu ihm hinauf. »Lässt du mich auf der Haupttribüne sitzen, damit du den Champagner ganz allein trinken kannst?«

»Alles, um Nello zu entrinnen«, sagte er ehrlich.

»Diesem Mistkerl?« Sie lachte. »Zum Teufel mit ihm. Du solltest wirklich deine Post lesen, Sanburne: Ich habe mich vor zwei Tagen von ihm getrennt und es seitdem keine Sekunde bereut.« Mit einem Fingerschnipsen wies sie den Diener an, sich vor ihr ins Gras zu knien. Dann stieg sie, eine Hand an die Kutsche gestützt, auf das Knie des Mannes, sodass sie über den Rand des Daches schauen konnte. »Schon viel besser. Und jetzt verrate mir den wahren Grund, warum du dich hier versteckst.«

»Kannst du mir nicht meine kleinen Launen zugestehen?«

»Auf keinen Fall. Deine Aufgabe ist es, amüsant zu sein.«

»Und wenn ich nicht amüsiert bin?«

»Dann steckst du in großen Schwierigkeiten«, sagte sie pfiffig. »Denn als Bankier kann ich mir dich nicht vorstellen.«

Neugierig legte er den Kopf schief. »Gibt es denn keine anderen Optionen?«

Sie lachte. »Nun, es gibt immer noch die Politik, aber ich bin mir ziemlich sicher, dass dich keine Partei haben will.« Sie warf einen Blick zur Seite und schwankte, sodass James sie am Arm packen musste, damit sie nicht herunterfiel. »Bleib sofort stehen«, rief sie Phin nach, der verstohlen den Rückzug zu Daltons Kutsche antrat. »Du hast dich schon letzte Woche von James' Party weggeschlichen, bevor ich die Gelegenheit hatte, mit dir zu sprechen. Du *musst* jetzt einfach zurückkommen und es wieder gutmachen – vorzugsweise dadurch, dass du mehr Charme an den Tag legst als ein Stück Tapete.« Als Phin achselzuckend zu ihnen zurückgeschlendert kam, richtete sie ihren gestrengen Blick wieder auf James. »Du versteckst dich doch nicht vor dem Tratsch, oder? Man munkelt, dass du fast von einem Blaustrumpf in den Boden gestampft wurdest.«

Phin blieb neben ihr stehen. »Davon habe ich auch gehört«, sagte er. In weniger als drei Minuten von rätselhafter Sphinx zur Grinsekatze: Für Lizzie war er immer gern unterhaltsam. Sie war auf dem Nachbaranwesen von James' Familie aufgewachsen, und in ihrer Jugend, wenn Phin in den Ferien mit zu ihm nach Hause gekommen war, hatten Lizzie und Stella ihm das Flirten beigebracht. Seither sorgte Phin dafür, dass ihnen nicht entging, wie vorzüglich ihre Unterweisungen gewesen waren. »Geh behutsam mit ihm um, Liebes. Man munkelt, dass sie spindeldürr und farblos sei und ihm sofort die Augen auskratzen wollte.«

»Dürr ist sie überhaupt nicht«, gab James gelassen zurück. Derweil lief das Gesicht des Dieners unter Lizzies Gewicht rot an. Da Vorsicht besser war als Nachsicht, rutschte James vom Rande des Daches und ließ sich zu Boden fallen. »Nicht einmal farblos«, fuhr er fort, während er sich die Hose abklopfte. Dann hielt er Lizzie die Hand hin, um ihr beim Absteigen vom strapazierten Knie ihres Dieners behilflich zu sein. »Daran erkennst du, was für einen Nutzen ein Tratsch mit Witwen hat. Miss Boyce ist sogar zu einem sehr hübschen Rot angelaufen, als sie mich herunterputzte.«

»Hübsch?« Elizabeth legte ihren Parasol an die Schulter und drehte ihn gedankenvoll, wobei ihre hochgezogenen Augenbrauen dieser Bewegung einen skeptischen Beigeschmack verliehen. »Ihr sprecht von Lady Southertons Schwester, ja? Sie scheint ein sehr … Respekt einflößendes Geschöpf zu sein.«

Mit diesen verächtlich ausgesprochenen Worten meinte Lizzie eigentlich groß, da sie selbst James kaum bis zur Schulter reichte.

»Ja, Respekt einflößend war sie wohl.« Und ziemlich umwerfend, doch dieses Wort kam ihm merkwürdig vor, weshalb er es lieber nicht aussprach. Miss Boyces Gesicht würde nie die Blicke der Männer auf sich ziehen. Es lag eher an ihrem Auftreten. Sie pfiff auf jede Konvention; sie war durch den Saal gefegt wie eine Walküre, entschlossen, den törichten Sterblichen zu zermalmen, der es gewagt hatte, sie zu unterbrechen. Er hatte schon ein paar Gouvernanten mit einer solchen Präsenz erlebt, doch damals war er erst sieben gewesen, und sie hatten ihm gegenüber den Vorteil gehabt, über einen Holzpaddel und dreißig Kilo mehr Gewicht zu verfügen. Als Erwachsener wusste er Frauen, die sich durchsetzen konnten, besser zu würdigen.

»Und Moreland war auch da, habe ich gehört«, soufflierte Lizzie, während sie nach einer Fliege schlug.

Ihm war nicht bewusst gewesen, dass er lächelte, bis er merkte, dass sein Lächeln auf einmal verrutschte. »Leider.«

»Interessant«, sagte Phin. »Ich frage mich, ob er sie dazu angestiftet hat.«

Der Gedanke alarmierte ihn. »Gäbe es dazu irgendeinen Grund?«

Phin blinzelte, als hätte er sich selbst überrascht. »Eigentlich keinen.« Er sah Lizzie hilfesuchend an, und sein Ton wurde neckisch. »Eine schlechte Angewohnheit von mir – in jedem Zufall eine Verschwörung zu sehen. Haben Sie ein Heilmittel dagegen, Mrs Chudderley?«

Sie klimperte mit den Wimpern. »Wende dich nicht an mich, Ashmore. Ich glaube, meine Modistin legt es darauf an, mich zugrunde zu richten. Dafür habe ich auch keine Lösung.«

Während die beiden weiterplauderten, ertappte sich James dabei, wie er einen suchenden Blick zu den Privatlogen warf, die den Rasen an der Haupttribüne säumten. Ihre Fenster glänzten in der Sonne wie blinde Augen. Hinter einem davon saß sein Vater und verhöhnte ihn zweifellos noch immer wegen des Zwischenfalls im Institut. Es war zwar nicht Morelands Stil, öffentliche Spektakel zu arrangieren, doch es hatte ihm sicher gefallen, die wohlverdiente Bestrafung seines Sohnes mitzuerleben. Wie groß war die Wahrscheinlichkeit, dass er seine Hand im Spiel gehabt hatte?

Lizzie knuffte ihn lachend in den Arm. »Den Blick kenne ich. Du hast die Jagd eröffnet!«

»Wäre ja nicht das erste Mal«, meinte Phin und es klang nicht, als würde er scherzen.

Carnelly besaß in der Nähe der St. Katharine Docks eine Lagerhalle; ein schäbiges, heruntergekommenes Gebäude, das von außen aussah wie ein Armenhaus. James hatte noch nie verstanden, was seinen Reiz ausmachte, um so viele unterschiedliche Gestalten zu seinem Eingang zu locken, denn dort war immer irgendetwas los. Heute zum Beispiel verkaufte ein Händler Kastanien von einem glutroten Grill, während ein kleiner Junge für ein paar Pennys durch Reifen sprang. Eine Frau lungerte am Eingang herum, soff Gin und machte einem Verehrer schöne Augen – einem von der zahlenden Sorte, argwöhnte James.

Es war nicht gerade eine fröhliche Gegend. Aber Carnelly war auch kein sehr fröhlicher Mann. Im Gebäude selbst schuf die

Kombination von höhlenartiger Dunkelheit und dem Geruch uralter Artefakte eine Atmosphäre, die sich einem aufs Gemüt legte. Es roch nach Schimmel, Papyrus und Messingpolitur – der Duft der raffgierigen Oberschicht, fand James. Er lockerte diskret seine Krawatte, während er sich auf einer Bank an der Tür niederließ, um zu warten. Man konnte nie genau sagen, wo Carnelly sich gerade befand. Die Erfahrung hatte gezeigt, dass es sinnlos war, sich auf die Suche nach ihm zu machen. Die Gänge in diesem Lagerhaus waren eng, unglaublich dunkel und wurden oft von plötzlichen Kistenlawinen zugeschüttet. Zudem gab seine gefälschte Stele eine ausgezeichnete Fußbank ab.

Er gähnte, während er wartete. Er war müde. Letzte Nacht war in seinem Haus eingebrochen worden – ein paar silberne Kerzenhalter und zwei Vasen waren abhandengekommen – und das Personal war in heller Aufregung. Er hatte den ganzen Vormittag damit verbracht, die Bediensteten zu befragen und ihre Ängste zu zerstreuen. Was für ein pflichtbewusster Herr und Gebieter er doch war. Wie edel, wie aufrecht er unter seinen großen, schweren Bürden stand. Er schnitt eine Grimasse. Hätte er einen von Phins Tränken im Körper gehabt, hätte die gegenüberliegende Wand ihm wahrscheinlich eine Grimasse zurückgeschnitten. Er musste feststellen, dass ihre Sturheit ihn ein wenig enttäuschte.

Nach wenigen Minuten ertönte ein Schlurfen aus der Dunkelheit. Ein lautes Schniefen folgte. Aufgrund des vielen Staubs litt der Mann unter einer immerwährenden Erkältung. »Carnelly«, rief James. »Um Himmels willen! Putzen Sie sich die Nase.«

»Eh?« Jetzt ertönte ein dumpfer Schlag, darauf das Splittern von Holz. Carnelly reckte den Kopf aus einem Stoß von Lattenkisten. »Hallo, Chef. Freut mich, Sie zu sehen.«

»Sparen Sie sich das«, sagte James. »Ich weiß, dass Sie die Zeitungen gesehen haben.«

Carnelly kletterte aus dem Kistenstoß hervor. Er hatte eine

Metzgerschürze um und hielt einen schmutzigen Lappen in der Hand. Obwohl er gebaut war wie ein Riese, mit Schultern und Oberschenkeln, die zweimal so breit wirkten wie die eines normalen Menschen, war er alles andere als Respekt einflößend. Es lag an seinen Haaren, dachte James. Einen Mann, dem ziegelrote Ringellocken vom Kopf wuchsen, konnte man einfach nicht ernst nehmen. »Kann nicht behaupten, je viel gelesen zu haben, Sir.«

James warf einen vielsagenden Blick auf einen Stapel archäologischer Fachzeitschriften in der Ecke.

»Ach, die sind nur zur Schau da.«

Er erhob sich. »Ihr Analphabetismus, so suspekt er mir auch erscheint, interessiert mich nicht. Eigentlich gibt es nur eine Sache, die für mich von Interesse ist. Können Sie es erraten?« Es folgte ein kurzes Schweigen. »Das war keine rhetorische Frage, Sir.«

Der andere Mann schluckte hörbar. »Steuern?«

»Nächster Versuch.«

»Jungfrauen.«

»Schwierig, zugegeben, aber das kriege ich allein hin.«

Carnelly senkte den Kopf, wenn auch nicht schnell genug, um sein Grinsen zu verbergen. Er scharrte unbehaglich mit den Füßen. »Moreland«, sagte er widerwillig.

»Haargenau«, lobte ihn James. »Nun, ich habe mich gefragt, da Sie das über mich wissen und mein Motiv dafür kennen, ein wirklich außergewöhnliches Artefakt aus Ägypten zu suchen, eines, das meinen Vater vor Neid grün werden ließe – warum sollten Sie dann meine Protektion und mein *immenses* Missfallen riskieren, indem Sie mir eine zweitklassige Fälschung andrehen?«

Carnelly schnappte entsetzt nach Luft und warf den Lappen auf den Ladentisch. »Mylord! Das würde ich nie tun!«

James seufzte. »Wie lange kennen wir uns schon?«

»Zwei wunderbare Jahre«, sagte Carnelly ernsthaft. »Und ich

habe nie einen glücklicheren Tag erlebt als den, an dem Sie zum ersten Mal in meinen Laden traten …«

»Um mir meine Brieftasche zurückzuholen, glaube ich, aber die kleptomanischen Anwandlungen Ihres Neffen wollen wir mal außer Acht lassen.«

»Gott segne den Kleinen. Er schlägt nach der Seite seines Vaters. Ein echter Carnelly würde Ihnen nie eine Fälschung andrehen.«

»Das würde ich auch nicht erwarten. Aber was zum Teufel ist dann *das* hier?« James schlug mit der Ferse gegen die Steinsäule.

Carnelly zog sich die Schürze über den Kopf, lief um den Ladentisch herum und hockte sich davor. »Nun ja.« Er fuhr mit den Fingern über die gemeißelte Oberfläche der Stele. »Oh ja. Das ist wirklich eine Fälschung. Aber sie ist nicht von mir.«

»Das ist sie ganz sicher. Sie wurde in derselben Kiste geliefert wie die Urne und Amenemhats Papyrus.«

»Was?« Carnelly kam mit Schwung wieder auf die Beine. »Das war in meiner Sendung? Das gehörte nicht zu Colbys Ausbeute. Moment mal! Ich habe noch die Versandliste für diese Lieferung.« Er begab sich wieder hinter den Ladentisch und verschwand dahinter, durchwühlte alles und wirbelte dabei eine riesige Staubwolke auf. »Hier«, sagte er hustend, als er James ein Buch vorlegte. Er blätterte zu einer Seite ziemlich weit hinten. »Alles Gegenstände, die in Kairo erworben wurden. Mein Mann vor Ort macht jedes Mal eine letzte Bestandsaufnahme, bevor die Sachen zur Verschiffung nach Port Said transportiert werden.«

James trat vor und sah ihm über die Schulter. Eine Halskette mit einem Skarabäus-Anhänger. Eine Skulptur der Katzengöttin Bastet. Ein Papyrus aus der neunzehnten Dynastie. Und so weiter und so fort, eine bemerkenswert sorgfältige Chronik. »Sie lassen den Ägyptern nichts mehr übrig, Mann.«

»Aber Sie sehen, die Stele ist in Colbys Sendung nicht aufgeführt.«

James blätterte um. »Nein«, stimmte er nach einer Weile zu. »Hat Ihr Mann vor Ort sie vielleicht eingeschmuggelt?«

»Er hat keinen Grund, für eine wertlose Steinsäule seine Arbeit zu riskieren. Verstehen Sie mich nicht falsch«, fügte Carnelly hastig hinzu. »Ich glaube Ihnen, Chef. Es ist nur … ah!« Er schnipste mit den Fingern, griff unter die Ladentheke und holte ein anderes Geschäftsbuch hervor. Er feuchtete mit der Zunge den Daumen an und blätterte darin. »Ja«, sagte er. »Hier ist es. Sie stammt aus der falschen Kiste. Sie war für einen anderen Gentleman bestimmt. Verfluchter Wilkins! Das wird ihn den Kopf kosten. Das ist schon die dritte Sendung, bei der etwas schiefging.«

James verspürte langsam Belustigung. »Sie führen also für die Fälschungen ein anderes Hauptbuch? Ein großartiges Buchführungssystem.«

Carnelly runzelte die Stirn. »Nein, Sir. Was ich gesagt habe, war ernst gemeint. Ich handele nicht wissentlich mit Fälschungen. Zu hohes Risiko für den Profit. Ich muss an meinen guten Ruf denken. Das hier ist eine große Enttäuschung.« Er tippte mit dem Finger auf die Seite. »Unser Mann Boyce ist normalerweise sehr zuverlässig.«

James richtete sich auf. Bei Gott, einen Punkt an Phin! »Sagten Sie *Boyce*?«

Carnelly wirkte gekränkt. »Ja, und der ist seriös. Offiziell, meine ich, kein Grabräuber wie Colby oder Overton. Veröffentlicht in allen bedeutenden Fachzeitschriften. Seit Mariette gestorben ist und das Geschäft wieder in Gang kam, hat er ein paar gute Stücke geschickt. Nichts Halbseidenes, wohlgemerkt, sondern alles hübsch legal. Ich kann mir das nicht erklären. Diese Steinsäule würde nicht mal einen Zehnjährigen täuschen!«

Diese wenig schmeichelhafte Beurteilung seines eigenen

Scharfblicks ließ James lieber unkommentiert. »Bekommt seine Tochter die Stücke zu sehen, die er schickt?«

»Sie meinen Miss Lydia?« Carnelly summte eine kleine Melodie. »Ein Hingucker, wie?«

Das war nicht der erste Ausdruck, den James gewählt hätte, um sie zu beschreiben. Der Begriff schien zu abgedroschen, um ihren Reiz zu erfassen – oder ihren unbedachten und verhängnisvollen Wagemut, wenn sie glaubte, sich mit seinem Vater gegen ihn verschwören zu können. »Genau die. Ich nehme an, sie kommt zur Kontrolle her.«

»Nun, sie nimmt die meisten Stücke in Augenschein. Immerhin hat sie in den letzten drei Jahren den Großteil seiner Verkäufe organisiert.«

»Hat sie das hier auch gesehen?«

»Ich glaube nicht. Das war für Hartnett bestimmt. Er ist einer von Boyces speziellen Kunden.«

»Sie *glauben* es nicht, oder Sie wissen es nicht?«

Carnelly zögerte. »Nun, ich erinnere mich nicht. Ich führe kein Buch darüber. Ich müsste in meinen Akten nach den Anweisungen von Boyce sehen.«

James warf einen Blick auf die Unordnung in dem düsteren Lager. »Ihre Akten?«, fragte er skeptisch.

»Es dauert etwa eine Stunde«, sagte Carnelly. »Aber ich finde es.«

»Tun Sie das bitte.« Von einem unverschämten Blaustrumpf die Schau gestohlen zu bekommen, der besser über Antiquitäten Bescheid wusste als er selbst, war eine Sache. Aber von einer hinterhältigen alten Jungfer die Schau gestohlen zu bekommen, die mit seinem Vater Ränke geschmiedet und die ganze Szene möglicherweise arrangiert hatte, war etwas völlig anderes. Wenn dieses kleine Luder sich mit Moreland verschworen hatte, würde es ihr noch sehr leidtun.

3

»Was beschäftigt Sie, Miss Boyce?«

Lydia blickte erschreckt auf. Mr Romney hatte ihre lustlose Konversation vier Gänge lang ertragen und dann lieber mit der Dame zu seiner Linken geschwatzt, die nun jedoch auf ihrem Stuhl leise vor sich hin schnarchte. Ob das eher der ungeheuren Hitze vom Kamin, dem großzügig ausgeschenkten Wein oder Mr Romneys überlauter Stimme zuzuschreiben war, ließ sich nicht so genau sagen. Mrs Fillmore hatte vermutlich von Anfang an keine Chance gehabt.

Lydia räusperte sich. »Ich habe den hübschen Tisch betrachtet, den unsere Gastgeberin für uns gedeckt hat.« Sie deutete auf das Übermaß an silbernen Vasen und Kandelabern, unter denen sich der Tisch förmlich bog und durch das Lady Moreland eine raffinierte Mischung aus Efeu- und Blumenranken gewunden hatte. So viel griechische Schönheit hatte sich für mindestens einen Gast, den armen Lord Stratton, als unfreundlich erwiesen, der, kaum dass er Platz genommen hatte, durch einen Niesanfall gezwungen wurde, sich zu entschuldigen.

»Nichts Ungewöhnliches hier.« Mr Romney war blendender Laune. Er brach mit seinen Gewohnheiten und ließ die Gelegenheit ungenutzt verstreichen, sie über die saisonbedingten Gefahren von Völlerei und Zügellosigkeit zu belehren. »Nun sagen Sie mir, was die Damen von den Entwicklungen das neuste Bombardement betreffend halten.«

Lydia unterdrückte ein Seufzen. Mr Romney war vorhin mit großem Tamtam empfangen worden; irgendein polizeilicher Erfolg bezüglich einer irischen Verschwörung, die Scotland Yard und den Junior Carlton Club zum Ziel gehabt hatte. Natürlich war Mr Romney selbst nicht an dem Sieg beteiligt. Dennoch hatte er kraft seines Postens als Chefredakteur bei einer der größten Londoner Tageszeitungen die besondere Gabe, den Anschein zu erwecken, für alle guten Nachrichten verantwortlich zu sein. Denn er war meist derjenige, der sie verkündete. »Ich muss gestehen, wir sprechen nur wenig darüber«, gab Lydia zu. Als er die Stirn runzelte, fügte sie hinzu: »Die Ballsaison, wissen Sie … Sie ist wirklich anstrengend.«

»Ja, ja, dieser verflixte Brauch«, stimmte Mr Romney ihr zu. »Lange Abende und schwere Mahlzeiten! Aus solchem Wohlleben kann nichts Gutes kommen, das versichere ich Ihnen.«

Die Türen zum Speisezimmer sprangen auf.

Ein Raunen ging durch den Raum. Lydia ließ fast ihr Glas fallen. Auf der Schwelle stand Sanburne in voller Abendgarderobe, blickte von seinem Handschuh auf, den er soeben geradezog, und sandte ein freundliches Lächeln zum Tisch. Hatte er die Türen etwa *aufgetreten*? »Guten Abend, alle zusammen.« Sein Blick huschte über die Anwesenden. »*Ma mère*. Und Vater! Du siehst prima aus.«

Moreland, den er ohne seinen Stock erwischt hatte, stützte sich mit seinen flachen Händen auf den Tisch, um sich hochzustemmen. Vorübergehend schien es, als gelänge ihm dies nicht. Ein Diener trat vor, um ihm behilflich zu sein, doch der Earl stieß ihn mit einem wütenden Grunzen mit dem Ellbogen weg und kam von selbst auf die Beine. »Was hat das zu bedeuten?«

»Ich habe Hunger«, erklärte Sanburne. »Countess, sehe ich da eine ägyptische Wachtel? Wie überaus passend.«

Lady Moreland, eine zierliche, zerbrechlich wirkende Frau mit ergrauenden blonden Haaren, reckte den Hals und warf einen Blick auf die Servierplatte mit Wildbret in der Hand des

Dieners, der hinter ihr stand. »Gewiss doch. Möchtest du davon kosten?«

»Ellen«, sagte Moreland halblaut, doch das milde Lächeln der Countess ließ ihn verstummen.

Lady Moreland blickte über den Tisch hinweg zu dem Diener, dessen Hilfe ihr Gatte zurückgewiesen hatte. »Lassen Sie für unseren Sohn noch ein Gedeck auflegen.«

In den wenigen Minuten, bis die Bediensteten ein zusätzliches Gedeck organisiert hatten, herrschte vollkommenes Schweigen. Das Vorhaben machte eine Menge Stühlerücken erforderlich. Sämtliche Gäste mussten sich erheben, um das Arrangieren der Plätze zu ermöglichen. Derweil lungerte Sanburne unbekümmert wie ein Gassenjunge an der Tür herum. Einmal gähnte er sogar herzhaft und zeigte dabei der gesamten Tischgesellschaft seine Mandeln. Das Zusammenzucken vereinzelter Gäste nahm er mit einem trägen Lächeln zur Kenntnis. Dann fuhr er sich mit der Hand durch sein mit sonnengebleichten Strähnen durchzogenes Haar und brachte es damit durcheinander.

Alles in allem, dachte Lydia, schien er eher den Wunsch zu verspüren, gleich einzuschlafen, als Unruhe zu stiften. Doch als er bemerkte, dass die Diener das Gedeck für ihn am hinteren Kopfende des Tisches auflegen wollten, richtete er sich zu voller Größe auf und trat vor. »Ich möchte gerne hier sitzen«, verkündete er und tippte mit der Fingerspitze genau Lydia gegenüber auf die Tischdecke.

Ihr schwante nichts Gutes. Ana, die ihr Lachen verborgen hatte, ließ die Hand sinken und warf Lydia einen beunruhigten Blick zu. Lydia schüttelte den Kopf. Das war bestimmt nur ein Zufall. Seit ihrem verpatzten Vortrag war bereits über eine Woche vergangen. Hätte er den Wunsch verspürt, darauf zu reagieren, hätte er es schon längst getan.

Nach einer weiteren Minute war der Tisch fertig umgedeckt.

Auf das Nicken der Countess hin nahmen die Gäste ihre Plätze wieder ein. Zum Glück dinierten sie nicht bei ihnen zu Hause. Dann hätte es eine halbe Stunde gedauert, um das Geschirr abzuräumen und neu aufzudecken.

Die Unterbrechung überschattete die Tischgesellschaft. Als das Diner fortgesetzt wurde, war nur noch das Klirren von Tafelsilber und Kristallgläsern zu hören. Lydia warf einen verstohlenen Blick auf den Earl. Er war hochrot im Gesicht und hatte seine Gabel nicht wieder in die Hand genommen. Sein finsterer Blick war fest auf seinen Sohn gerichtet.

Der Sohn schenkte dem keinerlei Beachtung und machte sich mit übertriebener Begeisterung daran, eine Wachtel zu verzehren. »Sehr schmackhaft«, lobte er. Und dann, nach dem nächsten Bissen: »Sieh an, sieh an. So köstlich wie die Ironie.«

Diese Äußerungen trugen nicht gerade zur Wiederbelebung des Gesprächs bei.

Lydia fiel auf, dass Ana verstohlen zu ihm schielte, und seufzte innerlich. Die förmliche schwarze Kleidung stand dem großen, hageren Viscount gut, bemerkte sie. Der strenge Knoten seiner Krawatte hob die Konturen seines Gesichts hervor: die hohen Wangenknochen, das schneidige Kinn. Das Licht von den Kronleuchtern hob die goldenen Strähnen in seinem hellbraunen Haar hervor, und seine langen Wimpern warfen kleine Schatten, wenn er nach unten auf seinen Teller blickte. Doch sein Aussehen war kein Gemälde, das man für seine Schönheit bewundern sollte. Hinter diesem Gesicht verbarg sich ein Mann, der seine Attraktivität wahrscheinlich dafür ausnutzte, alle möglichen unehrenhaften Ziele zu erreichen. Ja, der einzige Schluss, den man aus seinem Aussehen ziehen konnte, war, dass es auf der Welt keine Gerechtigkeit gab und dass die Philosophen sich geirrt hatten und Schönheit in Wahrheit auf ein schwarzes Herz hindeutete. Denn Lydia fürchtete, dass selbst der Teufel höchstpersönlich James Durham nicht das Wasser reichen könnte.

Vielleicht war ihr Ressentiment zu spüren, denn er hob kurz den Blick zu ihr. Seine Augen waren von einem bemerkenswert hellen Grau. Sie hatte keine Ahnung, wie ihr das im Institut hatte entgehen können. Während sie wie gebannt in dieses Grau starrte, verzogen sich seine Lippen zu einem Lächeln und eine Augenbraue zuckte nach oben. *Er macht sich lustig über mich.* Errötend senkte sie den Blick. Der arrogante Schurke bildete sich wahrscheinlich ein, dass sie in ihn verliebt sei.

Gerade, als die Stille unerträglich wurde, erinnerte sich die Countess ihrer Pflichten. Sie räusperte sich und fragte: »Wie geht die Arbeit Ihres Vaters voran, Lady Southerton?«

»Gut, denke ich«, antwortete Sophie. »Aber nach den Einzelheiten werden Sie sich bei meiner Schwester erkundigen müssen. Ich muss gestehen, ich habe für solche Dinge keinen Sinn.«

»Sie geht sehr gut voran«, sagte Lydia sogleich. Ihr war schleierhaft, warum man nicht gleich sie gefragt hatte. »Er steht kurz vor einem gewaltigen Durchbruch. Natürlich sind noch weitere Ausgrabungen erforderlich, aber wir glauben, er hat den wahren Ort des ersten Halts des Exodus ausfindig gemacht!«

Sanburnes Gabel krachte auf seinen Teller. »Wie aufregend!«

Lydia wagte es nicht, ihn anzusehen. *Was für ein Bauerntrampel!* Zum Glück versuchte es die Countess noch einmal. »Das ist ja wundervoll, Miss Boyce. Das wäre wirklich ein historischer Moment.«

Vor Dankbarkeit wurde ihr ganz warm ums Herz. »Ja, nicht wahr?« Papa würde endlich die verdiente Anerkennung zuteil werden, und selbst George wäre zu dem Eingeständnis gezwungen, von welch großer Bedeutung sein Werk war. »Das wäre wirklich … das Allergrößte.«

»Aber ich erinnere mich, dass auch Sie selbst sich in der

Wissenschaft versuchen. Lord Moreland hat in der Anthropologischen Gesellschaft einen Ihrer Vorträge gehört. Und natürlich auch Ihrem jüngsten Auftritt im Archäologischen Institut beigewohnt.«

Sanburne schnaubte verächtlich. Lydia ignorierte das und warf dem Earl einen dankbaren Blick zu. »Danke, dass Sie sich daran erinnern, Sir.« Als Erwiderung darauf brachte er ein leises Lächeln zustande. »Ich habe bisher noch keine originäre Forschung betrieben, hatte jedoch die Gelegenheit, einige Artikel zu publizieren, die die Forschungsergebnisse anderer Wissenschaftler synthetisieren. Kürzlich habe ich zum Beispiel einen Beitrag zu Mr Tylors Studie über die indigenen Kulturen von Mexiko geschrieben. In Verbindung mit der Arbeit von Mr Morgan finde ich seine Theorien ungemein inspirierend.«

»Ach ja?« Das kam von Lady Stratton, die ihr ein paar Plätze weiter am Tisch gegenübersaß. Es schien, als hätte Sanburnes Unterbrechung die anderen Gäste von den üblichen Zwängen befreit. »Aber nicht so aufregend wie das altertümliche Ägypten, nehme ich an.« Dabei warf die Lady dem Viscount einen verschlagenen Blick zu. Wie alle anderen konnte Lydia nicht umhin, diesem Blick zu folgen.

Ungeachtet der Tatsache, dass die Aufmerksamkeit des gesamten Tisches auf ihm ruhte, legte Sanburne den Kopf in den Nacken und kippte sein ganzes Glas Madeira auf einmal hinunter. Als er schluckte, stockte ihr beim Anblick der goldenen Linie seiner Kehle der Atem. Eine rein animalische Reaktion, nichts, worüber man bestürzt sein müsste, aber hui! Wie absurd, dass solche Schönheit an einen Mann vergeudet wurde. Was brauchte ein Mann noch mehr, um bewundert zu werden, als eine gute Herkunft, einen Sitz im Parlament und ein wenig Vermögen?

Unvermittelt wurde ihr klar, dass Lady Stratton auf eine Antwort wartete. »Ganz im Gegenteil.« Ihr ruhiger Ton ehrte sie:

Sie würde der Lady keine Sticheleien durchgehen lassen. »Das Interesse meines Vaters liegt im Altertum, doch ich persönlich finde das Studium der Gegenwartskultur anregender.«

Mr Romney ergriff das Wort. »Tylor ist der Bursche, der behauptet, dass wir uns nicht groß von den Wilden unterscheiden. Hat ihm nichts Geringeres als einen Platz in Oxford verschafft.«

Lydia lächelte. »Ja, ich vermute, man könnte es auf diese Weise zusammenfassen.« An Lady Stratton gewandt, fuhr sie fort: »Er glaubt, dass alle menschlichen Rassen dieselbe Herkunft haben, aber dass Kulturen sich in unterschiedlichem Tempo entwickeln. Daher lautet seine Schlussfolgerung, dass die Erforschung primitiver Kulturen sich für das Verständnis der Ursprünge unserer eigenen Gesellschaft als sehr hilfreich erweist.«

Mr Fillmore runzelte die Stirn. »Sie wollen mir doch nicht weismachen, dass Heiden und Pygmäen irgendetwas mit unserer Herkunft zu tun haben.«

Das Gespräch hatte Sophies Interesse geweckt. »Nun, ich für meinen Teil stimme Mr Tylor zu! Man muss sich nur um sechs Uhr in St. Pancras aufhalten, um zu der Schlussfolgerung zu kommen, dass Wilde in unserer Mitte sind. Haben Sie schon einmal gesehen, wie die Bankangestellten sich gegenseitig niedertrampeln, um ihre Züge zu erreichen?« Sie täuschte ein Schaudern vor. »Das macht mir ganz schön Angst!«

Am Tisch machte sich Gelächter breit. Sophies Beitrag war zwar am Kern der Sache vorbeigegangen, doch sie hatte auf sehr geschickte Weise die gute Stimmung wiederhergestellt. Sie hatte ein Talent für solche Dinge, was Lydia leider völlig abging.

Leider Gottes sah Ana nun ebenfalls ihre Chance gekommen, Beifall zu ernten. Sie beugte sich vor und sagte: »Aber das sind nicht die Wilden, die meine Schwester studieren möchte. Sie träumt davon, nach Kanada zu gehen, um indianische Stämme zu erforschen. Können Sie sich das vorstellen?«

»Indianer!« Mit deutlichem Entsetzen stellte die Countess ihr Weinglas ab.

»Das war nur so eine Idee«, sagte Lydia hastig. Die sie nur ein einziges Mal, ganz beiläufig, an einem verregneten Nachmittag in Gegenwart ihrer verflixten geschwätzigen Schwester geäußert hatte! »Das wäre nichts sehr Außergewöhnliches«, fügte sie hinzu, als sich das Gesicht der Countess weiter verfinsterte. »Viele Wissenschaftler interessieren sich für indianische Rituale. Wussten Sie zum Beispiel, dass bestimmte Stämme ein Ritual namens Potlatch praktizieren, bei dem sie ganz bewusst die wertvollsten Gegenstände verschenken, die sie besitzen? Denken Sie nur – was für ein großes Mysterium! Mit seinen Schätzen umzugehen wie mit wertlosem Müll.«

Sanburne lachte.

Ich sollte ihn ignorieren, dachte sie, und sah sich in Erwartung der nächsten Reaktion am Tisch um.

Alle Blicke waren auf sie gerichtet – außer Sophies, die lächelnd auf ihren Teller hinuntersah.

Lydia rutschte unbehaglich hin und her. Hatte sie etwas Falsches gesagt? Ihrer Meinung nach nicht. Der Spitzenbesatz ihres Halsausschnitts kratzte; sie verspürte den heftigen Drang, daran zu ziehen.

Das Schweigen zog sich in die Länge. Die anderen Gäste würden ihr kein Pardon geben; sie wollten etwas geboten bekommen. »Na schön«, sagte sie seufzend. »Sie finden die Vorstellung amüsant, Viscount?«

Er blickte auf. Ein Dreijähriger, der beim Spielen im Matsch erwischt worden war, hätte nicht engelsgleicher aussehen können. »Oh nein, Miss Boyce. Ich dachte nur, dass Sie Ihre Meinung über primitiven Müll bereits kundgetan haben – noch dazu in einer öffentlicheren Situation als dieser hier. Ich wundere mich nur, warum Sie das Thema so fasziniert, dass Sie nicht davon lassen können.«

Sie lächelte ihn kühl an. »Aber natürlich. Müll spielt im Alltag eine wichtige Rolle. Er liefert uns einen Schlüssel, um die Muster unserer weltlichen Existenz zu erschließen. Obwohl …« Sie zog eine Augenbraue hoch. »Ich gebe zu, dass es in Bezug auf manche Menschen aufschlussreicher ist als bei anderen.«

»Tatsächlich?« Sanburne riss die Augen weit auf, um Verwirrung zu mimen. »Aber ich kann Ihnen nicht ganz folgen. Muster, sagen Sie?«

Natürlich lenkte er sie durch seine Suggestivfragen. Selbst schuld. »Nehmen wir einmal Sie selbst, Viscount.« Der auf sie gerichteten Blicke nur allzu bewusst, zwang sie sich zu einem Lächeln. »Sie sind berühmt für Ihre Narreteien. Doch selbst von Ihnen könnte man behaupten, dass Sie einem Muster folgen – einem rätselhaften Plan, den nicht Sie selbst ersonnen haben, sondern die Gesellschaft. Ich behaupte nicht, dass dieses Muster auf *Vernunft* basiert, oh nein. Aber es besitzt sicherlich seine eigene Logik. Wie kommt es, dass Sie mit solchen Späßen ungestraft davonkommen, während andere dafür geschnitten würden? Wie kommt es, dass Sie eine Stellung innehaben, in der auf Ihre Taten keine echten Konsequenzen folgen? Das Studium verschiedenster Kulturen könnte uns helfen, auf die Grundlage dieses Privilegs zurückzuschließen – eine Art Plan zu erstellen, der zu einem besseren Verständnis dessen führt, wie sich unsere Gesellschaft zu diesem Stadium entwickelt hat.«

Alle Aufmerksamkeit schwenkte nun auf Sanburne. Er prostete ihr zu. »Müll«, sagte er milde.

Zu spät bemerkte sie, was er mit seinem Tonfall bezweckte: Er ließ Zweifel daran, ob er ihrer Meinung zustimmte oder einen abwertenden Kommentar dazu abgab. Er sah genau, wann es bei ihr Klick machte – ihr verflixtes Erröten verriet sie –, und blinzelte ihr spöttisch zu.

Mrs Fillmore regte sich auf ihrem Stuhl. »Sie meinen doch gewiss nicht den Plan der Gesellschaft, Miss Boyce, sondern den unseres himmlischen Vaters, nicht wahr? Die Gesellschaft selbst hat weder Verstand noch Seele, mit denen sie unsere Handlungen bestimmen kann!«

Lydia wandte nur mit Mühe den Blick von Sanburne. Ihr Herz schlug um vieles schneller als nötig. Dieser Filou – ihr zuzublinzeln, als würden sie miteinander flirten! »Natürlich nicht«, beteuerte sie. »Es war nicht meine Absicht, die Gesellschaft als Schöpfer zu bezeichnen. Ich wollte damit nur sagen, dass sie aus einer Art Muster besteht, die alles mitgestaltet: die Entscheidungsmöglichkeiten, die wir zu haben glauben, inbegriffen.«

Die Dame brauste auf. »Sie klingen wie ein Ketzer!«

»Dann bitte ich um Verzeihung, Mrs Fillmore. Aber der Glaube an die Wissenschaft muss doch den Glauben an das Göttliche nicht negieren. Wenn die Gesellschaft einem Muster unterliegt, können wir dann nicht glauben, dass Gott dieses Muster geschaffen hat und einen Grund dafür hatte?«

»Na, na«, sagte der Earl. »Wir sollten nicht vergessen, dass selbst Mr Darwin an eine höhere Macht glaubte.«

»Ich weiß das ketzerische Element zu würdigen«, warf Sanburne affektiert ein. »Das ist der einzige entfernt interessante Aspekt an diesem Streitgespräch. Meine Handlungen unterliegen keiner Vernunft, Miss Boyce; ich handle nach Lust und Laune, wie es mir gerade in den Sinn kommt. Darauf bilde ich mir sogar etwas ein.«

»Bedauerlicherweise«, blaffte Moreland.

»Ganz offensichtlich.« Lydia grinste in sein allzu attraktives Gesicht. *Erwischt.* »Obwohl ich nie geglaubt hätte, dass Sie das zugeben. Doch da es Ihnen offenbar so wichtig ist, sage ich nichts mehr dazu. Ein Narrenparadies lässt sich nur allzu leicht zerstören.«

Schweigen legte sich über die Tafel, unterbrochen nur von Morelands schallendem Gelächter. Plötzlich merkte sie, dass Sophie sie zornig anstarrte. Sie war wohl zu weit gegangen. Sie hatte ihn in aller Öffentlichkeit beleidigt, ihn einen Narren genannt. Aber oh, was für ein Tunichtgut er war! Sein Mund lächelte zwar noch, doch das Lächeln passte nicht zu seinem durchdringenden Blick. Sie hatte ihn überrascht; so viel stand fest. Es wirkte jetzt, als wollte er ihre Gedanken lesen.

Zum Teufel mit seiner Neugier! Alles, was er in ihr offenlegen konnte, war Verachtung. Es war erstaunlich, womit der Erbe eines Titels ungestraft davonkam, während sich alle anderen unter der Last unzähliger blödsinniger Erwartungen abmühten.

»Herrliches Wetter«, murmelte Ana. »Hoffentlich hält es an.«

»Ja«, stimmte die Countess zu. »Obwohl ich den Gewittersturm gestern höchst ungewöhnlich fand.«

»Darf ich sagen«, murmelte der Viscount, »dass mir Frauen, die ihre Meinung mit Leidenschaft vertreten, durchaus gefallen? Das ist immer ein gutes Zeichen für andere Dinge.«

Mrs Fillmore schnappte schockiert nach Luft.

Er versuchte, sie zum Rückzug zu zwingen, und dazu auf die denkbar unverschämteste Weise. Lydia hielt seinem Blick stand. Sie spürte die schockierten Blicke, die aus allen Richtungen auf ihr lasteten, doch inzwischen war es ihr gleichgültig. »Na schön, Viscount. Da Sie mich missverstanden haben, erkläre ich es eben einfacher. Selbst wenn Sie verstimmt sind …«

Alle Köpfe schwangen zu ihm, als sein Gelächter erklang. »Verstimmt? Das nennen Sie *verstimmt*?«

»… handeln Sie im Einklang mit Ihrem Charakter«, sagte sie jetzt lauter. »Haben Sie sich je gefragt, warum Sie so konsequent handeln, wenn es nicht ein fertiges Muster gäbe, dem Sie nur zu folgen brauchen? Sie sind ein Schauspieler, der seine Rolle sehr gut spielt, aber *Sie* haben diese Rolle nicht ermöglicht. Sondern die Gesellschaft! Wenn sich die Gelegenheit bietet, kann die Wissenschaft auf das Muster, das Ihre Handlungen lenkt, zurückschließen, und jede einzelne von ihnen erklären!«

»Ha!« Moreland schlug auf den Tisch und brachte das Kristall zum Klirren. »Das ist großartig! Jetzt fühlen wir uns nicht mehr ganz so originell, wie, James?«

Neben ihr setzte sich Mr Romney ruckartig auf. »Eine Schwachstelle! Ich sehe eine Schwachstelle, Miss Boyce! Man mag diese Wissenschaft mit guten Ergebnissen anwenden, wenn es um heidnische Gesellschaften geht, aber Sie sprechen von einer zivilisierten Gesellschaft, das heißt, von einer christlichen Gesellschaft, die auf Gottes ureigenen Gesetzen basiert. Anspruch auf die Fähigkeit zu erheben, dieses Muster aufzuspüren, ist in der Tat Ketzerei … wie Mrs Fillmore bereits angemerkt hat«, stellte er fest und lehnte sich mit einem Nicken zur betreffenden Dame zurück, die steif zurücknickte.

»Aber könnten wir es nicht als ein Streben sehen, das uns zu einem besseren Verständnis der Gesetze Gottes führt?« Lydia sah sich am Tisch um und erblickte nur verblüffte Spannung – und, im Gesicht der Countess, ein unerwartetes leises Lächeln. »Eine Glaubensübung, ein Bestreben, die Intention des Herrn besser zu deuten. So oder so«, fügte sie hinzu, und ein Blick auf Sanburnes gelangweilte Miene provozierte sie, boshaft zu werden, »der Viscount hat ja erklärt, dass er Ketzerei nicht fürchtet. Er findet sie sogar *aufregend*.«

Ihr spöttische Bemerkung entlockte ihm ein Grinsen. »Da ich offenbar einem Zwang unterliege! Ich habe keinerlei Mitspracherecht bei meinen Handlungen und bin die perfekte Marionette. Welche Erleichterung! Ich hatte schon lange den Verdacht, dass Schuldgefühle ein sinnloser Zeitvertreib sind.«

»Verstehen Sie mich nicht falsch, Sir. Ihnen stehen durchaus auch andere Rollen zur Verfügung; Sie haben sich nur entschieden, ausgerechnet *diese* zu spielen.«

»Lydia«, ermahnte Sophie sie scharf.

»Und was für eine Rolle ist das, Miss Boyce?« Sanburne beugte sich vor. »Reden wir nicht um den heißen Brei herum. Was genau ist meine Rolle? Bin ich ein schlechter Mensch? Zählen Sie mir noch einmal meine Sünden auf, Schätzchen. Legen Sie sie mir ausführlich dar. Schließlich kennen Sie mich so gut. Und Wissenschaftler legen doch vor allem Wert auf Detailgenauigkeit.«

»Sanburne«, sagte Lady Moreland tadelnd.

Lydia hob abwehrend die Hand. Sie konnte sich selbst verteidigen. »Es stimmt, dazu kenne ich Sie nicht gut genug«, sagte sie ruhig. »Und um Ihre Handlungsweise mit der korrekten Signifikanz auszustatten, wäre ein gewisser Beobachtungszeitraum vonnöten, in dem ich Ihr Verhalten in Ihrer natürlichen Umgebung studieren könnte. Die, wie ich vermute«, hier ließ sie einen vielsagenden Blick über den mit Tafelsilber und edlem Geschirr gedeckten Tisch, das kultivierte Dekor und das elegante Mobiliar gleiten, »etwas ganz Besonderes ist.«

»Einen Beobachtungszeitraum.« Sanburne klang nachdenklich. »Und doch haben Sie weniger als eine Minute gebraucht, um zu entscheiden, dass die Stele eine Fälschung war.« Das Lächeln, das seine Lippen umspielte, versprach nichts Gutes. Es war finster, abwägend, leicht hämisch. »Ich frage mich, wie das kommt.«

Moreland gluckste. »Schmollst du immer noch wegen deiner Blamage im Institut, James?«

Die Countess erhob sich. »Ich glaube, wir ziehen uns jetzt zurück.«

Die Herren taten es den Damen gleich und erhoben sich, um sich ihrerseits ins Raucherzimmer zu begeben. Mr Romney tastete bereits sein Jackett ab, um seine Zigaretten zu orten. Sanburne hingegen blieb auf seinem Platz sitzen, da er aufgrund seines spontanen Erscheinens ohne Partnerin war. Als Lydia an Mr Romneys Arm durch die Tür den Rückzug antrat, spürte sie seinen Blick wie einen Dolch zwischen ihren Schulterblättern.

In der Halle packte Sophie sie am Ellbogen. »Was um alles in der Welt ist in dich gefahren?«

»Geh schon mal mit Ana vor. Ich muss das Badezimmer aufsuchen.«

Auf der Toilette warfen mit Jasmin parfümierte Kerzen ein flackerndes Licht über den marmornen Waschtisch und die kastanienbraune Tapete. Lydia spritzte sich kaltes Wasser auf Hals und Handgelenke und drückte ihr Gesicht in ein weiches Handtuch. Du lieber Himmel, sie hätte schlauer sein müssen. Sich gegen diesen Gauner zu verteidigen, war eine Sache, sich dabei unmöglich aufzuführen, eine ganz andere. Damit hatte sie Georges schlimmste Erwartungen erfüllt. Warum hatte sie Sanburne nicht einfach ignoriert? Sie hätte lächeln und die Provokation ins Leere laufen lassen sollen. Schließlich war es die Aufgabe der Countess, das Gespräch in Gang zu halten, und nicht Lydias. Sie hatte Ana ein furchtbar schlechtes Beispiel gegeben.

Sie atmete tief durch und ließ das Handtuch sinken. Sanburnes Ankunft war aufsehenerregend gewesen, ja unerhört. Das wäre das Erste, wovon die anderen Gäste sprechen würden. Im Vergleich zu seinen Fisimatenten mussten ihre Bemerkungen regelrecht zahm erscheinen – im Grunde kaum der Rede wert. Wer war sie denn schon? Ein Niemand, eine alte Jungfer, die sich in der Wissenschaft versuchte und nur aus Rücksicht auf ihren Schwager eingeladen worden war. Sie kannte ihren Platz in der feinen Gesellschaft. Die einzigen Frauen, die noch bedeutungsloser waren als arme alte Jungfern, waren die Dienstmädchen. Zudem würde es niemanden überraschen, dass sie feste

Überzeugungen hegte. Von einem sogenannten Blaustrumpf, einer gebildeten, aber unweiblichen Frau, wurde nichts anderes erwartet.

Sie stieß sich vom Waschtisch ab. Es war schon zu viel Zeit verstrichen. Die beste Methode, Klatsch und Tratsch entgegenzuwirken, bestand darin, in den Salon zu gehen, als sei nichts Bemerkenswertes vorgefallen. Sie zupfte ihre Spitzenhandschuhe gerade, öffnete die Tür und trat hinaus.

Nur wenige Schritte entfernt lehnte Sanburne an der Wand. »Ich hoffe, Sie entschuldigen mein Benehmen bei Tisch«, sagte er. »Mich fasziniert nur Ihre Kunst, Artefakte zu klassifizieren. Sie haben die Fälschung so mühelos erkannt, dass man meinen könnte, Ihr Vater hätte sie angefertigt.«

Ihr klappte die Kinnlade herunter. Das war eine Verleumdung. Die Aussage war so formuliert, dass sie nichts darauf entgegnen konnte, ohne zu suggerieren, dass sie ihn ernst nahm. Gönne ihm diese Genugtuung nicht, ermahnte sie sich und zwang sich zu einem Lachen. »Welch ein Unsinn, Sir. Sie haben die Fälschung doch selbst gekauft. Also strafen Sie jetzt nicht mich dafür.«

Er zuckte mit den Schultern. »Ich muss gestehen, dass mich der Gedanke an Bestrafung normalerweise kaltlässt. Aber in diesem Fall finde ich es doch bemerkenswert, dass ein Mann, der derart bewundert wird, derart angesehen ist, seinen guten Namen und seine Karriere aufs Spiel setzt, indem er mit Fälschungen handelt.«

Ein Frösteln durchfuhr sie. »Das können Sie nicht ernst meinen.«

»Und ob.«

Sie sah sich entsetzt in der Halle um. Der Mann war eine tickende Zeitbombe. Es war gefährlich, sich hier noch länger aufzuhalten und zu riskieren, mit ihm gesehen zu werden, doch diese Beschuldigung konnte sie nicht einfach auf sich sitzen lassen. Er könnte sie andernorts wiederholen, und Verdächtigungen waren das schlimmste Unkraut überhaupt; es wuchs und gedieh in jeder Erde, egal wie rein sie war. »Verzeihen Sie bitte«, sagte sie eisig. »Sie ziehen den Namen meines Vaters durch den Dreck. Ich muss Sie daher bitten, sich näher zu erklären oder sich auf der Stelle zu entschuldigen.«

»Oh«, murmelte er. »Welch gemeinen Ton Sie mir gegenüber anschlagen. Eine ganz schön wilde kleine Löwin, wenn es danach aussieht, als sei Ihr Spiel aus.«

»Welches Spiel?«

»Das wissen Sie ganz gut, denke ich.«

»Das weiß ich ganz gewiss *nicht*.« Ihre Stimme wurde laut; sie konnte nichts dafür. »Sie sind ja verrückt!«

Sein leises Lachen brachte sie aus der Fassung. »Ja, natürlich bin ich das, Schätzchen. Wahnsinn liegt bei uns in der Familie, oder wussten Sie das nicht?«

Diese Bemerkung verschlug ihr endgültig die Sprache. Natürlich wusste jeder davon. Vor vier Jahren hatten die Zeitungen über nichts anderes mehr berichtet. Seine Schwester hatte ihren Ehemann erstochen und war dafür in eine Anstalt gesperrt worden. Damals war man gemeinhin der Auffassung gewesen, dass die Durhams noch von Glück sagen konnten. Wäre sie die Tochter eines anderen gewesen, eines Mannes von niedrigerem gesellschaftlichen Rang, wäre sie gehängt worden. Doch dass er auf diese Sache anspielte!

Er stieß sich von der Wand ab und kam fröhlich lächelnd auf sie zugeschlendert, die Hände in den Taschen, als wären sie alte Freunde, die einen Witz miteinander teilten. »Raus mit der Sprache«, sagte er auf scherzhafte, entwaffnende Art. »Hat er Sie dazu angestiftet?«

Sie schüttelte verständnislos den Kopf. »*Wer*? Wer hat mich zu *was* angestiftet?«

»Nun, mein Vater. Hat er Sie angestiftet, die Stele für minderwertig zu erklären? Was die Umstände betrifft, wie sie in meinen Besitz kam, gewähre ich Ihnen einen Vertrauensbonus, aber er muss doch gewusst haben, dass Sie die Arbeit Ihres Vaters erkennen würden.«

Ihr ganzer Körper kribbelte vor Empörung. Er glaubte, dass sie mit dem Earl of Moreland in eine Art Verschwörung verwickelt war? »Mein Vater hat mit Fälschungen nichts zu tun.« Er kam immer noch auf sie zu. Unwillkürlich wich sie zur Tür zurück. »Er ist Wissenschaftler, und zwar ein hoch angesehener. Wenn Sie Gerüchte verbreiten, die seinem Ruf schaden …«

»Was?« Er kam immer näher. Gleich würde er mit ihr zusammenstoßen. Ihr stockte der Atem, als er rechts und links von ihrem Kopf die Hände abstützte. Er beugte sich so dicht zu ihr, dass sein Atem über ihre Lippen strich. Er betrachtete ihr Gesicht und sah ihr tief in die Augen. Dann fragte er ganz leise: »Dann tun Sie *was*, Miss Boyce?«

Sie blieb stocksteif stehen. Ihr Herz schlug unregelmäßig. Sie begriff nicht, was er vorhatte. Sein Atem roch nach Minze, und sein warmer Körper presste sich gegen ihren. Er war groß und überraschend muskulös, und er hatte sie in die Enge getrieben wie einen Hasen. »Dann werde ich etwas tun«, sagte sie unsicher, »das Ihnen gar nicht gefallen wird.«

»Ach ja?« Er berührte mit einem Finger ihre Wange. »Werden Sie kühl den Blick abwenden, wenn wir einander begegnen? Werden Sie Ihren Freunden erzählen, dass ich ein böser, böser Mann bin?« Er senkte die Stimme. »Werden Sie schlecht über mich reden, Schätzchen?« Langsam fuhr er mit dem Finger hinab, bis er ihren Mundwinkel berührte. Irgendein schrecklicher, nervöser Impuls zwang sie, sich die Lippen zu lecken, und zu ihrer großen Beschämung schmeckte sie ihn aus Versehen, seine Fingerspitze, das Salz auf seiner Haut.

Er hielt ihren Blick und führte seinen Finger ganz bewusst an seine eigenen Lippen. Er kostete die Stelle, die ihre Zunge eben noch berührt hatte, während er sie mit seinen grauen Augen spöttisch und aufreizend fixierte. Ein Hitzeschwall durchfuhr sie. Das ist der Zorn, redete sie sich ein. Sonst nichts, nur Zorn.

Als er seinen Finger wieder freigab, machte sein Mund ein leises Sauggeräusch. »Himmlisch«, murmelte er. »Schmeckt überhaupt nicht nach einer nervösen, kratzbürstigen, hinterlistigen, kleinen alten Jungfer. Mit ein bisschen gutem Zureden könnte ich Ihnen gestatten, mich mit einem Kuss um Verzeihung zu bitten.«

Ihr blieb die Spucke weg. Das war die billigste Form von Spott, sie wegen ihres unverheirateten Status zu hänseln. Es wäre lächerlich, sich dadurch verletzt zu fühlen. Sie sollte darüberstehen. Es sollte ihr nichts ausmachen! Doch die Ereignisse dieses Abends hatten sie aus dem Gleichgewicht gebracht. Sie hatte nicht darum gebeten, von ihm beurteilt zu werden. Sie schlug mit den Fäusten gegen seine Brust und stieß ihn weg.

Er stolperte einen Schritt zurück – elegant, selbst in seinem Erstaunen. Natürlich war er das. Es versetzte sie in Wut. »Sie gemeiner Schuft.« Ihre Stimme war leise und heiser. Sie fühlte sich durchaus imstande, sich zu revanchieren. »Ich weiß nicht, welcher niederträchtige Teil Ihres Gehirns diese paranoide Geschichte hervorgebracht hat, aber Sie werden sich jetzt die Wahrheit anhören: Mein Vater ist ein gütiger, anständiger und aufrechter Mann, und ich lasse seinen Namen von Ihresgleichen nicht schlechtmachen. Sie könnten der ganzen Welt diese üble kleine Lüge auftischen, und Sie würden dafür nur ausgelacht. Aber vielleicht wollen Sie das ja gerade. Sie strengen sich so sehr an, sich zum Hanswurst zu machen, dass es mich nicht überraschen würde!«

»Oh«, sagte er und klatschte in die Hände. Einmal, und dann

noch einmal. Er applaudierte ihr mit langsamen, harten Schlägen. »Eine großartige Vorstellung. Selbst Sarah Bernhardt, die berühmte Schauspielerin, kann Ihnen nicht das Wasser reichen.«

»Ihre Beleidigungen …«

»Beleidigungen? Aber nein, Schätzchen! Ich fühle mich ungemein gut unterhalten.«

Sie rang nach Atem. Ihr Herz raste noch immer. »Ist es das, worum es hier geht? Sie wollen auf meine Kosten ein bisschen Spaß haben? Eine kleine Rache dafür, in der Öffentlichkeit als Dummkopf entlarvt worden zu sein – inzwischen bereits zweimal, wie ich hinzufügen möchte? Also bringen Sie die kleine alte Jungfer ein bisschen durcheinander.« Verachtung verlieh ihrer Stimme wieder mehr Gewicht, brachte sie zurück in eine tiefere Tonlage. »Wie fantasielos, Sanburne! Wenn Sie sich über Ihre Mitgeschöpfe lustig machen wollen, gehen Sie doch in den Zoo!«

»Sie haben recht, das entspricht nicht meinem normalen Standard. Aber haben Sie Mitleid! Dieses Haus erstickt meine Genialität.«

Ihr entfuhr ein verächtlicher Laut. »Ich nehme alles zurück: Sie gehören selbst in den Zoo. Sie sind ein Tier. Die unzivilisierteste Kreatur …«

Er lachte. »Und nun dozieren Sie wieder, und mich überkommt das Verlangen, Ihren Mund mit einem Kuss zum Schweigen zu bringen.« Als sie ihn entgeistert anstarrte, fuhr er fort: »Ich hätte nie gedacht, dass ich so viel mit Carnelly gemeinsam habe, aber so ist es: Wir sind beide ganz schön widernatürlich.«

Der Name ließ sie innehalten. Carnelly war der Importeur, der die Antiquitäten-Transporte ihres Vaters abwickelte. Oh Gott. »Hat Carnelly Ihnen diese Lügen aufgetischt?« Das passte alles nicht zusammen. Carnelly war ungepflegt und unberedt, aber nicht unredlich.

»Nein«, sagte er. »Carnelly hat mir die Packliste für die Transporte Ihres Vaters vorgelegt und mir freundlicherweise gezeigt, wo meine falsche Stele verbucht war.«

Gütiger Gott. »Entschuldigen Sie mich«, sagte sie und huschte an ihm vorbei über den Flur.

Der nächste Morgen brach kalt und nass herein. In der Kutsche zog Lydia sich ihren Schal über den Mund, um das Brennen in ihrer Lunge zu lindern. Egal zu welcher Jahreszeit, die Luft in den schmutzigen Gassen um Carnellys Lagerhaus herum roch beißend und stickig, eine Mischung aus Kohlenrauch und Urin, verfaulendem Fisch und offener Kanalisation. Als der Wagen langsamer fuhr, um eine enge Stelle zu passieren, sprangen ein paar streunende Hunde, denen das Fell in schmutzigen, verfilzten Strängen von den abgemagerten Körpern hing, jaulend aus dem Rinnstein. Lydias Diener, der ihr gegenübersaß, drückte die Schusswaffe fester. Ihr schoss durch den Kopf, dass die Bewohner des East End eine weitaus geringere Bedrohung für sie darstellten als die Möglichkeit, dass die Pistole fehlzündete. Deshalb stieg sie, als sie endlich vor dem Warenlager anhielten, mit einem Seufzer der Erleichterung aus.

Doch drinnen sank ihre Laune schlagartig. »Es ist allerdings wahr, Miss«, informierte Carnelly sie und reichte ihr ein Blatt Papier. »Die Fälschung ist leider auf der Transportliste Ihres Vaters aufgeführt.«

Ihr schnürte sich die Kehle zu. Dann musste es ihr Fehler gewesen sein. Sie hatte eine auffällige Fälschung übersehen. Wie sollte sie das Papa erklären? »Wie konnte sie dort hineingeraten? Mein Vater würde so etwas nicht übersehen.«

Er zuckte mit den Achseln. »Vielleicht hat sich in Port Said jemand an der Sendung zu schaffen gemacht, oder gar in Malta. Und hat das echte Stück durch dieses minderwertige ersetzt.«

»Ja«, murmelte sie. Das war die einzige brauchbare Theorie.

Sie schob den Gedanken erst einmal beiseite, um sich ihre unmittelbare Vorgehensweise zu überlegen. Sie musste sich den Viscount vorknöpfen. »Ich wusste gar nicht, dass Lord Sanburne ein Kunde meines Vaters ist.« Auch das ließ auf eine peinliche Unachtsamkeit ihrerseits schließen. »Wer ist sein Mittelsmann?«

Carnelly hatte an seinen Zähnen gesaugt; jetzt ließ er sie mit einem feuchten, ploppenden Geräusch los. »Das ist es ja gerade, Miss. Nichts aus dieser Sendung war je für seine Lordschaft bestimmt. Normalerweise verkaufe ich ihm Colbys Sachen. An den billigeren Stücken ist er nicht sehr interessiert.« Auf ihren irritierten Blick hin wurde er rot und zuckte mit den Achseln. »Ich meine die weniger teuren Stücke, Miss, mit denen Ihr Vater für gewöhnlich handelt.«

»Er handelt mit den Stücken, für deren Verkauf er die Genehmigung der ägyptischen Regierung hat«, erklärte sie. »Er ist kein Plünderer, Sir, sondern ein seriöser Wissenschaftler. Das wissen Sie ganz genau.«

Carnelly räusperte sich. »Ja, Miss. Es ist nur so, dass es eine Verwechslung gegeben hat. Die Stele war nie für ihn bestimmt.« Verlegen deutete er mit dem Kopf auf den Zettel in ihrer Hand.

Die Handschrift auf der Packliste war ihr vertraut: die sich nach links neigende Schrift des Sekretärs ihres Vaters in Kairo. Aber die Beschreibungen sagten ihr nichts. »Das ist eine Sendung für Mr Hartnett«, stellte sie fest. Er war ein alter Studienfreund von Papa und erwarb Gegenstände, ohne sie vorher gesehen zu haben.

»Jawohl, das stimmt.«

Erleichterung überkam sie. Also war ihr die Fälschung doch nicht aus Versehen durchgerutscht. Dank Mr Hartnetts Vereinbarung mit Papa brauchte sie seine Gegenstände nicht zu prüfen. »Aber warum waren diese Stücke überhaupt im Umlauf? Ich hatte Sie doch angewiesen, sie zurückzuhalten. Schließlich ist der Gentleman vor zwei Wochen verstorben.«

Er seufzte. »Jawohl. Daran ist Wilkins schuld. Er hat die ganze Sache vermasselt. Die Stücke Ihres Vaters waren nicht die einzigen, die er durcheinandergebracht hat, Miss. Overtons Sachen sind an Colbys Abnehmer gegangen.«

Overton war ein Schwein. Er schmollte immer noch, weil Papa ihm seinen besten Kunden abspenstig gemacht hatte. »Erwarten Sie *wegen ihm* von mir kein Mitleid.«

»Das würde ich nie tun. Es ist Colby, der mir Sorgen macht. Droht mir damit, keine Geschäfte mehr mit mir zu machen. Ich würde Wilkins deshalb am liebsten eine Abreibung verpassen.«

Mr Carnellys Neffe war ein schreckliches Ärgernis für ihn, und die Patzer des Jungen waren zu einer Art immerwährendem Witz geworden. Doch heute konnte sie keine Belustigung dafür aufbringen. Seine Unfähigkeit brachte Papa in Gefahr. Mr Hartnett wäre klar gewesen, dass die Fälschung nicht absichtlich an ihn weitergegeben worden war, doch Sanburne hatte keine Veranlassung, das zu glauben. Wenn er das publik machte, würden Papas Kunden ihn fallen lassen. Noch schlimmer, Papas Kollegen könnten beginnen, ihn mit Argwohn zu beäugen. Und dann Lebewohl, ihr Hoffnungen auf finanzielle Förderung! Sein Projekt könnte auf unbestimmte Zeit verzögert werden. Ganz zu schweigen von der Gefahr, die Ana drohen würde. Der Leumund einer Debütantin war sehr fragil. Was würde Mr Pagetts Familie sagen, wenn jemand andeutete, dass ihr Vater in kriminelle Machenschaften verstrickt war?

Sie trommelte nervös mit den Fingern auf dem Ladentisch herum. Dann legte sie die Hand flach darauf. »Sie werden mir den Rest der Sendung für Hartnett sofort zusenden, denn ich bin leider nicht mehr überzeugt davon, dass die Sachen hier sicher sind. Und in Zukunft werden nur Sie unsere Transporte abwickeln – vorausgesetzt natürlich, dass mein Vater sich entschließt, Ihre Dienste weiter in Anspruch zu nehmen.«

Er seufzte schwer. »Jawohl, Miss. Es schmerzt mich, das zu hören, aber ich glaube, ich verstehe.«

»Das will ich auch hoffen. Und nun werde ich meinem Vater wegen dieser Sache telegrafieren.« Der Gedanke daran gab ihr ein gewisses Maß an Gelassenheit. »Zweifellos ist einer seiner Arbeiter oder vielleicht auch ein Hafenarbeiter in Kairo für diesen Tausch verantwortlich. Was bedeutet, dass die echte Stele in diesem Moment auf irgendeinem Basar zum Verkauf steht – mit einem skandalösen Preisnachlass!«

»Wie Sie meinen.«

Sie sah ihn scharf an. »Sie klingen skeptisch, Sir.«

Carnelly zuckte mit den Schultern. »Ich kenne Ihren Vater als rechtschaffenen Mann. Aber das ist eine üble Sache, Miss Boyce. Wirft auch ein schlechtes Licht auf mich.«

Sie schlug mit der Hand auf den Ladentisch. »Sie wollen doch wohl nicht andeuten, dass mein Vater dabei eine Rolle gespielt hat!«

»Natürlich nicht«, versicherte er ihr hastig.

»Denn der Gedanke, dass er seinen Ruf durch den Handel mit … mit betrügerischem Gut aufs Spiel setzen würde, ist unerhört!«

»Das nehme ich an«, murmelte Carnelly. »Ich entschuldige mich demütig, Miss. Es war nicht böse gemeint.«

»Ich kann mir nicht vorstellen, was Sie sonst damit gemeint haben könnten. Haben Sie daran gedacht, dass Sie hier von meinem Vater sprechen, und nicht von irgendeinem Grabräuber wie Overton und Colby? Henry Boyce ist ein Wissenschaftler. Er betreibt Handel, um seine Arbeit zu fördern und nicht sein Bankkonto. Und diese Arbeit bedeutet ihm alles! Bedenken Sie nur, die Trennung von seiner Familie, die er auf sich nehmen muss – manchmal jahrelang …« Sie fing sich wieder; sie war laut geworden. »Nun«, fuhr sie verlegen fort. »Ich entschuldige mich für meinen … Nachdruck. Aber es muss Ihnen klar sein, dass er für solch kriminelle Machenschaften niemals seinen Ruf oder sein Vermächtnis riskieren würde oder gar das Glück seiner Familie.«

»Nein, Miss.« Carnelly zupfte unbehaglich an einer seiner roten Ringellocken. »Sie haben mich zur Einsicht gebracht. Mr Boyce ist ein guter Mensch, und das weiß ich auch.« Doch sein Gesicht verzog sich, als schmeckte ihm etwas nicht.

»Was beunruhigt Sie dann? Sprechen Sie bitte offen zu mir.«

»Nichts, nur … da ist immer noch das Problem mit seiner Lordschaft. Ich kann mir nicht recht vorstellen, was mit den Stücken passiert ist, die für *ihn* bestimmt waren. Sicher sitzt einer von Colbys Kunden darauf und lacht sich ins Fäustchen. Oh, zum Teufel mit Wilkins! Verzeihen Sie, Miss.«

Sie wischte seine Ausdrucksweise mit einer Handbewegung weg. Hier bot sich ihr die Gelegenheit, die Sache mit Sanburne wieder ins Lot zu bringen und sein Schandmaul zum Schweigen zu bringen. »Geben Sie mir die Adresse des Viscount. Dann sorge ich dafür, dass seine Lordschaft für die Stele entschädigt wird.«

Carnellys Miene heiterte sich auf. »Danke, Miss, das ist echt freundlich von Ihnen. Ich glaube, eine hübsche Frau auf seiner Türschwelle wird ihn ein bisschen fröhlicher stimmen.«

Sie sah ihn finster an, um die freudige Erregung zu verbergen, die sein Lob in ihr hervorrief. Oh, Eitelkeit! Sie konnte nichts dafür. Sie bekam nicht viele Komplimente, doch Carnelly hatte stets ein freundliches Wort für sie übrig. Vermutlich hielt er es für eine gute Geschäftspraktik, ihr zu schmeicheln. Sie durfte ihn nicht zu ernst nehmen. »Danke«, sagte sie und tat so, als bezöge sie sich auf die hingekritzelte Adresse, die er ihr reichte. »Ich gebe Ihnen Bescheid, wenn ich die Sache mit dem Viscount geregelt habe.«

4

Vier Stunden nachdem er erschöpft ins Bett gefallen war, stand James schon wieder auf. Ungehalten darüber, dass sein Körper nicht so willig war wie sein Geist, schickte er seinen Kammerdiener weg, schlurfte ins Ankleidezimmer und setzte sich ans Fenster, um erst einmal richtig wach zu werden.

Er war zu lange aus gewesen. Zuerst im Novelty Theater, wo Dalton eine Gruppe leicht bekleideter Schönheiten aufgetan hatte – ein paar Tänzerinnen und eine Sekretärin. Letztere arbeitete im Büro eines anderen Theaters und sprach so elliptisch wie die Telegramme, für die sie dort zuständig war. Tilney hatte vorgeschlagen, sie zum Spaß mit zu den Cholomondleys zu nehmen. Es stellte sich heraus, dass Michael und Melisande durchaus unterhaltsam waren und ihre Gäste aus Paris kamen und leicht zu amüsieren waren. Champagnerflaschen wurden geköpft. Die Tänzerinnen tanzten auf dem Esszimmertisch einen Cancan und fanden damit großen Anklang. Die Sekretärin, die sich nicht ausstechen lassen wollte, erklomm das Klavier und schmetterte eine mitreißende Version von *The Boy I love is up in the Gallery*. Leider hatte der Alkohol ihren Gleichgewichtssinn beeinträchtigt, sodass sie während der letzten Strophe auf eine sehr hübsche Vase fiel und sie zerbrach. Die Pariser applaudierten zwar begeistert, doch die Cholomondleys erwiesen sich als weniger tolerant, was James ihnen nicht einmal verübeln konnte. Die Sekretärin hatte eine grässliche Stimme, wie eine gequälte Katze.

Nachdem man sie vor die Tür gesetzt hatte, siedelte die Gesellschaft zu Barnes's über, wo sich James auf einer roten Plüschbank lümmelte und zufrieden und angetrunken den Mädchen beim Kichern zuhörte. Sie tranken Moët & Chandon direkt aus der Flasche und waren alle sehr ungezwungen. Wieder konnte er einen Abend aus dem Kalender streichen. Aber es war trotzdem langweilig. »Hast du etwa einen besseren Vorschlag?«, hatte Dalton ihn gefragt. Zugegebenermaßen nicht. Aber immerhin hatte er danach gut geschlafen – einen tiefen, traumlosen Schlaf. Doch der währte nicht lange, und er erwachte mit schmerzendem Kopf.

Die Sonne schien ihm ins Gesicht, worauf er zusammenzuckte und sich die Augen rieb. Er griff nach dem Stapel Briefe auf dem Sekretär. Die aktuellsten Berichte aus seinen Fabriken in Manchester. Ein Brief von Elizabeth, der kaum zu entziffern war. Zweifellos in betrunkenem Zustand geschrieben, denn Nello war bei ihr gewesen und hatte in einem Postskriptum seine Grüße hinzugefügt. Auf dem letzten Umschlag stand kein Absender. Wenigstens war die Handschrift gut zu lesen. *Geben Sie die Tränen zurück oder machen Sie sich auf ihren Fluch gefasst.*

Interessant. Schon der dritte dieser Art, den er diese Woche bekam. Erstaunlich, wie viele Verrückte es hinter dem Ofen hervorlockte, wenn sein Name wieder einmal in der Zeitung stand. Er knüllte den Brief zusammen und warf ihn in den Abfall. Dann wandte er sich wieder zum Fenster.

Belgravias Sträßchen lagen verlassen da. Eine unbeliebte Tageszeit. In zwei Stunden jedoch würde die Straße mit Phaetons verstopft sein. Abenteuerlustige Damen nahmen in ihren Kutschen die Zügel selbst in die Hand, während ihre nervösen Stallknechte sich verzweifelt auf ihren Sitzen festklammerten. Doch in fünf Stunden würden sich dieselben Frauen nicht einmal tot dabei erwischen lassen, die Pferde selbst zu lenken. Für den zweiten Ausflug in den Park wären nur große Kutschen und offene Landauer gut genug. Gott, er hatte Mayfair dermaßen satt. Es funktionierte genauso regelmäßig wie ein nervtötendes Schweizer Uhrwerk, und seine tausendfache Schar aus Kuckucksvögeln bewegte sich so vorhersehbar zu seinem Takt, dass er sekundengenau vorhersagen konnte, was sie als Nächstes taten. Doch diese Erkenntnis behagte ihm nicht. Könnte er doch sein Hirn von solchen Trivialitäten reinigen! Es musste bessere Verwendungsmöglichkeiten dafür geben, als sich eine Riesenmenge an Unsinn zu merken.

Doch genau da lag das Problem. Anders als eine Uhr konnte man diese kleine Welt nicht einfach zertrümmern, und diese idiotischen Trivialitäten waren gar nicht so trivial. Wie die Gitterstäbe einer Gefängniszelle legten sie den Grundriss für den Rest seines ganzen verdammten Lebens fest. Auch den von Phin, nur dass ihm das noch nicht klar war. Phin glaubte, den Titel zu erben hätte ihn befreit, obwohl dieses Bilderbuchende in Wahrheit nur seine Gefangenschaft in einem anderen Käfig markierte.

»Das sind eben Sitten und Gebräuche«, hatte Stella einmal zu ihm gesagt. »Die müssen keiner Logik unterliegen. Sie fügen doch niemandem Schaden zu.«

»Erklär das mal den Amerikanern und Südafrikanern«, hatte James geantwortet. »Ihnen schadet es schon, wenn sie um drei Uhr im Tim Whisky vorfahren und von all deinen Freunden verspottet werden, nur weil sie in der falschen Kutsche kommen.«

Sie hatte gelächelt und ihm die Wange getätschelt. Sie war zwar ein Jahr jünger als er, behandelte ihn aber gern wie einen kleinen Jungen. »Darum geht es doch gerade, Dummchen. Woher sollen wir wissen, wen wir schneiden müssen, wenn sie sich nicht selbst als Ausländer entlarven?«

Ihr Bild stand ihm glasklar vor Augen. Sie hatte viel von Moreland: strahlend blaue Augen, Haare wie Weizengold. Doch er sah ihr Gesicht jetzt nie mehr ohne die Blutergüsse vor sich. Gott, wie klein und verloren sie hinter diesen Gitterstäben ausgesehen hatte! Die Luft war faulig, nach Erbrochenem und Kot stinkend und von gellenden Schreien erfüllt. Die andere Frau in der Zelle hatte sich die Arme zerkratzt – stumm, ganz auf ihre eigene Kasteiung konzentriert – und ganz bewusst lange Furchen in ihr blutiges Fleisch gerissen. Stella hatte sich in der Ecke zusammengekauert und ihn angesehen. Sie konnte noch nicht wieder sprechen, aber ihre Augen flehten um Hilfe. Er konnte rein gar nichts für sie tun. Sie hatten sie in dieses Loch gesteckt und es Gerechtigkeit genannt. Er war überzeugt gewesen, dass sie dort sterben würde. Keine Frage.

Aber irgendwie überlebte sie es. Und nachdem er einen Riesenaufstand machte, verlegte man sie nach Kenhurst, wo sie angeblich ihre privaten Räume zur Verfügung hatte, jeden Tag spazieren gehen durfte und alle Annehmlichkeiten genoss, die sie sich nur wünschen konnte. Er hätte es sehr begrüßt, wenn man ihm dieses Paradies einmal gezeigt hätte, aber sie ließen ihn nicht zu ihr. Bei seinem ersten Besuch schaffte er es nicht weiter als bis zu den Anstaltstoren. Beim zweiten Versuch rief Dwyer, der Anstaltswärter, sofort die Polizei. Sie traf umgehend ein, aber erst, als er die Hände schon um den Hals des Mannes gelegt hatte. Eine Minute später, und Dwyer wäre nicht mehr so selbstgefällig gewesen, sondern tot.

Schon am nächsten Tag holte sein Vater ihn wieder aus dem Gefängnis. Ja, Moreland hatte so schnell und nachdrücklich ein paar Strippen gezogen, dass er gleich mehreren Marionetten den Hals brach. Der zuständige Richter quittierte den Dienst. Der Gefängniswärter wurde versetzt. Die Polizisten degradiert. Nur Dwyer kam unbeschadet aus der Sache heraus. Nichts konnte Moreland von seiner unerschütterlichen Verehrung des Kerkermeisters seiner Tochter abbringen.

Herrgott, warum ließen sie ihn nicht zu ihr? Er wollte doch

nur einen Blick auf sie werfen – nur, um seiner letzten Erinnerung an sie etwas Neues entgegensetzen zu können. Der Ausdruck in ihrem Gesicht bei dieser letzten Begegnung ließ ihn fast wünschen, er hätte sie überhaupt nicht gesehen.

Ihm entfuhr ein leises Lachen. Es gab unzählige Methoden, jemanden zu verraten. Schon ein einziger Gedanke reichte dazu aus. Welches Recht hatte er schon, Lizzie zu verurteilen, die ihre Schuldgefühle in Wein ertränkte oder sich durch fehlgeleitete Wollust für einen Vollidioten selbst erniedrigte? Sie waren alle nur Produkte ihrer Gesellschaft, wie der Blaustrumpf sagen würde. Und die feine Gesellschaft hatte schon seit Langem den schönen Brauch perfektioniert, alles wegzuschließen, was bedrohlich oder störend war – oder es in einem Nebel aus Verderbtheit zu ersticken. In diesem Anklagepunkt war auch er nicht unschuldig.

Oh, Stella zu vergessen war nicht sein Wunsch. Doch manchmal verspürte er eine morbide Faszination für ihre Situation, wenigstens nach dem, was Dwyer ihm beschrieben hatte. Unter solchen Umständen aufzugeben wäre so einfach. Ein festgelegter Zeitplan, aller Entscheidungen entledigt. Eine ganze Belegschaft, die gewillt war, einen zu etwas zu zwingen, wenn man selbst nicht die Energie dafür aufbrachte. Keine Notwendigkeit, morgens aufzustehen, sich anzuziehen, sich das Gesicht zu waschen. Ein gedankenloses Schreiten durch die einem zugeteilten Tage, mit nichts, wogegen man kämpfen musste, und nichts, was man entscheiden musste. Seine Schwester hatte eine solche Behandlung weder nötig noch verdient, doch für sich selbst konnte er es sich durchaus vorstellen.

Natürlich war die Verlockung völlig profan. Der Gedanke daran schmerzte, eine angenehme Qual, als kippte man sich Gift in die Kehle, um zu schmecken, wie süß es war. Und die Galle, die ihm hochkam, während er dort saß – nun, das war der Geschmack von Verachtung, die ausschließlich ihm selbst galt.

Es klopfte an der Tür. Sein Kammerdiener war zurückgekommen und der Butler stand direkt neben ihm. James war gelinde gesagt überrascht, sie zusammen zu sehen, und setzte sich auf. Sie pflegten eine heftige Rivalität, von der er eigentlich nichts wissen sollte.

»Sir«, sagte Gudge. Sein sonst so unerschütterlicher Butler war hochrot im Gesicht. »Entschuldigen Sie die Störung, aber Sie haben eine … Besucherin.«

»Zu dieser Stunde?« Offenbar war er nicht der Einzige, der die Konventionen satt hatte.

»Eine äußerst merkwürdige Dame. Ich habe versucht, sie abzuweisen, doch sie beharrt darauf, Sie sprechen zu müssen. Ihr Auftreten, Sir … nun, bevor ich sie hinauswerfen lasse, hielt ich es für das Beste, Sie zu informieren.«

Was hieß, dass sie wie eine Dame von vornehmer Herkunft sprach und gekleidet war und Gudge es deshalb nicht wagte, sie grob zu behandeln. »Hat sie ihren Namen genannt?«

»Sie ist verschleiert«, sagte Norton aufgeregt. »Von Kopf bis Fuß, Sir!«

Gudge warf dem Kammerdiener einen strengen Blick zu. »Sie wollte ihren Namen nicht preisgeben. Vermutlich fürchtet sie sich vor dem Klatsch des Personals.« Eine Unterstellung, die ihn ganz offensichtlich kränkte, denn Gudge bildete sich viel auf seine eifrige Kampagne gegen häuslichen Tratsch ein.

Nun, dachte James. Der Vormittag versprach doch nicht so langweilig zu werden, wie er befürchtet hatte.

Die Dame, die sich in seinem Arbeitszimmer auf einem Stuhl niedergelassen hatte, war stärker verschleiert als eine osmanische Witwe. Ihr Aufzug schien ein sonderbares Nebeneinander aus Trauerkleidung und schiefergrauem Straßenkleid zu sein. Kein Wunder, dass sie ihren Namen nicht hatte nennen wollen. Die Dienerschaft hätte noch monatelang davon gesprochen.

Er schloss die Tür mit mehr Wucht als nötig. Der schwarze Crêpe-Schleier richtete sich ruckartig auf. »Sanburne?«

Er lehnte sich an die Tür und kämpfte gegen ein Lachen an. »Können Sie durch das Ding nichts sehen?«

Schwarz behandschuhte Hände kamen zum Vorschein und lüpften langsam den Schleier. Höher und höher fassten sie und enthüllten einen schlanken weißen Hals und ein spitzes Kinn, dann lange, rote Lippen – die sie, wie er langsam glaubte, gewohnheitsmäßig zu einem harten Strich zusammenpresste. Als Nächstes erschien eine lange, gerade Nase und schließlich weit auseinanderstehende haselnussbraune Augen, die sich bei seinem Anblick zu Schlitzen verengten. Er hatte sich noch keinen Zoll auf sie zubewegt, und dennoch sah sie ihn schon an, als hätte er Verrat begangen. Wenn es ihr einmal gelänge, sich zu entspannen, wäre sie viel hübscher.

Er ließ ihr einen Augenblick Zeit, um das Wort zu ergreifen, doch es schien, als hätte ihre eigene Kühnheit sie auf einmal überwältigt. Sie atmete so tief und schnell, dass es quer durch den Raum zu hören war. Eine Nadel löste sich aus dem Schleier, der zur Seite wegrutschte, und als sie ihn wieder gerade ziehen wollte, stieß sie versehentlich mit der Hand an ihre Nase.

Seine Mundwinkel zuckten belustigt. Sie war eigentlich nicht tollpatschig. Er bezweifelte, dass Miss Boyce je etwas so Undiszipliniertes tun würde wie zu stolpern. Doch schon bei ihrer ersten Begegnung war ihm die Angriffslust in ihren Bewegungen aufgefallen. Sie trug ihre Körperhülle so gedankenlos wie einen Mantel. Diese Trennung von Körper und Geist war seltsam bezaubernd. Sie drängte Männern die Frage auf, was es bräuchte, um ihr Empfinden aus den disziplinierten Grenzen ihres Verstandes auf die weichen Formen ihrer Haut zu lenken.

Er stieß sich von der Tür ab. »Sind Sie gekommen, um mir noch eine Vorstellung zu geben?«

»Sie zu unterhalten ist nicht mein Anliegen«, sagte sie.

Ja, das hatte er sich schon gedacht. Er musterte sie eingehend. Ihr Rückgrat hielt sie aufrechter als ein Brett. Was für ein eigenartiges, leidenschaftliches Schätzchen sie doch war! Ein paar schwarze Haarsträhnen lösten sich aus ihrem Chignon, ihre grauen Röcke waren am Saum mit Schlamm bespritzt. Andere Frauen hätten sich gerüstet, bevor sie sich in die Höhle des Löwen wagten. Sie hätten einen Hauch Rouge aufgelegt oder sich wenigstens vom Diener die Röcke abbürsten lassen. Andererseits, nach allem, was er bisher von Miss Boyce gesehen hatte, bedurfte sie keiner derart gewöhnlichen Rüstung. Er nahm ihr gegenüber Platz. »Dann vielleicht, um mich zu verführen? Ich muss gestehen, dass ich darauf nur unzulänglich vorbereitet bin. Ich habe mich heute Morgen nur gekämmt.«

Sie musterte ihn mit objektiver Gründlichkeit. »Sie sehen recht präsentabel aus.«

Er grinste verdutzt. »Flirten Sie nicht mit mir, Miss Boyce. Das verkrafte ich nicht.«

Sie zog die Augenbrauen hoch, woraus er folgerte, dass sie entschlossen war, ihm einen strafenden Blick zuzuwerfen. Doch leider hatte sich die Natur gegen sie verschworen und sie mit schräg stehenden Augen bedacht, was ihm das Gefühl gab, von einem jungen Hund getadelt zu werden. »Ein Springer Spaniel«, murmelte er.

»Wie bitte?«

»Das ist die Hunderasse, die ich Ihnen zuordnen würde.«

Wenn man sie provozierte, bekamen ihre Wangen eine hübsche Farbe. Ein klassischer rosig-cremefarbener Teint, ohne auch nur eine Sommersprosse oder ein Leberfleckchen – bis auf das am Rande ihres Mundes, genau in der Mulde ihrer Oberlippe. Das hatte er neulich Abend schon entdeckt und sich aus irgendeinem Grund gezwungen gefühlt, mit dem Finger darüberzufahren. *Der Leberfleck markiert den Punkt*. Als er das tat, hatte ihre Zunge – klein, rot und feucht – herausgelugt und ihn geleckt. Als ob er angenehm schmeckte. Er war in arge Versuchung geraten, ihn selbst zu schmecken. Erstaunlich, wie man sich nach dreißig langen Jahren immer noch selbst überraschen konnte.

»Sie vergleichen mich mit einem *Hund*?«, fragte sie entgeistert.

»Ich mag Hunde sehr. Und im Vergleich zu anderen Hunden ist es zweifellos eine bezaubernde Rasse.«

Ihr Kiefer malmte. Sie knirschte mit den Zähnen. Eine schlechte Angewohnheit. Immerhin gut zu wissen, dass sie eine hatte. »Na schön, ärgern Sie mich ruhig. Ich weiß sehr wohl, dass mein Verhalten mich jeder moralischen Überlegenheit beraubt. Aber ich muss Sie bitten, Nachsicht zu üben und sich trotzdem zu benehmen.«

Schwer, von solcher Unverfrorenheit nicht beeindruckt zu sein. »Bravo, Miss Boyce. Sie betreten unaufgefordert das Haus eines Mannes und sagen ihm dann, dass er sich anständig benehmen soll. Thackeray hätte das nicht besser schreiben können.«

Ihre Kehle bewegte sich beim Schlucken. »In Ordnung, das war vermutlich unverschämt. Aber ich muss zugeben, meine Nerven sind ein wenig angegriffen. Sie glauben ja nicht, was für einen Morgen ich hinter mir habe. Meine Schwestern benötigten den Brougham für sich, und ich konnte ihnen ja schlecht sagen, dass ich ihn brauchte, um Sie zu besuchen. Aber es gab keine Droschken, sodass ich gezwungen war, einen Pferdeomnibus zu nehmen. Und er stellte sich als Betrug heraus!«

Er lachte. »Was für eine Ironie des Schicksals!«

Sie riss ihre bernsteinfarbenen Augen weit auf. »Ironie? Es war skandalös! Nicht angemeldete Fahrzeuge, die sich als offizielle London-General-Busse ausgeben! Darin saß eine Dame, sehr ordentlich gekleidet, von der ich nur mutmaßen kann, dass sie dort platziert wurde, um nichts Böses ahnende Kunden anzulocken. Für eine Fahrt, die sonst fünf Pence kostet, verlangten sie einen Shilling! Was ist das nur für eine Welt?«

»Also wirklich. Die Unverschämtheit des habgierigen Proletariats wächst mit jedem Tag, fürchte ich.«

Sie sah ihn finster an. »Ich bin kein Snob, Sir. Ich glaube, man darf durchaus Stellung gegen Betrug beziehen, ohne sich gleich in Klassenpolitik zu ergehen.«

»Sie sind viel scharfsinniger als ein Durchschnittssnob«, räumte er ein. »Ich bin mir nicht sicher, ob ich Frauenbildung preisen oder ihr Verbot befürworten soll.«

Sie reckte trotzig das Kinn in die Höhe. Es lief aufreizend spitz zu, und er fragte sich, ob sie irgendjemand dort schon einmal zärtlich gebissen hatte. Bei seiner Berührung hatte sie nach Luft geschnappt, und dieser Laut – so ungewollt, widerstrebend sinnlich – klang seitdem in ihm nach. Nur ein leiser, kurzer Laut, und doch hatte er die Reize der Tänzerinnen gestern Nacht völlig in den Schatten gestellt. Mit einer Anwandlung von Interesse stellte er fest, dass ihm diese Erkenntnis durchaus nicht unangenehm war.

»Ich war schon immer intelligenter als andere«, erklärte sie. »Meine Bildung hat damit nichts zu tun.« Als ihr das belustigte Kräuseln seiner Lippen auffiel, fügte sie hinzu: »Das amüsiert Sie?«

»Ich bin nur erleichtert. Ich hatte mich schon gefragt, ob Sie überhaupt irgendwelche Fehler haben.«

In ihrem Gesicht spiegelten sich ihre widerstreitenden Gefühle wider. Sie brauchte eine ganze Minute, bis sie der Versuchung nachgab, aber das war nicht weiter überraschend. Dass sie eigensinnig war, hatte er schon vorher gewusst. »Was meinen Sie damit?«, fragte sie. »Was für einen Fehler?«

»Stolz natürlich, Miss Boyce. Sie bilden sich viel auf Ihre Intelligenz ein.«

Sie machte einen Schmollmund, wodurch die Andeutung eines Grübchens zum Vorschein kam. In Verbindung mit ihrem steifen Auftreten schien es ganz und gar nicht passend. Ein rein anatomischer Zufall, redete er sich ein, nur ein Streich ihrer zusammengepressten Lippen. Dennoch ertappte er sich dabei, wie er fasziniert darauf starrte und sich fragte, was er anstellen konnte, damit es ausgeprägter würde. Hauchiger Atem, aufblitzende Grübchen: Ihn beschlich der Verdacht, dass Miss Boyces Körper ihre Tugend gern sabotierte.

»Natürlich tue ich das. Ich bin eine Frau. Wenn ich meinen Verstand nicht hoch schätze, wer wird es sonst tun?«

Nur mit Mühe riss er sich vom Anblick des Grübchens los. So eine kuriose Mischung aus Trotz und Angeberei. Zwar waren ihre Schwestern die anerkannten Schönheiten, doch Miss Boyce verfügte über ganz eigene Reize, die nun, im Zusammenspiel mit ihrer spontanen Ehrlichkeit, besonders sichtbar wurden. Ihre Augen sprühten vor Intelligenz. Schon neulich Abend waren ihm ihre schweren Lider aufgefallen, die ihr ein permanent schläfriges Aussehen verliehen, sodass sie stets wirkte, als sei sie gerade erst aufgestanden. Plötzlich völlig von ihr eingenommen, lächelte er unwillkürlich. Sie hatte einige Unannehmlichkeiten auf sich genommen, um zu ihm zu kommen. Der Sieg sei ihr gegönnt. »Gut gekontert, Schätzchen.«

Das Kosewort gefiel ihr nicht. Ihr Gesicht, eben noch strahlend, als sie ihre Gelehrtheit verteidigte, verdunkelte sich wie ein Fenster mit geschlossenen Läden. »Aber ich will zur Sache kommen. Sie werden sich fragen, warum ich hier bin.«

»Um für die schändlichen Taten Ihres Vaters um Verzeihung zu bitten, vermute ich.«

Sie presste den Mund noch fester zusammen. Herrgott, wie

sich dieses Grübchen gegen sie verschwor. Es lenkte die Aufmerksamkeit auf ihren Mund, der übermäßig breit war und damit der aktuellen Mode nicht entsprach, und löste in ihm Wünsche aus, die dem Augenblick nicht angemessen waren. Und alles andere als *legal*.

Belustigung regte sich in ihm. Seltsam, unerwartet, aber nicht zu leugnen: Er fühlte sich ganz und gar zu ihr hingezogen. Auf irgendeiner primitiven Ebene erkannte sein Körper den ihren. Der Befehl, den er erteilte, war derb und ungehobelt: vor fünftausend Jahren hätte er sie in eine Höhle gezerrt. Und die steinzeitliche Miss Boyce, ohne jede Bildung und ihrer spitzen Zunge beraubt, hätte stattdessen einen spitzen Felssplitter genommen und ihn geschickt damit ausgeweidet.

Er bemerkte, dass sie gerade zum Schluss kam. »Verzeihung, ich habe nicht zugehört. Können Sie noch einmal von vorn beginnen?«

Sie fixierte ihn finster. Sie hatte sich geschworen, sich von ihm nicht provozieren zu lassen: das sah man an ihren zusammengebissenen Zähnen. »Ich wiederhole es ganz langsam«, sagte sie in einem Ton, in dem Mütter sich sonst an ihre störrische Dreijährige wandten. »Ich weiß, dass mein Besuch jenseits der Grenzen von …«

»Selbst wenn Sie selbst die Regeln brechen, bestehen Sie darauf, mich an sie zu erinnern? Also wirklich, Miss Boyce, haben Sie Erbarmen!«

Ihr Ton wurde schärfer. »Aber ich wollte Sie persönlich ansprechen.«

»Das tun Sie durchaus.«

Ihre Augen weiteten sich. Sie setzte zu einer Bemerkung an, besann sich aber eines Besseren. Zweifellos hatte sie seine Feststellung richtig gedeutet, wollte es aber nicht wahrhaben. Arme Miss Boyce. Diese nüchterne, enggeschnürte Wissenschaftlerin war gegen ihren Willen in einem Körper gefangen, der nach Blumen duftete und in einer geheimen Sprache mit seinem kommunizierte, die nicht einmal sie selbst verstand. Kein Wunder, dass sie sich verschleierte. Der Gedanke, ungewollt männliche Aufmerksamkeit zu erregen, musste sie entsetzen.

»Hören Sie«, sagte sie und erhob sich. »Ich habe Mr Carnelly einen Besuch abgestattet.«

»Tatsächlich?« Aus irgendeinem Grunde überraschte es ihn nicht, dass sie sich veranlasst gefühlt hatte, höchstpersönlich ins East End zu fahren. »Wie war es? Haben Sie die Kastanien gekostet? Sie sind sehr schmackhaft.«

Sie verdrehte die Augen. Hübsche Augen, in genau demselben Farbton wie ein Erntemond. Das Schönste an ihr, dachte er. Doch dann, als sie begann, seinen Teppich mit Schritten auszumessen, revidierte er seine Meinung. Wenn Miss Boyce sich bewegte, dann … federte sie. Er drehte sich um und sah ihr bewundernd nach. Oh ja. Selbst wenn die Lady nicht bestrebt war, ihm Unterhaltung zu bieten, schien sie nicht anders zu können. Sie lief, als wären ihre Füße mit Federungen versehen. Bestimmt hatten diese langen, federnden Schritte irgendeine längst vergessene Gouvernante an den Rand der Verzweiflung getrieben.

Er stellte fest, dass er in sich hineingrinste wie ein Schuljunge. Eigentlich war es peinlich. Denn diese Frau schenkte ihm weniger Beachtung, als sie kanadischem Müll schenken würde. Dennoch konnte er seine Neugier nicht bremsen. »Jagen Sie?« Er konnte sie sich gut als Reiterin vorstellen. Sie war, was sein schottisches Kindermädchen als »strammes Mädel« bezeichnet hätte. Da das Reiten von Kopf bis Fuß so positive Auswirkungen hatte, konnte er daran keinen Anstoß finden.

Sie wirbelte herum. Die ungestüme Bewegung deutete auf eine starke Gefühlsregung hin, sie hielt die Hände gefaltet und drückte sie in ihre Röcke wie in einem heimlichen Gebet. Doch ihr Gesicht und ihre Stimme blieben gelassen. »Nein, ich kann Pferde nicht leiden. Und lassen Sie uns bitte beim Thema bleiben, Viscount. Ich bedaure, Ihnen mitteilen zu müssen, dass Ihre Mutmaßung korrekt war. Die Fälschung stammte tatsächlich aus der Lieferung meines Vaters.«

Er lächelte. »Wie freundlich von Ihnen, mir zu bestätigen, was ich bereits weiß. Vielleicht machen Sie mich als Nächstes mit mir selbst bekannt. Ich soll sehr beliebt sein.«

Das Grübchen lugte wieder hervor. Er gratulierte sich stillschweigend. »Wie dem auch sei«, sagte sie mit Nachdruck. »Dass die Fälschungen sich darin befanden, bedeutet noch lange nicht, dass mein Vater davon Kenntnis hatte. Ich glaube, dass der Transport sabotiert wurde – und das echte Stück gegen das falsche ausgetauscht wurde. Auf jeden Fall habe ich nach Ägypten telegrafiert. Sobald ich mehr weiß, gebe ich Ihnen Bescheid.«

»Ich verstehe«, sagte James. »Sie sind also hergekommen, um mir zu sagen, dass meine Fakten zwar korrekt sind, Ihre Hypothesen mich aber dahingehend beeinflussen sollen, mich von ihnen zu distanzieren?«

Sie blinzelte verdutzt. Seine Ausdrucksweise hatte sie verblüfft. Oh, wie leicht sie zu beeinflussen war! Sie fiel ihren Vorurteilen gegen ihn so leicht anheim, wie ein Fisch ins Wasser glitt. »Nein«, sagte sie, aber ihr Leugnen klang unsicher. »Ich möchte mich nur … nun, entschuldigen, nehme ich an, für diese schreckliche Verwechslung. Mir wäre nie in den Sinn gekommen, dass Ihre Anschuldigungen berechtigt sein könnten, auch wenn sie auf die falsche Person bezogen waren.«

Miss Boyce sagte, was von ihr verlangt wurde, doch ihre steifen Schultern und ihre geballten Fäuste deuteten darauf hin, dass ihr diese Entschuldigung in etwa so angenehm war, wie ein Schwert in den Bauch gestoßen zu bekommen. »Manieren«, sagte er mitfühlend. »Sehr lästig. Ich schlage vor, Sie legen sie ad acta. Mir fehlen sie überhaupt nicht.«

»Ja, ich kann nachvollziehen, inwiefern sie sich für Sie als lästig erwiesen haben.« Sie sagte das so nüchtern, dass er einen Moment brauchte, bis er merkte, dass sie sich über ihn lustig machte. Er belohnte sie mit einem ermutigenden Lachen. Sie hatte wirklich großes Potenzial. Ein bisschen weniger steif, und sie wäre so interessant wie ihr Grübchen.

»Verraten Sie mir eines«, bat er. »Warum sollte ich überhaupt glauben, dass es sich um eine Verwechslung handelt? Woher soll ich wissen, dass Ihr Vater die Fälschungen nicht bewusst importiert und sie kraft seines guten Rufes verkauft?«

»So etwas würde er niemals tun«, sagte sie augenblicklich.

»Ach ja? Und woher wollen Sie das wissen?«

Ihre Reaktion gab ihm einen kurzen Einblick in das Leben einer Monstrosität auf dem Jahrmarkt. Sie sah ihn vollkommen entgeistert an, und dann, mit einem Male, sehr mitleidig. »Er ist mein *Vater*«, sagte sie in einem Ton, der nahelegte, dass er vielleicht mit dem Begriff nicht ganz vertraut war. »Ich kenne ihn besser als sonst irgendjemanden, Sir, und daher weiß ich, dass dieses Verbrechen so weit unter seiner Würde wäre, dass allein schon der Gedanke lachhaft ist. Doch da Sie ihn nicht persönlich kennen, muss ich Sie bitten, mir einfach zu glauben.«

»Eine schöne Vorstellung«, sagte er. »Ich werde es Ihnen nur allzu gern glauben, wenn Sie mir erklären können, warum so viele Menschen den Glauben für eine Tugend halten. Schließlich wurzelt Glauben laut Definition in Nichtwissen.«

Sie gab ein halblautes Geräusch von sich, ein wortloses *Hmph*. Mit dieser Bemerkung hatte er offensichtlich noch ihre niedrigsten Erwartungen unterboten. »Natürlich beabsichtige ich auch, Sie für das Versehen zu entschädigen. Ich werde Ihnen die Fälschung zum selben Preis abkaufen, den Sie in Erwartung einer rechtmäßigen Antiquität bezahlt haben. Ich hoffe, es stört Sie nicht, dass Mr Carnelly mir den Betrag genannt hat.« Sie öffnete ihr Ridikül und kramte darin. »Ich hoffe, dass die Sache damit bereinigt ist.«

Sie hatte das also alles geregelt. Eine richtige kleine Geschäftsfrau. Nur schade für sie, dass er nicht so dringend Geld brauchte. »Ich überlasse Ihnen die Stele«, sagte er.

Erstaunt blickte sie von ihrer Handtasche auf. »Umsonst?«

Ihre freudige Überraschung brachte ihn zum Grinsen. Aufrichtige Gier war durchaus bewundernswert. »Nicht ganz. Ich verlange schon eine Gegenleistung.«

Jetzt wurde sie misstrauisch. Kluges Mädchen. »Und was soll das sein?«

Er zog den Moment mit einer Kunstpause in die Länge. »Nun … nur ein Kuss.«

Röte schoss ihr ins Gesicht. »Sie belieben zu scherzen.«

»Ganz und gar nicht. Wissen Sie, Miss Boyce, gestern Abend habe ich bei dem Versuch, mich zu amüsieren, hundert Pfund verloren. Aber ich muss sagen, die Kurzweil, die Sie mir bieten, nur indem Sie die Rolle der rechtschaffenen Gerechtigkeitssuchenden spielen – nun, das ist unbezahlbar.«

Ihre Brust hob und senkte sich prächtig. Er bedauerte schmerzlich, dass sie keine Abendgarderobe trug. Diese grauenhaften Redingotes wurden bis zum Hals zugeknöpft. »Sie sind ein …«

»Flegel«, sagte er und sprang auf. »Verschwender, Tunichtgut, Ketzer, Barbar, Produzent von Müll, Dandy. Ja, ich weiß. Ich behaupte nicht das Gegenteil. Aber ich halte das für einen fairen Handel. Sie bekommen Ihre Fälschung und meine Diskretion, für zwei Minuten Spaß.«

»Minuten!« Sie sah ihn so fassungslos an, dass er die weißen Ränder um ihre außergewöhnliche Regenbogenhaut sehen konnte. Sie wich einen Schritt zurück. »Was um Himmels willen …«

War sie noch nie so lange geküsst worden? Das wurde ja immer besser. Er bedachte sie mit einem gewollt durchtriebenen Lächeln, worauf sie noch einen Schritt zurückwich. War ihr nicht bewusst, welche Macht sie ihm mit dieser simplen kleinen Bewegung gab? »Gegen die Wand?«, stellte er fest. »Anscheinend decken wir eine abweichende Veranlagung auf. Das gefällt mir sehr.«

Verzweifelt blickte sie sich um, als würde ihr erst jetzt bewusst, dass sie das Ende des Raumes erreicht hatte. »Ich … Ich kann nicht.«

Es war fantastisch, wie ernst sie eine solche Kleinigkeit wie einen Kuss nahm. Man könnte meinen, er hätte Johanna von Orléans gebeten, ihre Jungfräulichkeit zu opfern, um die Wiederkunft des Herrn zu beschleunigen. »Sie müssen in einer Höhle aufgewachsen sein«, murmelte er. »Ich glaube, nicht einmal Mädchen vom Lande können an Ihre Unbedarftheit heranreichen.«

Rein zufällig hatte er genau das Richtige gesagt. Sie hob trotzig das Kinn. Ihre Augen verengten sich. Offenbar hielt sie sich nicht gern für unbedarft. Er merkte sich diese Information, um in Zukunft darauf zurückzukommen.

»Na schön«, sagte sie rundheraus. »Aber Sie müssen mir Ihr Wort geben: Nur ein Kuss, und die Stele gehört mir, frei von irgendwelchen Verpflichtungen. Und Sie hören damit auf, meinen Vater zu verleumden!«

»Mein Wort darauf«, sagte er. »Für zwei Minuten.«

Mit der Würde eines Aufständischen, der für seine politischen Überzeugungen vor ein Erschießungskommando tritt, hob sie das Gesicht und schloss die Augen. »Tun Sie's«, sagte sie mit zusammengebissenen Zähnen.

Ihm stockte der Atem. Das war das Erotischste, das er seit

Langem gehört hatte. Die Worte schienen ihn direkt zwischen den Beinen zu treffen.

Oh ja, er war eindeutig pervers geworden. Wurde auch Zeit. »Wappnen Sie sich«, flüsterte er und kämpfte gegen ein Lachen an, als sie ungeheuer tief Luft holte, wie ein Taucher, der sich in tiefe Gewässer stürzt.

Lydia rechnete mit einer groben Annäherung. Was sonst hätte sie nach einer solchen Warnung erwarten sollen? Doch er legte nur ganz sanft den Mund auf ihren.

Sie hielt still und versuchte, ihm nicht ins Gesicht zu atmen. Seine Lippen waren warm. Wieder roch sie Minze. Kaute er etwa auf den Blättern? Eigentlich war es nicht unangenehm. Während sich der Moment in die Länge zog und er nichts Besorgniserregendes tat, entspannten sich ihre Nackenmuskeln. Sie hatte mit einem Kuss gerechnet wie dem von George – eine grobe, rücksichtslose Berührung, zielgerichtet und unsensibel. Doch der Viscount schien sich damit zufriedenzugeben, nur dazustehen. Nun, das sollte sie nicht überraschen, denn er schien von Natur aus träge zu sein. Wie viele Sekunden waren inzwischen vergangen? Die Hälfte der Zeit war doch sicher um.

Ein warmer Lufthauch traf sie: Sein Mund hatte sich ein wenig geöffnet. Er lachte – ein stummer Schwall aus Heiterkeit.

Er machte sich über sie lustig! Obwohl es *seine* Idee gewesen war! In einem Anfall von Wut entzog sie sich ihm. Er hob die Hand und legte sie um ihren bloßen Nacken. Es erschreckte sie.

Das nutzte er aus. Seine Zunge schob sich in ihren Mund. Nur ein wenig. Und dann schloss sich sein Mund um ihre Oberlippe und formte sie sanft, sehr sanft, mit seinen Lippen nach.

Dieses Gefühl bewirkte in ihr etwas Seltsames. Sie bekam weiche Knie. Ihr wurde ganz anders. Sie klammerte sich an seinen Armen fest, seinen unerwartet festen Oberarmmuskeln. Ein Aristokrat, der gebaut war wie ein Hafenarbeiter. Seine

Beine drückten gegen ihre Röcke und schoben sie an die Wand. Sie konnte nicht weiter zurückweichen. Was *tat* er da nur? Doch dann stellte sie fest: Es fühlte sich gut an. Er presste sich an sie, und als sie seinen langen, überraschend harten Körper an ihrem spürte, entspannte sich etwas in ihr, streckte sich aus und räkelte sich wohlig wie eine Katze in der Sonne. Ein leises Pochen lief durch ihren Unterleib. Das war … ungewöhnlich. Ein gefährlicher Gedanke schoss ihr durch den Kopf: Sein Mund raubte ihr nichts, er überredete sie dazu, sich etwas von *ihm* zu nehmen.

Erschreckt wollte sie unter ihm wegrutschen. Er zog sich nur so weit zurück, dass er seine Stirn an ihre legen konnte. »Zwei Minuten«, bat er leise. Seine Wimpern verschränkten sich mit ihren. Als sie den Kopf schüttelte, lachte er wieder, ein liebenswürdiger Laut, als hätte sie ihn beglückt. »Zwei Minuten«, beruhigte er sie, rührte sich aber nicht mehr und hielt den Blick wachsam auf sie gerichtet.

Sie rang ein plötzlich aufwallendes Schuldgefühl nieder. Sie tat das für ihre Familie. Das war der einzige Grund.

Als sie langsam nickte, kam sein Mund zurück. Jetzt nahm er ihre Unterlippe zwischen die Zähne und biss sanft zu. Sogleich streichelte seine Zunge die Verletzung fort, und sein Unterkörper schob sich vor, sodass sie sich von den Lippen bis zu den Knien berührten. So nahe. Konnte er die Konturen ihrer Beine durch die Röcke spüren? Bei diesem Gedanken blieb ihr die Luft weg. Er machte ein leises Geräusch – sie hatte nicht gewusst, dass Männer beim Küssen solche Laute von sich gaben, Laute, die nicht wütend klangen – und seine Hand glitt nach hinten, um ihren Kopf zu umfassen, während er den anderen Arm um ihre Taille legte und sie von der Wand wegzog. Die einzige Stütze, die sie jetzt noch hatte, war sein Körper.

Als ihr das klar wurde, öffnete sich etwas in ihr. Auch sein Mund öffnete sich, und der Kuss wurde komplizierter, schwindelerregend. Er durchdrang sie wie Musik, wie die Schwingungen eines Orchesters. Sie konnte ihm nicht mehr folgen, aber sie küsste ihn jetzt zurück. Das war ein Aspekt von ihr, den sie abgeschrieben hatte. *Ich werde nie wieder einen Mann küssen* – so viele Male hatte sie das gedacht, allein, im Dunkel ihres Schlafzimmers, wütend, und es falsch gefunden, noch während sie es beweinte. Dabei hatte ihre erste Erfahrung es ihr nicht gerade schmackhaft gemacht. Doch jetzt küsste sie einen Mann, und es war *etwas völlig anderes*. Mit vagem Erstaunen stellte sie fest, dass sie der Aufgabe anscheinend mehr als gewachsen war. Denn er gab leise Laute der Lust von sich und öffnete mit den Lippen ihren Mund noch weiter.

Überrascht ließ sie es geschehen. Die Art, wie ihre Münder sich miteinander bewegten, nahm ihr Gehirn in Anspruch wie ein Rätsel, eine Landkarte mit Umrissen, die heiß waren und sich stetig ausdehnten und Wege aus Wärme über ihre Brüste, ihren Bauch und ihre Kniekehlen gossen. Während sie sich ausbreiteten, riefen sie ihr unaussprechliche Orte ins Bewusstsein. Sie öffnete ihren Mund dafür; sie staunte darüber; sie durfte das tun, nur dieses eine Mal. Was für eine sonderbare, erstaunliche Sache das war, die sein Mund sie lehrte! Ein *richtiger* Kuss. Und zwar ein erstklassiger. Ach, sie hatte ja keine Ahnung gehabt!

Plötzlich hörte er auf. Seine Brust hob und senkte sich in einem heftigen, schnellen Rhythmus. Sein Gesicht hatte einen eigenartigen Ausdruck. »Gut gemacht«, lobte er sie, als hätte sie beim Kartenspielen einen Stich gemacht. »Überhaupt nicht unbedarft. Und sogar mit Zunge!«

Und sogar mit Zunge! Welche Macht in diesen vier kleinen Worten lag. Ihr Klang durchströmte sie, so überwältigend wie seine Berührung.

Seine Augen verengten sich. Er griff nach ihr. Er wollte sie noch einmal küssen.

Aber … sie hatte keine Entschuldigung mehr.

Sie entzog sich ihm ruckartig. Einen langen Moment starrten sie sich an. Ach, er war wunderschön – sein schmales, kantiges Gesicht, so ausgeprägte Wangenknochen und Kiefer. Er hätte für Ikonen Modell stehen können, hätte er im Byzantinischen Reich gelebt. Silber für seine Regenbogenhaut, Topas für sein Haar. Sie war berauscht von seinem Gesicht. Er war …

Er war ein flatterhafter, glänzender Schmetterling, voll oberflächlicher Reize. So vertrauenswürdig wie eine Schlange. Und sein Charme war wie eine Salbe. Sie würde darauf ausrutschen und in ihr Verderben stürzen, wenn sie nicht *unverzüglich* von ihm wegtrat.

Sie zog sich einen Schritt zurück. Der Raum als Ganzes, die alltäglichen Einrichtungsgegenstände drangen wieder in ihr Bewusstsein. Dass die Welt unverändert aussah, erfüllte sie mit einer eigenartigen Verwirrung. Allein der Gedanke, dass sie vorher nur mit dieser kläglichen Erinnerung an Georges Kuss ins Grab gesunken wäre … »Sie schicken mir die Stele zu?« Ihre Stimme klang atemlos, wie bei einer Debütantin mit ihrem ersten ernsthaften Verehrer. Ihr war schwindlig. Sie war überwältigt.

»Äh.« Er blinzelte. »Ja.«

Erst als sie sich widerwillig zum Gehen wandte, bemerkte sie, dass er die Arme erneut rechts und links von ihr gegen die Wand gestemmt hatte und sie wieder gegen das Bücherregal drückte. Ihm schien diese Position zu gefallen, weil sie sie jeder Bewegungsfreiheit beraubte. Sie legte die Hand auf seinen Unterarm. Einen langen Moment stand sie da, betrachtete ihre Finger auf seinem Ärmel und spürte die Wärme seiner Haut unter dem Stoff – bis ihr klar wurde, was sie eigentlich zurückhielt: Sie fühlte sich geschmeichelt. *Oh, lieber Gott.* Es gab doch wohl genügend andere Dinge, auf die sie stolz sein konnte!

Sie holte tief Luft und duckte sich unter seinen Armen weg,

konnte es sich jedoch nicht verkneifen, an der Tür noch einen kurzen Blick zurückzuwerfen. Er hatte noch immer diese eigenartige Haltung inne, als würde das Bücherregal nur von ihm gestützt. Er sah verwundert drein.

Das beruhigte sie. Wie oft schon hatte sie ähnliche Mienen bei den Kollegen ihres Vaters oder anderen Männern im Publikum gesehen, wenn sie Vorträge hielt? *Männer werden dazu erzogen, Frauen in jeder Hinsicht zu unterschätzen, Lydia.* Papa hatte recht: Sie wussten nie, wie sie reagieren sollten, wenn man ihre Erwartungen übertraf. Sein Interesse schmeichelte ihr nun doch nicht mehr. Sie war nur froh, ihn verunsichert zu haben, und natürlich darüber, dass sie jetzt wusste, wie man richtig küsste.

Da sie sich jetzt besser fühlte, nahm sie sich einen Moment Zeit, um ihre Handschuhe glattzustreichen. Als sie wieder aufblickte, beobachtete er sie. Seine Verwirrung war verschwunden, an ihre Stelle war ein süffisantes Lächeln getreten. »Alles wieder gerade gerückt?«, fragte er.

»Ich denke schon.«

»Es wäre nicht schicklich, sich nicht möglichst akkurat in der Öffentlichkeit zu zeigen«, sagte er ernst.

»Ganz meine Meinung. Viscount, beim Dinner neulich habe ich Ihnen gesagt, dass ich nicht über genügend Informationen verfüge, um Sie einzuordnen.«

Er zog eine Augenbraue nach oben. »Und?«

Sie nickte. »Ich glaube, ich habe sie jetzt gesammelt. Sie leiden an einem akuten Fall von durch Langeweile hervorgerufener Paranoia. Niemand ist darauf aus, Sie zu hintergehen oder zu betrügen. Und was Ihre groteske Idee betrifft, dass Lord Moreland irgendwie in diese Verwechslung verwickelt war – nun, ich nehme an, er hat Wichtigeres zu tun, als sich mit Damen zu verschwören, um seinem Sohn eins auszuwischen.«

Sein Lächeln wurde nachdenklich. »Werfen Sie mir den Fehdehandschuh hin, Miss Boyce? Ich nehme ihn mit Freuden auf.«

Falsch, sehr falsch, dass sie bei diesem Gedanken ein Prickeln durchfuhr. »Nein«, gab sie heftiger zurück, als es vielleicht nötig war. »Ich möchte nur zum Ausdruck bringen, dass … dass diese Streiche von Ihnen das Kindischste sind, das ich mir vorstellen kann.«

»Dann braucht Ihre Fantasie mehr Anregung, Schätzchen.« Leiser fügte er hinzu: »Und vielleicht bin ich derjenige, der sie ihr verschafft.«

Sie hegte keinen Zweifel, dass er diese Aufgabe vortrefflich erfüllen würde. Der Gedanke verwirrte sie und sie stieß einen Luftstoß aus, um das Gefühl zu vertreiben. »Vielleicht hole ich mir meine Anregung einfach bei einem Spaziergang im Park.« Damit sank sie in einen tiefen mokanten Knicks und trat hinaus in die Halle.

5

Wie Musik hat auch Schmerz seinen ganz eigenen Rhythmus. *Piano*: ein Streifschlag auf den Kiefer. *Staccato*: Fingerknöchel, die – eins zwei, eins zwei … auf einen muskulösen Bauch treffen. *Forte*: der Haken, der James an der Nase erwischte, sodass er bluttropfend zurücktaumelte.

Hände trafen klatschend auf seinen Rücken und stoppten seinen Rückzug. Die Hilfestellung verhinderte, dass er die Kreidemarkierung übertrat. In diesem dunklen, verrauchten Lokal gab es nur wenige Regeln, doch das Übertreten der Kreidemarkierung hätte die sofortige Disqualifizierung zur Folge. Das wollte das Publikum nicht. In diesem Teil der Stadt gab es nichts Besseres, als dabei zuzusehen, wie ein kleiner englischer Lord von einem der Ihren krankenhausreif geschlagen wurde.

James klangen die Ohren. Er schüttelte den Kopf und hatte das Gefühl, als klapperten seine Zähne. Sein Gegner war ein bärenstarker Ire, direkt aus Cork und berühmt für sein Talent, Männer auf die Bretter zu schicken – und dabei gelegentlich ein Genick zu brechen. Als James verstohlen die Treppe zu der Schänke hinabgestiegen war, hatte der Besitzer ihn beim Arm genommen und beiseitegezogen. »Gehen Sie nach Hause«, hatte er gesagt. »Nicht heute Abend, Mylord. Ich kann nicht zulassen, dass bei mir ein feiner Herr totgeschlagen wird. Ich würde schneller deportiert, als ich spucken kann.«

Die Aussicht auf einen ebenbürtigen Gegner hatte James aufgeheitert. In den ruhigen, gut ausgestatteten Clubs an der Maiden Lane galten die Regeln von Queensberry. Man hätte genauso gut gegen junge Hunde boxen können. Doch hier im East End, wo das einzige Gesetz lautete, möglichst niemanden umzubringen, hatte er meist einen unfairen Vorteil: Regelmäßige Mahlzeiten und gute medizinische Versorgung von Kindesbeinen an machten ihn der Konkurrenz meist haushoch überlegen. Vom anderen Ende des Saales betrachtet, sah besagter Ire groß und stark aus, als könnte er mit den Händen Steine zerquetschen. Aber es gab schlimmere Wege, zu Tode zu kommen, als durch einen Genickbruch zu sterben. Man konnte langsam vor sich hin vegetieren, in eine Heilanstalt auf dem Lande weggesperrt oder von seinen feudalen Pflichten erstickt werden.

Ein Fünfer hatte die Bedenken des Schankwirts zerstreut, während die Zuschauermenge johlend ihre Zustimmung kundgetan hatte.

Inzwischen waren zwei Runden um und es war noch kein Toter zu beklagen. James langweilte sich zunehmend. Der Ire verließ sich zu sehr auf seine Körpergröße. Er hatte kein Tempo, und sein rechter Haken ließ seine Flanke ungeschützt. Vielleicht war er ein Spätzünder? Während der Mann sich von seinen Gefolgsleuten löste, schlug er seine fleischige Faust mit einem vielversprechenden Knall in seine flache Hand. »Nun mal los, Eure Lordschaft«, höhnte er und winkte ihn mit dem Zeigefinger zu sich. »Schmeckt ein bisschen irische Gerechtigkeit.«

James lächelte und stieß sich von den Händen seiner Helfer ab. Alle Muskeln in seinem Körper glühten. Eine Finte nach links, eine kurze Gerade nach rechts. Eine Pranke erwischte ihn im Bauch; ihm blieb die Luft weg. Das nutzte der Ire aus. Ein Crescendo aus Schmerzen: Unter dem süßen Gehämmer der Fäuste könnten seine Gesichtsknochen brechen. *Fortissimo*: der Gesang der Agonie in seinem Blut.

Aber das reichte nicht. Das tat es nie. Der Schmerz war nicht laut genug, denn er hüllte ihn nicht gänzlich ein und brachte die

Gedanken nicht zum Schweigen. Das grundlegende Problem blieb offensichtlich, selbst wenn er Blut schluckte. Er konnte hierherkommen und so viel boxen, wie er wollte. Er konnte um Mitternacht unbewaffnet durch die gefährlichsten Straßen spazieren und damit alle herausfordern. Er konnte sich die Treppe hinabstürzen, doch sein Körper machte ihm einen Strich durch die Rechnung. Er hatte Fäuste wie Schinkenkeulen. Er war groß, muskulös und durchtrainiert. Für ihn wäre es immer etwas anderes. Er konnte sich verteidigen, und *sie* nicht. Diese Erkenntnis in ihrem Gesicht würde er nie vergessen – die Furcht aufgrund der eigenen Hilflosigkeit. Wie klein und zierlich sie im Vergleich zu Boland gewesen war …

Jähe Wut durchzuckte ihn. Seine Fäuste waren jetzt wie Meteore, flink und geschlossen, vor Leidenschaft brennend. Ein Uppercut ließ den Iren nach hinten taumeln. »*Schlag* mich«, schrie James. Vier kurze Geraden, und der Mann ging in die Knie. »Mehr hast du mir nicht zu bieten? Steh auf, du Scheißkerl!« Sein Speichel und sein Blut sickerten ihm warm übers Gesicht, doch es störte ihn nicht. Er spürte es kaum. Seine Haut war empfindungslos. Wenigstens ein Ziel erreicht.

Finger hakten sich unter seine Arme, krallten sich in sein Hemd. Er wurde hochgezerrt, weg von seinem Gegner.

Die Luft in der Schankwirtschaft war heiß und stickig. Der Ire lag auf dem Boden und regte sich nicht. James hob den Kopf und sah zu, wie der Rauch in trägen blauen Schwaden nach oben stieg und sich zu der Wolke gesellte, die unter den Balken schwebte. Ein uraltes Gebäude. Hier und da klirrte ein Zinnkrug beim Absetzen auf Holz, oder ein Gast bat flüsternd um einen Gin. Doch im Großen und Ganzen herrschte Stille. James holte tief Luft.

»Irland für immer«, rief er und lachte.

»Herrgott, James!«

Überrascht blickte er auf. Oben auf der Treppe stand eine

Gestalt, deren Gesichtszüge er aufgrund des Lichts, das hinter ihr hereinströmte, nicht erkennen konnte. Doch die tiefe, angenehme Stimme war unverkennbar. Als Student hatte Phin bei Volltrunkenheit gern gesungen. Zwischenzeitlich hatte er andere Verwendungsmöglichkeiten dafür gefunden. Vor zwei Jahren, während einer seiner Stippvisiten in der Stadt, hatten sie sich in einem Wirtshaus getroffen. Phin war am Rande von etwas gewesen, das die Ärzte später als Malaria-Rückfall diagnostizieren sollten, was ihm damals jedoch nicht klar gewesen war. Nach ein paar Whiskys hatte er unvermittelt gesagt: *Ich verstehe mich hervorragend auf Verhöre: Kaum zu glauben, was für eine Macht eine warme Stimme hat, die durch die Dunkelheit zu einem spricht.*

Damals hatte James erstmals eine Ahnung von den Orten bekommen, an welche die »Kartografie« seinen Freund geführt hatte. *Dann lasse ich das Licht lieber an*, hatte er geantwortet. »Schön, dass du vorbeischaust«, sagte er jetzt.

Seine Bemerkung brach den Bann des Schweigens. Sofort schwatzten Stimmen aus allen Richtungen los: Wettsieger, die nach ihren Gewinnen schrien, vormalige Anhänger des Iren, die seinen Namen verfluchten. Aus den Augenwinkeln nahm James wahr, wie jemand den Bezwungenen in die Rippen trat.

»Julking-Zeit!«, schrie der Schankwirt, der sich jetzt mit zwei dampfenden Ginkrügen durch die herumschwirrende Menge kämpfte. James nahm sie ihm dankbar ab. Sie stanken schlimmer als Terpentin, gingen aber runter wie Wasser.

Phin kämpfte sich durch die Meute. »Verdammt gut gemacht«, sagte er ironisch. »Du siehst aus, als hätte dich jemand mit dem Poloschläger bearbeitet.«

In James' Kiefer machte sich ein Pochen bemerkbar. Er fühlte mit der Zunge danach. Die Innenseite seiner Wange war eingerissen, doch seine Zähne schienen noch alle intakt zu sein.

Er würde vorerst unentstellt weiterleben. »Willst du mich etwa gesund pflegen?«

»Das übersteigt meine Fähigkeiten. Ich glaube eher, dein Gehirn hat einen Schlag abbekommen.«

James hätte nur allzu gern eine Augenbraue hochgezogen, zuckte jedoch schon bei dem Versuch zusammen. »Sei kein Langweiler. Wenn ich mir Predigten anhören will, besuche ich Moreland.«

»Du lispelst.«

»Wirklich? Ich weiß genau das richtige Mittel dagegen.« Er gab dem Schankwirt ein Zeichen. An der Theke reihten schon die Vogelliebhaber ihre Weidenkäfige auf. Es war am besten, seine nächste Bestellung aufzugeben, bevor der Wettkampf begann. »Noch ein Glas von Ihrem besten Rachenputzer, Sir. Phin, leistest du mir Gesellschaft? Die Vögel heute Abend sehen sehr vielversprechend aus. Ich habe einen deutschen Kanarienvogel darunter entdeckt.«

»Nein, danke. Ich trinke meinen Alkohol lieber kalt.«

»Klar. Oder durch einen Schlauch, nehme ich an.«

Phin zog eine Augenbraue hoch. »Was für eine unpraktische Methode, Alkohol zu trinken. Hast du auch sicher keine Gehirnerschütterung?«

»Warum bist du hier, wenn du weder trinken noch kämpfen willst?«

»Um dich um Hilfe zu bitten. Aber ich muss feststellen, dass du heute Abend wild entschlossen bist, nutzlos zu sein.«

»Kein Wunder«, entgegnete James milde. »Obwohl ich gerade den Stolz Irlands auf die Bretter geschickt habe. Man könnte das als nationalen Sieg bezeichnen.« Erst jetzt fiel ihm auf, dass Phin in voller Abendgarderobe war. »Wo kommst du her?«

»Von den Stromonds.«

Ach ja, der alljährliche Ball. Die am meisten geschätzte Einladung jeder ehestiftenden Mama. »Mein Beileid«, spottete er. »Sie müssen an dir geklebt haben wie die Fliegen auf Honig.« Er ließ den Kopf kreisen und spürte, wie sich sein Nacken entspannte. Ihm wurde ein frischer Gin in die Hand gedrückt. »Gott schütze Sie, O'Malley.« Er holte tief Luft und kippte den ganzen Krug auf einmal herunter.

Als er ihn wieder sinken ließ, stand Phin immer noch da, dessen Miene zwar aufmerksam, aber undurchdringlich war. »Ich mache mir Sorgen um Elizabeth«, sagte er.

»Ach ja?«

»Ja. Das ist ein hübsches Arrangement, das Nelson da hat.«

James seufzte. Dieser prüde Zug an Phin war erstmals während ihres Studiums zutage getreten. Während seine Mitstudenten jeder Schürze im County nachjagten, hatte Phineas Gedichte gelesen und sich in keuscher Bewunderung nach der Frau eines dortigen Pfarrers verzehrt. »Sie ist eine erwachsene Frau und schadet nur sich selbst damit.« Mit einem plötzlichen Lachen fügte er hinzu: »Ich dachte, die Armee hätte dich von diesem Puritanismus geheilt.«

Phins Lächeln war das eines Mannes, der aus unerfindlichen Gründen mit sich selbst zufrieden ist. »Habe ich auch gedacht«, sagte er. »Aber du hast mich missverstanden, James. Ich mache das Nelson zum Vorwurf. Auch wenn ich zugeben muss – ich kann mich nicht erinnern, dass Liz je so …«

»Unberechenbar war?«

»Genau.«

»Dafür kannst du dich beim verstorbenen Mr Chudderley bedanken. Diese Jahre sind dir entgangen.« Als sich die Meute langsam an die Wände zurückzog, wehrte er Phins nächsten Kommentar mit einer Handbewegung ab. »Wenn du während des Julking-Wettbewerbs redest, wirst du blutüberströmter als ich sein.«

Mit einem Weidenkorb in der Hand trat ein Vogelliebhaber vor, um seinen deutschen Vogel auf den Tisch zu stellen. Er tippte leicht auf den Käfig und trat zurück.

Die Zuschauer holten hörbar Luft, als wollten sie die Lungen des Vogels mit Sauerstoff versorgen. Und dann, einfach so, fing der Kanarienvogel an zu tirilieren. Zum Glück mussten sie heute keine geschlagene Viertelstunde warten. Während der gefiederte Freund weitersang, schlugen diverse Zuhörer ergriffen die Hand vor den Mund und sahen dabei, wie James fand, so ehrfurchtsvoll aus, als vernähmen sie das Wort Gottes.

Schließlich verstummte der deutsche Kanarienvogel. Der Saal brach in Jubel aus.

»Neun ganze Triller«, sagte er zu Phin. »Ganz sicher ein Rekord.«

»Mag sein. Und zum Schluss noch einen *tug whizzy*. Nicht schlecht.«

»Zweifelsohne. Ich habe auch einen *tollick* erkannt.«

»Ja, habe ich auch rausgehört. Nun«, fuhr Phin milde fort, »wie ich dir gerade sagen wollte, von meinem Puritanismus mal abgesehen, Elizabeth stolpert mit der Anmut eines Elefantenbabys durch den Ballsaal der Stromonds. Sie wiegt zwar nicht viel, aber für das Porzellan der Stromonds könnte es sich als verhängnisvoll erweisen.«

»Herrgott. Und Nello?«

»Nirgends zu sehen. Sie ist allein gekommen und sagt, dass sie trinkt, um ihn zu vergessen.«

James erhob sich von seinem Schemel und schlüpfte in seinen Mantel. Das war in diesem Monat nun schon das dritte Mal, dass er losstürzen musste, um sie zu retten. »Und du konntest nicht allein damit fertig werden?«

Phin zuckte mit den Schultern. »Mit irrationalen Frauen werde ich nie gut fertig.«

»Das erklärt, warum du noch Junggeselle bist.«

»Und was ist dein Grund?«

»Moreland wünscht sich einen Enkel.« Er hatte große Lust, Nello mit vorgehaltener Waffe zum Altar zu zwingen. Vielleicht hätte er das sogar getan, wäre er der Meinung gewesen, dass die Ehe diesen Schweinehund läutern würde. Aber wie konnte man den unübersehbaren Mangel an Zuneigung eines Mannes für seine Bettpartnerin heilen? In nüchternem Zustand sah Lizzie das selbst ein. »Ich rate ihr immer, sich an Wein zu halten«, sagte er, während sie sich auf den Weg zum Ausgang begaben. »Aber sie besteht darauf, zu experimentieren. Doch hoffentlich nicht mit deinen Tonika?«

»Gott, nein. *Ihr* gebe ich die nicht. Du solltest mich besser kennen.«

»Na schön. Hast du einen Wagen?«

»Ich reise in vollem Staat. Ein Brougham wäre schneller.«

»Ich bin mit einer Droschke gekommen.«

»Eine Droschke? In diese Gegend? Herrgott, James, bist du lebensmüde?«

James antwortete nicht. Wenn er sich selbst nicht klar über die Antwort war, spekulierte er lieber nicht.

Der Ball der Stromonds war berühmt für seinen Luxus, und dieses Jahr schien keine Ausnahme zu sein. Exotische Treibhausblumen wucherten in allen Ecken und Winkeln. Statt mit Fensterscheiben war der Ballsaal mit einem Sichtschutz aus Farnen und Rosen ausgestattet, sodass die leichte Brise, die durch die Fenster hindurchzog, den Duft der Pflanzen in die Menschenmenge trug. Die großen elektrischen Kronleuchter waren ausgeschaltet. Stattdessen leuchteten in regelmäßigen Abständen französische Lampen an den Wänden und spendeten weiches Kerzenlicht, das auf Juwelen und Seidenstoffen schimmerte. Jene Lampen boten den Stromonds zudem einen Vorwand, ihre zahlreichen Bediensteten zur Schau zu stellen. Prächtig livrierte Diener liefen durch die Gästeschar und schnitten die Lampendochte zurück, bevor sie auch nur andeutungsweise flackern konnten.

Während Lydia vom Rand der Tanzfläche aus diese Prozedur beobachtete, schwankte sie zwischen Zynismus und Belustigung. Jede Gesellschaft hatte Regeln, welche die angemessene Zurschaustellung von Reichtum vorschrieben. Was England betraf, hatte die neu aufgekommene demokratische Stimmung die feine Gesellschaft gezwungen, subtilere Methoden zu finden, um mit ihrem Vermögen zu protzen. Niemand hatte noch Diener, die als Postillions ritten. Man überlegte es sich gut, bevor man die Kutsche mit dem Familienwappen herausholte. Doch prächtig gekleidete Diener und teure Blumen? So lange sie kostspielig blieben, kamen sie nie aus der Mode.

Aus den Augenwinkeln nahm sie wahr, wie Lady Stratton mit Mrs Upton im Schlepptau schnurstracks auf sie zukam. Ein Seufzer durchfuhr sie. Eigentlich hatte sie vorgehabt, sich möglichst unauffällig im Hintergrund zu halten. Doch heute Abend, so kurz nach der offiziellen Bekanntmachung von Anas Verlobung mit Mr Pagett, war jeder, der sie kannte, dazu verpflichtet, auch ihr zu gratulieren. Und ständig gute Miene zum bösen Spiel zu machen, laugte sie aus.

Ihre Unhöflichkeit bereuend, wandte sie sich zum Ausgang. Von Anas Glück einmal abgesehen, war alles ein Riesenschlamassel. Heute Nachmittag war ein Telegramm von Papa eingetroffen. Er hatte alle seine Arbeiter einzeln befragt, jedoch immer noch keine Ahnung, wie die Fälschung in Mr Hartnetts Lieferung gelangt war. Das Misstrauen, das seine Nachforschungen säten, vergällte allen die Grabung und führte zu Nachlässigkeit und Feindseligkeiten unter den Arbeitern. Daher hielt er es für das Beste, die Ausgrabungsstätte für diese Saison zu schließen und den nächsten Fahrschein nach England zu lösen.

Nur einen Tag früher hätte sie ihm noch zurücktelegrafiert und ihn gebeten, es sich noch einmal zu überlegen. Natürlich wäre es schön, ihn während der Vorbereitungen für Anas Hochzeit hierzuhaben, aber eine verfrühte Rückkehr zu diesem kritischen Zeitpunkt würde ihn wertvolle Arbeitszeit kosten. Aber jetzt? Heute Morgen hatte Carnelly ihr Hartnetts Frachtgut geliefert. Sie hatte die Lattenkiste in ihrem Wohnzimmer gewaltsam geöffnet und war die Stücke einzeln durchgegangen.

Fünf gefälschte Artefakte. *Fünf* von insgesamt sechs.

Ihr Herz fing wieder an zu pochen, wie schon den ganzen Tag über hin und wieder. Sie trat in die Halle, wo die Gäste, herausgeputzt mit Seidenstoffen und Juwelen, umherschlenderten, um Komplimente und Klatsch auszutauschen. Unten quetschten sich Nachzügler in die Eingangshalle und kämpften um Zutritt zur Garderobe. Sie verspürte ein Stechen in der Schläfe. Sie war müde und unruhig und hätte nichts lieber getan, als früher zu gehen. Doch sie konnte Ana nicht Sophies alleiniger Aufsicht überlassen. Sophie hatte eine grauenhafte Laune. Sie hatte die gefälschte Stele als reinen Zufall abgetan, doch dass noch weitere Fälschungen existierten, hatte sie in Panik versetzt und die wildesten Befürchtungen in ihr ausgelöst. Papa würde womöglich als Krimineller abgestempelt. Mr Pagett würde Ana sitzen lassen. Georges politische Karriere könnte Schaden nehmen, Sophies Freundinnen würden nichts mehr von ihr wissen wollen und so weiter und so fort.

Diese Ängste waren natürlich unbegründet. Wie sollte die Sache je herauskommen? Lydia war im Besitz der Fälschungen und hatte sich mit Sanburne geeinigt. Die einzige berechtigte Sorge war, wie fünf Fälschungen in die Lieferung hatten gelangen können. Doch wenn Sophie eine ihrer Launen hatte, war sie logischen Argumenten nicht zugänglich. »Warum hast du es mir dann überhaupt erzählt?«, hatte sie gerufen, als Lydia sie zu beruhigen versuchte. »Warum ruinierst du mir mit so etwas die Nerven?«

Zu Lydias Enttäuschung platzte der Erfrischungsraum bereits aus allen Nähten. Als sie daran vorbeiging, wurde der hohe, süße Ton eines Kornetts aus dem Ballsaal zu ihr getragen. Der Fußboden bebte, als massenweise Füße synchron zur Musik stampften. Ein Reel war im Gange, ein irischer Volkstanz. Sie war jedoch nicht in der Stimmung für solche Fröhlichkeit. Mit einem verstohlenen Blick hinter sich – es sah gerade niemand hin – schlich sie sich in einen dunklen Korridor.

In der verhältnismäßigen Stille suchte sie sich eine kleine Bank und setzte sich. Sie konnte sich nur eine glaubhafte Erklärung für die Fälschungen vorstellen. Papa reservierte seine schönsten Stücke für Hartnett. Wenn ein unbekannter Missetäter die Sendung abgefangen hatte und genug über Antiquitäten wusste, um die erlesensten Exemplare zu identifizieren, war es keine große Überraschung, dass nur Hartnetts Lieferung geplündert worden war. Ein sachkundiger Dieb hätte nur die Stücke geraubt, die es wert waren.

Aber sie durch Fälschungen ersetzen? Das ließ auf die Sorge schließen, dass jemand die fehlenden Gegenstände bemerken würde. Dann musste der Verbrecher eng mit Papa zusammenarbeiten. Er musste schon zu einem sehr frühen Zeitpunkt Zugang zu den Sendungen haben, wenn es später noch jemandem auffallen konnte, dass ein Teil der Fracht abhandengekommen war.

Vielleicht war es sogar gut, dass Papa die Ausgrabungsstätte früher schloss. Andernfalls hätte ihr die Vorstellung, dass er von jemandem hintergangen wurde, der mit ihm lebte und arbeitete, keine Ruhe mehr gelassen.

Ein Geräusch riss sie aus ihren Grübeleien. Sie legte den Kopf schief und lauschte. Eine Frau, die … weinte? Der Laut kam ganz aus der Nähe.

Lydia sprang auf und lief zögernd über den Flur.

»Ich kann nicht!«

Der Protest ließ sie wie angewurzelt stehen bleiben. Sie spähte angestrengt durch die Dunkelheit. Die nächste Tür am Gang war nur angelehnt. Sie schlich sich heran und legte das Ohr an den Spalt.

»Lass mich in Ruhe«, rief die Frau.

Ein verächtlicher Laut ertönte.

Lydia zuckte zurück. Das war jemand anders – ein Mann.

Ein neuerliches Schluchzen, lauter jetzt. Es endete mit einem Wimmern, als litte die Frau unter Schmerzen.

Na wunderbar. Eine Frau in die Dunkelheit zu zerren und zu entehren. Das war genau der Grund, wieso sie bei Ana so viel Strenge walten ließ. Sie sah sich suchend um. Ihr Blick blieb an einem kleinen Kandelaber hängen, der unangezündet auf einem niedrigen Tisch stand. Sie trat vor, riss die Kerzen heraus und hob das gute Stück versuchsweise hoch. Es war nicht schwer genug, um viel Schaden anzurichten, aber ein Stoß damit ins Auge würde jedem Einhalt gebieten.

Sie atmete tief durch und wandte sich wieder zur Tür, die nach einem leichten Stups mit der Schulter leise aufschwang und einen dunklen türkischen Teppich zum Vorschein brachte, der sich durch einen langen, von Büchern gesäumten Raum ausbreitete. Die Bibliothek der Stromonds. Als sie eintrat, hielt sie den Kandelaber gesenkt. Wenn dies nur ein harmloser Streit zwischen Verliebten war, wollte sie sich nicht zum Narren machen.

Ihre Augen brauchten eine Weile, um sich an die schwache Beleuchtung zu gewöhnen. Ihr stockte der Atem. In einem Kreis aus zerknitterter, türkisfarbener Seide lag eine Frau auf dem Boden. Über ihr kniete ein Mann, und sein Gesicht …

Sein Gesicht war blutverschmiert.

»Lassen Sie sie los«, rief sie. Keiner von beiden schien sie zu hören. Sie hievte den Kandelaber hoch und lief mit großen Schritten auf sie zu. »Ich sagte, *loslassen*! Oder ich …«, aus dieser Entfernung konnte sie ihn nicht damit schlagen, »… *werfe* damit nach Ihnen!«

Jetzt blickte der Mann auf. Eine Schwellung entstellte seine Gesichtszüge. Wären die lohfarbenen Haare und die auffallend grauen Augen nicht gewesen, hätte sie ihn nicht erkannt.

»Sanburne!«

Der Viscount ließ sie nicht aus den Augen, während er sprach. »Ach, sieh mal, Lizzie.« Sein Ton war unerwartet salopp. »Eine Heldin kommt, um dich vor dem Brandy zu retten.«

6

Lydia zögerte. Frische Wunden kerbten Sanburnes Gesicht ein, sodass er aussah wie ein Pirat. Ihr erster Impuls war, der Angreiferin zu gratulieren, ihr zweiter, sich zu fragen, ob sie nicht lieber die Frau bedrohen sollte. Um jemandem eine solche Tracht Prügel zu verabreichen, brauchte es eine Menge Kraft.

Sanburne registrierte ihre Unentschlossenheit, deutete sie jedoch falsch. »Achten Sie darauf, ein bisschen Kraft hineinzulegen, Miss Boyce. Ich möchte nur ungern dabei zusehen, wie Sie sich den Zeh stoßen.«

Raschelnde Seide lenkte sie ab. Die Lady, vormals mit dem Gesicht zu Boden, drückte sich nun in eine aufrechte Position. Arme und Gesicht waren unverletzt, doch aufgrund der unsanften Behandlung saß ihre Frisur jetzt schief und ihre kastanienbraunen Locken fielen ihr über die Schultern.

Als sie sich eine Haarsträhne aus dem Gesicht strich, schnappte Lydia nach Luft. Es war Mrs Chudderley, die Berufsschönheit, Gerüchten zufolge Sanburnes Verlobte. Ein unangenehmes Gefühl machte sich in ihr breit. Die Frau war in natura sogar noch schöner als auf den Fotografien. Hatte sie irgendeine Vorstellung davon, was ihr Verlobter trieb, wenn er mit anderen Frauen in seinem Studierzimmer eingeschlossen war?

»Verdammt!«, rief die Frau aus. »Verflixte Turnüre. Sie hat sich verdreht. James, hilf mir!«

»Zieh sie doch selber grade.« Der Viscount ließ sich auf ein Sofa plumpsen, streckte die Beine aus und kreuzte sie an den Knöcheln. »Gott allein weiß, dass du immer Beschäftigung brauchst.«

»*Dich* hat hier niemand hergebeten«, schoss die Frau zurück. Sie sprach undeutlich, als wäre sie gerade aus einem tiefen Schlaf erwacht. »Ich bin sehr ... *gut allein* klargekommen.«

Lydias Finger um den Kerzenhalter zuckten. Irgendetwas stimmte hier nicht. Ihr war schrecklich unbehaglich zumute, als wäre sie auf eine Bühne gestolpert, wo gerade ein Theaterstück im Gange war, und die Schauspieler, die anderweitig beschäftigt waren, erwiesen ihr die Freundlichkeit, sie zu ignorieren.

»Bevor oder nachdem du ins Wasserklosett gepurzelt bist?«, fragte Sanburne.

»Ich bin nicht *gepurzelt*.« Mrs Chudderley sackte wieder auf dem Teppich zusammen. Ihre Worte hörten sich jetzt gedämpft an. »Sondern ausgerutscht.«

Was hatte er noch gesagt, als sie hereinkam? Lydia wurde ganz anders. *Gekommen, um dich vor dem Brandy zu retten.*

Ach herrjemine! Sie schluckte und legte ihre Waffe auf den Boden. Der Viscount quittierte die Geste mit einem hämischen Grinsen. »Sieh nur«, sagte er zu Mrs Chudderley. »Selbst deine Retterin verzweifelt an dir.«

Was für eine Närrin sie doch war! Ihre Wangen brannten vor Scham. Was hatte Sanburne nur an sich, dass er sie stets in diese peinlichen Situationen brachte? »Entschuldigen Sie die Störung. Ich werde ... jetzt einfach gehen.«

Der Viscount setzte sich jäh auf. »Verzeihung, Miss Boyce, haben wir Sie ignoriert? Ich entschuldige mich dafür, seine Nemesis darf man nicht vernachlässigen.« Ohne aufzustehen, vollführte er eine tiefe Verbeugung, die seine Brust auf seine Knie sinken ließ.

»Miss Boyce?« Mrs Chudderley rollte sich auf die Seite, um sie anzusehen, wobei eine juwelenbesetzte Haarnadel von ihrem schlaffen Kopf rutschte und funkelnd auf den Läufer fiel. »Der Blaustrumpf?«

Lydia verzog das Gesicht. Sie war keine einfältige Autodidaktin, doch die Menschen waren nicht davon abzubringen, sie in diese Schublade zu stecken. »Guten Abend Ihnen beiden.« Sie machte kehrt und wandte sich zur Tür.

»Warten Sie!«, rief die Frau gereizt. Lydia warf einen Blick zurück. Mrs Chudderley machte ein verzweifeltes Gesicht, riss Mitleid heischend die Augen auf und klimperte mit den Wimpern. Ihr Pech, dass Lydia gegen solche Mätzchen schon immun war, als Antonia sechs wurde. »Helfen Sie mir«, flehte die Dame.

Ihre Wasserfallröcke waren in der Tat merkwürdig zur Seite verdreht. Zweifellos eine dieser neuen Turnüren. Die gerechte Strafe dafür, dass sie dazu beitrug, eine derart absurde Mode einzuführen. »Bringen Sie es doch selbst in Ordnung.«

Die Frau schluchzte auf. »Himmelherrgott«, stöhnte Sanburne, ließ sich nach hinten fallen und ward nicht mehr gesehen.

Wohin war er entschwunden? Sie trat einen Schritt zurück in seine Richtung und stellte fest, dass er sich dekorativ aufs Sofa gelegt hatte, den Kopf auf seinen Arm gebettet wie eine männliche Odaliske. Derweil rappelte sich auf dem Teppich die Berufsschönheit auf alle viere auf, um noch einen Versuch zu wagen, aufzustehen.

Aus heiterem Himmel verspürte Lydia den Drang zu lachen. Was für ein Schlamassel! »Im Übrigen bin ich kein Blaustrumpf. Ich habe ein Studium am Girton College absolviert.«

Es folgte ein kurzes Schweigen.

»Ich habe mir den Vortrag über ihre Qualifikation schon anhören müssen«, sagte Sanburne zu seiner Verlobten. »Ich glaube, sie spricht mit dir.«

»Ja, ja«, gab Mrs Chudderly gereizt zurück. »Bitte helfen Sie mir!«

Lydia betrachtete sie genauer. Schüchterne junge Mädchen und schwärmerische Jungs sparten ihr Taschengeld, um Fotografien dieser Frau zu erwerben. Würden sie ihr Geld anderweitig ausgeben, wenn sie sie jetzt sehen könnten? Würde Sophie sie immer noch glamourös finden?

Mit einem Seufzer beschloss Lydia, dass es wahrscheinlich so wäre. Schließlich nahm sogar sie einen gewissen kecken Schwung in der Art wahr, wie Mrs Chudderley auf allen vieren über den Teppich kroch. Sie verkniff sich ein vollkommen unangemessenes Grinsen und marschierte zurück zum Sofa. »Stehen Sie auf.«

»Kann nicht.«

Lydia warf Sanburne einen Hilfe suchenden Blick zu, der sich mit einem dramatischen Seufzer aufsetzte. Dann schob er die Hände unter die Arme seiner Verlobten und hievte sie hoch. »Lizzie ist ein bisschen wie ein Kinderkreisel«, äußerte er über den Kopf der Lady hinweg. »Unausgeglichen, aber sehr unterhaltsam, wenigstens in den ersten fünf Minuten.«

Sein Verhalten überraschte sie. Er wirkte verzweifelt, sogar leicht belustigt, aber Lydia nahm nichts von dem tadelnden Unterton wahr, den man von einem Mann erwarten konnte, dessen zukünftige Ehefrau sich so unerhört aufführte. Leider Gottes schien Mrs Chudderley diese Einstellung nicht zu schätzen zu wissen. »Sehr witzig«, sagte sie und machte ein böses Gesicht. »Jetzt beeilen Sie sich! Greifen Sie darunter und ziehen Sie das Ding gerade. Sanburne guckt schon nicht!«

Nach kurzem Zögern sank Lydia auf die Knie und langte unter die Röcke der Frau. Ihr Vorstoß wurde von einem schockierenden Unterrock aufgehalten: aus purpurner Seide mit kleinen, durch den Saum gefädelten Bändchen!

»Ach, sieh nur«, sagte Sanburne affektiert. »Miss Boyce missbilligt das. Sie wird ganz rot.«

»Was interessiert mich das?«, blaffte ihn Mrs Chudderley an.

»Sollte es vielleicht lieber«, murmelte Lydia. *Sonst lasse ich dich zappeln wie einen Fisch im Netz.* Sie kämpfte sich durch die

Spitze und ortete schließlich das Problem: Der skandalöse Unterrock hatte sich verdreht. Sie konnte sich nicht vorstellen, wie das passiert sein konnte. »Dieser Cul de Paris-Stil ist lächerlich. Man könnte ein Teetablett darauf abstellen!«

Sanburne lachte. »Ausgezeichnete Idee. Klingeln Sie nach einer Kanne Earl Grey. Dann kann sich Lizzie ausnahmsweise mal nützlich machen.«

»Du kannst mich mal«, sagte Mrs Chudderley rüde. »Eigentlich wollte ich mir Halbschleifen draufnähen lassen, aber die Schneiderin ist ein Dummkopf.«

Ein beherzter Ruck, der Unterrock drehte sich, und die Turnüre saß wieder. »Da«, sagte Lydia und kam genau in dem Moment wieder auf die Füße, als es klopfte.

Ein großer, dunkler Gentleman streckte den Kopf durch die Tür. Diese Schönlinge traten anscheinend in Rudeln auf. »Ich habe ihre Kutsche herbringen lassen.« Sein sachliches Auftreten erleichterte Lydia. Wenigstens einer von den Dreien war bei klarem Verstand. »Alles in Ordnung, Elizabeth?«

Mrs Chudderley schniefte. »Sanburne ist so gemein«, klagte sie und setzte sich in Bewegung, wobei sie zwischen Bücherregalen und Sesseln hin- und herwankte, um sich festzuhalten.

Als ihre Hand einer unschätzbar wertvollen Statue gefährlich nahe kam, trat Lydia rasch einen Schritt vor. »Vorsicht«, sagte sie scharf. »Das ist die Lady von Winchester!«

Der Gentleman stürzte ins Zimmer und packte Mrs Chudderley an den Ellbogen. Sie fügte sich, indem sie sich kraftlos an seine Brust sinken ließ, und klagte: »Du bist doch nicht gemein zu mir, oder?«

Sein freier Arm umschlang ihre Taille. »Niemals.« Über den Kopf der Lady hinweg warf er dem Viscount einen Blick zu. »Ich bringe sie nach Hause, ja?«

Sanburne hatte sich zurückgezogen und lehnte lässig an einem

Bücherregal. Die Hände in den Taschen, schien ihn der Anblick seiner Verlobten in den Armen eines anderen kaltzulassen. »Na dann viel Glück.« Sein Lachen klang grausam. »Sie wird ins Trocadero wollen.«

Mrs Chudderley drehte sich in den Armen des Mannes zu ihm um. »Werde ich *nicht*. Obwohl … Gegen Austern aus dem Rules hätte ich nichts einzuwenden. Wollen wir, Phin?«

»Nach Hause«, sagte der Mann sanft zu ihr und zog sie aus der Tür, die hinter ihnen zufiel und sie in unheilvollem Schweigen einschloss.

Der Viscount starrte auf die Stelle, an der seine Verlobte soeben noch gestanden hatte. Lydia konnte seine Miene nicht deuten. Wenn Mrs Chudderley ihm diese Blutergüsse nicht zugefügt hatte, was war dann mit ihm passiert? Er sah aus, als sei er vor einen Omnibus gelaufen.

Das Ausmaß ihrer Neugier beunruhigte sie. Er war ein Einfaltspinsel mit einer Vorliebe für Luxus, sonst nichts. Wenn sie den Blick nicht von ihm wenden konnte, dann aus demselben Grund, aus dem schreckliche Unfälle eine Menschenmenge anzogen. Die Faszination, die er auf sie ausübte, war ganz und gar morbide.

Sein Blick schweifte zu ihr. »Das ist nicht die Lady von Winchester.«

Verdutzt warf sie einen Blick auf die Büste. »Doch.«

»*Nope, it ain't*, wie die Yankees sagen würden.«

Seine Arroganz brauchte dringend einen Dämpfer. Sie warf ihm einen spitzbübischen Blick zu und trat zu dem fraglichen Gegenstand. Er stand auf einem niedrigen Tisch, dessen antike Platte vom steten Schein einer Gaslampe erhellt wurde. »Die Lady von Winchester ist aufgrund ihrer perfekten Mischung aus indigener und römischer Ästhetik von Bedeutung«, sagte sie energisch. »Hier« – sie legte den Finger auf das Diadem im Haar der Figur – »sehen Sie ein klassisch keltisches Merkmal. Und hier, an den geweiteten Augen, der langen, flachen Nase und den heruntergezogenen Mundwinkeln, erkennen Sie Details, die eher an griechisch-römische Theatermasken erinnern. Sie ist es«, schloss sie. »Ich habe schon viele Drucke von ihr gesehen.«

Er stieß sich von der Wand ab und schlenderte auf die andere Seite der Büste. »Hier sehen Sie« – er klopfte mit den Fingerknöcheln gegen den Schädel – »eine sehr hübsche Kopie des Originals, das ich vor zwei Jahren erworben und in meiner Bibliothek aufgestellt habe.« Er blickte auf und schenkte ihr ein munteres Lächeln, das sie aufforderte, mit ihm zu lachen.

Die Versuchung war so groß, dass sie die Lippen zusammenpressen musste, um an sich zu halten. *Ermutige ihn nicht!* »Natürlich. Für einen Moment dachte ich, Sie wären vielleicht fachkundiger, als ich es Ihnen zugetraut hätte.« Sie machte auf dem Absatz kehrt.

»Sie laufen weg?« Er klang überrascht. »Ich wollte Sie nicht in Verlegenheit bringen.«

Ihre Hand lag schon auf der Türklinke. Sie starrte auf ein Astloch in der Maserung der Holztür. »Sie haben mich nicht in Verlegenheit gebracht, Sir. Aber wir sind allein, ohne Anstandsdame. Es wäre ungebührlich.«

»Ungebührlich? Im Gegensatz zu dem, was sich vorher hier abgespielt hat? Das war übrigens ein sehr heldenhafter Auftritt.«

Sie schnaubte und warf ihm einen verächtlichen Blick zu. Als wäre sie an der Szene maßgeblich beteiligt gewesen! Diese Ehre gebührte eindeutig dem Brandy und der Turnüre. »Ich dachte, Sie wollten sich an ihr vergreifen, Sanburne. Aber wenn Sie ihr nur Alkohol eingeflößt haben, geht mich das nichts an.«

»Ihr Alkohol eingeflößt? Gütiger Himmel. Und ich dachte, Sie hätten Lizzie schon vorher gekannt.«

»Egal«, sagte sie achselzuckend. »Ich schweige wie ein Grab.«

»Entsprechend Ihrer Rolle als rechtschaffene Moralistin.«

Sie lachte, ein kurzer, ungläubiger Laut. »Eine Moralistin würde Ihnen eine Predigt halten und es dann so schnell wie möglich weitererzählen. Nein, Sanburne: Wenn ich diskret sein will, dann aus Rücksicht auf die Dame – und meinem Charakter entsprechend.«

Er verschränkte die Arme, lehnte sich an die Rückenlehne eines Sessels und sah so aus, als stellte er sich auf ein längeres Gespräch ein. »Sie wollen mir also weismachen, dass Sie keine Urteile abgeben? Das verträgt sich nur schlecht mit meiner Erinnerung an unser kürzliches Gespräch.«

»Ich gebe sogar viele Urteile ab«, gab sie unumwunden zu. »Aber wenn man mich nicht danach fragt, gehe ich davon aus, dass sie für niemand anderen als für mich von Interesse oder von Bedeutung sind.«

»Und wenn ich Sie nun nach meinem Charakter fragte? Ach, ich weiß, Sie halten mich für paranoid. Aber würde die Wissenschaftlerin ihre weiteren Schlussfolgerungen mit mir teilen?«

Die Neugier in seiner Stimme klang echt. Aber warum sollte ihn ihre Meinung über ihn interessieren? Verunsichert rieb sie mit dem Finger über die Türklinke. Er hatte einen so wunderschönen Mund, dachte sie. Volle, üppige Lippen, die das Gesicht eines anderen Mannes vielleicht zu sehr dominiert hätten. Doch seine ausgeprägten Wangenknochen, die gerade Nase und das markante Kinn glichen das problemlos aus.

Sie umfasste die Türklinke. Das war genau sein Problem. Mit einem weichlicheren Kinn oder trüberen Augen hätte er als Kind vielleicht ein paar Schläge aushalten müssen und dabei etwas Demut gelernt. Sein Angreifer heute Abend jedenfalls hatte nichts dergleichen erreicht. »Sie sind ein Schmetterling«, erklärte sie. »Von Natur aus ziellos, mit voller Absicht zu nichts zu gebrauchen und höchst dekorativ. Lästig, wenn Sie jemandem ins Gesicht flattern.«

Zu ihrem großen Ärger lachte er. Es gab keine schlimmere Plage als einen Mann, dem es nichts ausmachte, beleidigt zu werden! Welche Waffe konnte man als Frau dann noch gegen ihn verwenden? »Ein Schmetterling? Sehr schön, Miss Boyce, gut gesagt. Ja, das gefällt mir. Ein Schmetterling, aufgespießt in einem sehr hübschen Glaskäfig.«

Wovon auch immer er diese Blutergüsse davongetragen hatte, es hatte ihn sentimental gemacht. »Ach ja, Mayfair«, sagte sie und zog eine Grimasse. »Was für ein schreckliches Gefängnis. Wären Sie lieber in der Fabrik bei Ihren Arbeitern?«

»Sie haben sich nach mir erkundigt?«

»Wäre das denn nötig? Bis auf China fällt mir kein Ort ein, an dem Ihr Ruf Ihnen nicht vorauseilt.«

Er lächelte träge. »Ich sagte ja bereits, dass ich beliebt bin.«

Und ob er das war. Er benahm sich sehr töricht, und die Leute vergötterten ihn dafür. Ah, welche Wunder ein Titel doch bewirkte! Sie bemitleidete die Verfasser von Benimmregeln. Was für eine schwierige Aufgabe, die Menschen davon zu überzeugen, dass gesellschaftliche Konventionen in irgendeiner Weise auf Vernunft basierten. »In der Tat. Trotz Ihrer größten Bemühungen katzbuckeln alle höchst bereitwillig vor Ihnen.«

Er seufzte. »Ungerecht, ich weiß. Die weitere Welt lässt ein solches Benehmen bereits hinter sich, doch davon merkt man im Hyde Park noch nichts.« Verdrossen sah er sich im Raum um. »*Noblesse oblige*. Der Adel tritt einfach weiter um sich wie ein gestürztes Pferd, das eine Kugel benötigt. Aber was soll's.« Er zuckte mit den Achseln und zog einen Flachmann aus seiner Jacke. »Ich suche mir meine Freiheiten, wo und wann immer ich nur kann.«

»In einer Flasche werden Sie Ihre Freiheit nicht finden«, sagte sie verächtlich.

Er sah mit seinen grauen Augen zu ihr auf und warf ihr einen scharfen Blick zu. »Und Sie Ihre nicht in Büchern oder Regeln oder gar in Büchern über Regeln. Aber das hält Sie ja nicht davon ab, sich verdammt viel darauf einzubilden, es zu versuchen.«

Die Worte schmerzten. Glaubte er, sie sei erfreut darüber, dass die Welt ihr ein derart pedantisches Verhalten abverlangte? Vielleicht vergaß er, dass nicht jede Frau sich darauf verlassen konnte, heldenhaft vor den Gefahren gerettet zu werden, die von Brandy und einer schlecht genähten Turnüre ausgingen. Sie richtete sich zu voller Größe auf. »Wissen Sie, ich glaube, meine Analogie war falsch. Sie sind gar kein Schmetterling, sondern eine Billardkugel. Sie poltern auf höchst ziellose Weise umher …«

»Ja, dass Sie mich missbilligen, habe ich schon verstanden. Es sei denn, Sie küssen mich gerade.«

Ihr wurde vor Verlegenheit glühend heiß. Wie konnte er es wagen, ausgerechnet hier von dem Kuss zu sprechen, in dem Raum, den seine Verlobte gerade erst verlassen hatte? »Sie missbilligen?« Sie lachte künstlich. »Nein, über so viel Energie verfüge ich gar nicht. Wenn ich Sie missbilligte, müsste ich auch Dutzende anderer Gentlemen missbilligen, allesamt extrem begütert und privilegiert und – wie ich zu behaupten wage – recht unterbeschäftigt. Nein, Sanburne, Sie verstehen mich völlig falsch. Ich gebe es nur ungern zu, da ich weiß, dass es Sie mit Ihrem Getue vernichtend treffen wird, aber Sie *langweilen* mich. Sie und Ihr netter kleiner Zirkel sind ein typisches Beispiel dafür. Solche Menschen findet man überall auf der Welt. Privilegien bringen nur selten einen Verstand hervor, der es wert ist, beachtet zu werden, oder ein Verhalten, das es wert ist, ihm nachzueifern, oder eine Lebensweise, die Interesse verdient.«

»Meine Güte.« Er zog eine Augenbraue hoch. »Was für eine Rede. Und dennoch sind Sie noch geblieben, um sich mit mir abzugeben. Vermutlich sollte ich Ihnen dankbar dafür sein: Ich hätte nicht damit gerechnet, dass eine Wissenschaftlerin ihren guten Ruf für die Gelegenheit riskiert, sich *langweilen* zu lassen.«

Er hatte recht. Erst jetzt wurde ihr die Intimität dieses Schlagabtausches bewusst. Warum war sie noch geblieben?

»Wissen Sie«, sagte er nun sanfter – sie musste erschöpft wirken, um dieses Tones würdig zu sein – »ich versuche wirklich nicht, Sie zu provozieren. In gewissen Kreisen, Miss Boyce, ist dieses Konzept als Plauderei bekannt.«

»Plauderei?« Sie kam nicht dahinter, ob er sich jetzt über sie lustig machte.

»Ja. Sind Wissenschaftlerinnen nicht mit dem Konzept vertraut? Plauderei bezieht sich normalerweise aufs Wetter, auf Cricket oder die Armen und Bedürftigen. Nun, in einem haben Sie recht: Körperliche Liebe ist im Allgemeinen als Gesprächsthema nicht akzeptabel.« Um seine Lippen zuckte es belustigt. »Oh. An Ihrem reizenden Erröten erkenne ich, dass Ihnen das Konzept durchaus geläufig ist!«

Sie wagte es nicht, ihn zu fragen, welches Konzept er meinte. »Sie sind unverschämt, Sanburne.«

Er ließ eine Reihe ungewöhnlich gerader weißer Zähne aufblitzen. »Und Sie können Menschen gut einschätzen. Genau wie falsche Antiquitäten. Ganz zu schweigen von dem Blick, den Sie einem zuwerfen können: vollkommen tödlich. Was für andere Talente verbergen Sie noch? Gegenwärtig kommen sie mir zahllos vor.«

»Aber jetzt versuchen Sie, mich zu provozieren.«

Er grinste. »Ja. Jetzt ja.«

Das Eingeständnis entwaffnete sie. Sie sah ihn verwundert an. »Warum?«, fragte sie. »Warum versuchen Sie, mich zu provozieren?«

»Hmm.« Er stützte sich mit dem Ellbogen auf den Sessel und

betrachtete sie. »Ich weiß nicht so recht. Weil Sie mich amüsieren? Ich genieße diese kleinen Plaudereien.«

Genau wie sie. Das war es auch, was sie hier hielt. Gegen jede bessere Einsicht gefiel es ihr, ihre Intelligenz mit seiner zu messen. Gütiger Himmel! Dabei hatte sie angenommen, dass er über keine verfügte. Ihre Verwirrung wuchs, während sie ihn genauer unter die Lupe nahm. Irgendetwas an ihm war nicht ganz stimmig. Das machte ihn leider irgendwie … interessant.

»Ah«, sagte er plötzlich. »Da fällt mir noch etwas ein: Ich bewundere Ihren Mund, und ich würde ihn gern noch einmal küssen. Sonst noch etwas? … Nein, das war es wohl.«

Sie schluckte. Seine unangemessene Erklärung hatte zur Folge, dass sie jetzt gehen musste, was ihr seltsam enttäuschend vorkam. »Nun«, sagte sie. *Etwas mehr Empörung, Lydia!* »Ich habe auch ein Talent für einen denkwürdigen Abgang.« Sie zog die Tür auf. »Sehen Sie gut zu: Sie können noch etwas von mir lernen.«

»Verschreckt, weil vom Küssen die Rede war? Von einer Frau mit Ihrer begrenzten Erfahrung ist wohl nichts anderes zu erwarten.«

Verschreckt? Das konnte sie nicht auf sich sitzen lassen. Sie wirbelte herum, und die Tür knallte hinter ihr zu. »Ach ja? Freut mich zu hören! Ist von mir auch nichts anderes zu erwarten als die Meinung, dass Sie mit mehr Schmuck behängt sind als ein Weihnachtsbaum? Ich muss gestehen, wenn ich einen Omnibus lenkte, würde ich nicht bremsen, wenn Sie mir über den Weg liefen.«

Er starrte sie entgeistert an. Mit einiger Genugtuung stellte sie fest, dass es ihr gelungen war, ihn aus seiner Selbstgefälligkeit aufzurütteln. »Oh, Sie sind wirklich unterhaltsam«, staunte er, stieß sich vom Sessel ab und kam auf sie zugeschlichen.

Ein Schrecken fuhr ihr in die Glieder und setzte sich mit

einem eigenartigen Schauer in ihrem Unterleib fest. »Kommen Sie nicht auf dumme Gedanken.«

»Ich kann nicht anders«, sagte er nachdenklich. »Sie inspirieren mich dazu. Das ist eine wunderbare Fügung. Ich hatte sowieso gehofft, Ihnen über den Weg zu laufen.«

»Ich kann mir nicht vorstellen, warum. Guten Abend, Viscount.«

Eine Hand legte sich auf ihren Arm und zog sie zurück. »Wirklich nicht? Ich dachte, ich hätte es Ihnen gerade erklärt.«

»Lassen Sie mich los.«

Sein Blick glitt über ihren Arm und blieb an der unverhüllten Stelle zwischen Handschuh und Ärmel hängen. Sein Daumen ließ sich dort nieder, presste sanft darauf und rief, mit dieser einen kleinen Berührung, ein intensives Bewusstsein in ihr dafür hervor, wie nahe sie beieinander standen. Ihr Körper erwachte zum Leben, ihre Nerven waren plötzlich entflammt: Sie erinnerten sich, wie sein Körper sich eng an sie gepresst angefühlt hatte. »Das sollten Sie sagen«, murmelte er. »Aber verraten Sie mir, Miss Boyce: Wollen Sie auch wirklich, dass ich Sie loslasse?«

Genau das war ihr Problem: Ihre große Angst war, dass die Antwort Nein lautete.

Sein Daumen liebkoste träge die zarte Haut an der Innenseite ihres Ellenbogens. Ihr stockte der Atem. »Ich beabsichtige nicht, Ihnen Ihren Abgang zu verderben«, fuhr er fort und übte mit der Hand den leisesten Druck aus – nicht genug, um sie an sich zu ziehen, jedoch genug, um ihr die Möglichkeit nahezulegen. »Es sah sehr vielversprechend aus. Sie sind sehr gut in dieser Rolle, nicht?«

Er trug ein unaufdringliches Eau de Cologne, nur einen leisen Hauch davon, ein raffinierter Trick, der einen dazu verlockte, einen Schritt näher zu treten, um es besser riechen zu können. Sie kämpfte gegen die Versuchung an, indem sie sich auf seinen

Mund konzentrierte, und erkannte ihren Fehler sofort. Mit diesem Mund hatte er sie geküsst. Nur mit Mühe zwang sie ihren Blick weiter nach unten zu seinem offenen Hemd – skandalös, in Hemdsärmeln zu erscheinen, jedem Hergelaufenen seinen Hals zu entblößen – und weiter zu seiner Hand. Die Haut an den Fingerknöcheln war aufgeplatzt. Er legte sie auf ihre Taille und seine langen, schlanken Finger ließen sich, leicht und warm, in der Kurve ihrer Hüfte nieder. »Was für eine Rolle?«, flüsterte sie.

»Die typische alte Jungfer: rechtschaffen, steif, blutleer. Aber Sie überzeugen mich nicht ganz.«

»Das ist nicht mein Fehler.« Die Worte klangen gedämpft, und plötzlich kam ihr das Gespräch intim vor, als flüsterten sie sich Geheimnisse zu. »Wenn Sie sich solchen Vorurteilen anschließen, tragen allein Sie die Schuld.«

»Dann belehren Sie mich eines Besseren.«

Diese Aufforderung löste zwischen ihren Schenkeln ein schnelles Pulsieren aus. Sie errötete. Es bestand keine Veranlassung, dass seine Worte eine derartige Wirkung auf sie hatten. Doch die Szene kam ihr zunehmend unwirklich vor, als hätte ihr Verstand sich von ihrem Körper losgelöst, schwebte irgendwo über ihr und räumte ihren niederen Instinkten die Vorherrschaft ein. *Du solltest lieber gehen. Du solltest dich abwenden*. So redete ihr eine leise Stimme von dort oben ins Gewissen. Auf diese Weise wurden Frauen ins Unglück gestürzt. Auf diese Weise *ließen* sie sich ins Unglück stürzen.

Doch aus Neugier blieb sie, wo sie war. Bisher hatte noch nie jemand versucht, sie zu verführen. Jenen Zwischenfall mit George konnte sie nicht mitzählen; es war zu beschämend, und zu allem Übel war er auch noch betrunken gewesen. Zudem hatte er ihr die Schuld in die Schuhe geschoben.

Beim Gedanken daran verdüsterte sich ihre Stimmung. Fast hätte sie sich ihm entzogen, doch er wählte genau diesen Augenblick, um die Lücke zwischen ihnen zu schließen. Es überraschte sie, wie gut ihre Körper zueinander passten. Es fühlte sich an wie die Antwort auf eine Frage, die zu stellen ihr bisher noch nicht eingefallen war. Doch ihre Neugier war noch nicht befriedigt. Sondern eher … geweckt.

»Sie sind alles andere als blutleer«, raunte er ihr ins Ohr. »Ganz im Gegenteil. Sie recken Ihr Kinn vor und fordern einen praktisch dazu auf, mit Ihnen zusammenzustoßen.« Sein Daumen drückte härter gegen ihren Arm, während seine Stimme leiser wurde. »Und ich gebe es zu, Miss Boyce: Ich finde die Vorstellung einer Kollision mit Ihnen unwiderstehlich. Ich bin immer auf der Suche nach neuen Methoden, mir den Schädel einzuschlagen.«

»Sie reden schon wieder wirr«, flüsterte sie.

»Nein. Sie verstehen mich sehr gut. Darin liegt die Freude, eine intelligente Frau zu verführen. Sie folgen mir mühelos.«

Seine Lippen ließen sich auf ihrer Schläfe nieder, und sein Atem hauchte im Takt mit dem Pochen ihres Pulses über sie. Sie bekam eine Gänsehaut auf den Armen. Er wandte das Gesicht zu ihr, und die Stoppeln an seinem Kinn kratzten über ihre Haut, während seine Zähne ihr Ohrläppchen umschlossen. Hitze, Feuchtigkeit – seine Zunge fuhr zart am empfindlichen Rand ihres Ohres entlang.

Sie schluckte und kämpfte gegen den animalischen Trieb an, ihr Gesicht an seinen Hals zu pressen. Oh Gott, sie wünschte es sich so sehr, dass sie sich genau vorstellen konnte, wie sich seine Haut unter ihren Lippen und ihrer Nase anfühlen würde. Was war nur *los* mit ihr? Sie hätte niemals hier hereinkommen dürfen. Sie hätte gehen sollen, sobald sie bemerkte, dass Mrs Chudderley in keinerlei Gefahr schwebte. Ihre Fehler standen ihr jetzt überdeutlich vor Augen, und was für ein seltsamer Gedanke, dass er sie dazu ermutigt hatte! Er lobte sie für genau das, was sie nicht tun sollte, und die Berührung seines Körpers brachte etwas in ihr zur Entfaltung und ließ es mit der Zeit stärker und deutlicher werden. Wie ein Anagramm, das sich selbst enträtselte, oder ein Labyrinth, das sich langsam entwirrte. Mit ihrem Gesicht an seinem Hals wäre die Dunkelheit schlichtweg vollkommen. Ihre Augenlider verschlossen von der Wärme seiner Haut. Keine Ablenkungen, die sie davon abhalten würden, sich ganz auf diese innere Empfindung zu konzentrieren.

Ihre Hände bewegten sich nun aus eigenem Antrieb und glitten über seinen Rücken nach oben. In der Mulde unter seinem Adamsapfel pochte sein Puls, der stärker wurde, als ihre Lippen ihn berührten. Seine Haut war heiß und fest, sie roch nach Dingen, die sie nicht fassen konnte. Schweiß, durchaus, aber auch etwas Geheimnisvolleres, durch und durch Männliches. Sie hatte ihn schon im Korridor seines Vaters geschmeckt, doch damals hatte er anders gerochen – zivilisierter und berechenbarer. Ein ungezügelter Impuls erwachte in ihr und breitete sich bis in die Fingerspitzen aus, die sich wie Krallen in seinen Rücken gruben. Sie öffnete den Mund an seinem Hals.

Er stieß einen kehligen Laut aus, regte sich jedoch nicht. Rief sie nicht zur Ordnung. Sie hielt still und wartete. Er musste schockiert sein. Gütiger Himmel, das *musste* er. *Maßregele mich*, flehte sie ihn im Stillen an, seinen Geschmack noch auf der Zunge. Er schmeckte nach Salz und Sahne, Dunkelheit und Hitze; aber er sagte nichts. In der Stille schien sogar sein Atem innezuhalten. Er schmeckte köstlich und sinnlich, wie eine ausgezeichnete Süßspeise aus einer raffinierten Küche, in der man Zucker für einen zu simplen Geschmack hält. Sie war so ausgehungert nach etwas Neuem, und immerhin hatte er sie zuerst gebissen. Gleich wären sie quitt.

Ihre Zähne schlossen sich um seinen Hals.

Er reagierte sofort. Seine Hände fuhren über ihre Rippen

und packten sie unter den Armen. Er drängte sie zurück ans Bücherregal, und sie erhaschte noch einen Blick auf seine silbernen Augen, bevor sein Mund sich auf ihren presste. Dieser Kuss war rauer, härter, köstlicher als der erste. Sie bekam jetzt mehr von seiner Zunge zu spüren und war willens, sie ganz in sich aufzunehmen. Ihn zu überraschen spielte keine Rolle mehr, ihn zu schmecken befeuerte ihr Blut, lockte ihren Körper nach vorn und versteifte ihre Finger auf seinen Schultern, um ihn näher an sich zu ziehen, bis er sich so dicht an sie drängte, wie es körperlich möglich war. Seine Finger würden blaue Flecken an ihr hinterlassen, aber ihr gefiel der Druck. *Mehr, mehr, mehr*: Das Wort durchzuckte sie, während ihre Hände nach oben wanderten und ihre Finger sich in seine Haare krallten, an ihnen zogen, bis es ihn schmerzen musste. Doch sein Kuss sprach nur von Lust. Heiße, nasse, kupfrige, schwere …

Ruckartig drehte sie das Gesicht weg. Der Geschmack blieb an ihren Lippen haften. »Stopp«, stieß sie mit Mühe hervor.

Er zog den Oberkörper zurück. Der Riss in seiner Lippe war aufgeplatzt. Als sie sich mit zitternder Hand über den Mund wischte, war sie mit Blut verschmiert. Gütiger Gott! Der Anblick hemmte ihre Triebe wieder und schaltete ihren Verstand ein. Einander zu malträtieren wie Wilde!

Sie hob den Blick und sah ihn nun durch einen Schleier der Vernunft. Sein Gesicht war ihr auf einmal fremd, und sie hatte zu viel Selbstachtung, um sich mit den billigen Reizen zufriedenzugeben, die ihr ein Wüstling bot. Sie schlängelte sich weg von ihm, am Bücherregal entlang, wobei ihr Rücken schmerzhaft gegen die ledernen Buchrücken polterte. Als sie in sicherer Entfernung war, sagte sie: »Ich hoffe, Sie haben sich gut unterhalten!«

Ein Augenblick verstrich. Er räusperte sich. Er atmete immer noch schwer. »Ich halte das nicht für einseitig«, sagte er.

Was Contenance betraf, konnte sie sich mit ihm messen.

»Natürlich nicht. Ich bin nicht die Einzige, die ihre Rolle gut spielt!«

Seine Lippen verzogen sich zu einem Lächeln, das eher ungläubig als freundlich wirkte. »Wollen Sie mich etwa als Casanova bezeichnen, Miss Boyce?«

»Schon eher als Flegel.«

Er kniff die Augen zusammen, während er sie musterte. »Mir fällt nur ein flegelhaftes Motiv dafür ein, Sie zu berühren, und das gestehe ich bereitwillig ein. Mein Vater hält Sie für sehr vernünftig. Ihn zu widerlegen, wenn auch nur insgeheim, würde mir Vergnügen bereiten.«

Der Geschmack in ihrem Mund wurde sauer. »Dann ist das nur eine weitere Episode in Ihrem albernen Spiel? Sie sind schamlos.«

»Ich bin ehrlich«, korrigierte er sie sanft. »Es gibt ein Dutzend Gründe, Sie zu küssen, und nicht alle davon sind ehrbar. Das sind sie wohl nie. Aber seien Sie versichert, die unwiderstehlichsten Gründe haben nur etwas mit Ihnen zu tun.« Er senkte den Blick auf ihren Mund, und in dem Moment wurde ihr klar, dass er es ernst meinte. Was seine Motive auch sein mochten, er spürte diesen seltsamen Aufruhr der Gefühle ebenso heftig wie sie.

Diese Erkenntnis erschütterte sie mehr als sein Geschmack und das Blut es vermocht hatten. Wenn er nur eine alte Jungfer ködern wollte, konnte sie ihn kurzerhand abqualifizieren. Aber wenn er aufrichtig an ihr interessiert wäre … Herr im Himmel, das schien ihr so widersinnig wie die Vorstellung, dass ein Zebra einer Henne den Hof machte. Die Wissenschaft befürwortete solche Fehltritte nicht. Gleich und gleich gesellte sich gern, und sie war ganz anders als er. Er gehörte zu einer Sorte Frau, die aussah wie Mrs Chudderley.

Seine *Verlobte*.

Schmerz – Erniedrigung? – durchbohrte sie. Mrs Chudderley,

eine der schönsten Frauen Englands. Ach, er war ein Halunke! »Ihrer Verlobten würde das nicht gefallen.«

Er runzelte die Stirn. »Meiner … Meinen Sie etwa Elizabeth?« *Hielt er etwa mehr als nur eine Verlobte irgendwo versteckt?* »Ganz im Gegenteil, Schätzchen. Vermutlich würde sie sich sehr gut unterhalten.«

Überspanntes Volk … Vielleicht lag es an dem Schock über dieses kleine Tête-à-Tête, aber es bereitete ihr Probleme, ihre gewöhnliche Geringschätzung aufzubringen. »Das ist höchst merkwürdig, aber ich kann es nicht für gut befinden.«

»Das müssen Sie auch nicht«, sagte er achselzuckend. »Verlobt sind wir jedenfalls nicht. Das ist ein Gerücht, das Elizabeth sehr praktisch findet. Es schreckt die Mitgiftjäger ab.«

»Ha!« Er hielt sie wohl für naiv. »Das ist in der Tat eine sehr *praktische* Geschichte.«

»Geben Sie mir die Chance, Sie von meiner Aufrichtigkeit zu überzeugen.« Sein Lächeln war verführerisch. »Das gäbe Ihnen die Möglichkeit, diese Eigenschaft zu erforschen.«

Seine Überzeugungsarbeit würde bei ihr auf fruchtbaren Boden fallen. Sie hatte keine Ahnung, wie er eine solche Macht über sie hatte erlangen können, doch bei der Aussicht auf eine Stunde Ablenkung reagierte jede Faser ihres Körpers. Sie schlang die Arme um ihre Taille und erinnerte sich wieder daran, warum sie froh darüber gewesen war, mit Männern nichts mehr zu schaffen zu haben. Die Nervosität, die Schmetterlinge im Bauch, die von Unsicherheit stammende Übelkeit, es brachte sie völlig aus dem Gleichgewicht. Und solche Ablenkungen konnte sie sich momentan nicht leisten. Doch genau darin bestand für ihn anscheinend die größte Anziehungskraft: Es musste ihm wirkliches Vergnügen bereiten, sie aus dem Konzept zu bringen, einer Frau mit gesundem Menschenverstand dabei zuzusehen, wie sie gegen ihren Willen Stielaugen machte und nervös wurde. Später dann würde er mit seinen Freunden darüber lachen. *Nicht blutleer*, würde er zu ihnen sagen, *aber dennoch ein bisschen verzweifelt*.

Der Gedanke hatte eine ernüchternde Wirkung. Sie war zu klug, um denselben Fehler ein zweites Mal zu begehen. Sie würde nicht der Belustigung eines weiteren gut aussehenden Charmeurs dienen, dessen wahres Interesse Frauen vorbehalten war, die ebenso halbseiden waren wie er. Nicht, dass sie Sophie für halbseiden hielt. Aber wenn nicht halbseiden, dann eben schön. Sie steuerte auf die Tür zu. »Kommen Sie mir nie wieder zu nahe«, rief sie ihm noch über die Schulter zu und bemerkte zu spät, dass eigentlich sie zu ihm gekommen war, sowohl diesmal als auch beim letzten Mal.

Zum Glück gab er dazu keinen Kommentar ab. Doch als sie die Schwelle erreicht hatte, rief er ihr wie ein ungezogenes Kind in spottendem Singsangton nach: »Reservieren Sie mir einen Tanz, Miss Boyce.«

»Ich tanze nicht«, sagte sie resolut und zog die Tür vor seinem Grinsen zu.

7

Es war ein schlechter Monat, der James zweimal ins Haus seines Vaters führte. Schon beim Eintreten rebellierte sein ganzer Körper: Die Kehle schnürte sich ihm zu, seine Schultern verkrampften sich. Es herrschte eine Atmosphäre wie in einer Gruft: verbrauchte, feuchtkalte Luft. Der Geruch nach Orchideen und Zitronenwachs war so stark, dass ihm davon schwindlig wurde, als er auf die Bibliothek zusteuerte.

Die Tür stand offen. Als er innehielt, damit seine Augen sich an die Dunkelheit gewöhnen konnten, drang die Stimme seines Vaters zu ihm heraus, düster und giftig wie Tabakqualm. »Zu spät. Welch Überraschung!«

Moreland saß in einem Polstersessel, der den niedrigen Tisch am Kamin flankierte. Er erhob sich nicht, als James sich näherte, doch der Mann neben ihm sprang auf. Er hatte dunkle, kurz geschorene Haare, ein glattrasiertes Kinn und eine steife Körperhaltung. Gab es vielleicht einen militärischen Hintergrund? Verächtlich verzog James die Lippen. Ja, man benötigte ein oder zwei Soldaten, die im Irrenhaus Ordnung hielten. Gott bewahre, dass die Verrückten ihre Disziplin vergaßen.

»Das ist Mr Denbury«, erklärte sein Vater. An seinem Sessel lehnte ein Stock, den James nie zuvor gesehen hatte. Der alte Spinner war wahrscheinlich zu stolz, ihn in der Öffentlichkeit zu benutzen. »Einer der Aufseher in Kenhurst.«

»Nett, Sie kennenzulernen«, sagte Denbury. Seine Finger fühlten sich schlaff und klamm an, und er schüttelte James nur widerstrebend die Hand.

»Gar nicht meinerseits«, antwortete James trocken, worauf sie Platz nahmen. »Dwyer konnte nicht kommen, wie?«

Denbury rutschte unbehaglich hin und her. »Nein, Sir. Er ist im Moment unpässlich.«

»Stimmt ja.« Der arme Kerl saß wahrscheinlich zusammengekauert in einer Ecke und zitterte. »Wie schade. Ich hätte ihn diesmal mit Samthandschuhen angefasst. Richten Sie ihm das unbedingt aus.«

»Sanburne«, sagte sein Vater warnend. Er hatte noch mehr an Gewicht verloren, was unvorteilhaft seine nun hagere Gestalt betonte. Sein früher blendendes Aussehen war mittlerweile in seinen Zügen nicht mehr zu erkennen. So betonten seine hohen Wangenknochen jetzt die eingefallenen Höhlen darunter. Die tief liegenden Augen – Stellas Augen, ein so strahlendes und unwahrscheinliches Blau – sanken ebenfalls ein. Er sah mit jedem Tag teuflischer aus. James hoffte nur, dass er rechtzeitig das Zeitliche segnete, bevor kleine Kinder vor ihm Reißaus nahmen. Ihre Angst würde seinen Vater sicherlich mit unerträglicher Befriedigung erfüllen.

Mit einem Gähnen griff James nach dem Portwein. »Denbury! Ihnen sieht man den Gleichschritt ja förmlich an.«

Der Mann setzte sich ein wenig aufrechter hin. »Ja, Sir. Sie haben ein gutes Auge.« Morelands verächtliches Schnauben ließ ihn nur kurz zögern. »Ich habe bei der Dreiundvierzigsten in Burma gedient.«

»Sie waren bei der Infanterie?« James öffnete die Karaffe und hob sie hoch, um daran zu schnuppern. »Tja. Das erklärt den zweitklassigen Portwein, den man uns serviert.«

Moreland klopfte empört mit seinem Stock. »Verflucht! Das ist ein Sechsundvierziger, du Dummkopf!«

»Ha! Hat Metcalfe dir das weisgemacht? Dein Butler hat dich wieder mal reingelegt. Ich hatte schon immer den Verdacht, dass er nicht viel für dich übrig hat.« An Denbury gewandt, fuhr James fort: »Das muss furchtbar anstrengend gewesen sein.« Der Portwein gluckerte aus der Flasche. Eins, zwei, drei Fingerbreit. Kopfschmerzen hatte er sowieso schon, für Mäßigung bestand keine Veranlassung. »Die Umstellung von den Tropen nach Hampshire, meine ich.«

Denbury räusperte sich. »Nun, Sir, dass es mir leidgetan hätte, kann ich nicht behaupten. Hier ist es sicherlich um einiges friedlicher als im Orient.«

»Oh, allerdings, ich nehme an, dass es im Irrenhaus *sehr* erholsam ist.«

Denbury gab ein leises Hicksen von sich. »Ah, so habe ich es nicht gemeint, Sir. Nicht, dass ich es … unangenehm fände. Als Kind wollte ich nämlich Arzt werden.«

Moreland gab einen verärgerten Laut von sich. »Genug geplaudert. Wollen wir anfangen?«

Denbury reichte jedem von ihnen ein Bündel Papiere. Auf dem zuoberst liegenden Blatt war in ordentlichen Druckbuchstaben Stellas Name notiert. »Lady Bolands Quartalsbericht.«

Quartalsbericht. Als wäre Stella irgendeine Aktie, deren Entwicklung für die Aktieninhaber aufgezeichnet und kodifiziert werden konnte. James blätterte ihn mit zunehmendem Widerwillen durch. Was sie jeden Tag gefrühstückt hatte. Wie lange sie jede Nacht geschlafen hatte. Ihr Verhalten bei der Abendandacht. Welches Interesse sie an Besserungsschriften gezeigt hatte. 17. März: *Lady B: verweigert Abschrift von* Practical Piety. *Wirft Wärter* The Invalid's Chapbook *an den Kopf.* »Was soll das sein? Eine Kur durch Langeweile? Gott, ich würde auch verrückt, wenn man mich zwingen würde, Hannah More zu lesen.«

Denbury glotzte ihn an. »Mit Verlaub, Sir, aber Kenhurst ist nicht dazu da, um Unterhaltung zu bieten. Unsere Aufgabe ist nichts Geringeres als die volle Wiederherstellung der Sittlichkeit.«

Sittlichkeit. Großer Gott, wenn er *ein* Wort aus der englischen Sprache streichen dürfte, dann wäre es das. »Natürlich. Das war schon immer das Problem meiner Schwester. Hatte nichts damit zu tun, dass Boland sie fast totgeschlagen hätte. Das Problem war ihre *Sittlichkeit*.«

Moreland hämmerte jetzt mit seinem Stock auf den Boden. »Deine Gegenwart ist für diese Zusammenkunft nicht vonnöten, James. Hüte dich, sonst lasse ich dich vor die Tür setzen.«

»Aber es ist doch so interessant«, beharrte James. »Findest du nicht? Schließlich sprechen wir hier über deine Tochter. Sagen Sie mir, Denbury, wie beurteilt man Sittlichkeit? Hat es etwas damit zu tun« – er blätterte zu einer beliebigen Seite – »wie oft man kauen muss, um ein Stück Brot zu essen?«

»Nun, man könnte behaupten, dass dem so ist, Sir.« Denbury warf Moreland einen unsicheren Blick zu, dessen Grunzen ihn kurz zögern ließ, bevor er fortfuhr. »Mr Dwyer vertritt den Standpunkt, dass es für jede Handlung eine korrekte Methode gibt. Und ich nehme an, dass er damit recht hat, Sir. Immerhin kann man an einem Stück Brot ersticken, wenn man es nicht gründlich genug kaut. Oder bei seinen Begleitern Anstoß erregen …«

»Gott bewahre«, murmelte James.

»… was einen Mangel an Mitgefühl demonstrieren würde, der *unchristlich* ist«, fuhr Denbury eigensinnig fort. »In Kenhurst hält man Ordnung und Disziplin für den Schlüssel zur körperlichen, geistigen und seelischen Gesundheit.«

»Meine Güte! Dieser Spruch kommt mir bekannt vor. Zwingt Dwyer alle seine Angestellten, ihn auswendig zu lernen?«

»Danke, dass Sie mir das überbracht haben«, schaltete sich Moreland barsch ein. »Sie können Dwyer ausrichten, dass ich es zu schätzen weiß.«

Als Denbury sich erhob, stieß James ein ungläubiges Lachen aus. »Das ist alles? Du willst dich nicht nach ihrer Bewährung erkundigen?«

Der verwunderte Ausdruck in Morelands Gesicht traf ihn heftiger als eine Faust. »Wach endlich auf, James. Das Gericht würde sie ihr niemals gewähren.«

»Wie viele Richter hast du in der Tasche, alter Mann?«

»So einfach ist das nicht …«

»Und es ist nicht unüblich, dass Bewährung gewährt wird.«

Moreland gab einen verächtlichen Laut von sich. »Sie ist nicht in dem Zustand, freigelassen zu werden. Sie besteht selbst darauf, dass wir sie nicht besuchen sollen.«

»Ich habe noch keinen Beweis dafür gesehen, dass sie diesen Wunsch geäußert hat«, sagte James kategorisch. »Ein Brief, eigenhändig geschrieben etwa – das zu bewerkstelligen wäre nicht allzu schwierig. Aber du gibst dich ja mit Dwyers Unsinn zufrieden. Du bist ganz froh darüber, wenn sie dort verrottet.«

Morelands Gesicht lief zu eindrucksvoller Röte an. »Bei Gott, wir werden uns nicht schon wieder darüber streiten. Frag lieber mal Bolands Familie, ob sie auf die Art und Weise verrottet, die *sie* sich wünscht.«

Denbury räusperte sich. »Lady Boland hat erhebliche Fortschritte gemacht. Mr Dwyer äußert einige Vorbehalte, hält jedoch eine vollständige Genesung bis zum nächsten Jahr für möglich.«

Moreland richtete sich auf. »Sagen Sie Dwyer, dass ihm solche Prophezeiungen nicht zustehen.«

James lief es kalt über den Rücken. »Gütiger Gott. Du hast gar nicht die Absicht, sie da rauszuholen, oder? Du hast vor, sie für den Rest ihres Lebens dort drinzulassen.«

Moreland warf ihm einen wütenden Blick zu. »Sei kein Narr. Wir sprechen vom Hier und Jetzt.«

Warum war er überrascht? Wenn es nach Morelands Willen

ginge, oder nach dem aller anderen, ihrer alten Freunde, ehemaligen Liebhaber, Cousinen, Tanten und Onkel, würde sie wahrhaftig für immer in Kenhurst bleiben. Schließlich war sie kein Mensch mehr. Sie war nur … ein Schandfleck. Ein Schandfleck, der drohte, sich auszubreiten und dabei die Namen aller zu besudeln, die einmal mit ihr verbunden gewesen waren. Selbst Elizabeth sprach kaum noch von ihr. Da war es besser, sie weiter wegzuschließen, damit sie ihrem kostbaren Ruf keinen weiteren Schaden zufügen konnte.

Gott verdamme sie alle. Er sprang von seinem Sessel auf. Denburys erfolgloses Zurückweichen verschaffte ihm nur kurz Befriedigung. »Ich würde dich am liebsten in die schwärzeste Hölle wünschen«, sagte er mit leiser und rauer Stimme zu seinem Vater. Mehr konnte er nicht tun, um es nicht herauszuschreien. »Aber wozu die Mühe? Du bist sowieso schon halb dort.«

Der alte Mistkerl zuckte nicht einmal mit der Wimper, auch wenn seine Atmung hörbar schwer wurde, als er mühsam versuchte, auf die Beine zu kommen. Bei diesem Anblick hätte sich in der Brust des Sohnes Mitleid regen sollen. Die Kälte, mit der James seine Anstrengungen beobachtete, entsetzte Denbury zweifellos. Sie hätte jeden entsetzt – objektiv gesehen wusste er das. Aber es war *Stella*, die Moreland früher am nächsten stand, *Stella*, die ihn verhätschelte und verwöhnte. Wenn Moreland Mitleid wollte, musste er es schon bei ihr suchen. Er musste sie einfach freilassen, gottverdammt.

Sein Vater fand endlich festen Halt. »Denbury, Sie entschuldigen uns.«

»Ja, bloß keine Zeugen, Gott bewahre«, sagte James kalt.

Denbury verließ rasch den Raum. Als sich die Tür hinter ihm schloss, verzogen sich Morelands Lippen spöttisch. »Sag mir nur eins«, sagte er. »Ich bin sehr daran interessiert, es zu hören, James. Warum sollte ich dich nach deiner Meinung fragen? Einen leichtsinnigen, nichtsnutzigen Luftikuss, der sich damit zufriedengibt, dazusitzen, Däumchen zu drehen und zu jammern – womit sollte sich so ein Mann meinen Respekt verdienen? Mein Fehler war, dich überhaupt hierher einzuladen. Stellas Wohlergehen geht dich nichts an.«

»Sie ist meine *Schwester*, du herzloser Mistkerl.«

»Ganz recht«, knurrte Moreland. »Deine Schwester. Meine *Tochter*. Meine Verantwortung, nicht deine. Gott sei Dank! Du würdest sie draußen herumlaufen lassen, wo sie dem Hohn und der Verachtung von ihresgleichen ausgesetzt wäre …«

James lachte. »Böse Blicke sind also ein schlimmeres Schicksal als eingesperrt zu sein? Hast du sie deshalb weggesperrt?«

»Großer Gott! Sie hat einen Mann getötet, James!«

»Sie hat sich gegen einen Grobian verteidigt, der doppelt so groß war wie sie! Und dafür hast du sie weggesperrt? Du hättest ihr applaudieren sollen!«

Moreland schlug jetzt mit dem Stock auf die Tischplatte. »Genug! Bei Gott, du bist wie ein Dreijähriger – so verdammt stur, wenn es darum geht, wie die Dinge sein sollten, dass du nicht begreifst, wie sie wirklich sind! Sie ist krank! Man kann sie nicht einfach freilassen!«

Er sprach von seiner Tochter wie von einem tollwütigen Hund. »Du bist der größte Heuchler in ganz London. *Du* sprichst davon, ihr helfen zu wollen? Das ist lächerlich. Wo warst du denn vor vier Jahren, als sie dich wirklich brauchte?« Als sie vor Boland davongelaufen war und die feine Gesellschaft über sie getuschelt, sie verspottet und sie in diese Todesfalle in die Park Lane zurückgetrieben hatte. »Du kannst von Glück sagen, dass es Boland war, der beerdigt wurde. Hätte Stella nicht dieses Messer in die Hand genommen, hätten wir *sie* beerdigt.«

Morelands Gesicht versteinerte sich. »Ich werde das nicht noch einmal mit dir diskutieren.«

»Du hast es von Anfang an nicht mit mir diskutiert. Soll das ihre Strafe dafür sein, dieses Scheusal überlebt zu haben?« Für immer an einen Ort weggesperrt zu werden, wo gezählt wird, wie oft sie beim Essen schluckt, wo jedes Murren stirnrunzelnd analysiert wird? Wo sie bis zu ihrem Tod *gebessert* wird? »Was ist mit *deiner* Strafe? Was zum Teufel hast du getan, als sie deine Hilfe wirklich brauchte? Du hast sie zu ihm zurückgeschickt. *Du* hast sie in ihr Verderben geschickt.«

»Genug! Ich will nicht mehr darüber sprechen!«, donnerte er.

»Ja, schieb es von dir weg! Offensichtlich schläfst du nachts trotzdem gut!«

»Sanburne.« James brauchte eine Weile, bis er die Stimme und die sanfte Berührung an seinem Arm registrierte. Seine Wut war wie eine Wolke, die ihn in ihrem gefühllosen blutroten Bann hielt. Doch die Hand seiner Stiefmutter drückte ganz leicht zu, sodass er gezwungen war, sich ihr zuzuwenden.

»Countess«, begrüßte er sie. Er räusperte sich. »Wie geht es Ihnen?«

»Besser, wenn du jetzt einmal tief durchatmest«, sagte sie sanft. »Ihr werdet diesen Streit heute nicht mehr beilegen. Und ich glaube, ihr habt euch schon genug Schmerz zugefügt.«

Wenn sie Moreland irgendeiner Empfindung für fähig hielt, dann kannte sie einen anderen Mann, als James es tat. Ihr zuliebe brachte er ein schwaches Lächeln zustande, machte auf dem Absatz kehrt und lief zur Tür.

Im Treppenhaus überraschte er einen Diener, der müßig an einer Anrichte lehnte. Erschreckt nahm der Mann Haltung an. »Sie gehen, Sir?«

»Ich benötige keine Begleitung.« Gott stehe ihm bei, er war in dem Haus aufgewachsen!

Der Mann schluckte hörbar. »Entschuldigen Sie, Sir. Befehl von Lord Moreland.«

»Ha! Na schön.« James durchquerte mit raschen Schritten das Treppenhaus und betrat den Vorraum. Er musste hier raus. Schon die Luft hier drin erstickte ihn.

Als er an einem Blumenständer vorbeikam, lief er langsamer. Seine Stiefmutter hatte den Raum neu dekoriert. Eine schlichte Farbzusammenstellung aus Blau und Weiß herrschte jetzt vor. Weiße Orchideen neigten ihre anmutigen Hälse über die Ränder blauer böhmischer Vasen; die Teppiche, Gardinen und Polstermöbel waren kobaltblau. Sie hatte schon immer merkwürdige Überzeugungen über Farben gehegt und ihnen eine Vielzahl von Fähigkeiten zugeschrieben: Weiß, um den Geist zu beruhigen, Blau, um zu Entgegenkommen zu ermutigen. Zwei sehr ehrgeizige Ziele, wenn man mit Moreland zusammenlebte.

Er berührte das wachsartige Blütenblatt einer frischen Orchidee. Stella hatte die Countess wie eine Mutter geliebt. Was hielt Lady Moreland von der Sache? Vermisste sie ihre Stieftochter? Kümmerte sie Stellas Freiheit überhaupt nicht?

James blickte zum Fenster. Ein ungewöhnlich starker Wind hatte sich erhoben, Zweige peitschten gegen die Glasscheibe. Er trat näher und sah, wie der Sturm auf ihn zurollte und die Spitzen der Bäume bog, sodass sie sich nach ihm krümmten wie Klauen.

Wumm: Der Sturm traf aufs Fenster. Die Glasscheibe klapperte, als Fetzen aus toten Blättern und Regentropfen dagegenspritzten. Er legte die flache Hand an die Scheibe und stellte fest, dass sie eiskalt war. »Oh, to be in England«, zitierte er spöttisch Robert Browning, »now that April's there.«

In Nizza wäre es jetzt sonnig. Leider Gottes konnte er nicht hin: Sein Vater wäre nur allzu dankbar, wenn er verschwände. Die Langeweile der Saison dehnte sich endlos vor ihm aus, länger und trostloser als der Ausblick durch die Glasscheibe. *Du hältst Stella für verrückt. Du glaubst, sie würde dir Probleme bereiten, dein bequemes kleines Leben stören.* Oh ja. Solange sein

Vater noch hier war, um es zu erleben, würde er bis zum Sankt-Nimmerleins-Tag in London bleiben.

Er machte sich am Fensterflügel zu schaffen. Lassen wir ruhig alles rein, dachte er. Wind, Zweige, Regen, Graupel – den Geruch eines trostlosen, scheußlichen, deprimierenden Londoner Frühlings.

»Sir«, sagte der Diener nervös. »Bitte nicht, Sir. Ich habe gerade einen Blitz gesehen.«

»Aber wissen Sie es denn nicht?«, fragte James sarkastisch. »Ich bin unbesonnen und leichtsinnig.«

Der Diener zögerte und trat dann hastig einen Schritt zurück. »Nein, Sir.«

»Ein unbesonnener, leichtsinniger Tunichtgut – das war der Wortlaut, glaube ich.« Überrascht vom Widerhall dieser Bemerkung hielt er inne. Erst unlängst hatte jemand eine ganz ähnliche Meinung geäußert. Die reizende Miss Boyce. *Überprivilegiert und unterbeschäftigt.* Unaufrichtigkeit gehörte nicht gerade zu ihren Schwächen. Vielleicht hatte ihn das dazu bewogen, im Gegenzug auch zu ihr ehrlich zu sein. Es war ziemlich unterhaltsam, aus einem so üppigen Mund derart klare Urteile zu hören. Einem *unterbeschäftigten* Mund, wie er fand. Sie sollte ihm wirklich für die Beschäftigung danken, die er ihrem Mund verschafft hatte.

Er richtete sich auf und bedachte den verwirrten Diener mit einem Grinsen. Die Ballsaison zog sich immer noch zu lange hin, aber er wüsste sich schon zu beschäftigen.

Es ging schon auf ein Uhr zu. Draußen, auf den Galerien drängten sich die Touristen, um den besten Blick auf die Elgin Marbles zu ergattern. Im Lesesaal hingegen herrschte Ruhe. Hunderte von Arbeitstischen, kreisförmig um die große Reihe aus Katalogen mit blauen Einbänden aufgestellt, waren fast alle besetzt.

Viele gedämpfte Gespräche verschmolzen zu einem leisen Murmeln, das Lydia leicht schläfrig machte. In der Reihe vor ihr kommentierten zwei uralte Männer, noch mit den langen Gehröcken und Fliegen einer früheren Generation ausstaffiert, ihre Lektüre von Leitartikeln mit einem missbilligenden Brummen. Rechts von ihnen sah sich ein junges Paar sehnsüchtig seufzend Drucke von Venedig an.

Sie beobachtete das Pärchen und kam sich merkwürdig verlassen vor. Als der junge Mann beim Umblättern den Arm der jungen Frau streifte, errötete sie allerliebst. Er lächelte und flüsterte ihr etwas ins Ohr, worauf sie ihr Gesicht an seinen Ärmel schmiegte.

Mr Pagett hatte sich gestern Abend mit Ana ganz ähnlich verhalten. Jetzt, wo der Hochzeitstermin offiziell feststand, glaubte er, sich solche Freiheiten erlauben zu dürfen.

Sanburne hingegen nahm sich solche Freiheiten ohne jede Berechtigung.

Lydia schluckte und sah wieder in ihr Buch. Schon seit zwei Stunden versuchte sie nun, diesen Aufsatz über die Beduinen zu lesen, doch ihre Gedanken schweiften immer wieder ab. Es war höchst beschämend, sich einzugestehen, wie lange sie in den letzten Nächten wach gelegen hatte und jenen Zwischenfall bei den Stromonds im Geiste noch einmal erlebt hatte. Dass sie ihn attraktiv fand, machte sie sich nicht zum Vorwurf; die biologischen Fakten kannte sie. Doch wie *ärgerlich*, dass sie ihn anscheinend nicht vergessen konnte! So mussten sich Ginsüchtige fühlen. Man erfuhr aus den Zeitungen von ihrer Misere. Sie konnten sich wochenlang in Abstinenz üben, doch das Verlangen erlosch nie. Beim geringsten Anlass wiedererwacht, kostete es die Abhängigen irgendwann das Leben.

Seit dem Ball bei den Stromonds hatte sie Sophie und Ana zu keinem Fest mehr begleitet.

Sie stand auf, um zum Katalog zu gehen. Der Geruch nach Tinte und alterndem Papier war hier am intensivsten und wirkte wohltuend wie ein Tonikum auf ihre Nerven.

»Ich habe eine Mitteilung für Sie.«

Überrascht blickte Lydia auf. Ein paar Schritte von ihr entfernt stand ein junger Mann und gab vor, das Buchregal durchzusehen. Das blasse Licht eines verregneten Nachmittags fiel durch die gewaltige Glaskuppel; es vergoldete sein silberblondes Haar und verlieh seiner Haut einen bläulichen Schimmer. Neben ihm schmökerte ein Mädchen in einem grünen Kleid, einer Robe à la Polonaise. Er musste sie gemeint haben. Heimliche Turteltäubchen, zweifellos, die um ihre Heimlichtuerei viel Aufhebens machten. Mit einem schiefen Lächeln griff Lydia nach einem Registerband.

»Ich sagte, ich habe eine Mitteilung für Sie, Miss Boyce.«

Ihre Finger verkrampften sich. Der Band fiel mit einem Knall zu Boden. Mit Lithografien illustrierte Einträge, die aufgrund ihres Alters aus dem Leim gegangen waren, flatterten durch die Gegend.

Hinter ihr erhob sich ein missbilligendes Gemurmel. Sie nahm nur undeutlich wahr, dass andere Leser stirnrunzelnd von ihren Tischen aufblickten. Eine Bibliotheksaufsicht, die über einen Bücherstapel gebeugt war, richtete sich nun auf und warf ihr einen strafenden Blick zu.

Der bedeutungsvolle Blick des blonden Mannes war fast körperlich spürbar. Nach einem feigen Zögern straffte sie die Schultern und wandte sich ihm zu.

In seiner dunklen, schlichten Kleidung sah er aus wie ein Stipendiat, der ins Britische Museum gekommen war, um ein wenig Forschung zu betreiben. Seine Jugend, die Röte seiner Wangen, die rundlichen Konturen seines Gesichts hätten ihre Angst eigentlich zerstreuen sollen. »Wer sind Sie?«

»Der Freund eines Freundes«, sagte er vage. »Hier …« Er griff in seine Tasche, und sie trat hastig einen Schritt zurück. Dabei streiften ihre Röcke einen Tisch, einen belegten Tisch, dem Protest nach zu urteilen. Sie achtete nicht darauf. Ihr Blick war nur auf eins gerichtet: seine Hand, die er in seine Weste schob.

Der Zettel, den er hervorholte, war dünn. Ohne Adresse.

Sie leckte sich die trockenen Lippen. »Das ist nicht für mich. Meine Freunde kommunizieren auf direktem Wege mit mir.«

»Manche Dinge kann man nicht per Post schicken«, murmelte er. »Wollen Sie mir den Brief nicht abnehmen, Miss? Man hat mich beauftragt, ihn an Sie persönlich zu übergeben.«

Aus den Augenwinkeln registrierte sie eine Bewegung: Die Aufsicht näherte sich. Der Mann würde sie ausschimpfen, weil sie den Katalog malträtiert hatte. Noch schlimmer, er könnte ihr die Leseberechtigung entziehen. Das wäre zu schrecklich!

Sie richtete sich zu voller Größe auf. »Ich kenne Sie nicht«, sagte sie steif. »Ich spreche nicht mit Fremden, die sich mir in der Öffentlichkeit nähern. Sollten Sie wirklich im Besitz von Informationen für mich sein, können Sie sie mir über Baron Southerton übermitteln.«

Seine Augen, von einem gleichmäßigen, unschuldigen Blau, blickten in ihre. »Ich glaube, Sie wissen, warum das am besten vertraulich bleibt.«

Ihr Herz, das sich bisher recht gut gehalten hatte, begann zu hämmern. »Nein. Ich habe keine Ahnung, was Sie meinen.«

»Hören Sie, Miss!« Der Aufpasser, die buschigen Augenbrauen missbilligend zusammengezogen, tippte sie am Ellenbogen an. »Sie müssen mit den Registerbänden sorgfältiger umgehen! Dieser hier wird neu gebunden werden müssen, fürchte ich!«

»Es tut mir leid«, sagte sie atemlos. »Es war … ich habe mich erschreckt. Dieser Gentleman hat etwas sehr Schockierendes zu mir gesagt, und da ist mir das Buch entglitten.«

»Hmph. Hat er Sie etwa belästigt?«

Während sich ihr vor Angst die Nackenhaare sträubten, warf sie einen Blick hinter sich, doch der Fremde hatte den Rückzug angetreten und lief zielstrebig zum Ausgang.

»Ein derartiges Verhalten müssen Sie der Lesesaalaufsicht melden, Miss. Wir sind entschlossen, kein Rowdytum zu dulden.«

»Ja«, sagte sie schwach.

»Oh, Sie haben noch etwas fallen lassen.« Er machte Anstalten, sich zu bücken, doch sie kam ihm zuvor. Der Brief war immer noch warm vom Körper des anderen Mannes.

Zurück an ihrem Tisch zog sie die kleine Leseplattform an ihrem Ledergriff heraus und strich den Zettel glatt.

Ich muss mit Ihnen über Mr Hartnett sprechen. Ich belästige Sie nur ungern, aber ich verlange meinen Anteil.

Polly Marshall.

Es folgte eine Adresse in St. Giles.

Sie blickte auf. Durch eine optische Täuschung, die das durch die Kuppel fallende Licht verursachte, verdunkelte sich der Saal unvermittelt. Was um alles in der Welt hatte das zu bedeuten? Mr Hartnett war tot. Und wie konnte ein Gentleman wie er in Londons verrufenstem Elendsviertel Verbindungen geknüpft haben? Und selbst wenn, was ginge *sie* das an?

Eine Gänsehaut überzog ihre Arme. Es gab nur eine mögliche Verbindung: die Fälschungen. Doch von denen sollte niemand Kenntnis haben. Das war unmöglich!

Sie stand auf. *Ich muss es Sophie sagen.* Doch schon in der nächsten Sekunde setzte sie sich wieder. Herrjemine! Wenn die anderen Nachrichten Sophie schon in Unruhe versetzt hatten, würde sie von dieser Neuigkeit einen Anfall bekommen.

»Sie sehen heute reizend aus.«

Sie schnappte nach Luft und drehte sich auf ihrem Stuhl um.

Hinter ihr stand Sanburne. »Sie!« War das wieder einer seiner Streiche? Gott allein wusste, dass er seine perverse Vorliebe für Vergnügungen bereits unter Beweis gestellt hatte. *Ach, bitte, lass es ein Scherz sein.* »Haben Sie mir das geschickt?«

Sein Blick schnellte zu dem Zettel in ihrer Hand, doch sein freundlicher Gesichtsausdruck blieb unverändert. »Kommt darauf an. Ist es ein Liebesbrief? In dem Fall übernehme ich bereitwillig die Verantwortung.«

»Nein.« Entmutigt senkte sie den Blick wieder auf die Mitteilung. *Ich verlange meinen Anteil.* Das ergab keinen Sinn.

»Trägt er keine Unterschrift?« Als sie den Kopf schüttelte, ging er in die Hocke, sodass sie sich nun auf gleicher Augenhöhe befanden. »Sie wirken bekümmert.« Auf ihr gleichgültiges Achselzucken hin sagte er langsam: »Ich gehe nicht davon aus, dass in diesem Brief etwas über Tränen, Flüche oder dergleichen steht.«

»Was? Nein, was für ein Unsinn. Es … ich muss schon sehr bitten!« Er hatte ihr den Zettel aus der Hand gerissen und strich ihn glatt. Sie sprang auf, um ihn sich zurückzuholen, doch er hielt ihn außer Reichweite.

»St. Giles, wie?« Ein leiser Pfiff verlieh seiner Verwunderung Ausdruck. »Nicht gerade Ihre Lieblingsgegend, würde ich wetten. Hartnett war also als Empfänger der Fälschung gedacht, ja?«

»Sprechen Sie leise!« Sie sah sich verstohlen um. Ein Meer von Köpfen, die emsig über Bücher und Zeitungen gebeugt waren. Im Allgemeinen war der Lesesaal ihre Zuflucht vor den kritischen Augen der Hautevolee. Doch wenn ausgerechnet Sanburne Gefallen daran gefunden hatte, hierherzukommen, konnte sie nicht sagen, wer sonst noch hier auftauchen würde.

Er musterte eingehend ihr Gesicht. »Ich habe also recht«, sagte er. »Wie mysteriös. Und wer ist Polly?«

Die Verlockung, ihm alles zu beichten, überraschte sie. Hatte sie den Verstand verloren? Sie konnte doch nicht ernsthaft in Betracht ziehen, diesem Mann ihre Geheimnisse anzuvertrauen.

Doch an wen sollte sie sich sonst wenden? An Sophie schon einmal nicht. Und auch ganz sicher nicht an George. Eine kluge Frau würde die Polizei hinzuziehen, doch der Name Hartnett machte dieses Vorgehen undenkbar. Die Polizeiinspektoren würden ihr Fragen über seine Beziehung zu Papa stellen. Und jetzt, wo er tot war, bestand die einzige Verbindung zwischen den beiden aus den fünf Fälschungen, die sich in ihrem Ankleidezimmer befanden. Wie sollte sie ihnen das erklären? Schließlich hatte sie nicht einmal selbst eine Erklärung dafür.

Vielleicht konnte die Verfasserin des Briefes ihr Erklärungen liefern.

Sie beäugte Sanburne kritisch. Ihre Instinkte, die wie Schulmädchen danach verlangten, näher an ihn heranzutreten, ließ sie außer Acht. Wenn es um Männer ging, waren sie einfältig. Doch ihr logisches Denken stimmte zu, dass sie sich auf ihn verlassen könnte. Von einer der Fälschungen hatte er sowieso bereits Kenntnis. Und nach eigener Aussage fand er sie amüsant. Wenn sie in Bezug auf den Viscount bisher zu irgendeiner Gewissheit gelangt war, dann war es die, dass er seine Vergnügungen schätzte. So lange sie ihm Unterhaltung bot, könnte er bereit sein, ein Geheimnis für sich zu behalten.

»In Ordnung«, sagte sie langsam. »Aber nicht hier. Wenn uns jemand zusammen sieht, entsteht noch Gerede.«

Ein überraschter Ausdruck huschte über sein Gesicht. Er hatte nicht damit gerechnet, dass sie zustimmen würde. Während sie noch eine absurde Freude darüber unterdrückte, ihn überrascht zu haben, beugte er sich vor und sprach so leise wie sie. »Das stimmt allerdings. Wer weiß, was die Leute davon halten würden?« Er riss entsetzt die Augen auf. »Vielleicht würden sie davon ausgehen, dass ich mich für Sie interessiere.«

»Genau«, stimmte sie zu. »Das ginge ganz und gar nicht.«

Er lachte leise. »Sind Sie beschränkt, Miss Boyce? Oder nur beklagenswert naiv?«

Oh, sie verstand ihn nur allzu gut. »Weder noch«, gab sie leicht errötend zurück, machte auf dem Absatz kehrt und lief zum Ausgang.

Lydia führte Sanburne aus dem Lesesaal hinaus in den langen Korridor, wo die Ägyptische Sammlung anfing. Es war der beste Ort, den sie kannte, um ein diskretes Gespräch zu führen: stets voll, aber nie überfüllt. Sie lief an der Besuchergruppe um den Stein von Rosette vorbei und machte Halt an einer Bank vor der kleinen Statue der Göttin Isis mit ihrem Gemahl Osiris.

Während sie sich setzte, fasste sie die bisherigen Ereignisse kurz für ihn zusammen. »Es ist unmöglich festzustellen, wann die Fälschungen eingeschmuggelt werden konnten«, schloss sie. »In Port Said, wo sie normalerweise für die Seereise in Kisten verpackt werden, in den Häfen von Malta und Gibraltar oder gar in Southampton, wo sie auf die Schienen umgeladen und mit der Eisenbahn nach London transportiert werden.« Sie blickte wieder auf die Mitteilung, die sie noch fest in der Hand hielt. Sie faltete sie zusammen und schob sie in ihr Ridikül. »Ich kann mir nicht vorstellen, was diese Frau von mir will. Aber vielleicht weiß sie etwas.«

Mit untypisch nachdenklicher Miene nahm er neben ihr Platz. »Warum wenden Sie sich mit der Sache nicht an die Polizei?«

Sie nickte. »Erstens ist Southerton ein lautstarker Kritiker von Scotland Yard. Er hat in diesem Monat nichts anderes getan als im Parlament wegen ihres Unvermögens, diesen Bombenangriff zu verhindern, gegen sie zu wettern. Wenn die Polizei davon Wind bekäme, dass sein Schwiegervater – und sei es nur indirekt – in einen Kunstbetrug verwickelt ist, nun, dann würde sie es mit Freuden an die große Glocke hängen. Nein, das ist ausgeschlossen. Aber vielleicht …« Sie spürte selbst, dass sie rot wurde, und wandte sich ab. Sie konzentrierte sich auf die schwarze Granitstatue. Die Besucher, von goldenen Sarkophagen und berühmten Hieroglyphen geblendet, beachteten sie nur selten. Sie hingegen hatte ein Faible dafür. Heidentum kam nur selten so deutlich zum Ausdruck wie in dieser Statue. Die Göttin war zweimal so groß wie ihr Gemahl.

Sanburnes Augen waren ihrem Blick gefolgt. »Sie ist sehr grimmig, nicht? Erinnert mich sehr an Ihren Gesichtsausdruck im Institut.« Er zog eine Grimasse – die Mundwinkel nach unten, die Augen zu Schlitzen verengt.

Beleidigt versteifte sie sich. »Verzeihung, Sir. Ich sah ganz und gar nicht so aus. Und der Statue ähnelt es auch nicht im Geringsten. Sie ist ernst, durchaus, aber nicht hässlich.«

»Hässlich? Da haben Sie recht; ich habe es nicht richtig gemacht. Vielleicht eher so.« Er blickte wieder zur Statue und rümpfte die Nase.

»Wie kindisch Sie sind. Für Sie ist alles nur ein Spiel, nicht wahr?«

»Natürlich. Wenn ich alles ernst nähme, würde ich wahnsinnig.« Als sie ihn verdutzt ansah – bei dieser erschreckenden Feststellung war sein Ton tatsächlich ernsthaft geworden –, fuhr er fort. »Aber Sie haben recht. Ich betreibe hier sehr seriöse Forschungsarbeit.«

»Ach ja? Und wie lautet Ihr Thema?«

»Wurde sie nach einem lebenden Vorbild gehauen oder kann ein menschliches Antlitz Isis' Gesichtsausdruck gar nicht wiedergeben?«

Sie betrachtete Isis genauer. Das war in der Tat eine interessante Frage. Sie konnte sich an kein Werk erinnern, das sich mit dem Thema beschäftigte, ob die alten Ägypter für ihre Kunst menschliche Modelle verwendet hatten. »Nach einem lebenden Vorbild, denke ich«, sagte sie zögernd. »Wenn man es mit dem Mund hinbekommt …« Sie presste die Lippen zu einer geraden Linie zusammen und blickte finster drein. »Etwa so.«

Mit gespielter Furcht lehnte er sich zurück. »Lieber Himmel! Das ist es! Miss Boyce, wenn Sie bei Ihrer Briefeschreiberin diese Miene aufsetzen, wird die Entschuldigung auf dem Fuße folgen.«

Sie unterdrückte ein Lachen, indem sie noch ernster dreinblickte. »Und wann bekomme ich eine von Ihnen?«

»Sie haben recht, ich schulde Ihnen eine. Nun, ich entschuldige mich bei Ihnen, Miss Boyce. Ich hätte Sie ausgiebiger küssen und darauf bestehen sollen, dass Sie mit mir tanzen, ob es Ihnen gefällt oder nicht. Ich habe für dieses Versäumnis keine Erklärung.«

Jeder Versuch, ihr Erröten zu verbergen, war zwecklos. Sie war rot wie eine Tomate. »Gratuliere, Sir. Soeben haben Sie die Gelegenheit vertan, sich zu rehabilitieren.«

»Als Bewunderer von Isis hätten Sie das vorher wissen müssen.«

»Sie sind mit dem ägyptischen Pantheon vertraut?«

»Ich bin mit Kleopatra vertraut«, sagte er liebenswürdig. »Eine Mazedonierin, die ägyptische Königin sein wollte und sich auf Blutsverwandtschaft mit der Göttin berief, um ihre Herrschaft zu legitimieren. Leider Gottes vergaß sie, was jeder echte Ägypter weiß: dass jede Isis einen Osiris braucht. Und als Antonius des Weges kam, bat sie ihn um einen Gefallen: Wenn er den gehorsamen Gott spielte, würde sie ihn an ihren Gewinnen beteiligen. Aber leider vermasselte Antonius die Chance, wie die meisten Männer, und Kleopatra bezahlte mit Schlangengift dafür. Überlege dir deine Wünsche gut, lautet die Moral der

Geschichte – insbesondere, wenn man eine Frau ist, nehme ich an.«

Ein schrecklicher Verdacht stieg in ihr auf. Das war nicht die laienhafte Version der Geschichte, in der Kleopatra als einfältiges, boshaftes Flittchen dargestellt wurde. So etwas lernte man nicht aus Sarah Bernhardts Darbietungen.

»Ach, ein schreckliches Gerücht macht die Runde. Ich soll einen akademischen Grad in Altphilologie erworben haben«, beantwortete er ihren Verdacht. Als sie beschämt nach Luft schnappte, fügte er hinzu: »Aber das ist lange her, Schätzchen – und er war allenfalls zweitklassig. Jedenfalls nicht gut genug, um eine Fälschung zu erkennen.«

Die Fälschungen, ja. Mit hochroten Ohren wandte sie sich wieder dem eigentlichen Thema zu. »Was das betrifft, dachte ich, Sie könnten vielleicht mit mir nach St. Giles kommen. Bitte, verstehen Sie mich nicht falsch«, fuhr sie hastig fort. »Ich versuche nicht … Nun, ich brauche einen Begleiter, und ich dachte, es könnte Sie unterhalten, sonst nichts. Immerhin scheinen Sie eine Vorliebe für eigenartige Vergnügungen zu haben.«

Er grinste jetzt ungeniert. »Miss Boyce. Bezeichnen Sie sich etwa selbst als eigenartige Vergnügung?«

Herrjemine, das tat sie wohl. Sie zuckte verlegen mit den Achseln, und plötzlich saßen sie dort und lächelten sich an, als hätte sie einen sehr guten Witz gemacht. Ihr Lächeln wurde breiter. Genau wie seines. Sie hielt sich die Hand vor den Mund, als sie das höchst eigenartige Bedürfnis zu lachen überkam. Als wüsste er das, brach er selbst in Gelächter aus. Und dann kicherte sie plötzlich. *Ich flirte doch nicht etwa?* Was für eine seltsame Szene das war! Wie sie dort einträchtig auf einer Bank saßen wie zwei Lohnarbeiter und sich unterhielten, als seien sie – seltsamer Gedanke! – Freunde.

Unmöglich, natürlich. Das gelang Männern und Frauen nur

selten. Doch wie sollte sie sein Verhältnis zu Mrs Chudderley sonst beschreiben? Während ihr Lachen erstarb, senkte sie den Blick auf ihren Schoß. Sie hatte noch nie eine andere sein wollen als sie selbst. Doch für einen kurzen Moment reizte sie der Gedanke, in Mrs Chudderleys Körper aufzuwachen. Schön zu sein und bewundert zu werden, und die Freiheit zu haben, so viele leichtfertige Fehler zu begehen, wie sie wollte, weil er für sie da wäre, wenn sie eine starke Schulter brauchte, und ihr wieder aus dem Schlamassel helfen würde.

Dieser Wunsch ernüchterte sie. Es lag etwas höchst Unwürdiges darin – als schmälerte sie ihre eigenen Fähigkeiten und wartete lieber auf einen Helden, der sie errettete, obwohl sie sehr gut allein zurechtkam. Zudem machte ein kurzer Flirt sie noch nicht zu einer Frau, die die Aufmerksamkeit eines Mannes langfristig fesseln konnte. Sie war von Natur aus eher ernst als albern, und jeder, der sich länger als ein paar Tage zu ihr hingezogen fühlte, würde bald feststellen, dass sie doch nicht so unterhaltsam war wie erhofft. Jedenfalls war es bei George so gewesen.

Sie räusperte sich und sagte: »Ich könnte einen bewaffneten Diener mitnehmen. Aber Bedienstete tratschen, und es ist unerlässlich, dass sich die Nachricht über die Fälschungen nicht verbreitet.«

»Oh ja, Gott bewahre, dass Klatsch und Tratsch den Ruf Ihres Vaters beflecken.« Ihr gefiel der Sarkasmus nicht, der aus diesen Worten klang. Hätte er nicht sofort weitergesprochen, hätte sie dagegen aufbegehrt. »Was für ein furchtbares Dilemma für Sie, Miss Boyce. Um den Ruf Ihres Vaters zu schützen, sehen Sie sich mit der Bedrohung Ihres eigenen konfrontiert. Eigentlich mit zwei Bedrohungen: eine aufgrund Ihrer Eskapaden und eine weitere aufgrund meiner Aufmerksamkeiten. Sie müssen ganz schön verzweifelt sein.«

Diese Antwort, vorgebracht in einem Ton amüsierten Mitgefühls, war so weit von dem entfernt, womit sie gerechnet hatte, dass sie ihm eine Antwort schuldig blieb. Wie dumm, von der Vorstellung verletzt zu sein, dass er sich über ihre Probleme amüsierte. Aber da dies so unvermittelt auf ihr einvernehmliches Lachen folgte, war es ihr unmöglich, ihre Bestürzung zu verbergen. »Mögen Sie mich denn so wenig?«

»Ganz im Gegenteil«, widersprach er sofort. »Ich mag Sie ungemein. Der Verdacht kam mir schon, als Sie vom Rednerpult herunterrauschten wie Athene, die Gerechtigkeit bringt. Aber so richtig klar wurde es mir erst, als Sie in mein Arbeitszimmer platzten und die Stele verlangten. Und jetzt beabsichtigen Sie auch noch, nach St. Giles zu fahren – und das alles nur der Karriere des lieben Herrn Papa zuliebe?«

»Es ist nicht nur seine Karriere, Sanburne. Es ist seine Berufung.«

»Und was ist Ihre Berufung? Ihr Vater?«

Beleidigt warf sie sich in die Brust. »Natürlich kann man von Ihnen nicht erwarten, dass Sie wissen, was Loyalität ist. Sie, der Lord Moreland mit absoluter Geringschätzung behandelt.«

»Das ist allerdings wahr«, sagte er unbeschwert. »Manchmal grenzt es an offenen Hass.«

»Schämen Sie sich«, murmelte sie. »Sie sprechen von Ihrem *Vater*.«

»Na und? Blutsverwandtschaft ist dem Zufall geschuldet, Liebste. Das Einzige, was wirklich daraus folgt, ist Nähe. Und manchmal nicht einmal das, wie viele der Bastarde auf der Welt Ihnen nur allzu gerne versichern werden.«

»Was für eine Gefühlskälte! Wem schulden Sie denn Loyalität, wenn nicht dem Mann, der Sie gezeugt hat?«

Er zuckte mit den Achseln. »Denen, die sie sich verdient haben. Alten Freunden et cetera.«

»Aber Vertrauen verdient man sich doch nicht«, entgegnete sie hitzig. »Genauso wenig, wie man sich Liebe verdient. Sie wird einem aus freien Stücken geschenkt und erwartet keine Gegenleistung. Sanburne, ich bin sehr schockiert von Ihnen!«

»Und ich von Ihnen«, sagte er mit einem Augenzwinkern. »Wenn man sich Liebe nicht verdient hat, dann ist man ihrer per definitionem nicht wert – was ziemlich gefährlich ist. Konsultieren Sie nur Ihren Äneas. Dido hätte sich ihren Selbstmord sparen können, wenn sie sich vorher gefragt hätte, ob Äneas ein gebrochenes Herz überhaupt wert war. Ich persönlich habe ihn immer für einen Flegel gehalten.«

Sie sprang auf. »Ich finde, Sie sind der Flegel.«

Er erhob sich ebenfalls. »Zweifellos«, sagte er. »Aber wenigstens ein ehrlicher. Und wenigstens werden Sie von nun an so klug sein, sich nicht in mich zu verlieben, denn ich werde es ganz sicher nie verdienen.«

Sie starrte ihn entgeistert an. »Ich hatte nichts dergleichen vor. Also wirklich, was für eine merkwürdige Aussage! Würde ich Sie nicht besser kennen, würde ich glauben, dass Sie eine sehr schlechte Meinung von sich haben.«

Er zog kokett eine Augenbraue hoch. »Dann kennen Sie mich also schon sehr gut? Dabei hatte ich gehofft, dass da noch Spielraum wäre, mich besser kennenzulernen.«

Ihr Magen flatterte auf einmal nervös. Ah, sie war sehr töricht. »Vergessen Sie, dass ich Sie um irgendetwas gebeten habe.«

»Oh nein. Sie haben mich gefragt, und ich willige mit Freuden ein. Dummheit überzeugt mich nicht, aber für Romantiker hatte ich schon immer eine schreckliche Schwäche. Fahren wir morgen hin?«

Sie zögerte nur kurz. Um seine Hilfe anzunehmen, brauchte sie seinen Charakter nicht für gut zu befinden. »In Ordnung, morgen um elf Uhr. Wir treffen uns hier.« Sie spielte mit dem

Gedanken, ihn mit diesen Worten stehen zu lassen, konnte sich aber nicht bremsen. »Romantiker, Sanburne?« Das war der letzte Begriff, mit dem sie sich selbst beschreiben würde. Vielleicht früher einmal, aber jetzt?

Als er grinste, wurde ihr klar, dass er nur darauf gewartet hatte. Er hatte gewusst, dass sie der Versuchung nicht widerstehen könnte. »Das ist keine Beleidigung, Schätzchen. Ich bin selbst auch ein Romantiker. Warum sonst hätte ich in die Bibliothek kommen sollen, um Sie zu suchen?«

Sie stieß ein ungläubiges Lachen aus, um ihm zu zeigen, dass sie ihn nicht ernst nahm. Doch es klang auch verlegen, und als sie sich auf den Weg durch den Saal machte, tanzten Schmetterlinge in ihrem Bauch. Er war doch nicht *wirklich* hergekommen, um nach ihr zu suchen?

Wie demütigend, sich eingestehen zu müssen, dass keine Frau in St. Giles eine so ernsthafte Bedrohung für sie darstellte wie sie selbst.

8

Für die Fahrt nach Seven Dials hatte Sanburne einen Clarence gemietet, eines jener riesigen Fahrzeuge, das kluge Köpfe aufgrund des Lärms ihrer Räder auf dem Steinboden »Brummbär« nannten. Im Inneren roch es nach Schimmel und altem Schweiß. Hin und wieder (vor allem, wenn sie um die Ecke bogen) erhaschte Lydia auch einen plötzlichen Hauch von Dung, woraufhin sie das schmutzige Stroh auf dem Boden mit großem Argwohn betrachtete.

Sanburne fand ihr Unbehagen amüsant. »Stellen Sie sich vor, Sie wären auf dem Land, Miss Boyce.« Doch wie sie betonte, waren ländliche Gegenden nicht mit Velours ausgestattet, das Flecken unbestimmter Herkunft aufwies. Das amüsierte ihn erneut, worauf er zu einem absurden Gedankenspiel über die angemessene Einrichtung und Ausgestaltung diverser Naturlandschaften ansetzte. Er fesselte sie damit so, dass es ihr, als die Kutsche endlich anhielt, vollkommen einleuchtete, dass ein künstlich angelegter See unbedingt Chintz und Fransenkissen benötigte, während für eine kleine Quelle (ihr Vorschlag, dem er inbrünstig zugestimmt hatte) Rohseide und Nackenrollen vollkommen ausreichten.

Der Hof war zu eng für die Kutsche, weshalb sie ihn zu Fuß betraten. Rechts und links der Gasse krümmten sich verfallende Backsteinhäuser, deren zerbrochene Fensterscheiben notdürftig mit Lumpen und Zeitungspapier zugestopft waren. Der Wind trug ihnen körperlose Stimmen zu. Ein Baby schrie; ein Mann forderte lauthals seinen Tee; eine Frau mit einer überraschend süßen Sopranstimme übte Tonleitern. Die Schar schmuddeliger Kinder, die im Dreck mit Knochen Astragalspiele machten, schien ihr Erscheinen nicht weiter zu stören, doch als der Inhalt eines Nachttopfs unmittelbar hinter Lydia auf den Boden spritzte und sie hastig einen Satz nach vorne machte, brachen sie in unbändiges Gelächter aus. »Das ist ja entsetzlich«, blaffte sie Sanburne an, als er mit den Kindern lachte. »Haben Sie kein Mitleid mit diesen Menschen?«

»Unermessliches.«

»Tun Sie das nicht so leichtfertig ab! Diese Zustände …«

»Ich bin nicht leichtfertig. Bekanntermaßen bezeichne ich mich sogar gelegentlich als radikal.«

Diese Behauptung war so absurd, dass jetzt sie lachte. »Ein Radikaler mit eigenen Fabriken?«

»Nun, Miss Boyce, Sie wären überrascht. Ich bin …«, er hob die Hand und zählte es an seinen Fingern ab, »… für die autonome Selbstverwaltung Irlands, Gewerkschaften gegenüber wohlwollend eingestellt, unzufrieden mit dem Unfug im Sudan, gelangweilt davon, wie wir uns Ägypten aufzwingen. Zugegeben, Indien erscheint mir etwas rätselhaft, und Australien ist zu weit entfernt, um für mich von Interesse zu sein. Aber ich finde, dass Russland in der Kabul-Frage nicht ganz unrecht hat, und – nun, habe ich schon gesagt, dass ich die Suffragetten schlicht und einfach anbete? Sie sehen so entzückend aus, wenn ihre vorgefassten Meinungen ins Wanken geraten.«

Er hielt sie für eine Suffragette? Vielleicht wollte er sie nur aufziehen, doch die Vorstellung bereitete ihr ein rätselhaftes Vergnügen. »Da bin ich überfragt. Das heißt, ich bin durchaus für das Frauenwahlrecht, aber ich schreie es nicht in Parks heraus.«

»Natürlich nicht«, sagte er. »Zu offensichtlich für Sie. Sie sind eher der Typ, der unter einem männlichen Pseudonym vernichtende Leserbriefe schreibt. Habe ich recht?«

Sie biss die Zähne zusammen. Wenn man es so ausdrückte, klang es ziemlich feige. »Und wenn es stimmen würde, wäre es aus der Not geboren. Mein Schwager ist Politiker, und nicht jeder kann es sich leisten, seine Verwandten offen zu verärgern.«

»Leider Gottes.« Als sie ihm einen scharfen Blick zuwarf, sagte er: »Wo war ich stehen geblieben? Ach ja. Wenn ich großzügige Anwandlungen habe, bin ich geneigt, Kanada gehen zu lassen. Keine feste Meinung zu Transvaal. Oh! Das könnte Sie schockieren: An verregneten Tagen neige ich zu Vegetarismus. Schafe sehen so unappetitlich aus, wenn ihr Fell schlammig ist.«

Die volle Pracht seines Lächelns brachte eine Reihe auffallend weißer Zähne zum Vorschein. Die unverwüstlich gute Gesundheit, die verräterischen Privilegien, die sich in diesem Lächeln manifestierten, vertrugen sich nur schlecht mit Lydias Vorstellungen von einem Mann des Volkes. »Nun, ich habe Sie verkannt, das heißt, ich hatte keine Ahnung, dass Sie ein Mann mit solchen Prinzipien sind …«

»Ach, nein.« Die Ringe an seinen Fingern funkelten, als er diese Vorstellung mit einer Handbewegung wegwischte. Im Museum hatte sie ihn noch gefragt, ob er sie nicht lieber abziehen wollte. Statt einer Antwort hatte er mit einem Lächeln seine Jacke gelüpft und ihr seinen Revolver gezeigt. Er trieb seine Eitelkeit bis zum Äußersten, wenn er sogar willens war, sie mit Waffengewalt zu verteidigen. »Ich bin kein Mann mit Prinzipien«, sagte er. »Jedenfalls nicht im Plural. Ich bin ein Mann mit einem Prinzip, Miss Boyce – oder eher, mit einer Position. Zum Glück kann man sie sich sehr leicht merken. Wenn mein Vater sich gegen etwas ausspricht, befürworte ich es von ganzem Herzen. Und umgekehrt natürlich genauso.«

Sie brauchte einen Moment, um ihre Niederlage zu erkennen. Sie verzog das Gesicht. Sie war selbst schuld daran, wenn sie ihn ernst nahm, obwohl sie es inzwischen besser wissen sollte. »Was für eine bemerkenswert einfache Philosophie. Nur schade, dass Sie hinsichtlich Ihres Schmucks nicht ähnliche Zurückhaltung zeigen. Sie funkeln bunter als eine Herzoginwitwe, Sanburne. Es tut mir in den Augen weh.«

»Oh!« Er fasste sich dramatisch an die Brust. »Hartherzige Frau, mich derart zu verunglimpfen, wo ich mich doch so sehr bemühe, mich für Sie hübsch zu machen.«

Sie ignorierte diesen Unfug. »Ich würde eher sagen, dass ich Ihren Vater bemitleide, aber ich werde mein ganzes Mitgefühl für Sie und Ihr kindisches Prinzip aufsparen. In einer ewigen Kindheit zu stagnieren muss ungeheuer anstrengend sein.«

»Aber was kann ich dafür?«, fragte er. »Es ist das Wunder des Erstgeburtsrechts, das mich ewig jung hält. Bemitleiden Sie lieber uns arme Erben, Miss Boyce. All die veralteten Insignien hängen über unseren Köpfen wie eine Guillotine: die Besitztümer, die Pächter, die Dienerschaft und Hunderte, wenn nicht Tausende von Menschen, deren Lebensunterhalt eines Tages von uns abhängen wird. Aber noch nicht! Oh nein. Bis die Guillotine fällt, sind wir in ihrem Schatten erstarrt – manchmal jahrzehntelang, wenn die alten Schweinehunde so lange leben.«

Sie verdrehte die Augen. »Manche würden diese Zeit nutzen, um ihr Vermögen auf sinnvollere Art und Weise einzusetzen – um Menschen wie diesen zu helfen, zum Beispiel, statt Fabriken zu kaufen, die nichts anderes tun, als eine Menge Rauch und Elend zu produzieren.«

»Und Seife«, sagte Sanburne fröhlich. »Vergessen Sie die Seife nicht. *Elston's Allheilmittel*, nur für einen Penny pro Stück in der Apotheke Ihres Vertrauens. Ah, wir sind da.«

Das Haus hatte fünf Stockwerke und schien in sich zusammenzusacken. Als sie die schmale Treppe hinaufstiegen, beruhigte das Ächzen der Stufen, das ihre Schritte hervorriefen, Lydias Nerven nicht gerade. Tag für Tag kamen Menschen in einstürzenden Häusern ums Leben, und das war kein Ende, das ihr zusagte.

Fünf Etagen höher endete die Treppe vor einer kleinen Tür. Als sie anklopfte, schob Sanburne ganz beiläufig die Hand in seine Jacke. Sie hoffte nur, dass er die Frau nicht erschoss, bevor sie überhaupt mit ihr sprechen konnten.

Von drinnen erklang eine energische Stimme. »Wer ist da?«

»Miss Boyce«, rief Lydia.

Die Tür öffnete sich einen Spalt, und zum Vorschein kam eine dralle Frau mittleren Alters in einem abgetragenen, grauen Kleid. Unter ihren Augen lagen Schatten der Erschöpfung, und der fahle Schimmer ihres Teints bildete einen ungesunden Kontrast zu ihren karminrot gefärbten Haaren. »Was wollen Sie?«, fragte sie verwundert. Als sie Lydia von Kopf bis Fuß musterte, versteifte sie sich. »Wenn Sie von der Kirche kommen, können Sie gleich wieder gehen. Wir wollen hier keine Almosen.«

»Nein«, sagte Lydia hastig, »damit haben wir nichts zu tun. Sind Sie Mrs Marshall?«

Die Frau zog die Augenbrauen hoch. »Miss Marshall ist meine Schwester. Sie ist nicht hier, also müssen Sie sich Ihr Geld woanders suchen.« Sie machte Anstalten, ihnen die Tür vor der Nase zuzuknallen.

Um sie davon abzuhalten, trat Lydia einen Schritt vor. »Verzeihung, Madam, wir wollen kein Geld. Ein junger Mann hat mir eine höchst mysteriöse Mitteilung überbracht, die angeblich von Ihrer Schwester stammt. Darin stand, dass ich hierherkommen soll.«

Ein angeekelter Ausdruck huschte über das Gesicht der Frau. »Natürlich! Sie hält meine Wohnung für eine Art Zoo. Sie sind schon der vierte Besucher, der vorbeikommt, um sie anzuglotzen. Nun, wenigstens sind Sie eine Frau. Das ist immerhin ein Fortschritt.«

Sanburne gab ein ersticktes Lachen von sich. Lydia unterdrückte das dringende Bedürfnis, ihm den Ellbogen in die Rippen zu stoßen. »Wir wollen Sie nicht weiter stören, aber wenn Sie irgendeine Ahnung haben, wo sie sein könnte …«

»Nein, aber Sie kommen sowieso einen Tag zu spät. Ich habe sie gestern Abend rausgeworfen. Die wird sich hier nicht mehr blicken lassen.« Ihre Miene verdüsterte sich. »Ich wollte es ja gar nicht. Aber sie hat mir keine Wahl gelassen, so, wie die sich aufführt.« Sie verfiel in Schweigen, schien jedoch von dem Wunsch Abstand genommen zu haben, ihnen die Tür vor der Nase zuzuschlagen. Neugierig musterte sie Lydia. »Kann mir nicht vorstellen, was sie von Ihnen will. Sind Sie auch ganz sicher nicht von der Kirche?«

Jetzt lachte Sanburne ungeniert, was die Frau auf ihn aufmerksam machte; sie reckte den Kopf um die Tür, um ihn eingehend zu mustern. Als ihr seine Ringe auffielen, gab sie einen überraschten Laut von sich. »Und was hat Polly mit *Ihnen* zu schaffen?«

»Ich weiß es nicht«, sagte Lydia. »Anscheinend kannte sie einen Geschäftspartner meines Vaters, einen Mr Hartnett.«

»Ach, den kannte sie, möchte ich behaupten.«

»Vielleicht möchten Sie uns das näher erläutern«, schlug Sanburne mit einem charmanten Lächeln vor. »Aber vom Treppenhaus aus hat man nicht annähernd einen so schönen Blick wie aus Ihrer Wohnung, Mrs …«

Die Frau schnaubte verächtlich. »Mrs Ogilvie, und die Wohnung macht mehr Ärger, als sie wert ist: sieben Pfund im Monat für weniger Platz als in einem Mauseloch. Die können Sie gerne haben.«

Sanburne zog einen Geldschein hervor. Lydia schnappte beschämt nach Luft. Mrs Ogilvie betrachtete den Schein finster, als hätte er ihr ein Stück glühende Kohle angeboten. »Ich will

Ihr Geld nicht«, wehrte sie ab. »Ich bin nicht wie meine Schwester.«

»Sehen Sie es als faire Gegenleistung an«, schlug Sanburne vor. »Wir sind sehr verwundert darüber, warum Ihre Schwester Kontakt zu Miss Boyce aufnimmt. Wie sie schon sagte, war ihr Vater mit Mr Hartnett bekannt, aber wir verstehen seine Verbindung zu Ihrer Schwester nicht.«

»Nun. Was sie von *Ihnen* wollte, kann ich nicht sagen, aber ich weiß so einiges darüber, was sie von *ihm* bekommen hat.« Mrs Ogilvie blickte wieder auf den Geldschein. »Und sie hat mir wirklich die Haare vom Kopf gefressen.«

Lydia spähte an ihr vorbei in den kleinen, dunklen Raum. Er hatte eine Dachschräge, sodass an beiden Enden des Zimmers kaum genug Platz war, um sich hinzuhocken. Doch die Wohnung war sauber und ihre Bewohnerin um einen hellen, freundlichen Eindruck bemüht. Über ein Tischchen am Herd war ein Chintzlaken drapiert, ein weiteres lag über der Pritsche, die unter die Dachschräge geschoben war. Auf der Fensterbank stand ein Farn, der das bisschen Sonne in sich aufsog, das er abbekam. Und die Wände waren mit gerahmten Drucken geschmückt, von denen einige Berufsschönheiten zeigten. Kurzentschlossen sagte sie: »Ach, Sie haben ja ein Bild von Mrs Chudderley! Viscount, sehen Sie nur – sie hat ein Bild von Elizabeth an der Wand! Der Viscount ist sehr gut mit ihr befreundet«, teilte sie der Matrone in vertraulichem Ton mit.

»Viscount, sagen Sie?« Jetzt schwang die Tür ganz auf. »Ta-da! Was denkt sich Polly nur dabei, ihre Nase in Ihre Angelegenheiten zu stecken? Jetzt erzählen Sie mir nicht, dass sie Sie verärgert hat.«

»Durchaus nicht«, beteuerte Sanburne.

»Nun denn. Ich nehme an, Sie können es verschmerzen.« Sie nahm das Geld an sich. »Stolz macht sich nicht bezahlt, heißt es doch. Auch wenn es für Sie vielleicht ein schlechter Handel ist, denn die Geschichte ist recht einfach. Kommen Sie rein, aber der Tee ist alle und ich hab nur den einen Stuhl.«

In der Wohnung kämpfte Lydia gegen die Versuchung an, auf dem einzigen Stuhl Platz zu nehmen, doch Mrs Ogilvie bestand darauf, dass sie sich setzte, und räumte zu dem Zwecke eine Zeitung und eine hervorragende Zeichnung weg. Lydia äußerte sich wohlwollend darüber.

»Das hat meine Jüngste gemalt«, sagte die Frau stolz und reichte ihr das Bild, damit sie es sich besser ansehen konnte. »Ein ziemliches Händchen fürs Zeichnen. Und sie himmelt ihre Tante Polly an. Das da drauf ist Polly.«

Lächelnde Augen und ein belustigter Zug um die Mundwinkel. »Sie ist sehr hübsch«, sagte Lydia und war unerklärlicherweise ungehalten darüber.

Mrs Ogilvie zuckte gleichgültig mit den Achseln. »Großkotzig ist sie. Gott sei's geklagt – und Mary blickt deshalb auch noch zu ihr auf. Bereitet mir Sorge. Helles Köpfchen, meine Mary, aber mit demselben Talent wie ihre Tante, in Schwierigkeiten zu geraten.« Sie wedelte mit Sanburnes Geldschein. »Das behalt ich nicht für mich. Das kriegt Mary, und zwar alles. Aber jetzt zu meiner Schwester. Ich weiß nicht so recht, was ich Ihnen erzählen soll. Sie hat sich mir eigentlich nie anvertraut.«

Lydia wartete auf eine Reaktion von Sanburne, der sich jedoch damit zufriedenzugeben schien, sie reden zu lassen. Sie räusperte sich und bewegte sich zögernd auf gefährliches Terrain zu. »Sie kannten Mr Hartnetts Namen. Hat Miss Marshall … ihm nahegestanden?«

Mrs Ogilvie verzog ironisch die Mundwinkel. »Na, so kann man es auch nennen. Sprechen wir offen und ehrlich, oder müssen Frauen wie Sie wegen solcher Sachen immer erst einen Heidentanz aufführen?«

»Offen und ehrlich«, sagte Sanburne und zwinkerte Lydia zu. »Miss Boyce tanzt nicht gerne.«

Mrs Ogilvie sah sie an, als wollte sie ihre Entscheidung, sie reinzulassen, noch einmal überdenken. »Ein Jammer. Aber warum denn bloß?«

Lydia lief rot an. »Ähm …«

»Sie glaubt, sie kann es nicht gut«, erklärte Sanburne.

»Das habe ich nie gesagt«, schoss sie zurück, obwohl er natürlich recht hatte.

»Ach, Mädel! Da könnte ich mir aber schlechtere Partner vorstellen«, sagte Mrs Ogilvie mit einem kurzen, aber umfassenden Blick auf Sanburnes Figur. »Feier fröhlich im Mai, sage ich immer. Der Dezember kommt früh genug. Aber nehmen wir kein Blatt vor den Mund. Polly hat sich von Hartnett aushalten lassen.« Sie zuckte abgeklärt mit den Achseln. »An die elf Jahre lang. Haben schon vor dem Tod seiner Frau was miteinander angefangen und ihr Verhältnis danach weitergeführt. Er hat ihr eine Wohnung in St. John's Wood eingerichtet – so gut wie verheiratet, hat sie immer gesagt; wozu ist schon ein Ring gut? Aber als er starb, steckte sie in der Klemme. Nicht mal ein Penny für sie im Testament. *Dazu* ist ein Ring gut, sage ich. Schon nach zwei Tagen hat der Hauswirt sie dann vor die Tür gesetzt. Ich hab sie bei mir aufgenommen, ihr was zu essen und einen Schlafplatz gegeben. Aber als plötzlich diese Kerle vorbeikamen und sie belästigten, war das Maß voll. Ein scheußliches Pack war das. Eine Bande aus Betrügern und Dieben. Ich muss schließlich an Mary denken. Und gegen Reggie hatte sie auch plötzlich was. Das hat gestern Abend Probleme zwischen uns gegeben. Das kann ich natürlich nicht dulden, auch wenn sie meine Schwester ist.«

Lydia hatte sich auf ein einziges Wort fixiert. Im Vergleich dazu trat alles andere in den Hintergrund. »Diebe«, wiederholte sie leise. Konnten Miss Marshall und ihre Freunde sich Zugang zu dem Transport verschafft haben? Und wenn ja, dann wie?

»Oh ja. Sahen jedenfalls so aus.«

»Wusste Mr Hartnett, dass sie einen solchen Umgang pflegte?«

Mrs Ogilvie lächelte säuerlich. »Keine Ahnung, Miss. Aber die haben ihn ein paar Mal erwähnt. Klang so, als wären sie mit ihm ganz dicke. Nannten ihn Johnny.«

Schockiert lehnte sie sich zurück. Das passte alles nicht zusammen. Der alte Studienfreund ihres Vaters konnte doch nicht mit Kleinkriminellen auf Du und Du gewesen sein!

»Ich will Sie nicht beunruhigen«, fügte Mrs Ogilvie hinzu. »Ihr Vater hat damit sicher nichts zu tun.«

Zu Lydias Unbehagen klang diese Beteuerung schlicht und einfach heuchlerisch. »Natürlich nicht«, bekräftigte sie. »Haben Sie denn eine Ahnung, wo wir Ihre Schwester jetzt finden können?«

Die Frau seufzte. »Ich wünschte, die hätte ich. Ich habe ihr gesagt, dass Molly Malloy sie vielleicht bei sich aufnimmt. Sie waren früher mal befreundet. Aber bei Molly hat sie sich nicht blicken lassen. Fragen Sie vielleicht mal im Gin Palace am Ende der Gasse. Sie hatte ein paar Mal 'ne Fahne. Kann's ihr nicht so recht verdenken, wegen der schlimmen Zeit, die sie letztens durchgemacht hat. Sagen Sie mal …« Das galt Sanburne, während sie mit einem Nicken auf Mrs Chudderleys Foto deutete. »Erzählen Sie mir was über sie. Sie ist eine echte Augenweide. Versichern Sie mir, dass sie ein niederträchtiges, böses Ding ist. Denn wenn ihr Herz so gütig ist wie ihr Gesicht, verliere ich meinen Glauben an die Gerechtigkeit.«

Darüber könnte ich Ihnen so einiges erzählen, dachte Lydia.

»Leider Gottes«, sagte der Viscount, »kann ich Ihnen nichts

dergleichen sagen.« Lydia sah ihn ungläubig an. »Elizabeth ist der Liebreiz in Person.«

»Ha! Elizabeth, ja? Das klingt ja sehr vertraut. Hier bei uns wird ein Mann erst nach der Verlobung so dreist.« Sie wackelte anzüglich mit den Augenbrauen.

Lydia verdrehte die Augen und stand auf. Aber wenn Sanburne Notiz von ihrer Absicht nahm, sich zu verabschieden, ignorierte er das. »Wir sind sehr alte Freunde«, erklärte er. »Sie ist auf dem benachbarten Landsitz groß geworden.«

»Landsitz«, gurrte Mrs Ogilvie und sah dabei so ehrfurchtsvoll aus, als hätte er ihr das Geheimnis der Unsterblichkeit anvertraut. »Na, das ist ja was! Wahrscheinlich hat sie eine große, vornehme Kutsche und einen Schrank voller Kleider aus Samt und Seide.«

Der Boden fing an zu vibrieren. Erschreckt sah Lydia auf ihre Füße. Es war, als bewahrheiteten sich ihre schlimmsten Befürchtungen und das Haus stürzte gleich ein. Doch als das Beben anhielt, stellte sie fest, dass es von einem vernehmlichen Stampfen begleitet wurde. Jemand stieg die Treppe zur Dachkammer hinauf.

Während Sanburne und Mrs Ogilvie weiter über die großartige Elizabeth plauderten, drang ein Pfeifen durch die Wände. Bei diesem Geräusch geriet Mrs Ogilvies Freundlichkeit ins Wanken. »Ach, das ist Reggie! Er sollte eigentlich in der Werkstatt sein!«

»Ach ja?« Sanburne setzte seinen Hut wieder auf. »Dann verabschieden wir uns jetzt von Ihnen.«

»Sie können da nicht raus, dann begegnen Sie ihm auf der Treppe. Um diese Tageszeit ist außer mir niemand im Haus.« Mrs Ogilvie wurde kreidebleich. »Oh Gott! Er wird nur einen Blick auf Sie werfen und ganz bestimmt denken, dass ich wieder herumhure. Er wird nur einen Blick auf Ihre vornehmen Kleider werfen und versuchen, Sie umzubringen. Aus dem Fenster«, folgerte sie unvermittelt.

Lydia war immer noch schockiert von diesem Eingeständnis und hatte den letzten Teil gar nicht mitbekommen. Sanburnes stirnrunzelnder Blick zum Fenster hingegen entging ihr nicht. »Im Ernst?«, fragte er.

»Da ist eine kleine Leiter, die aufs Dach führt. Da draußen können Sie warten, bis er weg ist.«

Sanburne begab sich achselzuckend zum Fenster. Lydia, die inzwischen im Bilde war, hielt ihn am Arm fest. »Verzeihung! Ich klettere bestimmt nicht auf Dächern herum!«

Sanburne blieb stehen. »Nein?«

Die Matrone war eindeutig in Panik. Sie hatte die Matratze zurückgerissen und stopfte Sanburnes Geldschein darunter. »Da draußen ist es vollkommen sicher«, sagte sie aufgeregt. »An schönen Abenden gehen Mary und ich gerne da raus, um zu gucken, ob wir die Sterne sehen.«

»Ich könnte ihn auch einfach erschießen«, bot Sanburne an.

»Nein«, riefen Lydia und Mrs Ogilvie im Chor.

»Dann gehen wir jetzt auf Klettertour.« Er öffnete das Fenster. »Oh ja«, sagte er, als er über den Sims blickte. »Kommen Sie, Miss Boyce, da ist ein netter kleiner Balkon, auf den Sie springen können.«

Mit jeder Sekunde wurde das Pfeifen lauter. Die Versuchung, Sanburne allein loszuschicken, war groß. Eine Frau würde Reggie doch sicher nicht umbringen?

Ein grober Stoß in den Rücken ließ sie vorwärtsstolpern. »Beeilung«, schnaufte Mrs Ogilvie ihr ins Ohr. »Gott segne Sie, Miss, Beeilung!«

Und dann packte Sanburne sie an der Taille und hob sie nach draußen an die milde Frühlingsluft.

Sie blickte nach unten, zuckte zurück und stolperte direkt in seine Arme. Die Kinder, die das Knochenspiel spielten, sahen aus dieser Höhe winzig aus.

»Tun Sie das nicht«, sagte er sanft und stieg hinter ihr aufs Dach.

»Was soll ich nicht?«

»Sehen Sie lieber hierhin.« Er nahm ihre Hand und legte sie fest auf den Fensterrahmen. »Gehen Sie einfach nach rechts. Ich bin gleich hinter Ihnen. Kommen Sie, Miss Boyce, das ist ein Abenteuer.«

Ihre Knie zitterten so stark, dass sie sich fragte, ob sie sie tragen würden. Sie schlängelte sich an dem schmalen Gesims entlang – man konnte es beim besten Willen nicht als etwas so Gediegenes bezeichnen wie einen *Balkon* – bis zu dem Punkt, wo das Dachfenster endete und das Flachdach begann. Sie atmete tief durch, setzte den Fuß darauf und ließ sich prompt auf Hände und Knie fallen, um weiter vor bis zu einer Stelle zu kriechen, die sich in sicherer Entfernung zur Dachtraufe befand. Sie drehte sich gerade noch rechtzeitig um, um zu sehen, wie Sanburne ebenfalls das Schieferdach betrat. Hinter seinem Kopf erstreckte sich ein Meer aus Dächern: Gauben mit gesprungenen Fensterscheiben, Schornsteine, die merkwürdig schief vor einem gewaltigen und leeren Himmel balancierten.

Sie rutschte seitlich an eine Gaube heran. *Ein Abenteuer, durchaus*. Menschliche Wesen waren nicht dazu bestimmt, einen solchen Ausblick zu haben. »Das Dach wird unter unserem Gewicht zusammenbrechen.«

Sanburne ließ sich neben ihr nieder. »Es ist stabil genug für einen Elefanten, Miss Boyce. Was für ein Ausblick!«

Sie konnte ihm nicht beipflichten. Der Blick über die Stadt löste ein eigenartiges Gefühl in ihr aus. Er erinnerte sie an ein Spiel, das sie einmal in The Strand zum Verkauf gesehen hatte, ein bewegliches Modell des Londoner West End mit kleinen Brücken, Palästen und Häusern sowie einer Miniaturausgabe des Buckingham Palace und winzigen Kutschen, die man über die filigran gemalten Wege des Hyde Park schieben konnte. Doch dieses Elendsviertel hatte das Spiel ausgespart. So viele eng zusammengedrängte, baufällige Häuser. Sie hatte keine Ahnung, wie die Straßen hier in der Gegend hießen. Auch die Tausenden von Menschen, die hier hausten, hätten ebenso gut nicht existieren können, so wenig wusste sie von ihnen. Sie befanden sich hier zwar im Herzen Londons, doch für sie hätte es genauso gut Ägypten sein können. »Mrs Ogilvie kommt sicher nicht hier hoch, um nach den Sternen zu sehen«, murmelte sie. Beim Anblick dieses dunklen, unübersichtlichen Stadtgebiets musste ihr ihre Dachkammer wie der reinste Palast vorkommen – wie ein Bollwerk gegen die Flut aus Armut, die sich vor ihnen ausbreitete.

»Nein«, stimmte ihr Sanburne leise zu. »Das glaube ich auch nicht.«

»Das ist nicht gerecht«, setzte sie an und verstummte sofort wieder. Es war eine kindische Bemerkung, und er würde sie fraglos dafür auslachen.

Sein Haar streifte ihre Wange, als er den Kopf zu ihr wandte. Sein Atem wärmte ihren Hals, als er sprach. »Sie sehen wütend aus«, bemerkte er. »Hoffentlich nicht auf mich.«

»Ich bin nicht wütend«, gab sie steif zurück. Sie war verlegen, wenn ihr der Grund dafür auch schleierhaft war. »Ich verstehe nur nicht, warum wir aus dem Fenster klettern mussten.«

»Vorschrift der Gastgeberin, Schätzchen. Es wäre schlechtes Benehmen, sich mit ihrem Mann zu prügeln.«

Ihr Blick fiel auf eine Taube. Sie hätte nie erwartet, dass sie einmal eine solche Kreatur beneiden würde, doch ihr souveränes Hüpfen über die Dachschindeln löste in ihr den dringlichen Wunsch nach dem Luxus aus, Flügel zu haben. »Ich habe Höhenangst.«

»Ich würde Ihnen ja versichern, dass ich Sie nicht fallen lasse«, sagte er. »Aber vielleicht sollte ich das lieber nicht.«

»Ich hoffe, das soll nicht heißen, dass Sie mich herunterschubsen wollen!«

»Das heißt, dass Angst ihre eigenen Freuden mit sich bringt.«

Sie warf ihm einen irritierten Seitenblick zu, doch auf diesen Unfug fiel ihr beim besten Willen keine Antwort ein.

»Beachten Sie nur den wunderbaren Effekt«, schwärmte er. »Ich habe den Arm um Ihre Taille geschlungen, und Sie haben es nicht einmal bemerkt.«

Bestürzt blickte sie an sich herab. Er hatte recht. Aber für seinen Arm war sonst auch kein Platz. »Das ist keine Freude, sondern eine Notwendigkeit.«

Er lachte. »Wie erniedrigend. Aber wenn ich meine Hand weiter nach oben schiebe …« Er ließ sie langsam aufwärtsgleiten.

Mit aufgerissenen Augen hielt sie die Luft an. Der Schuft würde gleich …

»Et voilà«, sagte er. »Nicht im Geringsten notwendig.«

Seine Finger ruhten auf einem Teil ihrer Anatomie, die zu berühren er keinerlei Recht hatte.

»Und jetzt«, raunte er ihr ins Ohr. »Jetzt können Sie zu Recht behaupten, dass ich die Situation schamlos ausnutze. Oder …« Seine Finger zogen sich leicht zusammen und umfassten sie. »Sie können meinen Einfallsreichtum loben. So oder so denken Sie jetzt nicht mehr ans Runterfallen.«

9

Lydia saß da wie erstarrt: weniger vor Empörung, sondern eher, weil sich das plötzliche Pulsieren in ihr als gefährlich für ihr Gleichgewicht erwies. Nur zwei Stoffschichten trennten seine Hand von ihrer Brust. Die Sonne schien angenehm warm aufs Dach, die Taube gurrte leise und flatterte davon. Und seine Finger bewegten sich streichelnd auf ihr, worauf sich ein sehr unangemessener Körperteil von ihr zusammenzog und deutlich sichtbar wurde.

»Es scheint Ihnen zu gefallen«, stellte er fest.

Sein Tonfall war so sanft, dass diese Bemerkung sich genauso gut auf ihre Reaktion auf ein Blumenarrangement hätte beziehen können. Doch als ihr klar wurde, was er damit meinte, wurde sie puterrot. Sie räusperte sich und sagte leise: »Ein kaltes Bad hat dieselbe Wirkung.«

Sein entzücktes Lachen strich sanft über ihren Hals. »Sie sind *so* amüsant«, schnurrte er. »Wenn ich meine Lippen dort hinlegen darf, überzeuge ich Sie vom Gegenteil.«

Sie brauchte nicht erst überzeugt zu werden. Sie spürte den Unterschied nur allzu gut. Von einem kalten Bad bekam man einen klaren Kopf, während seine Berührung ihr Urteilsvermögen trübte und ihren ganzen Körper wärmte. *Ich könnte mich bei ihm anlehnen*. Sogar auf einem Dach kam er ihr stark und in sich gefestigt vor. Woher hatte er dieses Selbstvertrauen? Natürlich hatten seine Herkunft und sein Geschlecht ihm gewisse Privilegien beschert. Aber es war mehr als das. Er stand ständig unter Beobachtung. Die Zeitungen analysierten jeden Unfug, den er sich einfallen ließ. Und dennoch ertrug er diese Aufmerksamkeit, als ginge sie ihn kaum etwas an. Sie konnte sich nicht vorstellen, dass er je auf einer Türschwelle stehen blieb und vor lauter Angst, gewogen und für zu leicht befunden zu werden, zögerte. Wenn ihn jemand schnitt, lachte er nur darüber. So unerschrocken und selbstsicher zu leben und nichts auf die Meinung anderer zu geben … nun, das musste ein völlig anderes Leben sein. Keinerlei Unsicherheit. Gefeit gegen Hohn und Spott. Bei solcher Freiheit stand einem die ganze Welt offen!

Sie würde sich bei ihm anlehnen, dachte sie. Nur einen kurzen Augenblick, hier oben, wo es niemand sehen würde. Seine Schulter fühlte sich unter ihrer Wange warm an, er roch nach Seife und Bergamotte. Ihn auf diese Art zu berühren, zählte nicht. Er rückte keinen Millimeter von ihr ab. Als sie den Kopf an ihn lehnte, änderte sich seine Atmung nicht.

Nach einer Weile fragte er: »Immer noch Angst?«

Sie konzentrierte sich auf ein Paar zerfledderte Vorhänge weiter weg. Der gelbe Gardinenstoff war einmal voller Hoffnung ausgesucht worden, inzwischen jedoch durch den Rauch von Kohle verblasst und hing nur noch in Fetzen herunter.

Sie seufzte. Man ignorierte normalerweise, dass diese Gegenden existierten. Man tat das, um sich selbst davon zu überzeugen, wie weit das eigene Leben von solchen Zuständen entfernt war. »Natürlich habe ich Angst«, sagte sie leise. »Ich habe immer vor irgendetwas Angst.« War das als Frau nicht ihre Pflicht? Wenn es nicht die Angst um den eigenen guten Ruf war, dann um den ihrer Schwestern. Wenn es nicht die Angst um Papas Projekt war, dann um Anas Zukunft. Oder die Angst vor den kritischen Blicken, die auf ihr ruhten, egal, wohin sie ging. Immer gab es irgendetwas, worauf man achtgeben musste.

Gab es da einen sichereren und unsichtbareren Aufenthaltsort als ein Dach? Sie entspannte sich. Sein Schweigen empfand sie als angenehm. Das Sonnenlicht war weich, von Wolken gedämpft, und es wehte ein laues Lüftchen. Hier oben, wo ihr nichts anderes übrig blieb, als zu warten, könnte sie vielleicht aufhören – nur einen kurzen Augenblick –, sich ständig Sorgen zu machen.

Seine Hand lag noch auf ihrer Brust, doch seine Finger hielten jetzt still. Die anfangs so erregende Berührung fühlte sich nun tröstlich an. Als beruhigte er sie damit. In ihren Gliedern breitete sich ein wohliges Gefühl aus. Sie ließ den Kopf an seine Schulter sinken. »Was meinen Sie?«, fragte er. »Wovor haben Sie Angst?«

Darauf konnte sie nicht antworten. Sie wollte nicht mehr reden. Es war friedlich hier oben, im späten Frühlingslicht. Plötzlich wurde ihr die Ironie des Ganzen bewusst. »Nicht so wichtig.«

Minuten verstrichen. Ihr kam eine Frage in den Sinn. »Woher stammten die Blutergüsse, die Sie an jenem Abend bei den Stromonds im Gesicht hatten?«

Seine Finger zogen sich kurz zusammen – ein Reflex, dachte sie, die Frage hatte ihn überrascht. »Hätten Sie mich das auf festem Untergrund gefragt, hätte ich zweifellos geantwortet, dass Tollpatschigkeit bei uns in der Familie liegt. Dass wir stets irgendwelche Treppen hochfallen, über Bordsteine stolpern und gegen Türgriffe laufen.« Er verstummte. »Doch in Wahrheit boxe ich. Sogar ganz hier in der Nähe.«

»Das muss wehtun.«

»Ja«, sagte er. »Das ist Sinn und Zweck des Ganzen.«

Er sprach nicht nur vom Boxen. Das verstand sie. »Sie treiben alles bis zum Äußersten«, sagte sie. »In jeder Beziehung. Sie sind der unkonventionellste Gentleman, den ich je getroffen habe.«

»Ein Gentleman? Ich dachte, ich wäre ein Flegel.«

»Sie sollten nicht zu stolz darauf sein.«

»Das bin ich gar nicht«, sagte er leise. »Aber ich muss so tun, als ob. Vor allem Sie sollten das wissen. Ich muss eine Rolle spielen, genau wie Sie.«

Allerdings. Er hatte recht. Sie sollte nicht hier sitzen und seine Berührung tröstlich finden. Die angemessene Reaktion wäre Wut, Empörung und später vielleicht Selbstvorwürfe, weil sie sich überhaupt in diese Situation begeben hatte. »Es ist sehr anstrengend«, flüsterte sie.

»Ungemein.« Und dann, nach einer Weile: »Warum haben Sie Angst, Lydia?«

Seltsam, ihren Namen aus seinem Munde zu hören und festzustellen, dass sie keinerlei Bedürfnis verspürte, dagegen zu protestieren. Wie konnte sie auch? Sein Körper hatte sich angespannt, als er von den Schmerzen gesprochen hatte. Und selbst, wenn sie es nicht ganz verstand, wusste sie doch, dass er ihr ein Stückchen Wahrheit geschenkt hatte, was ihm ganz offenbar schwergefallen war.

Es wäre schön gewesen, ihn dafür mit einer eigenen Wahrheit zu belohnen. Doch was konnte sie ihm schon sagen? Ihre Sorgen waren prosaisch. Jede unverheiratete Frau fortgeschrittenen Alters teilte sie. Ihre wissenschaftlichen Artikel brachten ihr nur einen Hungerlohn ein. Papa erübrigte ihr so viel Geld, wie er konnte, doch den Großteil seiner Gewinne steckte er wieder in sein Projekt. Er würde ihr nach seinem Tod kein Vermögen hinterlassen. Was würde dann aus ihr? Mein zukünftiges Leben, dachte sie düster: als arme Verwandte, unerwünschte finanzielle Bürde, ein Gesicht, das bei Abendgesellschaften sehnsüchtig durchs Treppengeländer lugte, während die reizenden Gäste unten tanzten und lachten. Unverheiratete Tante von Anas zukünftigem Nachwuchs. Oder noch schlimmer, für den von Sophie und George. Wäre das nicht großartig? Kindermädchen und Gouvernante in einem, ausgehalten durch die widerwillige Großzügigkeit des Mannes, den sie einst zu lieben geglaubt hatte. Unbezahltes Dienstmädchen in dem Haus, das sie einmal ihr Eigen nennen wollte.

Natürlich machte sie sich Sorgen. Wer an ihrer Stelle würde das nicht?

Doch die Vorstellung, derartige Gedanken zu äußern, stieß sie ab. Das würde nur dazu dienen, sie als ein weiteres Beispiel jener bedauernswerten Spezies einzuordnen: die der gebildeten, aber mittellosen alten Jungfer. Alles in ihr schreckte vor der Vorstellung zurück, sich als so typisch zu betrachten. Ich bin eitel, dachte sie. Aber sie konnte nicht anders. Als Kind war sie wie betört vom Staunen über die Welt, gespeist von Papas Ermutigung ihrer Lernfreude, und hatte sich ein besonderes Leben erträumt. Gelobt und geliebt zu werden, respektiert und bewundert. Doch die Welt hatte wenig Verwendung für eine Frau, die nichts als einen scharfen Verstand vorzuweisen hatte. Wenn die Leute sie jetzt beachteten, dann nicht aufgrund ihres Verstandes (*die Kompetenz, mit der Sie diese höchst anstrengende Rolle übernommen haben* – oh, wie mitleidig George das gesagt hatte!), sondern weil sie als abschreckendes Beispiel für Debütantinnen diente. *Werdet nicht größenwahnsinnig*, flüsterten Mütter ihren Töchtern zu, wenn sie im Ballsaal an ihr vorbeischlenderten. *Man soll den Tag nicht vor dem Abend loben. Ihr wollt doch nicht so enden wie sie.*

Wie konnte sie mit ihm über diese Dinge sprechen? Was verstand er schon davon? Es würde ihn nur langweilen. Zudem kamen ihr, jetzt, wo sie hier saß und die gewaltige gesichtslose Grausamkeit Londons betrachtete, ihre Klagen beschämend vor. Man musste sich nur diese armseligen Behausungen ansehen! Keine besondere Beachtung würde sie davor bewahren. Bei ihrem Anblick kam es ihr in höchstem Maße kindisch vor, nach mehr zu verlangen. Sie sollte lieber dankbar sein. Sie konnte von Glück sagen, zu Hause bei ihren Schwestern einen sicheren Platz zu haben. Diese Wut hingegen, diese sich verschlimmernde Verzweiflung – sie wusste nicht, wie sie damit umgehen sollte.

Der unheilvolle Horizont warnte sie davor, wohin ihr Ehrgeiz sie führen könnte.

Was hätte sie gesagt, wenn sie offen mit ihm hätte sprechen können? Es hätte keinen Sinn ergeben. *Sanburne, ich habe Angst vor mir selbst.*

»Ich spüre, wie Ihr Herz rast«, murmelte er.

»Ja«, sagte sie unsicher. Für ihn war es so einfach, freiheraus zu sprechen. Er war ein Mann, dem alle Türen offen zu stehen schienen, dessen Nichterscheinen stets auffallen würde. Der nicht überall, wohin er blickte, mögliche Konsequenzen sah. »Was ist schon dabei? Sie spielen mit mir.« Der ihr Möglichkeiten eröffnete, die sie nicht annehmen konnte, nicht annehmen durfte.

»Man könnte mein Verhalten auch anders bezeichnen. Aber vielleicht sind Sie nicht weltgewandt genug, um das zu erkennen.«

Da war sie wieder: die Unterstellung, dass ihre Zurückhaltung Naivität geschuldet war, und nicht dem genauen Gegenteil. »So behütet bin ich gar nicht«, sagte sie leise. »Ich war sogar schon in Ägypten. Meine Schwestern nicht, aber ich war dort. Vor ein paar Jahren, kurz vor der Bombardierung Alexandrias, hat mein Vater mich dazu eingeladen.« Und sie war bereitwillig mitgefahren, um ihrer Schmach zu entfliehen. Sie hatte die Hochzeit ihrer Schwester verpasst und die Vorbereitungen Tante Augusta überlassen, weil sie es schlicht nicht ertragen konnte, dem Bräutigam in die Augen zu sehen. Das hatte Sophie ihr nie verziehen.

»Wirklich?« An seinem neutralen Ton erkannte sie, dass ihr abrupter Themenwechsel ihn verwirrte. »Ich selbst war auch erst diesen Winter dort.«

»Als Tourist?«

»Ja, natürlich. Sie nicht?«

»Nein«, sagte sie. »Ich habe Kairo nie gesehen, oder den zweiten Katarakt, nichts dergleichen. Eigentlich nur Alexandria. Mein Vater hat dort ganz in der Nähe gearbeitet. Ich habe zwei

Monate im Hotel de l'Europe gewohnt.« Und fast die ganze Zeit geweint. Sie hatte sich in dem schrecklichsten, abscheulichsten Selbstmitleid gesuhlt. Es hatte sie noch lange Zeit geärgert, wenn sie daran zurückdachte.

»Wie schade.« Seine Finger nahmen die rhythmische Bewegung wieder auf – ein zartes Streicheln über ihre Brustwarze. »In Alexandria gibt es nicht viel zu sehen«, sinnierte er, »wenigstens im Vergleich zum Rest des Landes. Die Pompeiussäule natürlich.« Er kratzte mit dem Fingernagel über den Stoff. »Die Nadeln der Kleopatra.«

»Und die Stadt selbst.« Ihre Stimme war belegt. Auf andere Weise würde sie nicht eingestehen, dass sie seine Liebkosung zur Kenntnis nahm. Wenn sie es ansprach, müsste sie eine Entscheidung treffen.

»Die Stadt selbst?« Seine Hand hielt inne. »Ich erinnere mich nicht besonders deutlich daran. Wir sind dort gelandet und ich war müde von der Reise. Hässlich, das ist alles, woran ich mich erinnere.«

»Sie erinnern sich nicht einmal an den Geruch?«

»Ein Sumpf.« Seine Finger nahmen die Bewegung wieder auf, und ein leiser Seufzer entfuhr ihr. Er belohnte sie mit einem härteren Streicheln, einer wachsenden Aggression. »Am Rand der Stadt ist ein Sumpf. Er hat gestunken.«

Sie stieß ein leises Lachen aus. »Nein, hat er nicht. Er hat nach Salzwasser gerochen, und nach Gewürzen, und Akazien. Mir war bis dahin nicht klar, dass Akazienblüten duften. Wussten Sie das? Aber natürlich tun sie das: Sie duften süß.« Sie drehte ihr Gesicht wieder an seine Schulter und atmete seinen Geruch ein. Er war nichts für sie, so viel war klar. Aber er roch köstlich, und seine Gedanken waren bei ihr, genau wie seine Hand. Er dachte an keine andere. »Ich nehme an, Sie haben sich auch nicht die Mühe gemacht, sich länger im Hafen aufzuhalten.«

Er zog sich nur so weit zurück, dass sie zu ihm aufsehen musste. Aus solcher Nähe waren seine Augen geradezu außergewöhnlich. Die silbernen Regenbogenhäute zerflossen um seine Pupillen zu einem Ring aus Gold. »Der Hafen?«, wiederholte er leise, seine Lippen nur einen Hauch von ihr entfernt.

»Sie waren müde.« Sie flüsterte es. »Und der Hafen ist angeblich sehr hässlich. Aber der Großteil unseres Zuckers wird von dort verschifft. Wussten Sie das?«

Zwischen seinen Brauen erschien eine Falte. »Vermutlich.«

»Und wahrscheinlich auch ein Teil der Baumwolle, die Sie und ich am Körper tragen. Doch damals haben Sie wahrscheinlich nicht daran gedacht. Sie waren bestimmt mit den Gedanken schon in Gizeh oder haben Ihr Hausboot für die Nilfahrt organisiert. Aber jetzt, wo ich es Ihnen gesagt habe …« Sie wich seinem Blick aus und starrte auf den verrauchten Horizont. »Nun, jetzt werden Sie den Hafen bestaunen. Und nächstes Mal, wenn Sie an einer Akazie vorbeikommen, bleiben Sie vielleicht stehen und schnuppern aus reiner Neugier daran.«

Er hielt ihr Kinn fest und drehte ihr Gesicht zu ihm. »Sie wollen mir irgendetwas sagen«, sagte er ruhig. »So viel ist klar. Aber ich fürchte, Sie müssen Erbarmen mit einem weniger komplexen Gehirn haben.«

Ungehalten versuchte sie ihn abzuschütteln. »Daran ist nichts komplex. Ich weise Sie nur darauf hin, dass es leicht ist, Dinge zu ignorieren, die alltäglich erscheinen, bis das Alltägliche zu etwas … schwer Fassbarem wird. Doch dann kommt es einem plötzlich sehr interessant vor, wenigstens für kurze Zeit.«

Seine Mundwinkel zuckten belustigt. »Warten Sie. Sie glauben, ich interessiere mich für Sie, weil ich Sie … alltäglich finde?«

»Ich glaube, Sie finden es unbegreiflich, dass eine Frau wie ich in der Lage sein könnte, Ihnen zu widerstehen.« Das war ihr Hauptargument, der Schlüssel dafür, ihn zu vertreiben: ihn wissen zu lassen, wie genau sie ihn durchschaute. Kein Mann war gern leicht zu durchschauen. »Sie wollen das Rätsel knacken. Das ist ein sehr langweiliges Motiv. Und mein Desinteresse ist auch nicht rätselhaft. Ich gehöre nicht zu den Frauen, die sich von den Aufmerksamkeiten eines eitlen, faulen Dilettanten geschmeichelt fühlen.«

Er überraschte sie mit einem Lächeln. »Eine Frau wie Sie? Was für eine Frau soll das sein, frage ich mich?«

»Eine gebildete«, sagte sie. »Sachlich. Fokussiert. Ohne meinen Widerstand würden Sie mich nicht besonders interessant finden. Nennen Sie mich eine trockene Gelehrte, wenn Sie wollen. Jemand, der seine Würde und seinen Stolz wertschätzt und sich nicht von einem hübschen Gesicht beeinflussen lässt.«

»Oh, ich glaube, es beeinflusst Sie durchaus, Lydia. Ich glaube sogar, Sie lassen sich so sehr beeinflussen, dass Sie sich nicht dazu durchringen können, meine Hand wegzustoßen.«

Ihr Vorname gefiel ihm. Das war schon das zweite Mal, dass er sie damit angesprochen hatte. *Ich werde nicht anfangen zu zählen*. »Aber das sollte ich«, sagte sie, mehr zu sich selbst als zu ihm.

»Und das ist ein Großteil Ihres Charmes«, murmelte er. »Sie kennen die Regeln nur allzu gut. Aber Sie halten nicht viel davon, nicht? Warum sollten Sie sonst hier sein? Und machen Sie mir nicht weis, dass Sie Ihrem Vater zuliebe nach St. Giles gekommen sind.«

Ihr fiel sein zartes Lächeln auf. Es erschien ihr schrecklich intim, als sähe er die Gedanken, die ihr durch den Kopf gingen, und könnte sie nachvollziehen. *Ausgerechnet er!* Dieser leichtfüßige, wunderschöne Wahnsinnige. »Natürlich bin ich wegen Papa hier.« Es spielte sicherlich eine Rolle.

Aber vielleicht nicht nur das.

Er fixierte sie, als wartete er darauf, dass sie weitersprach.

Doch als sie schwieg, sagte er achselzuckend: »Ob Sie es glauben oder nicht, ich weiß, wie das ist. Eingeengt zu werden.«

Sie lachte gezwungen. »Sie? Was können Sie denn nicht tun, Sanburne? Sie leben Ihre Gefühle doch permanent aus.«

»Und Sie kämpfen gegen Ihre an«, sagte er. »Aber nicht mit Freude, glaube ich.«

In ihr stieg eine Panik auf, deren Intensität ihr unverhältnismäßig erschien, unlogisch. Er schlug sie mit ihren eigenen Waffen und erzielte auch noch bessere Resultate. Sie konnte es nicht ertragen, dass ihr Inneres nach außen gekehrt wurde. Nicht von ihm. Nicht auf diese Art. Es gab keinerlei Möglichkeit, ihm zu entkommen – sie hatte nicht einmal Platz genug, um die Hände zu heben und sich die Ohren zuzuhalten. »Sie kennen mich nicht. Maßen Sie sich nicht an, das zu glauben. Ich bin keine Romantikerin, Sanburne. Im Gegensatz zu Ihnen hat es für mich Konsequenzen, wenn ich erwischt werde.«

Er beugte sich ganz nah zu ihr, und seine Worte klangen wie eine Herausforderung. »Was für Konsequenzen? Hier, auf dem Dach? Wovor haben Sie solche Angst, Lydia?« Er verstummte. »Haben Sie Angst, dass ich recht habe? Oder haben Sie einfach nur Angst vor mir?«

Ich habe Angst davor, was ich mit Ihnen tun werde, wenn Sie mich weiterhin dazu ermutigen.

Sie wandte das Gesicht wieder zum Horizont. Genug davon. Genug!

»Keine Antwort? Na schön.« Er erhob sich.

»Wohin wollen Sie?«

Er griff nach ihren Händen. Sie ließ sich nur von ihm hochziehen, weil sie befürchtete, über den Dachrand zu taumeln, wenn sie Widerstand leistete und er sie dann losließ. »Worte sind ja gut und schön«, sagte er, »aber ich stimme Ihnen zu: Es gibt wirksamere Methoden, Stellung zu beziehen. Schließen Sie die Augen.«

»Was? Warum?«

»Tun Sie's«, beharrte er seelenruhig.

»Ich werde herunterfallen!«

Seine Hand glitt zu ihrer Taille. »Vertrauen Sie ausnahmsweise einmal auf Ihren Körper. Ihr Intellekt wird es Ihnen verzeihen.«

»Vertrauen? Daran glauben Sie doch selbst nicht.«

»Das stimmt nicht. Ich sagte, man muss es sich verdienen. Und ich werde mir Ihres verdienen, Lydia. Schließen Sie die Augen.«

Ach, sie wusste genau, was er vorhatte. Und sie würde das nicht mitmachen. Sie würde die Frau sein, die sie ihm geschildert hatte: eine Frau mit Würde und Zurückhaltung. »Würde« war vielleicht ein zu kaltes Wort. Früher hatte sie sich selbst gern als leidenschaftlich gesehen, verliebt in ihre Bücher, von Geschichte berauscht, fasziniert von der weiten Welt, von allen Völkern der Erde. Wissbegierig war das Gegenteil von langweilig, hatte sie geglaubt. Es bedeutete, sich so sehr für etwas zu interessieren, so wahnsinnig neugierig auf etwas zu sein, dass man nicht darauf warten konnte, bis die Antworten von selbst kamen, sondern ihnen auf die einzig mögliche Weise nachjagen musste.

Doch ihre Augen hatten sich geschlossen. Nur ein einziges Mal. Auf dem Dach. So war es leichter für sie – als ob sie träumte. Er hatte recht. Von so weit unten sah ihnen niemand zu. Hier war sie für ihr Handeln nicht verantwortlich; sie konnte sich nur der Vorstellungskraft unterwerfen. Sie konnte sich einbilden, dass es eine Fantasie war, seine Lippen auf ihrem Hals, seine Zunge, die die Kontur ihres Kiefers nachzeichnete. Es war sehr lange her, seit sie etwas Unüberlegtes und Selbstsüchtiges getan hatte, und wenn sie es jetzt einmal tat, hieß das noch lange nicht, dass sie es wieder täte. Der zarte Biss an ihrem Hals ließ sie nach Luft schnappen und sich fester an seine Schultern klammern. Sie konnte sich nicht vorstellen, warum ein kaltes Bad reizvoller sein sollte als seine Hand auf ihrer Brust. Am liebsten hätte sie ihm das eingestanden. Sie wusste, wie seine Reaktion ausfallen würde: Er würde lachen und sie dafür loben. Er war ein Wahnsinniger, der zweifelsohne »schwarz« sagte, wenn alle anderen »weiß« sagten, nur um anders zu sein. Doch er mochte diese Seite an ihr. Sie gefiel ihm, diese Seite, die beiseitezuschieben sie sich so sehr bemühte, die Worte hervorbrachte, die sie nicht einmal denken sollte, ganz zu schweigen davon, sie laut auszusprechen. Nicht sagen durfte, außer in Gesellschaft von Menschen wie ihm. George hatte sie zwar gebeten, offen mit ihm zu sprechen, hatte ihr aber im Grunde gar nicht zuhören wollen. Sanburne schon. Und genau das machte ihn für sie so gefährlich.

Das machte ihn für sie so attraktiv.

Seine Hand drückte jetzt auf ihren Schenkel. Er zog ihre Röcke hoch und seine Finger hakten sich in den Stoff und schoben ihn Stück für Stück weiter nach oben. Durch ihre Strümpfe spürte sie eine kühle Brise über ihre Waden streichen. »Sie *müssen* mir einfach erlauben, Sie zu verführen, Miss Boyce.« Er sprach jetzt an ihren Lippen, mit einer Stimme, die ganz heiser geworden war. »Wir könnten uns so gut amüsieren, Sie und ich.«

Sie war verwirrt. »Wenn das hier keine Verführung ist, was ist es dann?«

»Ein höchst angenehmes Vorspiel.«

Ihre Lippen verzogen sich spöttisch. »Nehmen es alle Casanovas mit ihren Klassifizierungen so peinlich genau?«

»Vermutlich fehlt es ihnen an wissenschaftlicher Inspiration.« Sein Mund legte sich über ihren, während seine Zunge den Rand ihrer Lippen umspielte, was sie dazu veranlasste, sie zu öffnen. Seine Zunge schmeckte süß, in keiner Weise wie ein Fehler. Er verlagerte sein Gewicht, um ihre hochgerafften Röcke gegen die Wand zu drücken. Währenddessen glitten seine Finger an ihrem Strumpfband vorbei und an ihrem Schenkel entlang, um durch den dünnen Stoff ihrer Unterhose einen heißen, köstlichen Druck auszuüben. An diesen Stellen hatte sie noch nie die Berührung eines anderen gespürt; sie hatte sich bisher kaum selbst dort berührt. Solche Körperteile waren angeblich tabu. Doch ihr Körper protestierte nicht, sondern empfing seine Liebkosungen mehr als nur wohlwollend.

Seine Finger fanden sie, wo sie am feuchtesten war. Seine Hand umschloss sie zwischen den Beinen und gab ihr so eine weitere Möglichkeit, das Gleichgewicht zu halten. Mit dem Dach im Rücken und seiner Hand zwischen ihren Schenkeln fühlte sie sich sicher, geerdet, frei. Ihre Hüften schoben sich nach vorne und seine Handfläche stieß härter dagegen. Schamlos, dachte sie vage, distanziert. Und dann, als er den Schlitz in ihrem Schlüpfer fand und seine Finger ihr nacktes Fleisch berührten, durchfuhr sie ein Verlangen, das ihr Konzept von Schamlosigkeit ganz neu definierte: Er hatte die Stelle gefunden, wo sie ihren Ursprung hatte. Gleich, wenn er sie weiter so rieb, mit so beharrlichen Fingern, an einen Teil von ihr stieß, dessen Bezeichnung auszusprechen sie sich nicht einmal durchringen konnte, doch den er *berührte*, den er offensichtlich besser kannte als sie selbst …

»Ah«, keuchte sie.

»Gut«, flüsterte er an ihrem Mund. »Lauter.«

Seine Finger schoben sich jetzt *in* sie – ein leichtes Brennen, ein klitzekleines Unbehagen, das den Liebkosungen seines Daumens weiter oben eine köstliche Schärfe verlieh. Ihr Körper zuckte einmal, während sie ein großer Schwall aus Gefühlen überkam, unverfälschte Gefühle, von allen Gedanken unverdorben, die man mit Sprache ausdrücken konnte. Und dann zersplitterten Vorsicht, Bedenken, alles in ihr, und ihre Hüften hoben sich in einer Kontraktion, die so stark war, dass ihre Knie nachgaben. Seine Hand fing sie auf, sein Arm umschlang ihre Hüften, und er hielt sie fest, als sie ihn in die Schulter biss.

Ich bin ruiniert.

Nach einer Weile, in der sich ihre Atmung wieder beruhigte, ging ihr auf, dass sie sich ihm irgendwann entziehen musste. Die Vorstellung, ihm wieder in die Augen sehen zu müssen, warf einen drohenden Schatten voraus, entsetzlich, beschämend. Aber … war es das denn überhaupt? Ein Geheimnis über sich selbst zu erfahren – ein Geheimnis wie dieses, so wesentlich und elementar, aber gewaltig genug, sie zu überraschen und zum Zittern zu bringen – und das noch in ihrem Alter. Hätte sie weiter den Angsthasen gespielt, hätte sie beschlossen, sich von ihm abzuwenden, hätte sie es nie erfahren. Fremde, Geistliche, finster blickende Grandes Dames, alle anständigen Mitglieder der feinen Gesellschaft wären sich darin einig: Ihr Körper sollte ihr fremd bleiben. Doch sein Körper hatte sie miteinander bekannt gemacht. Er war alles andere als anständig, und sie dankte Gott dafür.

Tränen brannten in ihren Augen, und sie holte zitternd Luft. Nein, sie würde es nicht bereuen.

Er stupste sie an, ein leiser Wink. Seine Hand löste sich von jener empfindlichen Stelle, was ihr einen unwilligen Ausruf entlockte, und legte sich auf ihre Schulter, um sie sanft zurückzudrücken. »Lydia«, sagte er. »Jetzt wirst du mir hoffentlich glauben, wenn ich dir sage, dass du wunderschön bist.«

Sie holte tief Luft. Sie würde ihm ins Gesicht sehen, dachte sie, und ihn bitten, es ihr noch einmal zu sagen, während sie ihm in die Augen sah. Und dann … vielleicht …

Von unten ertönte ein Schrei.

Sie fuhr zusammen. »War das Mrs Ogilvie?«

Sanburne drehte sich um, sodass sie sein Gesicht jetzt im Profil sah, und blickte in die Richtung, aus der der Schrei gekommen war. »Ich glaube ja.«

Ein weiterer Schrei drang zu ihnen. Und das Klirren eines

Gegenstandes, der in der Dachkammer zerbrach. Was besaß Mrs Ogilvie, das man zerbrechen konnte? So wenig.

»Bleib hier«, sagte Sanburne. Mit einem Riesenschritt trat er an das Sims, hielt sich am Rahmen des Dachfensters fest, schwang sich hindurch und ward nicht mehr gesehen.

Sie wollte ihm schon nach, als ihr unvermittelt einfiel, dass sie sich weit über dem Boden befand, ohne Flügel, die sie auffangen würden. Sie atmete zitternd aus und trat zurück an die Dachgaube. Ihre Glieder zitterten und bebten wie die eines Aufzieh-Spielzeugs, das langsamer wurde und schließlich stoppte.

Tja.

Mit zitternden Händen strich sie sich die Röcke wieder glatt. Sie hätte gedacht, ein Casanova wüsste, dass es bessere Methoden gab, einer Frau den Hof zu machen, als sie zu verführen und dann oben auf einem Hausdach sitzen zu lassen.

Sie konzentrierte sich auf die Vorhänge gegenüber und zählte ihre schnellen, flachen Atemzüge. Der Himmel verdunkelte sich jetzt, und das Licht trübte sich, als Wolken anrückten. Er hatte sie *dort* angefasst. Sie hatte es zugelassen. Es war … herrlich gewesen.

Wenn es regnete, hätte man auf dem Dach bestimmt nur noch einen sehr unsicheren Halt.

Sie hatte gerade bis zwanzig gezählt, als ein weiterer Schrei ertönte, gellend und von einer Frau. »Sie bringen ihn noch um!«

Sie kaute auf den Fingernägeln. Ihre Zukunft blitzte vor ihr auf: ein Skelett, dessen Knochen verstreut auf dem Dachvorsprung herumlagen; tot, weil der Viscount so dumm gewesen war, sich in der Dachkammer um die Ecke bringen zu lassen, während sie vor lauter Angst hier festsaß. Ein äußerst passendes Ende einer Verführung: Moralisten würden es zweifellos für gut befinden.

»Aufhören!«

Na schön, das gab den Ausschlag. Sie zwang sich, einen Schritt nach vorne zu machen. Schon beim nächsten versteiften sich ihre Gelenke. Sie hatte schon so viele Albträume gehabt, in denen sie fiel, in die Tiefe, mit nichts, was sie aufhalten konnte, Hände, die aus der Dunkelheit nach ihr griffen, sich aber wieder entzogen, wenn sie nach ihnen griff. Sie konnte nicht zum Rand gehen. Ein Flugversuch wäre leichter gewesen.

Angsthase.

Nun gut. Dann würde sie eben kriechen. Sie ließ sich auf das warme Schieferdach nieder und bewegte sich zentimeterweise vorwärts. Bis zum Rand zu kommen schien Ewigkeiten zu dauern. *Wenn ich in St. Giles den Tod finde, wird Sophie mir niemals vergeben. George wird entsetzt sein.* Sie erschreckte sich selbst, indem sie darüber lachte. Was für eine Optimistin sie war, im Angesicht ihres eigenen Todes noch einen Grund zur Heiterkeit zu finden.

Endlich am Ziel angekommen, drehte sie sich um, rappelte sich mühsam hoch, hielt sich am Rand der Dachgaube fest und trat auf das schmale Gesims. Noch fünf Schritte bis zum Fenster, wenn sie es schaffte. Ihre Finger fühlten sich steif an, wo sie den Holzrahmen umklammerten.

Eine Taube landete in der Nähe der Stelle, die sie bis eben noch für sich beansprucht hatte. Sie fixierte sie mit ihren Knopfaugen, während sie herumstolzierte. Am liebsten hätte Lydia sie verjagt, doch ihre Hand wollte ihren Griff einfach nicht lockern. War doch egal, ob der Vogel hier herumturnte wie ein Akrobat! Eigentlich sollte er sich nicht überlegen fühlen. Immerhin war sie größer und bestens ausgerüstet, um ihm Angst zu machen.

Die Vorstellung war so lächerlich, dass sich ihre Gliedmaßen lockerten. Sie schlängelte sich rasch am Gesims entlang, doch der Anblick, der sich ihr durchs offene Fenster bot, ließ sie wie angewurzelt stehen bleiben: Sanburne war dabei, Reggie gegen die Wand zu drücken. Eine Hand hielt er an seiner Kehle, die andere flach auf seiner Nase. Reggie gab keuchende Laute von sich, während Mrs Ogilvie an Sanburnes Arm zerrte, ohne damit viel auszurichten.

Als die Frau sie erblickte, kam sie angesaust und zerrte sie ins Zimmer. Lydia landete auf allen vieren; Mrs Ogilvie packte sie an der Taille und zog sie hoch. »Halten Sie ihn auf«, rief sie hysterisch. Ihr Gesicht war blutig und ihr Auge schwoll von einem Faustschlag immer mehr an. »Er bringt Reggie um!«

Lydia räusperte sich. Sanburnes Miene war völlig ausdruckslos, doch sein ausgestreckter Arm zitterte von der Kraft, die er ausübte, um seinem Gegner die Kehle zu zerquetschen. »Sanburne!«, rief sie scharf.

Er schien sie nicht zu hören. Seine stumme, entschlossene Konzentration stand in schaurigem Kontrast zu Reggies nachlassendem Keuchen. Mrs Ogilvie stöhnte und schubste sie nach vorn. Den Blick auf den Viscount gerichtet, stolperte sie über den Saum ihrer Röcke. Er hatte eine frische Wunde auf dem Wangenknochen, doch das Hemd des anderen war blutüberströmt, seine Nase merkwürdig schief – zweifellos gebrochen. »Hören Sie auf, Sanburne.« Ihre Kehle war wie zugeschnürt. »Lassen Sie ihn los!« Sie legte ihm die Hand auf den Arm.

Bei ihrer Berührung winkelte er urplötzlich den Ellbogen an, wie ein umgeknickter Draht, worauf sein Gegner dumpf zu Boden schlug. Mrs Ogilvie stürmte an ihr vorbei und fiel neben ihrem Mann auf die Knie. Als ein Würgen aus seiner Kehle brach, schrie sie Lydia an: »Er ist verrückt! Verrückt! Ich hab ihm doch gesagt, ich brauche keine Hilfe!«

»Er hat Sie geschlagen«, sagte der Viscount tonlos.

»Und was geht Sie das an?«, rief die Frau außer sich. »Scheren Sie sich aus meiner Wohnung!« Sie schlang die Arme um Reggies Oberkörper und zog ihn mit dem Rücken an ihre Brust.

Sanburnes Mundwinkel zuckten, als sähe er sich mit dem Beweis seiner zynischsten Prophezeiungen konfrontiert. Er atmete tief durch, und seine Nasenlöcher blähten sich. Lydia war wie betäubt. Wie hatte sie ihn je für oberflächlich halten können? Ein Mann mit zwei Gesichtern konnte kein Dummkopf sein. Im Gegenteil, es war das klassische Merkmal eines Bösewichts.

Jetzt richtete er seine Aufmerksamkeit auf sie. Was immer er sah, veranlasste jenes befremdende Lächeln, sich zu verändern. Der Zug um seinen Mund nahm etwas Gehässiges an. »Sprachlos«, stellte er fest. »Das ist ja etwas ganz Neues. Jetzt haben Sie ein bisschen Mitleid mit Moreland, stimmt's?«

Aus seinem Ton war jede Freundlichkeit gewichen. Er sprach, als gäbe er *ihr* die Schuld. Übelkeit stieg in ihr auf. Dabei hatte er sie so sanft berührt. Er hatte mit ihr gesprochen, als verstünde er sie, schätzte er sie. Ein paar Minuten lang war sie überzeugt gewesen, dass ihr Instinkt in Bezug auf ihn richtig war …

Sanburne machte auf dem Absatz kehrt. »Kommen Sie«, sagte er über die Schulter zu ihr, als riefe er einen Hund bei Fuß. Einen Springer Spaniel. Gegen ihre zunehmende Beschämung kämpfend, folgte sie ihm durch die Tür nach draußen. *Ich habe mich ihm nicht offenbart.* Oder etwa doch? Nein. Sie hatte ihm nicht gebeichtet, wie entzückt sie von seinen Aufmerksamkeiten war. Und wenn er es selbst gemerkt hatte – was ganz sicher der Fall war –, was war schon dabei? Ihr Fleisch war nur stumme Materie. Ihre körperliche Reaktion hatte sie nicht unter Kontrolle.

Er stieg die Treppe hinab. Das Geländer fühlte sich rau unter ihrer Hand an. Ein Splitter bohrte sich in ihren Finger und sie hob die Hand an den Mund und lutschte gedankenverloren daran. Ihr schwirrte der Kopf. Er war gar kein Schmetterling, sondern mehr wie ein Raubtier. Seine prächtigen Farben, sein Lachen und seine Koketterie waren nur leere Fassade. Wieder war sie zum Narren gehalten worden, aber von einem noch ruchloseren Mann. Und als hätte sie nicht Grund genug, es besser zu wissen, war sie auch noch mit ihm durch die Stadt gezogen!

Sie ließen den vierten Treppenabsatz hinter sich, und dann den dritten. Eine der Holzdielen war weggebrochen und lieferte einen Blick aus der Vogelperspektive in die Wohnung darunter. Ein Topf Suppe kochte auf dem Herd, und der Geruch von Zwiebeln ließ ihr die Galle in den Mund steigen. Konnte sie sich so sehr in ihm getäuscht haben?

»Sanburne.« Sein Name platzte aus ihr heraus. »Warten Sie.«

Er drehte sich auf dem Absatz um. »Was ist?«

Die geblaffte Erwiderung ließ sie einen Schritt zurückweichen. Urplötzlich verwandelte sich seine Miene, und sein gesunder Menschenverstand kehrte zurück. Verwirrt fasste er sich an die Stirn und schloss kurz die Augen. »Verzeihen Sie. Herrgott, ich …« Er fuhr sich durch die Haare. Seine Fingerknöchel waren wund, einer blutete sogar. Die Nase des Mannes! Gütiger Himmel. »Lydia«, sagte er leise. »Sehen Sie mich nicht so an. Ich würde Ihnen nicht weh tun. Das müssen Sie doch wissen.«

Sie hatte ihn schon einmal so ramponiert erlebt. Da hatte er behauptet, die Schmerzen seien Sinn und Zweck des Ganzen. Was für ein Mann verlangte nach Schmerzen? »Natürlich nicht«, sagte sie. Doch sehr überzeugend klang das nicht.

Er ließ die Hand wieder sinken und atmete tief durch. »Nein«, sagte er. »Sie haben ganz recht, mir zu misstrauen. Insbesondere nach diesem Vorfall. Natürlich misstrauen Sie mir. Ich kann es Ihnen nicht verübeln.«

Sie war ein Dummkopf. Denn bei diesem Eingeständnis erhoben sich ihre Instinkte zum Protest. Sie forderten lautstark, Entschuldigungen für ihn zu finden. »Sie haben den Kopf verloren«, sagte sie zögernd.

»Nein. Ich hatte die volle Absicht, ihn zu würgen.«

»Aber doch nicht zu erwürgen!«

Sein Lachen klang nicht angenehm. Sie wusste nicht, was es ausgelöst hatte, doch sie erkannte die dazugehörige Atmosphäre: ein abgedunkelter Raum, Einsamkeit, Winter. »Soll ich wirklich darauf antworten?«

»Ja«, flüsterte sie.

Er lehnte sich an die Wand und legte den Kopf in den Nacken, um die Decke einer eingehenden Musterung zu unterziehen. »Vielleicht«, sagte er schließlich. »Ich weiß nicht.« Er wandte den Kopf zu ihr. »Ich hätte ihn umbringen sollen«, fügte er im Plauderton hinzu.

Sie hörte einem Mann dabei zu, wie er ganz beiläufig von Mord sprach. Von seinem Wunsch, ihn zu begehen. Warum rannte sie nicht davon? Warum neigte sich alles in ihr ihm zu, in Anteilnahme, mit dem Wunsch, ihn zu *trösten*? »Sagen Sie das nicht«, murmelte sie. »Sie meinen das nicht so.«

»Ach nein?« Er zuckte mit den Achseln. »Es ist sein Leben oder ihres. Wenn sie bei ihm bleibt, und das wird sie tun, wird er sie umbringen. Sie wird im Sarg herausgetragen, lange bevor ihre Zeit gekommen ist.«

»Das können Sie doch gar nicht wissen!«

»Doch«, sagte er kategorisch. »Das kann ich.«

»Aber …« Sie schluckte. »Sie wollte Ihre Hilfe nicht.«

Seine Miene war verschlossen. »Nein. Das tun sie nie.«

»Vielleicht geht sie doch noch eines Tages aus freien Stücken.«

»Sie hat regelrecht um ihn gewinselt. Nachdem er ihr ein blaues Auge geschlagen hatte. Ist Ihnen das entgangen, Miss Boyce?«

Sein ungläubiger Ton sollte sie verhöhnen, und vielleicht auch die Frau unterm Dach. Letztere Möglichkeit brachte sie in Rage. Er hatte diese Dachkammer doch gesehen. Er wusste so gut wie sie, dass vor dem Haus keine vornehme Kutsche wartete, um Mrs Ogilvie in Sicherheit zu bringen. »Jeder ist eben auf seine

Art mutig. Sie können es den Leuten nicht vorwerfen, wenn sie nicht in Ihr Schema passen.«

Einige Herzschläge lang sah er sie nur an. »Sie sind so unglaublich naiv«, sagte er dann leise.

Da erwachte in ihr eine Erinnerung. Während Lady Bolands Prozess hatte es Gerüchte um mögliches Fehlverhalten ihres Ehemanns gegeben. »Liegt es an Ihrer Schwester?«, fragte sie langsam. »Ist es deshalb?«

Die Frage wirkte belebend auf ihn. Er blinzelte, wich ihrem Blick aus, und als er ihr das Gesicht wieder zuwandte, trug er wieder seine alte Maske aus heiterem Amüsement. »Was für ein kluges Mädchen. Sie sind ja eine echte Athene, was?«

Sie versteifte sich. Er schlug um sich, genau wie Sophie manchmal, wenn man sie mit einer schwierigen Wahrheit konfrontierte. Es war kindisch, doch das machte es für sie nicht weniger verletzend. Hilflos sah sie zu, wie er sich anschickte, weiter die Treppe hinabzusteigen. »Warten Sie«, rief sie und lief ihm nach. Mit für ihn untypisch steifer Haltung blieb er drei Stufen unter ihr stehen. Sie fasste sich ein Herz. »Ihre Sorge um die Frau ist berechtigt«, sagte sie. »Sie ehrt Sie. Aber es gibt andere Möglichkeiten, jemandem zu helfen. Sie können nicht einfach irgendwelche Männer angreifen …«

Er drehte sich so jäh zu ihr um, dass sie zusammenzuckte. »Ich weiß ganz genau«, sagte er mit rauer Stimme, »was ich kann und was ich nicht kann. Ich lebe jeden Tag damit, Miss Boyce. Wie Ihnen bereits aufgefallen ist, leide ich nicht darunter. Unterbeschäftigt und durch und durch nutzlos: Das ist ein herrliches Leben, wenn man das entsprechende Bankkonto hat. Also sparen Sie sich Ihre gottverdammten Predigten für jemanden, der Verwendung für sie hat. Dafür wäre ich Ihnen sehr dankbar.«

Sie stand nur da und blinzelte blind an die Wand. Kurz darauf ertönten die Schritte seiner Stiefel wieder, die jedoch beim beschämten Hämmern ihres Herzens nur noch gedämpft zu hören waren. Er entfernte sich von ihr. Er war fertig mit ihr. *Mein Gott, ich lerne es nie.*

Sie musste ihm nach. Sie hatte keine Wahl. Das wusste sie, doch ihre Füße gehorchten ihr nicht. Sie atmete tief durch und nickte entschlossen. *Straff die Schultern und beweg dich.* Ihre Füße stiegen die Stufen hinab und traten hinaus an die abkühlende Luft und in das dämmerige Licht. Als sie zu ihm trat, setzte ein dünner Regen ein, der sich durch einen Tropfen auf ihrer Nase ankündigte, und durch einen weiteren, erschreckend kalten auf ihrem Handgelenk. »Ich wollte Sie nicht kränken«, sagte sie leise.

»Das haben Sie nicht.« Er klang erschöpft. »Aber Sie haben recht: Ich bin durch und durch nutzlos. Sie sollten sich jemand anderen suchen, der Ihnen hilft.«

Seine Worte bereiteten ihr Unbehagen. Sie hatte ihn zwar nicht als nutzlos bezeichnet, aber in einem hatte er zweifellos recht: Es war im höchsten Maße unklug gewesen, ausgerechnet ihn darum zu bitten, sie zu begleiten. Sie schlang die Arme um sich und lief gesenkten Blickes an ihm vorbei. Wasser betupfte das Kopfsteinpflaster. Als sie die Pferdedroschke erreichten, regnete es so durchdringend, dass der Dreck zwischen den Pflastersteinen zu Schlamm wurde.

Als der Fahrer zu ihnen herumkam, um ihnen die Tür zu öffnen, warf sie Sanburne einen raschen Blick zu. Seine Miene war reserviert, seine Haltung förmlich. Er hatte sich bereits von dem Vorfall distanziert. Dabei war sie erst vor einer Viertelstunde – es kam ihr vor wie ein ganzes Leben – mit ihm auf dem Dach gewesen, die Sonne hatte geschienen und sie hatte sich so sorglos gefühlt.

Ein Impuls überkam sie. Er war nicht ganz so ungezügelt, um ihn als Leichtsinn zu bezeichnen. Sie erkannte die Logik dahinter: Sie wollte nicht, dass dieser besondere Moment einen so traurigen Abschluss fand. Es würde ihn so schrecklich mindern. Sie hörte sich fragen: »Fahren wir jetzt zum Gin Palace?«

Das sicherte ihr seine Aufmerksamkeit. Sie konnte seine Miene nicht deuten, doch nach kurzem Zögern zuckte er mit den Achseln und sagte: »Warum eigentlich nicht? Ich kann weiß Gott ein Glas gebrauchen.«

10

Lydia wusste nicht, was sie tat. Sie war kurzatmig und zu unsicher, um ihn anzusehen. Ihr Bedürfnis, die Angelegenheit zu bereinigen, schien ihr ganz neue Erfahrungsbereiche zu eröffnen. Immerhin würde sie nun in den Gin Palace gehen. Sie hatte ein solches Etablissement noch nie gesehen, doch als sie staunend an seiner Fassade hinaufblickte, schien ihr das weniger die Folge einer rechtschaffenen Lebensführung zu sein als ein Riesenzufall. Ein derartiges Gebäude wäre ihr auf keinen Fall entgangen, wäre sie je an einem vorbeigekommen. Über ihr thronten drei Stockwerke aus kunstvoll geformtem und vergoldetem Putz wie ein mitten in die trostlose Umgebung des Elendsviertels platziertes Märchenschloss. Doch gewiss hatte kein Schloss je einen derart fürchterlichen Gestank abgesondert. Der säuerliche Geruch von Alkohol vermischt mit dem köstlichen Aroma von Gebratenem. Sie schnupperte prüfend. Austern oder vielleicht auch Schnecken.

Drinnen fielen ihr als Erstes die Hitze und der Lärm auf. Der lange Saal war zum Bersten voll und die unterschiedlichsten Gäste begrüßten einander lautstark, lachten, schlugen sich gegenseitig auf die Schulter, stießen miteinander an, klopften auf die Theke und stampften mit den Füßen auf. Arbeiter in groben Wollsachen saßen neben jungen Burschen in schlichten Anzügen, die wie Büroangestellte aussahen. Die Frau mit der Federboa, deren Gesicht mit Lippenlack und Rouge geschminkt war, überraschte Lydia nicht, doch die würdige Dame mittleren Alters im einfachen Kleid schien weniger naheliegend. Nur wenige Schritte entfernt flirteten zwei Mädchen in geflickten Kleidern mit einem jungen Mann. Keiner von ihnen sah einen Tag älter aus als siebzehn, und ihre Blässe legte nahe, dass sie ihr Geld lieber in Essen hätten investieren sollen. Doch sie lachten so fröhlich, dass Lydia unwillkürlich lächeln musste.

Von sich selbst überrascht, schlug sie sich die Hand vor den Mund. »Sucht kennt keine Klassenunterschiede.«

Sanburne lachte kurz auf. »Sie sind also alle süchtig?«

»Warum sollten sie sonst schon zu dieser Stunde gesundheitsschädliche Spirituosen zu sich nehmen?«

»Aus Langeweile? Um sich auf angenehme Weise die Zeit zu vertreiben?«

»Angenehm? Sich das Gehirn zu vergiften?«

»Und das sagt eine Frau, die noch nie betrunken war.«

»Bei Ihnen klingt das wie eine Schwäche.«

Er zog eine Augenbraue hoch. »Und wenn ich das nun behaupte?«

Sie wölbte ebenfalls eine Braue. »Dann erinnere ich Sie daran, dass ich noch nie fremde Hilfe nötig hatte, um meine Turnüre wieder geradezurücken.«

Er sah sie überrascht an. Dann lächelte er. Ein ganz alltäglicher Vorgang, doch sie sah die Anerkennung darin. Ihr Herz schlug plötzlich laut.

Hör auf damit, rief sie sich zur Ordnung. *Du kennst die Regeln dieses Spiels nicht. Es ist unfassbar dumm, um seine Gunst zu buhlen.* Als sie an ihm vorbei zur Bar gehen wollte, versperrte ihr ein Mann, der einen Korb mit gekochten Meeresfrüchten bei sich trug, den Weg. Muscheln – sie hatte sich in jeder Beziehung geirrt. Die zwei Mädchen kamen angesprungen und reichten dem Händler eine Münze, für die sie je eine in einen fettigen Zeitungspapierkegel abgepackte Portion bekamen. Sie war froh, die beiden essen zu sehen.

Jemand fasste sie am Ellbogen. Sie ließ sich von Sanburne durch die Menschenmenge bugsieren und reckte den Kopf in alle Richtungen, um die Atmosphäre in sich aufzusaugen. Sie kannte diese Gin-Kaschemmen als Höhlen des Unheils, wo die Armen ihren Untergang fanden, doch dieser Raum hier war so prunkvoll und prächtig wie das Foyer eines Opernhauses. Gaslampen erstrahlten in Schönheit an den Wänden wie exotische Blumen aus Gold und Glas. Die verputzte Decke war gemeißelt und vergoldet. Aus allen vier Ecken lugten Putten, und auf Hochglanz polierte Spiegel nahmen die Wand hinter der Theke mit der zinnernen Oberfläche ein.

Ah, und da war auch der Gin! Gegenüber der Theke, hinter einem Messinggeländer, stand Reihe um Reihe aus Fässern, ein jedes mit fröhlichen Gold- und Grüntönen bemalt. Handgemalte Schilder gaben ihren Inhalt an. SUPERIOR CREAM. REGULAR FLARE-UP. DEW OF BEN NEVIS. »Was haben die Zahlen zu bedeuten, die mit Kreide darauf notiert sind?«, fragte sie und deutete darauf.

»Die Anzahl der noch verbleibenden Gallonen. In die Wände sind Schläuche eingelassen, die zur Theke herüberführen. Die Schankkellner müssen nur auf den rechten Hebel drücken, um einen Krug zu füllen.«

An der Theke hatte sie vor, sie dabei zu beobachten, wurde jedoch von der grauen Arbeitsplatte abgelenkt, die Hunderte von winzigen Löchern aufwies, die ein dekoratives Muster aus Blumen und Reben bildeten. »Um die verschüttete Flüssigkeit aufzufangen«, erklärte Sanburne und tippte darauf. »Sie verkaufen es sehr billig – ›alle Sorten‹ nennen sie es. Wollen Sie mal probieren?«

Sie verzog das Gesicht. »Nein, danke.«

»Was darf's sein?« Das kam von dem Riesenkerl mit Pelzmütze, der ihnen von seinem Platz hinter einem Zapfhahn einen beiläufigen Blick zuwarf. Er kaute auf einem Strohhalm und hatte sich eine Papierblume hinters Ohr gesteckt.

»Für mich für Sixpence Old Tom«, sagte Sanburne, »und ein Cream of the Valley für die Dame.«

»Das trinke ich sowieso nicht«, murmelte sie, hielt es jedoch für das Beste, nicht lauter zu protestieren. Als der Schankkellner mit ihren Getränken zurückkam und zur Sicherheit noch schnell auf Sanburnes Münze biss, bevor er ihnen die Krüge reichte, sagte sie: »Wir suchen jemanden. Miss Polly Marshall.«

Der Mann zuckte mit den Achseln. »Ich frage die Leute nicht nach ihrem Namen, bevor ich sie bediene. Dann mal viel Glück.«

Sie liefen an der Bar entlang durch einen gewölbten Durchgang, der das Schild ZUR GROSSHANDELSABTEILUNG trug. Im nächsten Raum hielt sich eine ähnlich dichte Menschenmenge auf (am helllichten Tag! – sie konnte es nicht fassen), aber die Frau auf der Zeichnung war nirgends zu sehen. Der letzte Raum war kleiner, die Theke von roten Plüschbänken gesäumt, die Wände von lebendigen Wandgemälden mit Motiven aus der griechischen Mythologie übersät, deren künstlerische Qualität sie überraschte. Wie viele Menschen kamen nicht nur wegen des Gins hierher, sondern auch, um sich von ihrer trostlosen Umgebung abzulenken? Lydia war überwältigt.

Als die beiden Platz genommen hatten, hob Sanburne sein Glas und trank einen großen Schluck. Sie wartete darauf, dass er etwas sagte, doch er schien sich damit zufriedenzugeben, sich übellaunig umzusehen. Das Schweigen, das sich zwischen ihnen breitmachte, war ihr unangenehm. Leicht beschämt stellte sie fest, was sie daran störte: Wenn sie bisher zusammen gewesen waren, hatte er sie nie aus den Augen gelassen und sie stets mit lebhaftem Interesse beobachtet – als ob nichts anderes existierte. Daran hatte sie mit der Zeit Gefallen gefunden.

Er ertappte sie dabei, wie sie ihn ansah. Sie suchte nach Worten, doch er sprach zuerst.

»Ich muss mich bei Ihnen entschuldigen.«

Nahm er Bezug auf den Zwischenfall auf dem Dach oder danach im Korridor? Aufgrund dieser Mehrdeutigkeit schwankte sie zwischen Verlegenheit und einer gleichermaßen verwirrenden Neugier. »Sprechen wir nicht mehr davon.«

»Nein. Sie hatten vorhin ganz recht. Als sie nach meiner Schwester gefragt haben.« Sie blickte gerade noch rechtzeitig auf, um zu sehen, wie sich sein Mund kurz verzog. Auch wenn sie das nicht als Lächeln bezeichnen konnte. »Ich bin mir sicher, Sie haben davon gehört.«

Sie zögerte. »Teilweise«, sagte sie.

»Den wichtigsten Teil haben die Zeitungen weggelassen. Nämlich, dass Boland ein gottverdammtes Schwein war.«

Sie errötete. Seine Ausdrucksweise war schockierend.

»Er hat sie geschlagen, und ich konnte verdammt noch mal nichts dagegen tun«, fuhr er fort und zog mit dem Finger den Rand seines Kruges nach. »Sie aus diesem Haus herauszuholen war unmöglich. Bis zum Schluss, natürlich. Zum Schluss wäre sie am liebsten geflohen. Aber ich hatte ihr nichts zu bieten. Noch keine Fabriken, kein Erbe. Mit meinen Zuwendungen von Moreland wäre sie zwar bis zum europäischen Festland gekommen, doch sie hätten ihr dort kein standesgemäßes Leben ermöglicht. Und die Vorstellung, arm zu sein, konnte sie nicht ertragen, obwohl ich ihr anbot, ihr Schicksal zu teilen.« Die Oberfläche seines Gins kräuselte sich unter seinem leisen Lachen. »Im Verschwenden von Geld war Stella immer sehr gut.«

Eine Weile saß sie verunsichert da. »Und Ihr Vater …?«

»Was soll mit ihm sein?«

»Er hat ihr nicht geholfen?«

Statt ihre Frage zu beantworten, trank er sein Glas leer, kramte eine Münze für eine weitere Runde hervor und schnipste sie zum Schankkellner herüber.

»Sie sind bald betrunken, wenn Sie so weitermachen«, sagte sie vorsichtig.

»Leider nicht. Mehr als eine angenehme Benommenheit erreiche ich in letzter Zeit nicht mehr.«

»Dann sollten Sie mit dem Trinken aufhören.«

Der Schankkellner brachte ihnen das Glas herüber, doch Sanburne machte keine Anstalten, es entgegenzunehmen. »Vielleicht«, stimmte er zu. »Und nein, mein Vater hat ihr nicht geholfen. Der Klatsch über ihre Ehe wirkte sich negativ auf seine politischen Bündnisse aus. Deshalb befahl er ihr, zu Boland zurückzukehren. Mir befahl er, mich aus der Sache herauszuhalten. Das sei eine Angelegenheit zwischen Mann und Frau, sagte er. Boland wäre ein Ehrenmann, und Stella hätte sowieso schon immer zu Melodramen geneigt.« Er hob das Glas hoch. »Immerhin habe ich ihr angeboten, ihn für sie umzubringen. Mein Fehler war nur, dass ich auf sie gehört habe, als sie ablehnte. Es ist eben schwieriger, einen Erben aus dem Weg zu räumen, als eine Frau wegzusperren.«

Seine Miene war so finster. Alle Antworten, die ihr durch den Kopf gingen, kamen ihr fadenscheinig vor, unnütz. »Sie haben Ihre Hilfe angeboten«, sagte sie schließlich. »Sie dürfen sich nicht selbst die Schuld geben.«

»Tue ich auch nicht«, sagte er leichthin. »Ich gebe ihm die Schuld. Ich gebe Moreland die Schuld.«

Ihr schnürte sich die Kehle zu. Wie schrecklich es sein musste, einen solchen Abscheu für den eigenen Vater zu empfinden! »Aber er wusste es nicht«, sagte sie. »Er glaubte, sie sei in Sicherheit. Und denken Sie nur, wie furchtbar es für ihn gewesen sein muss, als es ihm schließlich klar wurde.«

»Ihm ist es *nie* klar geworden.«

»Sanburne, bestimmt …«

»Nein.« Er lächelte sie grimmig an. Das gleißende Licht in dem Schanklokal stand ihm gut: Es hob die hellen Strähnen in seinem Haar hervor und betonte seine hohen Wangenknochen und scharfen Gesichtszüge. Doch seine Schönheit schien in jenem Moment nicht passend. Der Ausdruck in seinen Augen gehörte zu einem viel älteren Mann. »Er hält Stella wirklich für verrückt. Ich habe alle Hebel in Bewegung gesetzt, um sie aus dem verdammten Irrenhaus herauszuholen. Doch er behält sie dort. Vermutlich glaubt er, dass Boland nie die Hand gegen sie erhoben hat, außer jenes eine, letzte Mal. Und so verrottet sie. Sie verrottet dort drinnen.«

Jetzt hörte sie noch etwas anderes heraus. Seine Verachtung galt nicht allein seinem Vater. »Das ist nicht Ihre Schuld.«

Er blickte zu ihr auf. »Das ist lächerlich, aus dem Munde einer Frau, die sich in einen Gin Palace wagt, um die Fehler ihres Vaters wieder auszubügeln.«

»Aber selbst wenn die Fälschungen seinem Fehler geschuldet wären, würde ich dafür nicht mir die Schuld geben«, widersprach sie. »Aber Sie tun es. Warum sonst sollten Sie diese idiotischen Dinge tun? Warum sonst sollten Sie ins East End gehen, um sich zusammenschlagen zu lassen?« Als er ihr einen scharfen Blick zuwarf, sagte sie heftiger: »Wenn Sie meine Meinung nicht hören wollen, erzählen Sie mir so etwas erst gar nicht. Sie sagten doch, Ihnen gefällt dieser Schmerz, nicht? Sie benehmen sich wie ein Kind, um ihn zu ärgern und sich selbst zu bestrafen. Ich muss schon sagen, Sanburne, das bestätigt meine Meinung von Ihnen. Es ist wenig originell, durchschaubar und unfassbar dumm.«

Er hatte die Luft angehalten und stieß sie jetzt aus. »Nun.« Mit dem Riesenschluck, den er trank, leerte er sein Glas zur Hälfte. »Und ich dachte, ich wäre in Gesellschaft einer Freundin hier. Stattdessen bekomme ich eine Predigt gehalten.«

»Ich mag Sie durchaus«, sagte sie langsam und fragte sich schon im selben Moment, ob dieses Eingeständnis klug war. »Aber ich gebe zu, dass es mir sehr schwerfällt, Sie zu respektieren. Sie haben großes Potenzial. Aber Sie vergeuden es, trotz Ihrer vielen Möglichkeiten.«

»Potenzial«, sagte er matt. »Ja, vermutlich habe ich eine Menge davon. Immerhin erbe ich irgendwann, bevor ich fünfzig werde, zweihunderttausend Morgen Land. Denken Sie nur, wie viele Schafe ich dort züchten könnte.«

»Selbstmitleid finde ich auch sehr degoutant.«

»Dabei sind Sie selbst so gut darin. Wie sollte man es sonst nennen, Lydia, wenn eine faszinierende Frau sich für einen langweiligen Bücherwurm hält?«

»Flirten Sie nicht mit mir. Wir führen ein ernstes Gespräch.«

»Ich kann nicht anders. Ihre Idiotie provoziert mich.«

Sie senkte den Kopf, um das leise Lächeln zu verbergen, das ihr übers Gesicht huschen wollte. Merkwürdig, dass sie sich seine Anschuldigungen anhören konnte, ohne es ihm übel zu nehmen. Mit einem Finger fuhr sie über die kurvige Maserung der Tischplatte. Jemand hatte seine Initialen ins Holz geritzt: *DSR Aug. 81*. Es war so tief eingeritzt, dass es wohl nicht in einer einzigen Sitzung entstanden war, sondern im Laufe mehrerer Abende. Doch irgendwann würden die Tische abgeschliffen. Das musste dem Holzritzer klar gewesen sein, schon während er sich abmühte.

Dieser Gedanke löste in ihr eine Traurigkeit aus, die dem Anlass nicht angemessen war. Jeder wollte seine Spuren hinterlassen, selbst die Stammkunden eines Gin Palace. Doch für die meisten Menschen war ihr Name auf dem Grabstein der einzig bleibende Beweis ihrer Existenz. »Sie haben doch so viele Möglichkeiten«, sagte sie leise. »Da ist Schafzucht wirklich die geringste davon.«

»Ach, ganz und gar unnütz bin ich nicht. Meine Fabriken sind nicht …« Als er verstummte, blickte sie auf und zog fragend die Augenbrauen hoch. Er schüttelte den Kopf. »Ich hätte nichts dagegen, Ihren Respekt zu besitzen, Lydia. Aber um ehrlich zu sein, glaube ich nicht, dass ich das Zeug oder gar die Lust dazu habe, ihn mir zu verdienen. Es würde nämlich meine ganze Routine durcheinanderbringen.«

Diese Bemerkung sollte wahrscheinlich gar nicht grausam sein, doch selbst als Ausdruck seiner Selbstironie traf sie sie wie ein Peitschenschlag. »Schön und gut«, sagte sie energisch. »Und ich habe ganz gewiss nicht die Absicht, Sie zu unterhalten.« Und dann, in dem Bemühen, sich zwanglos zu geben, als wütete in ihrem Inneren nicht ein obskurer Schmerz, hob sie ihren Krug an den Mund und trank einen Schluck von der Flüssigkeit, deren Natur ihr vorübergehend entfallen war.

Es brannte. Hustend und nach Luft schnappend setzte sie den Krug wieder ab. Ihre Finger gruben sich in die Schnitzerei und gaben ihr Halt, während sie sich bemühte, nicht zu würgen.

Wie er sich das Lachen verkniff, war bewundernswert. »Nun?«, fragte er. »Cream of the Valley. Cremig oder nicht?«

Die Flüssigkeit zog einen Feuerpfad durch ihre Kehle bis in ihren Magen. Unten angekommen, verströmte sie ein gar nicht so unangenehmes Gefühl. Tranken die Leute es deshalb? »Nicht cremig.« Jetzt grinste er. Wenn er ihren Respekt nicht wollte, brauchte sie sich auch seinen nicht zu verdienen. Doch jetzt war sie fasziniert. Sie nippte noch einmal an dem Gin. Dieser Schluck ging leichter herunter. Der bittere Geschmack entsprach ihrer Stimmung. »Eher wie ein Stück glühende Kohle«, beschloss sie.

»Na ja. ›Kohlen aus dem Feuer‹ klingt natürlich nicht so gut.«

Ein Kichern entfuhr ihr. Schockiert über sich selbst, fasste sie sich an die Lippen. Doch, der Laut war von ihr gekommen. »Wird man so schnell betrunken?«

Er grinste. »Höchst unwahrscheinlich. Warum? Wollen Sie sich denn betrinken?«

Sie hatte bereits den Mund geöffnet, um ihm zu antworten, als sie durch den gewölbten Durchgang die Frau von der Zeichnung entdeckte: eine schlanke, braunhaarige Frau von mittlerer Größe mit listigen Augen. »Das ist sie«, rief sie und sprang auf. »Das ist Miss Marshall.«

Nichts an Polly Marshalls Auftreten wies auf beengte Dachkammern und schlechten Umgang hin. Sie begrüßte sie lächelnd und gab sich höflich-überrascht, als sie von Sanburnes gesellschaftlichem Rang erfuhr. »Was für eine angenehme Gesellschaft für einen kleinen Plausch«, flötete sie und winkte die beiden zu einer Bank, die ihnen allen genug Platz bot. Als Miss Marshall sich wieder setzte, arrangierte sie ihre braunen Röcke durch ein beiläufiges Drehen ihres Handgelenks so, dass sie elegant fielen. »Erstaunlich, dass Sie mich hier gefunden haben.« Ihre Vokale waren langgezogen, kultivierter, als man es bei dem Umgang, den sie von Kindesbeinen an hatte, von ihr erwartet hätte. Lydia meinte, in ihrer Aussprache das Echo von Mr Hartnetts Stimme zu hören. »Was für ein Glück. Ich habe Himmel und Hölle in Bewegung gesetzt, um Sie zu ausfindig zu machen, Miss Boyce.«

Das klang nicht gerade nach Erpressung. Als die Frau mit ihr anstoßen wollte, ließ Lydia sie gewähren. »Ich hoffe, Sie verraten mir auch den Grund, Miss Marshall.«

Miss Marshall trank einen großen Schluck und stellte ihren Krug mit einem Scheppern wieder ab. »Verzeihung«, murmelte sie, den Blick auf ihre Hand gesenkt. Lydia entging nicht, dass ihre Finger zitterten. »Ich wollte Sie um meinen Anteil bitten.« Mit einem entschlossenen Zug um den Mund blickte sie auf. »Ich habe ihn mir verdient.«

Lydia zögerte. »Ich verstehe nicht.«

Die Frau trommelte mit dem Fingernagel an ihren Krug. »Ich will ganz offen zu Ihnen sein, Miss Boyce. Es war ein gutes Geschäft, solange es dauerte. Und hätte er mich finanziell abgesichert, wäre ich auch nicht so dreist. Aber elf Jahre, so gut wie verheiratet, und was hinterlässt er mir? Gar nichts. Ich verdiene auch etwas, finden Sie nicht?«

Sie hatte keine Ahnung, was sie darauf entgegnen sollte. Zum Glück schaltete sich jetzt Sanburne ein. »Werden Sie konkreter, Madam. Was genau verdienen Sie?«, erkundigte er sich leise.

»Nur einen von ihnen.« Miss Marshall sah sich verstohlen um und beugte sich vertraulich vor. »Ich will von dem Erlös aufs Land ziehen. Mir ein hübsches Stück Land kaufen. Das ist ein gutes Geschäft für Sie, Miss – und ich habe es mir verdient. Hätten Sie ohne mich einen Hehler gefunden?«

Die Frau redete Unsinn. Lydia konnte nur mit dem Kopf schütteln, ein Ausdruck schlichter Fassungslosigkeit.

Stirnrunzelnd lehnte sich Miss Marshall wieder zurück. »Lehnen Sie mein Angebot nicht ab«, sagte sie. »Sonst bleibt mir keine andere Wahl. Ich habe einen Freund, der in der Fleet Street arbeitet. Er würde die Nachricht lancieren.«

Die Nachricht?

Sanburnes Hand schloss sich über ihrem Handgelenk und übte gleichbleibenden Druck aus. »Sie meinen, Sie wollen eine der Fälschungen?«

»Fälschungen? Ah, ich verstehe. Wurden sie *dafür* benutzt? Clever. Aber nein, damit kann ich nichts anfangen. Ich kann sie ja schlecht weiter verschiffen. Ich will nur einen von den Edelsteinen.«

Die Lähmung, die von Lydia Besitz ergriffen hatte, legte sich schlagartig. »Wollen Sie damit andeuten, dass mein Vater ein *Schmuggler* ist?«

Miss Marshall verstummte. »Oh mein Gott!« Sie stieß ein

erstickte Lachen aus. »Sie wollen mir doch nicht weismachen, dass Sie nichts davon wussten?«

Lydia sprang auf. Sie lachte? »Ich weiß nicht, was Sie sich von diesen Lügen versprechen.« Sie sprach mit großer Beherrschung. Sie würde sich nicht verausgaben und dieses Flittchen auch noch anschreien. »Wenn Sie noch einmal Kontakt zu mir aufnehmen, hetze ich die Polizei wegen Erpressung auf Sie.«

Als sie durch den Durchgang zurück in den vorderen Teil des Lokals lief, holte Sanburne sie ein. »Lydia. Vielleicht sollten wir uns anhören, was sie noch zu sagen hat.«

»Was sie noch zu sagen hat?« Sie ging auf ihn los. »Sie hat meinen Vater des Diebstahls bezichtigt!«

»Sie weiß von den Fälschungen«, entgegnete er unbeeindruckt. »Wie sollte sie von ihnen wissen, wenn Hartnett nicht vorgehabt hätte, sie entgegenzunehmen?«

Ja. Wie konnte Hartnetts Mätresse davon wissen? Sie holte tief Luft. »Hat Hartnett etwa diese Ersatzstücke organisiert? Aber warum? Er war Papas liebster Freund!«

»Lydia, Sie sind eine intelligente Frau. Sie haben schon früher erwähnt, dass Ihr Vater für seine Projekte eine Menge Geld benötigt. Haben Sie wirklich noch nie die Möglichkeit in Betracht gezogen, dass er dabei seine Finger im Spiel hatte?«

Sie klappte den Mund auf, um ihn in seine Schranken zu weisen, doch der Impuls erstarb. Noch vor einer Stunde hätte sie ihn nicht verstanden. Doch dann hatte er ihr von seiner Schwester erzählt.

Sie berührte ihn am Arm. Vielleicht brauchte er sich ihren Respekt gar nicht zu verdienen, um mit ihr befreundet zu sein. Schließlich konnte sie sich nichts Intimeres vorstellen, als jemanden so gut zu kennen, dass seine harschen Worte keine Macht mehr hatten, einen zu verletzen. »Nicht alle Väter sind wie Ihrer, Sanburne.«

In seinem Kiefer zuckte ein Muskel. »Das hat nichts mit Moreland zu tun. Es ist eine Frage der Fakten und der Logik. Und die einfachste Erklärung deutet auf Ihren Vater hin.«

Sie musterte ihn eingehend und lächelte. Das könnte eine Lektion für ihn werden, eine, die er dringend benötigte. »Die einfachste Erklärung ist nicht immer die richtige. Aber Sie haben recht – es hat keinen Sinn, sich den Kopf zu zerbrechen, wo wir doch die Fakten selbst prüfen können. Sie glauben, in den Fälschungen befinden sich Diamanten? Dann kommen Sie.« Sie packte ihn am Handgelenk. »Kommen Sie mit mir.«

»Wohin?«

»Um meine Naivität zu zerschlagen oder Ihren Zynismus. Was von beidem werden wir dann schon sehen.«

In den Häusern, die in der gelben Abenddämmerung Wilton Crescent säumten, herrschte Grabesstille. Alle Türen an der Straße waren verschlossen, sie wirkten wie strenge grüne Münder unter den Augenpaaren aus Gaslampen. Wie Feenlichter im Moor, die Wanderer in den Sumpf lockten, führten diese Lampen in die Irre. Sie legten nahe, dass man nur den Türklopfer in die Hand zu nehmen brauchte, um zum Tee hineingebeten zu werden. Natürlich wusste Lydia es besser. Die wenigen Einladungen, die sie bekam, wurden aus reiner Rücksichtnahme auf George und Sophie auch auf sie ausgeweitet, immer unter der stillschweigenden Voraussetzung, dass sie unauffällig dabeisitzen würde. Deshalb ging sie ein großes Risiko ein, als sie Sanburne mit zu sich nach Hause nahm. Aber für Freunde nahm man eben Risiken auf sich.

In der Vorhalle erschreckte sie den Butler mit einer Bitte. »Ich brauche einen Hammer, Trenton. Und lassen Sie die Lattenkiste aus meinem Ankleidezimmer in den Garten bringen.«

Sie führte Sanburne durch die Halle und durch die Glastüren nach draußen auf die kleine Terrasse. Ihr Magen hüpfte nur wegen ihm – mit den Lügen dieser Frau hatte das nichts zu tun. *Sie wollen mir doch nicht weismachen, dass Sie nichts davon wussten*? Es war ein makaberer Zufall, dass Sophie vor vier Jahren in etwa dasselbe zu ihr gesagt hatte, nachdem George den Salon verlassen hatte und Sophie ihre Schwester weinend vorgefunden hatte. Das war naiv und dumm von ihr gewesen. Aber ihrem Vater zu vertrauen, war gar nicht dumm.

»Sie müssen das nicht tun«, sagte Sanburne.

Doch, ich muss. Ein unbehagliches Gefühl überkam sie. Sie tat das für Sanburne. Oder etwa nicht? Sie wich seinem Blick aus. Der Himmel hatte die Farbe eines schmutzigen gelben Hundes, hier und da verwischt von langen, dünnen Wolken, die wie Schlieren aus Schlamm aussahen: der Sonnenuntergang, betrachtet durch einen Schleier aus schwarzem Rauch. In dem sonderbaren Licht wirkte der Garten wie künstlich erleuchtet. Die Verlassenheit der Steinbänke und des Kieswegs stach merkwürdig ins Auge, wie Requisiten auf einer Bühne, die in Kürze die Schauspieler betreten würden.

Ein Diener trat mit der mit Leinen abgedeckten Lattenkiste heraus und Trenton folgte ihm mit einem Hammer in der Hand. Sie schickte die beiden zurück ins Haus, dann kniete sie sich hin, um die Stele daraus zu entnehmen. Sie legte sie vorsichtig auf den Boden und klopfte mit dem Fingernagel auf die raue Kante. »Beachten Sie, dass die Oberfläche des Steins wie aus einem Guss ist. Ich kann mir nicht vorstellen, wie dort irgendetwas hätte hineingesteckt werden können.«

Sanburne hockte sich neben sie. »Es scheint unwahrscheinlich.« Und dann sagte er noch einmal: »Sie müssen das nicht tun. Nicht mir zuliebe.«

Sein betont neutraler Ton verriet ihn ungewollt. Er hatte keinerlei Zweifel. Er glaubte Polly Marshall. »Sie glauben, für Vertrauen braucht man Beweise«, sagte sie. »Dass man es sich erst verdienen muss. Deshalb werde ich für Sie den Beweis erbringen.«

Seine hellen Augen sahen in ihre. »Ist es denn so wichtig für Sie, mein Vertrauen zu besitzen?«

Ihr Herz setzte einen Schlag aus. »Wenn wir Freunde sein wollen«, sagte sie entschlossen, »ist Vertrauen die Voraussetzung.«

Er lächelte leise. »Dann hämmern Sie los! Aber denken Sie daran, wessen Schädel eingeschlagen wurde, als Athene zum ersten Mal den Hammer schwang.«

»Ich erinnere mich aber auch, dass Athenes Vater ein ziemlicher Schurke war«, sagte sie trocken, »der es ganz sicher verdient hat.« Mit diesen Worten hob sie den Hammer. Doch ihre Arme knickten ein, sodass sie ihn hastig wieder sinken ließ, damit er ihr nicht aus der Hand fiel.

Es war lächerlich, jetzt nervös zu werden. Dabei war es von größter Wichtigkeit, ihm gegenüber souverän aufzutreten.

»Soll ich das machen?«, fragte er.

»Nein«, wehrte sie entschieden ab. »Ich mache das.«

Als er ein Stückchen zurückwich, hob sie den Hammer erneut. »Schützen Sie Ihr Gesicht.« Dann kniff sie die Augen zu und schlug zu.

Ein kleines Stück von der Fälschung sprang ab und knallte ans Geländer. Nichts, nur Stein. Sie lächelte unwillkürlich. »Sehen Sie?«

»Ja«, murmelte er.

Jetzt mit der Technik vertrauter, schlug sie noch einmal zu, sodass das Krachen von Stahl auf Stein wie ein Schuss von den Gartenmauern widerhallte. Als sie die Augen wieder öffnete, überkam sie eine Welle der Erleichterung, und unmittelbar darauf eine große Betroffenheit über sich selbst. »Nur Stein«, sagte sie, klang dabei jedoch unsicher, und sie schämte sich so, dass ihr das Lächeln vergangen war.

»Keine Juwelen«, stimmte er zu, doch seine Stimme klang nachdenklich. Dass er statt der Stele sie eindringlich musterte, gefiel ihr nicht.

»Sehen Sie nicht mich an«, sagte sie scharf, »sondern die Stele.«

Noch ein Hieb. Der Stein war widerspenstig, bedacht auf seine Unversehrtheit, und bei diesem Tempo würde es eine Stunde dauern, ihn zu zertrümmern. Beim dritten Hieb packte er sie am Handgelenk und sagte: »Genug.« Sie schüttelte den Kopf. Sie würde erst aufhören können, wenn sie das Ding zerstört und es einwandfrei bewiesen hatte – nicht ihm, Gott möge ihr verzeihen, sondern sich selbst. Außerdem war da noch dieser kleine zweifelnde Dämon in ihrem Kopf, den sie am liebsten gleich mit zertrümmert hätte. Sie wollte mit ihm nichts zu schaffen haben, weil sie ihn nicht als Teil ihrer selbst erkannte.

Ihre Wut verlieh ihr Kraft: Wieder und wieder schlug sie zu, bis winzige Splitter und Brocken aus Stein weit verstreut um sie herumlagen und ihre Arme schmerzten. Schwer atmend setzte sie sich zurück. »Nur noch eine Minute«, stieß sie mit Mühe hervor. Nichts davon war Sanburnes Schuld, aber die Geduld, mit der er sie ansah, machte sie wütend. Wie konnte er es wagen, am Ergebnis dieser Plackerei so desinteressiert zu wirken? Schließlich hatte sie das ihm zuliebe in Angriff genommen, hätte es sonst niemals getan, hätte diese schreckliche Offenbarung nie erfahren müssen. »Nur noch eine Minute«, wiederholte sie mit schwächer werdender Stimme, »dann werden Sie schon sehen.«

Er kniete sich hin und postierte sich hinter ihr. Als seine Brust an ihren Rücken drückte, ruckte sie ungehalten mit den Schultern, doch er gab einen leisen, beruhigenden Laut von sich – *kleiner Springer Spaniel, beruhige dich* – und seine Hände glitten an ihren Armen hinab, bis seine langen, braun gebrannten

Finger sich mit ihren verschränkten. Der Anblick beschwichtigte etwas in ihr, wie wenn Geräusche nach einem Kopfsprung ins tiefe Wasser plötzlich gedämpft sind. Seine Ringe fühlten sich kalt an. Welch protzigen Tand er anlegte, um sich zu tarnen. »Dann machen wir es eben zusammen«, murmelte er. Er sprach ihr leise ins Ohr, wie er es mit einem Kind getan hätte, das im Dunkeln von Albträumen zittert. »Das ist nur logisch, nicht? Es zusammen zu tun, wie Freunde.« Er lachte leise; für einen kurzen, bewussten Moment drückte sich seine raue, stoppelige Wange an ihre.

»Ja«, flüsterte sie. Sein Lachen verwirrte sie. Sie wusste nicht, was sie davon halten sollte. Aber egal. Es ließ sie innerlich dahinschmelzen. War es erst wenige Stunden her, dass sie zusammen auf dem Dach gestanden hatten? Wie hatte sie das auch nur für eine Sekunde vergessen können?

Sie holte weit aus. Seine Finger griffen fester zu, und seine Arme schlossen sich um ihre, sodass der Hammer jetzt mit großer Kraft herabdonnerte. Die Wucht der Explosion ließ sie zusammenzucken.

»Fertig«, sagte er und drückte ihr einen Kuss in den Nacken. »Und kein Diamant weit und breit. Sie sind gerächt, Miss Boyce.«

Sie machte die Augen wieder auf. Trümmer übersäten die kleine Terrasse. In diesen Trümmern lag ihr Triumph. Wie merkwürdig. Noch merkwürdiger, mit den Steinsplittern ein sonderbares Mitleid zu empfinden. Sie hatte sich immer als Papas Fels in der Brandung gesehen, als unerschütterlich loyal ihm gegenüber. Nun fand sie heraus, dass es anders war, und es hatte sie aufgewühlt. Sie zitterte, und Sanburnes Arme umfassten sie fester. Er wusste es. Irgendwie wusste er es. Zum Glück sagte er nichts.

Ich könnte ihm die Schuld geben, dachte sie. Weil er mir Flöhe ins Ohr gesetzt hat. Aber er hatte gesagt: *Sie müssen das nicht tun*. Und vielleicht hatte er damit etwas anderes gemeint, was er aber nicht sagen konnte (denn sie hätte ihn weder verstanden noch ihm geglaubt): *Sie sollten das nicht tun.* Schließlich wusste er so einiges über die Liebe, was sie nicht kannte. Er wusste, wie es sich anfühlte, jemanden zu enttäuschen, der kostbar für einen war. Vielleicht hatte er ihr das ersparen wollen.

Ein merkwürdiges Gefühl stieg in ihr auf: Wehmut, Dankbarkeit und Euphorie, alles in einem. Sie hatte keinen Fehler begangen, ihm zu vertrauen, oder? Spontan drehte sie sich auf den Knien zu ihm um. Sie legte die Hand an seine Wange, ihren Daumen auf seinen schönen Mund, ihren Zeigefinger an den Winkel seiner so klaren Augen. Ein Fremder hätte die Düsternis hinter ihnen nie erahnen können. Doch sie war jetzt keine Fremde mehr für ihn. Ich könnte ihn lieben, dachte sie. Stattdessen sagte sie: »Danke.« Und dann küsste sie ihn.

Er war verdutzt. Er brauchte einen Moment, bis er ihren Kuss erwiderte. Dann murmelte er eine Einwilligung und ließ seine Hand um ihren Nacken gleiten. Sein Mund schmeckte noch immer leicht nach Gin, was ihr durch eine merkwürdige Alchemie auf einmal köstlich erschien. Sie rieb ihre Zunge an seiner und gab einen leisen Laut von sich, als er sich von ihr löste und sie aufs Kinn, auf den Hals, in die Schulterbeuge küsste. Das Personal, dachte sie vage und gestattete sich noch einen letzten lustvollen Augenblick, bevor sie sich ihm entzog. Als er nach ihr griff, sagte sie: »Man wird uns noch sehen.«

Sie rechnete schon damit, dass er diese Sorge nicht ernst nahm. Doch er zögerte, nickte und warf einen besorgten Blick zur Tür, während er sich erhob. Diese plötzliche Sorge um Schicklichkeit irritierte sie. Tja. Es schien, als erforderte Southertons Haus mehr Vorsicht als den Schutz durch ein reines Dach. Und warum auch nicht? Wenn er hier beim Küssen mit ihr ertappt wurde, könnte er gezwungen werden, ihr einen Antrag zu machen.

Als sie ihn, beunruhigt über ihre Verstimmung, in die Halle geleitete, fragte sie sich zum ersten Mal, warum er nicht verheiratet war. Sie hatte ihn im genealogischen Handbuch des Adels nachgeschlagen (und sich dabei die ganze Zeit selbst verspottet). Er war immerhin schon dreißig, und die Grafschaft würde einen Erben brauchen …

Aber genau das war der Grund, daran hatte sie keinen Zweifel. Mit seinem Junggesellendasein hatte er eine weitere Methode gefunden, seinen Vater zu treffen. Als sie an dem langen Spiegel am Fuße der Treppe vorbeikamen, sah sie das bittere Lächeln auf ihren Lippen. Sie hatte einmal mehr Luftschlösser gebaut. Dabei war Sanburne sehr ehrlich zu ihr gewesen. Ihm fehlte nicht nur ein festes Fundament, sondern er hatte sich auch noch Mühe gegeben, seine Eckpfeiler zu zerstören. Denn wie das Unterfangen, sich ihren Respekt zu verdienen, würden auch diese Dinge seine ganze Routine durcheinanderbringen. Demnach mussten die Gerüchte über seine Verlobung mit Mrs Chudderley für ihn ebenso praktisch sein wie für die Lady selbst.

Als er an der Tür seinen Hut aufsetzte und sich die Handschuhe überstreifte, dankte sie ihm erneut für seine Hilfe. Er klappte den Mund auf, um zu antworten, überlegte es sich mit einem Blick auf den Butler jedoch anders. Mit einer Verbeugung und einer leeren, wohlerzogenen Floskel verabschiedete er sich.

Als sie ihm nachsah, musste sie an sein Verhalten im Korridor seines Vaters denken. Damals war ihm gleichgültig gewesen, wer sie hätte sehen können. Er musste sie inzwischen sehr gern haben, wenn er die Situation vermeiden wollte, ihr in aller Öffentlichkeit einen Korb geben zu müssen. Denn eine andere Wahl bliebe ihm nicht. *Mein Vater hält Sie für sehr vernünftig.* Wäre sie ein ordinäres Flittchen gewesen, hätte sie vielleicht eine Chance gehabt.

Als sie sich anschickte, die Treppe hinaufzusteigen, staunte sie, wie sonderbar das alles war. Noch vor einem Monat hätte sie sich nicht vorstellen können, dass ihr bester Schutz davor, sich ungewollt in einen Mann zu verlieben, darin bestand, ihn verstehen zu lernen und ihn zu mögen.

11

Die Menschenmenge im Empire war nicht patriotisch gestimmt. Als eine hübsche junge Blondine auf die Bühne kam, um »Hats off to the Empire« zu singen, wurde sie von einer Welle aus Buhrufen übertönt. Jemand warf mit seinem Krug nach ihr, dessen Inhalt gegen die purpurnen Vorhänge hinter ihr spritzte. Mit hochrotem Kopf wich sie unter Verbeugungen zurück und verschwand wieder hinter der Bühne. Das Orchester, das erst mit Verspätung bemerkte, dass es keinen Künstler mehr zu begleiten hatte, erstarb.

Ein Murren erhob sich aus dem Parkett. Das elektrische Licht schien grell auf die Besucher, die in Massen umherschlenderten. James saß in einer der Privatlogen, die in Hufeisenform an der dritten Etage entlangliefen. Aus dieser luftigen Höhe konnte er sehen, wie sich ein junger Mann hinter einer Marmorsäule übergab. Andere stiegen ihren Freunden auf die Schultern und verlangten lautstark nach der nächsten Darbietung. Noch vor dem Ende der Vorstellung würden die mit cremefarbenem Stoff bezogenen Sitze unzählige Schuhabdrücke aufweisen.

Er warf einen Blick in den hinteren Teil seiner Loge, wo Phin sich vor nicht einmal einer Stunde Whisky hinter die Binde gekippt hatte wie ein Soldat, der in den Krieg ziehen muss. Das Kinn auf der Brust, war er nun tief in seinen Sessel gerutscht. »Ist er tot?«, fragte Dalton.

James rüttelte Phin an der Schulter. »Gleich geht's hier rund«, sagte er. Keine Reaktion. »Phin! Hier gibt's gleich einen Aufstand.«

Daltons weicher Bauch drückte an seine Schulter, als er sich über James beugte, um Phin anzubrüllen: »Werd' munter, Mann!«

»Bei Gott!« James zuckte zusammen und stieß ihn mit dem Ellenbogen zurück. »Das ist mein Ohr, Dalton, und kein Sprachrohr!«

»Warum zum Teufel ist er mitgekommen, wenn er bloß ein Nickerchen machen wollte?« Beleidigt setzte Dalton sich wieder. »Schwache Vorstellung. Was hab ich schon groß verlangt? Nur eine kleine Feier. Schließlich erbt man nicht jeden Tag Geld.« Wieder beugte er sich über James. »Das ist eine Party, Ashmore!«

Phin gähnte. Als Dalton sich umdrehte, um sich bei Tilney zu beschweren, öffnete Phin ein Auge, lächelte James schwach an und stellte sich wieder schlafend.

Na schön, dachte James. Es hätte amüsant sein können, Dalton dabei zuzusehen, wie er sich anstellte wie ein Schulmädchen, aber ihm war nicht zum Lachen. Was zum Teufel bezweckte Phin damit? Die Rolle des unglücklichen Nichtsnutzes passte nicht zu ihm. Und wenn er beschlossen hatte, sich neu zu erfinden, konnte er dabei wenigstens etwas Einfallsreichtum an den Tag legen und sich einen originelleren Part ausdenken. James war seiner selbst schon zu überdrüssig, um auch noch eine Zweitbesetzung seiner eigenen Rolle zu engagieren.

Mit der Absicht, ihm leise etwas ins Ohr zu sagen, beugte er sich zu Phin. Aus dieser Nähe fiel ihm noch etwas anderes auf: ein schwacher, ekelhaft süßlicher Geruch. Wieder Opium. Herrgott! War der Mann diesem Gift etwa verfallen? »Sogar Gin wäre ein gütigerer Meister«, raunte er ihm zu. »Und Arsen wäre schonender für dein Gehirn.«

Einen kurzen Augenblick schien es, als würde Phin nicht antworten. Doch dann sagte er: »Allerdings. Aber du brauchst dich um mich nicht zu sorgen.«

»Red keinen Unsinn. Das muss aufhören.«

»Ich kann jetzt nicht darüber reden.«

»Ich schon. Seit du den Titel geerbt hast …«

Jetzt schlug Phin die Augen auf. »Hast du mal in den Spiegel gesehen, James?«

Gut gekontert!

Er lehnte sich zurück. Früher hätte er nicht locker gelassen. Er hätte gesagt: *Ja, wenn ich es mir recht überlege, habe ich es selbst ziemlich gut vermasselt* und auf eine Antwort gedrängt. Sie hatten sich einmal nähergestanden als Brüder. Dann trennten sich ihre Wege, und die Notwendigkeit hatte Phin zu Verschwiegenheit gezwungen. Das hatte James zumindest geglaubt. Doch jetzt war ihm sonnenklar, dass Phin diese Distanz aus eigenem Willen aufrechterhielt. Statt sich nur auf das notwendige Schweigen zu beschränken, verstieg er sich ganz darauf. Seine unbekannten Gründe. Seine eigene Entscheidung! Doch James wollte kein Vertrauen mehr schenken, wenn es nicht erwidert wurde. Er hatte die Nase voll von den ständigen Versuchen, die Distanz zwischen ihnen zu überbrücken.

Der Vorhang wurde aufgerissen und auf der Bühne stand Mr Campbell, ein dicker Mann mit fröhlichem Gesicht, der mit einem leisen Lächeln den Blick über das Parkett schweifen ließ und einmal nickte, um das Johlen seiner Bewunderer zu würdigen. Dann setzte er kurzerhand zu einem mitreißenden Lied über die Raubzüge der Aristokratie an.

Hinter James stieß Dalton einen Fluch aus. Drei Stockwerke über dem einfachen Publikum genügten ihm nicht als Sicherheitsabstand, und er machte Anstalten, seine diamantbesetzten Manschettenknöpfe abzulegen. »Ich hätte niemals direkt von diesem Dinner hierherkommen dürfen«, murmelte er. »Kein guter Abend, um hier im Frack aufzukreuzen.«

»Ha! Angst vor ein paar Iren?« Das kam von Tilney, der sich

auf dem Sessel neben Dalton ausgestreckt hatte und seine Stiefel auf die Logenbrüstung gelegt hatte. Er hielt eine rothaarige Balletttänzerin im Arm, die er in der Pause aufgetan hatte, während sie durch die Wandelhalle geschlendert war, und die jetzt mit ihren großen braunen Augen die Diamanten fixierte.

James stupste Dalton mit der Schulter an und deutete mit dem Kinn auf das Mädchen.

»Die funkeln aber«, staunte sie leise.

»Gefallen sie dir, Schätzchen?« Dalton ließ sie in ihre hohlen Hände fallen und wandte sich an James: »Wo bleibt der Kellner? Ich könnte noch ein Glas gebrauchen.«

»Ich gehe«, antwortete James. Er hatte seit dem Abendessen pausenlos getrunken, war aber immer noch niedergeschlagen und zu Tode gelangweilt. Trotz des vielen Alkohols konnte er zu seinem Verdruss immer noch klar und deutlich sehen. Da konnte er sich genauso gut noch mehr Mühe geben.

»So macht man sich nützlich«, sagte Dalton anerkennend. »Nimm's zur Kenntnis, Ashmore.«

Vorbei an Phins regloser Gestalt, verzog sich James nach draußen in den stickigen kleinen Flur, der um den ersten Rang herumführte. Die Wände hier waren mit weinrotem Samt bezogen, und Laternen, die alle paar Schritte an die Wand montiert waren, warfen kleine Kreise aus Licht. Die Besitzer hatten sich mit der angeblichen Brandsicherheit des Gebäudes gebrüstet. Doch in diesem abgeschiedenen kleinen Raum roch die Luft verbrannt, als wären die elektrischen Leitungen über Kreuz verlegt worden.

Eigentlich hatte er vorgehabt, rasch nach unten ins Foyer zu gehen, wo die Inhaber der billigeren Eintrittskarten ihren Gin kauften. Stattdessen blieb er bewegungslos stehen, stützte sich auf beiden Seiten mit den Händen an der weichen Oberfläche der Wände ab und fixierte den Punkt, wo der Flur einen Bogen in die Dunkelheit schlug. Im Gegensatz zur kitschigen maurischen

Bauweise des Theaters selbst, in dem jede sich bietende leere Stelle vor Goldfarbe und Spiegeln funkelte, welche die Blicke auf sich ziehen sollten, hatte dieser Raum hier etwas Ansprechendes. Seine Schlichtheit, seine Stille bewirkten etwas in ihm. Eine Ruhe – eine Art Leere vermutlich. Dies war der perfekte Ort für Langeweile. Und Himmel, war er gelangweilt!

Lydia Boyce kam ihm in den Sinn. Sie war wie ein Refrain, der ihm nicht mehr aus dem Kopf ging. Als er sich bewusst auf sie konzentrierte, wurde ihm klar, dass seine Gedanken schon den ganzen Abend immer wieder zu ihr geschweift waren. Es war jetzt eine Woche her, seit er sie zum letzten Mal gesehen hatte. Nicht auf dem Gartenfest der Spencers, nicht bei Elmores Abendgesellschaft, nicht einmal beim Hauskonzert der Mowbrays. Warum zum Teufel hatte er solch idiotische Veranstaltungen besucht? Um sie dort zufällig zu treffen? Diese Möglichkeit sollte ihn nicht beunruhigen. Er war durchaus in der Stimmung, von ihr heruntergeputzt zu werden, in einem dunklen Flur von ihr die Leviten gelesen zu bekommen, sie noch ein weiteres Mal zu küssen und andere Dinge mehr. Er hatte mit großem Eifer auf ihr Erscheinen gewartet. Er könnte sie zur Genüge unterhalten, daran hatte er keinerlei Zweifel. Doch es schien, als würde sie sich selbst Unterhaltung verschaffen. Sie stattete beispielsweise den Pateshalls in den Chiltern Hills einen Besuch ab, doch das wusste er nur, weil Elizabeth übers Wochenende ebenfalls dort hingefahren war. In dem Brief, der ihn heute Vormittag erreicht hatte, erwähnte sie, wie still seine »Nemesis« bei Tisch saß.

Still? Die Beschreibung bereitete ihm Unbehagen. Das passte nicht zu dem, was er von Lydia wusste. Er hätte gedacht, dass sie ihn eventuell erwähnen würde, und sei es nur in Form einer trockenen, sarkastischen Bemerkung.

Aber vielleicht auch nicht. Welchen Grund hatte er ihr schon gegeben, seinen Namen in den Mund zu nehmen? *Wenn wir*

Freunde sein wollen, hatte sie zu ihm gesagt. Doch respektieren könnte sie ihn nicht. Himmel, wie konnte er ihr das zum Vorwurf machen? Immerhin hatte er in ihrem Beisein fast einen Menschen totgeschlagen. Und ihr Gesichtsausdruck, als er von dem Mistkerl zu ihr hochgeblickt hatte – es hatte ihm fast den Verstand geraubt. Sie hatte ihn angestarrt wie einen Unmenschen, einen Mann, der Frauen übel zugerichtet am Fuße einer Treppe liegen ließ. Es war falsch gewesen, verdammt falsch von ihr, ihn anzusehen, als würde er *je* die Hand gegen sie erheben. Der Ausdruck in ihrem Gesicht glich Stellas während jener letzten Wochen mit Boland.

Doch danach, aus keinem nachvollziehbaren Grund, hatte sie ihm verziehen. Das hatte ihn völlig aus dem Konzept gebracht. Immerhin hatte er sich ihr von seiner schlimmsten Seite gezeigt. Aber warum? Wollte er sie damit wegstoßen? War er inzwischen so krank, dass er Frauen nur so zum Spaß verhöhnte? Reizende Frauen, die wie Zuckerwatte schmeckten und unter seiner Berührung süß dahinschmolzen. Auf dem Dach hatte sie ihm den Atem geraubt. Und später, zwischen den Überresten der zertrümmerten Stele, hatte sie ihn angesehen, und in ihren Augen hatte ein größeres Staunen gelegen als in denen eines Neugeborenen. In jenem Moment hätte er alles mit ihr tun können. Sie sollte mit ihren Blicken nicht derartige Einladungen aussprechen. Jemand sollte sie davor warnen. Zwischen Lust und Furcht konnte man durchaus hin- und herspringen. Er kannte diverse Frauen, die dieses Rezept bevorzugten. Doch man wechselte nicht an einem Tag von Furcht zu Freundschaft. Man ließ Vorsicht walten und forderte Beweise. Wenn ihr gottverdammter Vater wirklich der Held wäre, für den sie ihn hielt, hätte er ihr das beigebracht. Aber nein. Sie war sogar noch naiver als Stella damals. Ein erschreckender Gedanke.

Dalton wollte etwas trinken, erinnerte sich James.

Er lief weiter. Im Foyer wimmelte es von Besuchern, die für Erfrischungen Schlange standen. Er kämpfte sich bis ganz nach vorn zur Bar durch, wo ein Mädchen mit einer schlaffen Federboa Gin in Sixpence-Maßen ausschenkte. Zwei kichernde Mädchen hakten sich bei ihm ein und bettelten um ein Schlückchen. Er spendierte ihnen die Getränke und bestellte dann seine. Aber er lehnte es ab, als sie ihm anboten, ihn nach oben zu begleiten. Er wusste nicht, was mit ihm los war, doch fühlte er sich seltsam distanziert von sich selbst, als beobachtete er sich von oben. Viel zu elegant gekleidet, mit einem spöttischen Lächeln auf den Lippen: Wie stilvoll er so gut wie gar nichts tat. *Es fällt mir sehr schwer, Sie zu respektieren.* Tja, gut für sie. Er hoffte nur, dass Lydia ihren Respekt in sehr knauserigen Mengen austeilte, da er einen, hatte man ihn erst einmal erworben, dazu trieb, ihr völlig zu Diensten zu sein. *Verfasse meine Publikationen. Treib Geld für mich auf. Wage dich in ein Elendsviertel, um mich zu schützen. Riskiere deine Sicherheit, um mir zu helfen. Und was war er für sie? Ein flatterhafter Tunichtgut, der davon träumt, ihre Handgelenke festzuhalten und sie über einen Stuhl zu beugen.*

Er war gerade die zweite Treppe wieder hinaufgestiegen, als ein Mann sich aus dem Dunkel löste. Im Grunde noch kein richtiger Mann: noch keine zwanzig, mit dunklem Flaum, wo eines Tages ein Bart sprießen würde. Doch das Messer in seiner Hand war echt genug, insbesondere als er vortrat und es James an die Kehle drückte.

Überrumpelt wich James zurück. Der Junge folgte ihm, den Arm über die drei Gingläser gestreckt, die James in den Händen hielt. Ein merkwürdiges Ballett war das: Kein einziger Tropfen schwappte auf seine Finger, während er dem Jungen ins Gesicht starrte. Sein Angreifer hatte Haut wie Teakholz; Augen, die Dunkleres erkennen ließen als unbeleuchtete Treppenhäuser.

»Geben Sie es zurück«, zischte der Junge.

James sah sich um. Das war ein sehr ungünstiger Ort, um einen Mord zu begehen. Unter ihnen waren Menschen, deren Schritte sich der Treppe näherten. »*Was* zurückgeben?«, fragte er.

Der Junge umfasste den Griff des Messers fester. Die Klinge brannte an seiner Kehle. Ermordet in einem Varietétheater, beim Zusammenbrechen von Gin durchnässt: Das würde seinem Vater doch noch einen Herzinfarkt bescheren. »Das wissen Sie sehr gut.« Der Jüngling war zwar dunkelhäutig, doch sein Akzent war reinstes Whitechapel. Er kam also aus dem Armenviertel. »Tun Sie nicht so, als hätten Sie sie nicht. Ich kann genauso gut Zeitung lesen wie Sie. Die Tränen gehören Ägypten!«

Schon wieder eine dieser verdammten Mitteilungen. Sie waren in den letzten Tagen mehr geworden. Aber die Sache mit Ägypten war ihm neu. Normalerweise winselte ihm der Briefeschreiber irgendwas von Flüchen vor.

Ägypten. Bei ihm machte es Klick. Dass das ein Zufall war, hielt er für sehr unwahrscheinlich. Er hätte gerne nachgefragt, aber weiteres Sprechen würde dem Jungen die Arbeit abnehmen und die Klinge noch tiefer in seine Kehle drücken.

»Potztausend! Ist das ein *Messer*?«

Das kam von einem Burschen mit Zylinder, der stehen blieb und sich die Szene durch sein Monokel genauer betrachtete. Der Junge warf einen Blick über die Schulter, zog die Hand zurück und stürzte an dem Mann vorbei die Treppe hinab.

James stellte die Gläser auf dem Teppich ab. Während er sich wieder aufrichtete, betastete er seinen Hals. An seinen Fingern war Blut. Na schön. An dem aufgeregt brabbelnden Zylinderträger vorbei, stürmte er die Treppe hinab und nahm immer drei Stufen auf einmal. Auf dem ersten Absatz sah er den Jungen schon eine Treppe weiter unten. Als er die letzte Treppe umkurvte und ins Foyer sprang, war der Flüchtende bereits in der Menschenmenge verschwunden.

Ihm nach, hinaus in die warme Nachtluft. Am hellen, lärmenden Leicester Square drängten sich die Menschen. Tausend gleißende Lampen beleuchteten die in Creme- und Goldtönen gehaltenen Fassaden der Varietétheater und Gaststätten. Scharen kreischender Frauen und übermütige junge Weiberhelden schoben und drängelten sich vorbei. Der Junge war verschwunden. James bemühte sich, wieder ruhiger zu atmen. Es roch nach Karamell, Bratfisch und Erbrochenem.

Ein Verrückter. Damit hatte er den Briefeschreiber abgetan, doch diese Bezeichnung schien nicht mehr zuzutreffen. Der Junge hatte Ägypten erwähnt. Und seit wann bekam er eigentlich diese Mitteilungen? James glaubte nicht, dass er sich täuschte: die erste war an dem Tag nach dem Debakel im Institut gekommen.

Verdammt. Jemand glaubte ganz eindeutig, dass er mehr von Hartnetts Lieferung abbekommen hatte als zutraf. Und wenn sie ihn damit in Verbindung gebracht hatten, würden sie mit Sicherheit auch Lydia damit in Verbindung bringen – wenn das nicht schon geschehen war. Sie sollte lieber die Augen aufmachen, und zwar schnell. Ihm war egal, was sie sah, wenn sie ihm ins Gesicht blickte. Aber er wollte lieber nicht dazu gezwungen sein, sich sie mit aufgeschlitzter Kehle vorzustellen.

Eilig begab er sich zurück zur Loge. »Nach draußen«, forderte er Phin auf und ignorierte Daltons Beschwerde über das Getränk, das er ihm schuldig geblieben war. In dem dunklen kleinen Flur sagte er: »Ich brauche deine Hilfe. Bist du nüchtern genug, um sie mir zu gewähren?«

Phin zögerte nur kurz, bevor er antwortete. »Gerade so.«

»Gut. Du musst dich für mich umhören. Um mich kurz zu fassen: Jemand hat mir Briefe über Flüche, irgendwelche Tränen und mein unmittelbar bevorstehendes Ableben geschrieben. Und gerade hat mich einer bedrängt und versucht, mir die Kehle aufzuschlitzen. Er ist mir entwischt und ich will, dass er gefunden wird. Er muss mir die Mitteilungen ja irgendwie zustellen. Vielleicht würde eine Überwachung meines Hauses etwas bringen. Kannst du das veranlassen?«

Phin zog erstaunt eine Augenbraue hoch. »Keine Frage. Tränen, sagst du? Und ein Fluch? Schreibt er sonst noch etwas?«

»Ich habe Grund zu der Vermutung, dass die Sache mit einer Transaktion von Schmuggelware aus Ägypten zusammenhängt.« Lydia zuliebe wollte er die Boyces lieber nicht erwähnen. Was für ein törichter Impuls. Informationen zurückzuhalten war nicht gerade die beste Methode, um sie zu schützen. »Es hat etwas mit der gefälschten Stele zu tun, die ich gekauft habe.« *Sie zu schützen?* War das jetzt seine Absicht? Wie lächerlich. »Es stellt sich heraus, dass sie aus Henry Boyces Lieferung stammt.« Lächerlich, einen Anflug von Gewissensbissen zu verspüren. »Aber vielleicht wurde sie ihm auch von einem Dritten untergeschoben.« Nun vollkommen verärgert über sich selbst, zuckte er mit den Achseln und fügte hinzu: »Du hast doch bestimmt Freunde, die in diesem Teil der Welt aktiv sind. Wenn du sie zurate ziehen könntest, wüsste ich es zu schätzen.«

Phin blickte gedankenverloren in die Ferne. »Ich kann dir etwas Besseres bieten«, sagte er langsam. »Mir ist kürzlich ein Gerücht zu Ohren gekommen.« Er richtete den Blick wieder auf James. »Ich kann mir zwar nicht vorstellen, wie du in so etwas verwickelt werden konntest, und ich hoffe bei Gott, dass es nicht so ist. Aber es als Zufall abzutun erscheint mir … unklug.«

»Ich würde mir das sehr gerne anhören«, sagte James. »Aber wir werden uns auf dem Weg zum Bahnhof unterhalten müssen. Ich übernachte heute auf dem Land.«

Die meisten Landsitze waren im Frühling verlassen. Aber Bagley End lag nur zwei Stunden von London entfernt, und die

Pateshalls nutzten es gerne als Zuflucht vor den ermüdenden Formalitäten der Ballsaison. Als Sophie die Einladung von ihnen bekam, war sie so verwundert über Lydias untypische Begeisterung, dass sie zugesagt hatte. »Vielleicht wird es dir guttun«, bemerkte sie nachdenklich. »Du bist in letzter Zeit sehr melancholisch.« Sie schauten sich gleichermaßen erstaunt an, und Ana klatschte entzückt in die Hände und forderte sie auf, sich zu umarmen, was sie dann auch taten. Nichtsdestotrotz lagen sie sich schon vor dem Abendessen wieder in den Haaren.

Sportbegeisterten hatten die Pateshalls eine Menge zu bieten. Ana verbrachte den Großteil des Tages mit Krocket, Tennis, Fahrradfahren und Bogenschießen, während Sophie lieber im Salon faulenzte, mit Freundinnen tratschte und Romane las. Lydia, die ihre »Melancholie« mit einem leichten Fieber erklärt hatte, blieb sich selbst überlassen. Sie vertrieb sich die Zeit damit, in den mit Ecktürmchen versehenen Türmen zu lesen, welche die große Halle des Herrenhauses überragten, und die allgemein zugänglichen Räume nach Schätzen zu durchforsten. Hinter einem Wandteppich im Damenzimmer hatte sie bereits eine Mumienmaske entdeckt sowie einen assyrischen Obelisken, der als zusätzliches Bein für einen Billardtisch diente. Dass sie heimlich ins Herrenzimmer gelugt hatte, bereute sie bereits, da sie dort eine römische Urne entdeckte, die zu ihrem Entsetzen als Aschenbecher missbraucht wurde.

An den ersten Abenden zog sie sich schon früh zurück. Immerhin hatte sie Fieber. Mit ihren überraschenden Entdeckungen über Sanburne hatte ihre Melancholie ganz bestimmt nichts zu tun. Doch als sie dort im Bett lag und der ausgelassenen Gesellschaft lauschte, deren Lärm gedämpft zu ihr nach oben drang, konnte sie an nichts anderes denken als an ihn. Ihr Kummer war ihr schleierhaft. Selbst wenn eine bizarre Sternenkonstellation Sanburne dazu gebracht hätte, sich in sie zu verlieben, hätte sie ihn nicht heiraten wollen. Ach, er hatte durchaus Gründe für seine Wut auf Moreland. Daran zweifelte sie nicht. Doch er opferte bewusst sein eigenes Glück, um den Mann zu quälen. Seine Wut war ihm wichtiger, als die Liebe es jemals sein würde.

Ihrer trüben Gedanken überdrüssig, beschloss sie am fünften Abend, unten zu bleiben. Zum Wochenende waren neue Gäste angereist, die wie durch eine chemische Reaktion die gesamte Atmosphäre verändert hatten, sodass jetzt alle zu flegelhaftem Benehmen tendierten. Beim Abendessen hatte Mrs Chudderleys neckische Bemerkung über Mr Ensleys Figur eine Reihe von schlüpfrigen Kommentaren nach sich gezogen, die nicht den Anschein hatten, weniger zu werden, als die Gesellschaft in den Salon überwechselte. Sie versuchte, Ana ins Bett zu schicken, die jedoch protestierte, dass sie erwachsen wäre und noch nicht gehen müsste, insbesondere da auch Mr Pagett anwesend wäre. Lydia zog sie hinaus in die Halle, um ihr eine Standpauke über die Freiheiten zu halten, die verlobten Frauen im Gegensatz zu verheirateten zustanden, zu deren Ende Ana sich von ihr losriss und rief: »Was weißt *du* denn schon davon?« Woraufhin sie, eindeutig von sich selbst schockiert, in Tränen ausbrach und eine Entschuldigung schluchzend zur Treppe rannte.

Deshalb war Lydia nicht gerade in Hochstimmung, als sie zur Gesellschaft zurückkehrte. Mr Ensley stand am Kamin und schwang vor einem hingerissenen Publikum große Reden. »Verstecken spielen«, schlug er gerade vor. Lydia nahm neben Sophie Platz. »Aber wir wollen der Sache etwas Würze verleihen. Schließt die Augen und stellt euch vor, es sei August. Das Pferderennen in Epsom und das Bootsrennen in Henley liegen schon hinter uns. Auch das Wettschießen beim Bisley Meeting und die Schulfeier in Eton sind schon vorbei. Ihr seid todmüde. Habt die vielen Koteletts satt. Stellt euch vor, dies ist eine richtige Party auf dem Land – irgendwo im Norden, wo es endlos regnet.«

»Die Hebriden!«, rief Mrs Chudderley aus. Lydia warf ihr einen Blick zu. Sie saß mit Mr Nelson auf dem Zweiersofa, die Hand ganz beiläufig auf seinem Knie. Soweit Lydia wusste, waren sie weder miteinander verwandt noch einander versprochen. Sanburne wäre von einem solchen Benehmen natürlich nicht überrascht. Es war genau die Zügellosigkeit, die er zweifellos von seinen Freunden verlangte.

»Die Hebriden«, sagte Mr Ensley und tippte sich an einen unsichtbaren Hut. »Hervorragend. Auf den Hebriden gestrandet, müssen wir selbst für unsere Unterhaltung sorgen. Deshalb schlage ich ›Küssen im Wandschrank‹ vor.« Hier und da wurde nach Luft geschnappt, gefolgt von nervösem Gekicher. »Oh ja«, bestätigte er grinsend. »Ihr habt davon gehört: Verstecken spielen mit Pfiff. Wenn ein Herr eine Dame fängt, erwirbt er das Recht, sie zu küssen. Die Damen sind nur sicher, wenn es ihnen gelingt, unbemerkt bis zum Gewächshaus zu kommen!«

Mr Pagett schlüpfte unbemerkt aus dem Raum, worauf er prompt in Lydias Achtung stieg. Wochenenden auf dem Lande waren berühmt für solch kindische Belustigungen, die jedoch normalerweise erst zu später Stunde ausbrachen. Für diese Entwicklung gab sie dem Zirkel im Marlborough House die Schuld, bei dessen Mitgliedern solche Spielchen Gerüchten zufolge recht beliebt waren.

Als sie aufstehen wollte, hielt Sophie sie am Handgelenk fest. In ihren Augen lag ein fiebriger Ausdruck. »Du *musst* einfach bleiben«, bat sie. »Das wird ein Riesenspaß, Lyd – aber ohne dich kann ich nicht mitspielen.«

»Das solltest du auch nicht. Es ziemt sich nicht. George würde …«

»Ach, George hätte nichts dagegen. George hat nur seine Karriere im Kopf.«

»Löschen Sie die Lichter!«, rief Mr Ensley einem Diener zu,

und erschreckte sie beide damit. »Im gesamten Erdgeschoss muss es dunkel sein.« Er warf Sophie einen verstohlenen Blick zu, und als er merkte, dass Lydia es mitbekommen hatte, lief er rot an, wandte sich ab und sprach betont eifrig mit dem Diener.

Seine Reaktion bereitete Lydia großes Unbehagen. »Sophie, das ist unklug. Ich vertraue nicht darauf, dass Mr Ensley sich benimmt.«

Sophie erhob sich. Ihre trotzige Miene kannte Lydia nur allzu gut. »Mr Ensley ist ein Kavalier, und George hat mir ausdrücklich befohlen, entgegenkommend zu ihm zu sein. Sein Vater hat großen Einfluss.«

»Aber …«

»Und wer bist du überhaupt, mir Ratschläge erteilen zu wollen? Du verkehrst doch kaum in der feinen Gesellschaft. Spiel ruhig die Spielverderberin, wenn du magst, aber was ich tue, geht dich nichts an.« Damit warf sie den Kopf in den Nacken und gesellte sich zu den anderen Frauen, die sich kichernd versammelt hatten und den Männern nervöse Blicke zuwarfen. Wieder sah Ensley Sophie durchdringend an und – Himmel! – Sophie wurde ganz rot und stieß ein kleines Lachen aus.

Oh, das war ganz übel.

Lydia marschierte schnurstracks auf Sophie zu. »Ich weiche nicht von deiner Seite«, sagte sie grimmig.

»Dann musst du die ganze Zeit hinter mir herlaufen.«

»Dann tue ich das eben.«

Jemand drehte die Gasflammen am Kronleuchter herunter. Als es dunkel wurde, kreischten die Damen aufgeregt. Lydia packte ihre Schwester am Arm. »Ich lasse dich nicht los.«

»Neunzig Sekunden, die Damen! Ihr habt neunzig Sekunden, um wegzulaufen.«

»Du bist nicht meine Mutter«, zischte Sophie und riss sich so gewaltsam von ihr los, dass Lydia ins Straucheln kam. Dabei stieß sie gegen jemanden – dem geflüsterten Protest nach zu urteilen Mrs Ellis. Und dann war auch diese Frau verschwunden. Trippelnde Schritte, ein erstickter Kicheranfall und dann Stille.

Nein. Nicht ganz. Sie hörte noch das Rascheln von Kleidern und das leise Knarren von Schuhleder. Ganz in ihrer Nähe atmete jemand.

»Noch fünfundvierzig Sekunden«, rief Ensley leise. »Auf die Plätze, meine Herren. Die Damen brennen darauf, gefangen zu werden.«

Ein Schauder lief ihr über den Rücken. Sie war von Männern umgeben, die nur darauf warteten, die Verfolgung aufzunehmen. In weniger als fünfundvierzig Sekunden würde sie nicht mehr in diesem Raum sein wollen.

Sie hielt den Atem an und tastete sich langsam zur Tür vor, die Schultern in der Erwartung angespannt, gegen den Körper eines Mannes zu stoßen. Es war der längste Gang ihres Lebens, diese zwölf zögernden Schritte. Doch dann stieß sie mit der Hand an etwas. Die Wand. Verzweifelt tastete sie nach rechts und links. Ihre Finger schlossen sich um den Türrahmen. Sie zog sich ins Vestibül, wandte sich nach rechts und raffte ihre Röcke hoch, um in die Halle zu laufen, wo die Haupttreppe begann.

Sie hatte bereits das Geländer umfasst, als jemand sie am Handgelenk packte. Ein Fingernagel kratzte über ihren Fingerknöchel. »Hab dich«, rief Ensley und riss sie herum, um seinen Mund auf ihren zu drücken.

Sie stieß ihn so heftig weg, dass er von der Treppe stolperte und in einem Mondstrahl landete, der durchs Fenster hoch oben über der Eingangstür fiel. »Verdammt!« Er rappelte sich auf die Knie hoch. »Sophie, was zum Teufel …«

»Lydia«, entgegnete sie eisig. »*Ihre Schwester.*«

Er gab einen angeekelten Laut von sich, als hätte er etwas

Verdorbenes heruntergeschluckt. »Oh Gott«, murmelte er. »Ich habe Sie für Sophie gehalten.«

Das hätte sie eigentlich nicht treffen sollen. »Die eine verheiratete Frau ist!«

Seine mürrische Miene verwandelte sich in ein hässliches Lächeln. »Verbittert, wie?« Er stand auf. »Was suchen Sie überhaupt hier an der Treppe? Im Gewächshaus wären Sie sicher gewesen.« Als er auf sie zutrat, fiel ihr sein taumelnder Gang auf. Die Gentlemen mussten sich eine Menge Portwein genehmigt haben, als sie sich nach dem Abendessen zurückgezogen hatten. »Man könnte meinen, dass Sie gefangen werden wollten«, fuhr er fort. »Sie arme, vertrocknete kleine …«

»So klein bin ich gar nicht«, entgegnete sie. »Und ich würde lieber einen Frosch küssen. Jetzt lassen Sie das, sonst tut es Ihnen morgen leid.«

Er trat noch einen Schritt näher. Was für eine verschlagene, selbstgefällige Made er doch war! Sie würde ihn ohrfeigen müssen.

Ein grelles Licht ließ sie beide zusammenzucken. Synchron wandten sie sich zum Fenster. Durch die Wände drang ein schwaches Donnergrollen.

Der Blitz schien ihn wieder zur Vernunft zu bringen. Er raufte sich die Haare, murmelte etwas Gotteslästerliches und machte auf dem Absatz kehrt.

Sie stand stocksteif in der Dunkelheit und lauschte den sich rasch entfernenden Schritten. Vertrocknet, ja? Erst heute morgen hatte sie sich prüfend im Spiegel betrachtet. Vielleicht hatte sie Fältchen um die Augen, die vor vier Jahren noch nicht da gewesen waren. Sie war zwar keine Debütantin mehr, aber alt war sie auch noch nicht. Obwohl … Es war schon so, dass die meisten Frauen mit sechsundzwanzig bereits zwei Kinder hatten und das nächste schon unterwegs war. Das war ihr nicht vorherbestimmt. Na und? Sie hatte Wichtigeres zu tun als sich für sich selbst zu schämen.

Trotzdem. Das Geräusch, das er von sich gegeben hatte, als ihm klar wurde, wer sie war – es war fast ein Würgen gewesen. Er war ein Flegel, eine Schlange. Es hätte sie nicht verletzen sollen. Sie war schon von weit attraktiveren Männern geküsst worden als von ihm. Und Sanburne schien es gefallen zu haben. Denk nicht an ihn, ermahnte sie sich selbst.

Mr Ensley hatte sie mit Sophie angesprochen. *Sophie, was zum Teufel?* Wieso hatte es ihn überrascht, dass ihre Schwester seine Aufmerksamkeiten zurückwies? Warum fühlte er sich dazu berechtigt, sie mit ihrem Vornamen anzusprechen? Es war fast so, als … hätten sie sich dort im Dunkeln verabredet.

Nein. Sie musste sich irren. So etwas würde Sophie niemals tun.

Doch die Möglichkeit, durch die Halle zu laufen und vom Gegenteil überzeugt zu werden … Sie hätte es nicht ertragen. Die Scheinheiligkeit würde sie in Rage bringen. Zuerst direkt vor ihrer Nase um George buhlen und dann mit Mr Ensley tändeln?

»Ich habe es satt«, murmelte sie. Satt, Sophies Aufpasserin zu spielen. Soll sie doch ihre eigenen Fehler begehen. Und auch dafür bezahlen. *Wahre Schönheit kommt von innen. Aber äußere Schönheit ist sehr von Vorteil.* Sollte Sophie diese Hypothese doch einmal prüfen.

Wieder grollte der Donner. Sie fand sich an der Eingangstür wieder. Sie zog sie auf, um in den plötzlichen Regenschwall hinauszusehen. Als Kind war sie bei dem Wetter gerne nach draußen gegangen, um sich klatschnass regnen zu lassen und von den Elementen umtost zu werden. »Meine kleine Bacchantin«, hatte Papa sie deshalb genannt. Sophie hingegen fürchtete sich, wenn es blitzte. Sie hatte sich unter Mamas Röcken versteckt, ohne je zu sehen, wie schön das Naturschauspiel war. Sophie wäre niemals nach St. Giles gefahren, selbst wenn Papas Leben davon abgehangen hätte. Sie mochte schöne Dinge und schöne Menschen und schickte ihre Untergebenen, wenn es unangenehme Dinge zu erledigen gab. *Ich kann einfach nicht begreifen, wie du Handel betreiben kannst.* Als hätte sie noch nie ein Paar Handschuhe getragen, das vom Erlös von Papas Artefakten finanziert worden war.

Lydia trat in die Säulenhalle hinaus. Der Rasen fiel schräg ab zu einem kleinen, vom Wind aufgepeitschten See. Als die Tür hinter ihr zuschlug, erschien ihr das wie ein Befehl. Sie würde erst wieder zurück ins Haus gehen, wenn das Spiel vorbei war.

Das Haus war eine gotische Monstrosität, die sich im Regen ausbreitete wie ein arroganter Wasserspeier. Als die Kutsche ihre Fahrt verlangsamte, öffnete James die Tür und sprang heraus. Er landete unsicher. Die Zufahrt verwandelte sich bei dieser Nässe in Schlamm; der Kies musste dringend einmal durchgekämmt werden.

Als er mit großen Schritten zum Eingang lief, fiel ihm etwas Eigenartiges auf. Das Erdgeschoss lag völlig im Dunkeln. Als er ungeduldig an die Eingangstür klopfte, schwang sie knarrend auf.

Ihm sträubten sich die Nackenhaare.

Er atmete tief durch, um sich zu beruhigen. Ihm schossen die wildesten Vermutungen durch den Kopf. Daran war Phin schuld. Ein sehr gewagte Theorie, die er da über die Tränen aufgestellt hatte. Doch selbst wenn es einer ganzen Verbrecherbande gelungen wäre, James' Reiseziel zu erahnen, hätten sie unmöglich das gesamte Personal überwältigen können, jedenfalls nicht in so kurzer Zeit. Hier war etwas anderes im Gange. Als er in die Eingangshalle trat, sah er den matten, schwankenden Schein einer Laterne, die sich durch die Halle entfernte. »He!«, rief er.

»Was ist?« Der Schein vollführte einen kleinen Tanz, drehte

um und kam auf ihn zu. Als die Laterne hochgehalten wurde, sah er in das erschreckte Gesicht eines Dienstmädchens. »Oh, Sir! Sind Sie gerade erst eingetroffen? Wir haben keine Übernachtungsgäste mehr erwartet!«

»Ist das Gas ausgegangen?«

»Nein, Sir, die Gäste haben das Licht gelöscht. Sie spielen Fangen – oder haben es schon getan. Jetzt sind sie im Gewächshaus. Soll ich Ihnen die Laterne überlassen, Sir? Ich hole mir eine andere.«

Er schüttelte den Kopf. »Behalten Sie sie ruhig. Und …« Es war zwar nicht sein Haus, aber egal. Nach dem Schrecken, den man ihm eingejagt hatte, hätte er es lieber hell. »Schalten Sie die Lichter wieder an.«

»Ja, Sir.«

Er lief durch den Flur. Er war schon einmal in Bagley End gewesen, doch das war schon eine ganze Weile her. Jemand spielte Klavier. Er folgte den Klängen. Er wollte Lydia finden, ihr die Situation erklären und herausfinden, wo sie die anderen Fälschungen versteckt hielt. Er würde sie zertrümmern, sie dem angeheuerten Meuchelmörder aushändigen oder Phin überlassen, was auch immer ratsamer erschien. Et voilà: Damit hätte er seine Pflicht erfüllt und Heiligenstatus erlangt.

Als er das südlichste Vorzimmer erreichte, wurde die Musik lauter. Er schob die Taschenschiebetüren auf und fand sich im Esszimmer wieder. Ein Rätsel war gelöst: Der Großteil des Personals stand um die Glastüren herum, die sich zum Gewächshaus hin öffneten, und sah den Gästen dabei zu, wie sie zwischen den Bäumen tanzten und tranken. An einer Topfpalme entdeckte er Lydias Schwester, die lebhaft gestikulierend einen Mann anhimmelte. Nach dem Fangenspielen war sie leicht derangiert: Ihr Chignon zeigte Auflösungserscheinungen und einer ihrer Spitzenhandschuhe war bis zum Handgelenk eingerissen.

Als er an den Bediensteten vorbeilief, zuckten sie zusammen und stoben auseinander wie aufgeschreckte Tauben. Mr Joyner war anwesend sowie Lady Bulmer und Michael Hancock – ein übler Bursche, aber ein hervorragender Dichter. Die Pateshalls hatten wirklich Sinn für Kunst.

Lydia war nirgends zu sehen. »Lady Southerton«, rief er, doch die Dame befand sich in einer Art Trance: Sie lächelte fortwährend und hörte ihn nicht. Er trat an sie heran und berührte sie an der Schulter. »Madam.«

Sie wirbelte herum. »Viscount!« Sie warf ihrem Begleiter einen fiebrigen Blick zu. Der Mann war gertenschlank, ein schmächtiger Weiberheld mit engen Hosen und Monokel. Er schien zu den Bedauernswerten zu gehören, die puterrot anliefen, wenn sie ein bisschen getrunken hatten. »Mr Ensley hat uns soeben durch eine sehr eigentümliche Variante des Versteckspiels geführt. Oh, kennen Sie Mr Ensley?«

Ensley. Stimmte ja. »Wir kennen uns bereits«, sagte er. »Erbe einer Bankiersfamilie, ja?«

Ensley lächelte breit. »Dafür kann ich nichts.«

»Zudem noch ein Schürzenjäger und Falschspieler«, sagte James. »Doch dafür können Sie sicher auch nichts. Lady Southerton, wo ist Ihre Schwester?«

Unsicher blickte sie von einem zum anderen. Ensley war ganz blass geworden. Das stand ihm wirklich sehr viel besser. »Ah … Das kann ich nicht sagen. Ich dachte, sie … aber nein, seit die Lichter ausgingen, habe ich sie nicht mehr gesehen. Vielleicht hat sie sich schon für die Nacht zurückgezogen?«

Ensley schniefte. »Sie ist nach draußen gegangen.«

Lydias Schwester warf einen Blick zu den Glaswänden des Gewächshauses. »Regen«, murmelte sie, als fiele ihr jetzt erst auf, dass das Wasser in Strömen an den Fensterscheiben herablief. »Ja, dann vielleicht.«

Eine seltsame Reaktion. »Sie wollen damit sagen, dass sie bei diesem Unwetter nach draußen gegangen ist? Aber warum?«

Ensley schnaubte verächtlich. »Wer weiß das schon?« Er klang nicht gerade begeistert von Lydia. »Weiß der Himmel, vielleicht hat sie sich irgendwo im Buschwerk verlaufen. Tut mir leid, Sophie, aber deine Schwester ist eine richtige Spielverderberin.«

»Ja?« Lady Southerton lachte unsicher. »Vermutlich ja. Ziemlich ernst, unsere Lydia.«

Ein Blitz erhellte die Welt außerhalb der Glasscheiben. Die Gäste schrien auf. Mit einem verächtlichen Schnauben wandte James sich ab. Er war stets für einen Spaß zu haben, aber wenn sie schon angesichts eines Blitzes aufschrien, strengten sie sich nicht genug an.

Er begab sich zurück zur Vorhalle. Auf dem Weg dorthin stieß er auf Elizabeth, die ihre Frisur betastete und kokett in den Raum, den sie soeben verlassen hatte, hineinrief: »Dann musst du mich eben noch einmal fangen. Oh, James! Was tust du denn hier?«

»Ich suche jemanden«, erklärte er. »Wenn du mich entschuldigst.«

Ihre Miene verdüsterte sich, doch sie erhob keinerlei Einwände, als er weiterstiefelte.

Draußen peitschte der Regen so heftig vom Himmel, dass es auf der Haut schmerzte. Zu allem Übel hatte sich auch noch ein Nebelschleier über den Rasen gelegt, was ein Vorwärtskommen tückisch machte. Als er über eine Baumwurzel stolperte, wäre er um ein Haar im Schlamm gelandet. Das war doch absurd. Was zum Teufel wollte sie hier draußen? Und warum machte er sich die Mühe, nach irgendeinem schwachköpfigen Blaustrumpf Ausschau zu halten, der eigentlich so schlau sein sollte, bei Gewitter nicht draußen herumzulaufen?

Ein Blitzstrahl erhellte die Parklandschaft. Er brannte ihm die

Szene ins Gehirn ein: ein wellengepeitschter See, zwei Boote, die an der Anlegestelle schaukelten – und die einsame Frauengestalt, die im weißen Kleid am Rande des Stegs stand. Oh Gott! Er beschleunigte seine Schritte. Wollte sie sich den Tod holen? Nur wenige Schritte hinter sich hätte sie Unterschlupf finden können, doch sie stand mit dem Gesicht zum Himmel gewandt. Der Regen prasselte so hart herab, dass es auf seiner Kopfhaut schmerzte. Er konnte sich nicht vorstellen, dass es ihr gefiel, wenn ihr die Tropfen ins Gesicht schlugen oder was über sie gekommen sein mochte, sich dieser Naturgewalt schutzlos auszusetzen. Vielleicht war sie vor Furcht wie gelähmt. Lizzie bekam gelegentlich solche Anfälle. Spinnen, Mäuse, Staubkörnchen: Es gab eine Vielzahl natürlicher Gräuel, die sie dazu brachten, zu erstarren oder zurückzuschrecken und davonzurennen wie ein verängstigtes Fohlen. Doch als er nahe genug herankam, um Lydias Gesicht zu sehen, gerieten seine Erwartung, einen weiteren Fall von Hysterie vor sich zu haben, und der wachsende Zorn, mit dem er stets darauf reagierte, ins Wanken. Denn ihre Lippen waren geöffnet, ihre Arme hingen entspannt herab, und sie wedelte mit den Fingern, als wollte sie den Regen herbeiwinken. Und als der Blitz erneut über den Himmel züngelte, sah er etwas wie … Euphorie in ihrem Gesicht.

Der Donner krachte so laut, dass er in augenblicklicher Sorge einen Blick zum Bootshaus warf. Als er wieder zu ihr sah, hatte sie die Augen geöffnet und erwiderte seinen Blick. Auf ihrem Gesicht breitete sich ein Lächeln aus.

Ein Schauder huschte über seinen Rücken. Ihm sträubten sich die Nackenhaare. Was für ein befremdendes Lächeln: wissend, unnahbar, distanziert. Er konnte nicht sagen, was es in ihm auslöste, ob die Empfindung, die über seinen Rücken zuckte, Abscheu war (so weltentrückt und eigentümlich war der Ausdruck in ihrem Gesicht) oder eine neue Variante von Lust. Er holte tief Luft und wischte sich die nassen Haare aus der Stirn. »Was tun Sie hier draußen?«

Sie lachte. Es war ein ungezügelter Laut. Er fragte sich kurz, ob sie getrunken hatte, obwohl der Gedanke ihm abwegig vorkam. »Hallo, James.« Ihr heiterer, gelassener Ton irritierte ihn. Er passte nicht zu diesem Lachen. »Wann sind Sie angekommen?«

Diese gleichmütige Begrüßung brachte ihn aus dem Gleichgewicht. »Gerade eben«, sagte er mit zusammengebissenen Zähnen. Plötzlich kam er sich töricht vor. Er war in ein Gewitter gestürmt, um eine Jungfrau in Nöten zu retten, und fand stattdessen eine Artemis vor. Eine Nymphe. Eine urwüchsige Gestalt, die seiner nicht bedurfte.

In Ordnung, er war wütend. Was war ihm sonst noch an ihr entgangen? Würden ihr Flügel wachsen, sobald er ihr den Rücken kehrte? *Ich habe Höhenangst*, hatte sie zu ihm gesagt, und *wir haben keine Anstandsdame, es wäre ungebührlich*, doch rückblickend hätte diese Beteuerung sie verraten können: *Ich trinke den Gin sowieso nicht*. Sie warf ihm diese Sätze hin wie Köder und brachte ihn so zu eklektischen Mutmaßungen über ihren Charakter. Wie undankbar von ihr, wie kleingeistig, sich so fade zu geben. Die Welt bedurfte besserer Dinge von ihr. *Er* bedurfte besserer Dinge von ihr. »Welche Anstrengung es Sie kosten muss«, sagte er, ohne sich die Mühe zu machen, seine Gereiztheit zu verbergen. »Wie zermürbend es für Sie sein muss, sich permanent als biederes, verschrobenes Fräulein auszugeben.«

Ihr Lächeln verdunkelte sich zu etwas Menschlicherem. »Sie haben mich gesucht?«, fragte sie.

»Oben im Haus glauben sie, Sie hätten sich verlaufen.«

»Oje! Hoffentlich hat sich niemand Sorgen gemacht.«

In seinem Kopf machte es ein zweites Mal Klick. Ihre Schwester war in keiner Weise besorgt gewesen. Sie hatte nicht einmal

Überraschung geäußert. »Überhaupt nicht. Das bedeutet … es gefällt Ihnen, oder? Sie wurden gar nicht vom Unwetter überrascht. Sie sind extra deshalb nach draußen gegangen.«

Um ihre Mundwinkel zuckte es belustigt. »Vielleicht war mir nach Baden zumute.« Dann zuckte sie mit den Achseln. »Ich dachte nicht, dass mein Fehlen bemerkt würde.«

Das war eine sonderbare Feststellung, doch ihre Miene war abgeklärt, schicksalsergeben. Während er sie entgeistert anstarrte, ebbte seine Verlegenheit ab. Ein Dutzend Unannehmlichkeiten nahm er nur undeutlich wahr: Seine Kleider waren feucht und klamm, seine Hemdsärmel klebten ihm an der Haut und der kalte Regen pikste auf seinen Wangen wie Nadelstiche. Doch – das wurde ihm plötzlich klar – ihre Vorliebe war durchaus nachvollziehbar. Es gab Phänomene hier draußen, die man bewundern konnte.

Er atmete tief durch und sah sich um. Der Nebel war dichter geworden, sodass man nicht weiter sehen konnte als ein paar Meter weit. Doch der Geruch der aufgeweichten Erde war herb und berauschend, als ob unter dem Klatschen des Regens alles anschwölle: fruchtbare Lehmerde, frische grüne Sprösslinge, Pflanzensaft und Gras, abgeknickte Blumenstängel. Ein leichter Ozongeruch überlagerte alles. Die Luft blieb auch nach dem Blitz wie elektrisch aufgeladen.

Lydia trat an ihm vorbei vom Steg. Er war überrascht, folgte ihr aber langsam. Als sie stehen blieb, griff sie in den Nebel und zeigte ihm, wie aus dem Äther gezaubert, eine samtweiche rote Rosenblüte. »Sie blühen bei Regen auf«, sagte sie leise. »Sehen Sie nur, wie sie sich ihm öffnen.«

Die Worte fuhren ihm direkt in die Lenden. Alles an ihm straffte sich. Es war die Bemerkung einer Wollüstigen, die Bemerkung der Frau, die sie sein könnte, wenn sie es sich nur gestattete. Wenn sie dazu nur fähig wäre.

In dem Moment durchdrang ihn ein eigenartiges Gefühl. Es fühlte sich an wie Zuneigung, aber zarter, gefährlicher für sein Gleichgewicht. Natürlich rannte sie bei Unwettern ins Freie. Wie ein Dach war das für sie ein geschützter Raum. Niemand, der sie sehen konnte, wenn sie die Regeln brach. Sie wusste genau, dass sie im Haus niemand vermisst hatte. Sie hatte sogar darauf gezählt, dass niemand sich die Mühe machen würde, ihr nachzujagen. Alles Dummköpfe, ausnahmslos.

Er atmete tief ein. Er konnte die Rosen jetzt riechen. Doch sie irrte sich: Sie mochten den Regen überhaupt nicht. Der Regen öffnete die Blütenblätter gewaltsam – die Rosen ergaben sich ihm nur.

Sie sah ihn aus den Augenwinkeln an. Er erwiderte ihren Blick offen und direkt. Er hatte damit gerechnet, dass ihre Anziehungskraft auf ihn nur eine vorübergehende Laune sein würde, eine kurzzeitige Verrücktheit – dass diese neue Erfahrung, wenn er sie das nächste Mal sah, oder spätestens in ein paar Wochen, an Reiz verlieren würde. Wie seltsam. Wie erstaunlich. »Ist das ein Spiel, mit dem Sie sich amüsieren?«, setzte er an, *indem Sie allen vorspielen, dass Sie reserviert, kalt, unbeteiligt sind …* Doch der Rest blieb unausgesprochen, da sich ihm die Kehle zuschnürte. Eine eigenartige Furcht, dass sie ihm nicht ehrlich antworten würde, erstickte seine Neugier.

Sie runzelte die Stirn. Sie hatte keine Ahnung, was er meinte. Oder vielleicht auch doch, denn sie wich seinem Blick aus und trat unbehaglich von einem Fuß auf den anderen. Offensichtlich ging ihr jetzt auf, dass sie ihm gerade zu viel von sich offenbart hatte. Er betrachtete ihre lange Nase. Schnurgerade war sie, ein Wunder, dass ihr nicht permanent die Brille herunterrutschte. Ihre Lippen hingegen waren prall, sorgsam ausdruckslos. *Zu spät*, dachte er, von plötzlicher, heftiger Lust gepackt. *Zu spät, Lydia. Ich habe dich gesehen.*

Der Nebel blitzte grellweiß auf. Ein leises Lächeln von ihr, das sie rasch unterdrückte. Nun denn. Sie amüsierte sich noch immer, störte sich jedoch daran, dass er zuschaute. Sie brauchte diesen Betrug nicht aufrechtzuerhalten. Nicht vor *ihm*, Herrgott noch mal. Dass sie es trotzdem tat, kam ihm seltsamerweise wie ein Verrat vor. Wie aus heiterem Himmel fiel ihm der Tag ein, an dem er dahintergekommen war, was für ein Spiel Boland trieb. Er dachte an die hilflose Wut und den Schmerz, die diese Erkenntnis in ihm geweckt hatte, so als spielten seine Gefühle dabei eine tragende Rolle. An jenem Tag hatte er genau das Falsche zu Stella gesagt. Er gäbe alles darum, wenn er die Worte zurücknehmen könnte: *Mein Gott! Ich bringe den Scheißkerl um.* Und dann: *Warum zum Teufel hast du es mir nicht gesagt?*

Er wollte diesen Augenblick nicht verderben oder Wahrheiten aussprechen, die sie nur zum Weglaufen veranlassen würden. Deshalb nahm er sie beim Arm und zog sie zum Bootshaus.

Einen kurzen Moment lang leistete sie Widerstand. Das bot ihm die Gelegenheit, seine Frustration zu kanalisieren. Ihre Haut und ihre Muskeln unter seinen zupackenden Fingern waren fest. Dies war die elementarste Heuchelei, die man sich vorstellen konnte: jünger zu sein, als man eigentlich sein wollte. Sie hatte beschlossen, für körperliche Begierden zu alt zu sein, doch sie kam nicht gegen ihren Körper an. Sie konnte die Art nicht ändern, wie er zu ihm sprach, oder dass er für ihn sorgen könnte, seine Bedürfnisse erfüllen könnte. Und zwar besser, als sie sich träumen ließ.

Gemeinsam betraten sie den kleinen Schuppen. Paddel hingen an der Wand aufgereiht, und die Luft roch nach Wachs und Holzlack. Sie machte sich von ihm los, und ihre durchnässten Röcke wischten über die Planken. Er schüttelte heftig den Kopf und empfand eine kindliche Freude daran, wie die Tröpfchen sie bespritzten. Unerklärlich, dieses Bedürfnis, sie zu irgendeiner, egal welcher Reaktion herauszufordern. Er hatte keine Kontrolle darüber. Es wollte nach ihr greifen und sie packen, sie schütteln und dazu zwingen, ihm Beachtung zu schenken.

Doch sie verweigerte ihm diese Befriedigung und konzentrierte sich vollkommen auf das Glätten ihrer Röcke. Eine ganze Weile beschäftigte sie sich mit ihnen, bis ihr in der Stille vielleicht aufging, dass sie keinen glaubwürdigen Vorwand mehr für ihr Interesse lieferten. Sie blickte auf, und ihre Augen wurden groß, als sie merkte, dass er sie beobachtete.

Sie spielte nicht mit ihm. Sie hatte keine Ahnung von der Wirkung, die sie auf ihn ausübte.

Diese Erkenntnis hätte seine Verärgerung mildern sollen. Das tat sie aber nicht. Herrgott, wie oft hatte er sich jetzt schon zum Narren gemacht? Und dennoch blieb sie auf eine Weise naiv. Wie konnte eine erwachsene Frau so grundlegend unbedarft sein, was ihre Reize betraf?

Ganz beiläufig sagte sie: »Ich vermisse die ländliche Umgebung. Es scheint, als hielten wir uns ständig in der Stadt auf.« Aus ihrem entschuldigenden Unterton schloss er, dass sie ihm dieses Schmankerl – ärgerlich unpersönlich, als wären sie einander fremd – als Erklärung anbot.

Doch er hörte ihr genauer zu, als sie glaubte. Da war etwas in ihrer Stimme, dachte er. Es war ihm auch früher schon aufgefallen. Bei ihrem ersten Treffen war ihm die Heiserkeit unter diesen sorgsam justierten Tönen aufgefallen. Auch dort ein Hauch Unzivilisiertheit? Als müsste sie sich Dinge verkneifen, die sie eigentlich viel lieber sagen wollte.

Ihm würde sie sich anvertrauen. Wieder und wieder, so lange sie wollte, bis sie sich nicht mehr fürchtete, aufrichtig von sich selbst zu sprechen. Die Entscheidung kristallisierte sich in ihm heraus und brachte eine tiefe Befriedigung mit sich, als wäre eine Frage, über die er lange gegrübelt hatte, endlich geklärt.

Vorerst jedoch lächelte er nur. »Dann sollten Sie es mit Gartenarbeit versuchen. Hinaus ins Gewitter zu laufen ist eindeutig fehl am Platz.«

Eine Augenbraue schoss nach oben. »Viscount«, sagte sie, so bieder wie ein schimpfendes Kindermädchen. »Wollen Sie mir etwa Lektionen in Benimm erteilen? Dabei dachte ich, Sie machten sich nichts daraus.«

Armes Mädchen. Sie wusste es noch nicht, aber das Spiel war aus. Ihre Förmlichkeit konnte ihn nicht länger täuschen. »Miss Boyce«, antwortete er und ahmte ihren Tonfall nach. »Ich weiß, dass Sie Gefallen daran finden, meinen Lebenswandel herabzuwürdigen, aber vergessen wir nicht, dass Sie diejenige waren, die sich entschieden hat, in ein Unwetter hinauszurennen.«

Sie betrachtete ihn ruhig. »Ich habe Sie nicht gebeten, mir nachzulaufen. Ich nehme an, Sophie hat Sie darum gebeten?«

Sein Lächeln wurde spöttisch. »Richtigstellung. Sie fragen sich, ob sie überhaupt weiß, dass Sie hier draußen sind. Allein mit mir. Und ob es überhaupt jemand weiß.«

»Ich war schon öfter allein mit Ihnen.«

»Oh ja«, sagte er leise. »Diese Male zählen zu meinen schönsten Erinnerungen.«

In dieser Stimmung ließ sie sich nicht so leicht in Verlegenheit bringen. »Wie furchterregend Sie sind!« Um ihre Mundwinkel zuckte es belustigt. »Vermutlich sollte ich zurück in den Sturm rennen, um Ihnen zu entkommen.«

Er dachte darüber nach. »Einen Versuch wäre es wert.« Man musste die Gunst der Stunde nutzen. »Es könnte amüsant werden.«

Ihr Lächeln erstarb. Sie wich seinem Blick aus. Ihm ging ein Licht auf: die Vorstellung, von ihm verfolgt zu werden, erregte sie.

Auch er selbst atmete nicht mehr ganz gleichmäßig. Er sah

es förmlich vor sich. Wie ihre Haare sich lösten und hinter ihr herwehten, während sie durchs Gras rannte. »Hat das noch nie jemand getan?«

»Wie bitte?«

Langsam setzte sich das Puzzle in seinem Kopf zusammen. Ein Bild hatte sich zusammengefügt, und bisher hatte er nur eine Vorstellung von seinen Umrissen. Doch in wenigen Momenten würde es in großer Deutlichkeit zum Vorschein kommen. Bald hatte er sie ergründet. Aufgesteckt und an die Wand genagelt. Als Wissenschaftlerin wüsste sie seine Gründlichkeit zu schätzen. »Ist Ihnen noch nie jemand nachgejagt, Lydia?«

Sie lachte, und der Blick, den sie ihm zuwarf, war so offen, so direkt, dass ihm der Atem stockte. »Doch«, sagte sie, »es scheint so. Die Frage ist nur, warum. Warum sind Sie hier, Sanburne?«

»James«, murmelte er. Sie hatte beschlossen, in die Offensive zu gehen. Schön für sie. »Ist es denn so seltsam, dass ich hier bin?«

»Das hier ist nicht gerade Ihr Umgang, *Sanburne*.«

»Vielleicht sehne ich mich nach Umgang auf dem Lande?«

»Ha! Das glaube ich nicht. Viel zu prosaisch für einen Mann Ihres Schlages.«

»Kluges Mädchen«, sagte er. »Was glauben Sie denn, warum ich hier bin?«

»Vielleicht aus Langeweile.«

»Sie wissen genau, dass ich nicht im Entferntesten gelangweilt bin.«

»Oh«, sagte sie und zog das Wort in die Länge, sodass es spöttisch klang. »Und jetzt soll ich mich geschmeichelt fühlen.«

»Sind Sie es denn?«

»Lassen Sie mich überlegen.«

Ihr boshafter Ton überraschte ihn. Doch dann entzückte er ihn genauso schnell. Das sarkastische, kratzbürstige kleine Ding!

Ein weiterer Blitz, der den Himmel spaltete. Seine Bewegung auf sie zu deutete sie fälschlicherweise als Furcht. Ein belustigter Ausdruck huschte über ihr Gesicht. »Erschrocken? Haben Sie Angst, dass wir getroffen werden?«

»Oh, das werden wir auf jeden Fall«, sagte er, griff nach ihrer Hand und zog sie an sich.

12

Lydia brauchte sich nicht von ihm ziehen zu lassen, denn das Unwetter hatte in ihr einen elektrischen Impuls ausgelöst, der sie dazu brachte, den Schritt zu ihm aus freien Stücken zu machen. Seine durchnässte Jacke fühlte sich kalt an. Das gefiel ihr nicht. Sie musste weg. Lydia schob die Hände unter das Revers, um sie ihm vom Körper zu ziehen. Das nasse, laute Klatschen, mit dem sie zu Boden fiel, befriedigte sie. Ihre Aggression befriedigte sie. Sie machte sie schwindlig und berauschte sie. Sie drückte fester auf seinen Bizeps, als ihm angenehm sein konnte, doch er beklagte sich nicht. Gefiel es ihm etwa? Ach, es war ihr fast gleichgültig. Dieses rastlose, atemlose Gefühl, das sie durchfuhr, hätte Begierde sein können, konnte jedoch genauso gut Wut sein. Sie wusste jedoch mit Sicherheit, dass es falsch von ihr gewesen war, sich Sorgen darüber zu machen, was sie von sich preisgab oder was er oder sonst jemand von ihr halten könnte. Es war nicht die Meinung der *anderen*, die zählte. »Ich tue das nicht für dich«, sagte sie. *Ich tue es für mich.*

Der Hauch eines Zögerns. Dann sagte er ganz leise: »Dagegen ist nichts einzuwenden.«

Sie lächelte ironisch. Natürlich hatte er nichts dagegen einzuwenden. Was kümmerte es ihn, wenn sie aus egoistischen Motiven handelte? Dem Mann konnte man nicht wehtun, denn gegen die Meinung anderer war er immun. Deshalb hätte auch ihre Meinung für ihn nicht mehr Bedeutung als die einer Wildfremden. Soviel er wusste, hätte sie sich mit jedem Mann eingelassen, der heute Abend ihren Weg gekreuzt hätte. Sie war in der

Stimmung und er kam ihr gelegen. Er stellte das nicht infrage. Und dass ihn das nicht kümmerte, sollte ihr nichts ausmachen.

Er küsste sie. Die Wärme seiner Lippen verwirrte Lydia. Ihr war kalt gewesen, ohne dass es ihr bewusst gewesen war. Sie lehnte sich an ihn. Seine Zunge neckte ihre Lippen noch zu sanft für ihren Geschmack. Sie war kein verängstigtes Mädchen, das sich nach Fürsorglichkeit sehnte. Sie machte Anstalten, sich ihm zu entziehen und eine ironische Bemerkung zu machen, doch er packte sie auf einmal bei den Haaren und hielt sie fest. Sie schnappte nach Luft, als ein paar Haarnadeln absprangen und klimpernd zu Boden fielen. Er packte sie fester und drückte sie an sich, während sein Kuss forscher wurde. *Ja*, dachte sie, *das* – er bemächtigte sich ihres Mundes, als hätte er es schon tausendmal getan, als gäbe es keinen Raum mehr für Angst und Unsicherheit, nur das Streben, Neuland zu entdecken, etwas hervorzubringen, das für sie beide Überraschungen barg. Er erwies sich stets als klüger, als sie gedacht hatte.

Nur undeutlich nahm sie wahr, wie seine freie Hand sich auf ihre Taille legte und sie wie beim Tanz drehte. Sie hatte ihm die Wahrheit gesagt: Sie tanzte nicht gern. Männer gingen davon aus, dass alte Jungfern Aufregung brauchten. *Vertrocknet*. Deshalb machten sie es sich zum Prinzip, sie wild übers Parkett zu wirbeln. Einmal war sie sogar gestürzt und hatte seither alle Aufforderungen ausgeschlagen. Diese Demütigung hallte jetzt in ihr wider wie eine Vorahnung. Sie würde sich hier lächerlich machen. Sie würde etwas falsch machen.

Doch er küsste sie nicht, wie man eine alte Jungfer küsste. Das hatte er nie getan. Zum Teufel damit! Selbst wenn sie stürzte, ihr war es egal! Sie würde heute die Führung übernehmen. Sie machte sich von ihm los und tänzelte lautlos zurück, leicht und flink. Regen trappelte schwach aufs Dach, doch die Atmosphäre im Schuppen war gedämpft und intensiv, reich an Erwartung.

Damals im Museum, als sie neben ihm gesessen hatte, war sie verwundert gewesen, als ihr klar wurde, dass sie mit ihm flirtete. Doch erst jetzt, da sie das Flirten hinter sich gelassen hatte, wurde sie sich seiner wahren Natur bewusst. Es war unbeschwert, leicht und ziellos. Ihr Zurückweichen jetzt war zu kalkuliert, um kokett zu sein, sein stetiger Vormarsch zu leise und konzentriert. Sie einte jetzt ein gemeinsames Ziel, das sie mit archaischer Konsequenz verfolgten. In dem schummrigen Licht sah sein Gesicht ernst, fast grimmig aus. Auch sie verspürte keinerlei Verlangen zu lächeln, als sie mit den Schulterblättern gegen die Wand stieß.

Seine flachen Hände trafen rechts und links von ihr auf. Über seiner Schulter leuchtete die Fensterreihe weiß auf, der Himmel erblasste und ließ sekundenlang eine Gruppe treibender Wolken erkennen. Dann nahm sein Mund ihren in Angriff. Sie tastete mit einer Hand nach seinem Ellenbogen und ließ ihre Handfläche davon ausfüllen, während seine Zunge dasselbe mit ihrem Mund tat. Mit der anderen Hand umfasste sie die Vertiefung an seinem Schädelansatz. Sie fühlte sich unerwartet weich an, und eine merkwürdige Zärtlichkeit stieg in ihr auf, die in gewaltigem Widerspruch zur Wildheit seines Kusses stand. Jeder Mensch war sein eigenes Land, dachte sie, beherrscht von einer eigenen Sprache, persönlichen Beweggründen und Gepflogenheiten. Sie selbst war immer noch dabei, sich zu entdecken, und glaubte, sich seine Anleitung zunutze machen zu können. Er war allerdings nicht gerade der Unkomplizierteste unter ihren Bekanntschaften. Was ihm auch durch den Kopf ging, was immer ihn dazu trieb, sie auf diese Art zu küssen – er küsste sie so ernst, als spräche er ein Gebet –, es war richtig und gut. Und das alles, all die komplexen Feinheiten von James Durham, zusammengehalten von Muskeln und einem warmen Körper, war hier bei ihr, unter ihren Händen.

Plötzlich war sie voller Ungeduld und knöpfte seine Weste

auf. Sie war bezaubert von seinem muskulösen Oberkörper, den Mustern seines Brustkorbes, und erforschte ihn mit ihren Fingerspitzen. Sie wollte ihn enträtseln wie eine Hieroglyphe. Wenn sie ihn erst einmal kannte, würde sie die Blicke, die er ihr schenkte, sicher nicht mehr so interessant finden, und er würde ihr nachts nicht mehr den Schlaf rauben. Das alles, sein ganzer Körper, gehörte nur ihr. Er drückte sich an sie, und sie spürte aufs Neue, wie viel kräftiger er war als sie, und wie jung. In den Tagesstunden verbarg seine süffisante Art die Glätte seiner Haut, die Üppigkeit seiner Lippen. Er war nicht viel älter als sie. Sie ließ die Hände auf seinen Rücken gleiten, und er wölbte sich unter der Berührung wie eine Katze. Seine Muskeln zogen sich zusammen, während er sich bewegte, und sie spürte, wie noch ein Körperteil von ihm sich an sie drückte. *Penis* war die Bezeichnung dafür. Sophie hatte ihr den Akt einmal beschrieben. Ihr standen Schmerzen bevor.

Zweifel beschlichen sie, ein kalter Hauch, der sich durch die Hitze stahl. Sie war nicht für diesen Akt bestimmt. Es würde sie ruinieren. Aber wofür und für wen? Sie selbst würde sich nicht als ruiniert betrachten.

»Du denkst wieder«, murmelte er an ihren Lippen. »Hör bitte auf damit.«

Sie lachte leise. »Ich denke immer. Ich lasse mich durch nichts davon abbringen.«

»Du wirfst mir den Fehdehandschuh hin? Na schön.« Er knöpfte ihr das Kleid am Hals auf, während ihre Hand zu der Stelle hinabglitt, wo sein Rücken in einen festen Po überging. Das löste eine Atemexplosion in ihm aus, die zwischen ihre Lippen drang. Sein Lachen, fast unhörbar, löste eine Gänsehaut auf ihren Armen aus. »Eine Frau mit gesundem Menschenverstand«, flüsterte er. »Fass mich weiter unten an, dann tue ich das auch bei dir.«

Eine Frau mit gesundem Menschenverstand. Der kalte Hauch verstärkte sich und distanzierte sie von der Szene. Objektiv gesehen war es sonderbar: sie hier im Schuppen mit Sanburne, ihre Schwestern keine hundert Meter entfernt, der Regen, der herunterprasselte, rechts von ihr ein Ruderboot, behängt mit einem weißen Leinentuch. Dieses Tuch war so blendend weiß, dass es sogar im Dunkeln leuchtete. Irgendein Bediensteter, zweifelsohne eine Frau, rackerte sich ab, um es blütenrein zu halten. Nachts im Schlaf musste ihr der Arm vom Schrubben wehtun. Danken würde es ihr niemand. Der Dunstkreis von Sanburnes Welt, von Sophies Welt, war voll von solchen Menschen … unsichtbar, und wenn sie verschwanden, vermisste man sie nicht. Die einzigen Frauen, die noch unsichtbarer waren als alte Jungfern, waren Dienstmädchen.

Seine Lippen lösten sich von ihren. »Lydia.«

»Was denn?« Die Worte klangen merkwürdig trotzig.

»Sieh mich an.«

Das wollte sie nicht. »Mach einfach weiter.«

»Sieh mich an«, wiederholte er ruhig.

Die Dunkelheit goss ihn in Grautöne, malte Schatten aus metallischem Blaugrau unter seine markanten Wangenknochen, machte seine Lippen, die vom Küssen feucht waren, silberglänzend. Sein Blick ruhte fest auf ihr, seine Augen zinnfarben wie mattes Mondlicht auf dunklem Wasser. Er erinnerte sie an ein Foto, eine Postkarte. »Der stattliche Junggeselle in Aktion«, murmelte sie.

Sie verbarg ihren Groll nicht besonders gut. Sie spürte, wie er erstarrte. »Meine Rolle habe ich draußen abgelegt«, versicherte er ihr.

Sie wusste nicht, ob es das besser oder schlimmer machte. »Warum tust du es dann?«

Seine Hand umfasste ihre Wange, sein Daumen strich über

ihren Mund. »Weil du bei mir bist. Weil du reizend und wunderschön bist.«

»Schön?«

»Habe ich doch gesagt.«

Ihr Zweifeln machte sie wütend. Sie hatte es heute Abend aufgeben wollen. »Ich bin keine zarte Blume«, flüsterte sie. »Nenn mir einen anderen Grund. Einen, den ich glauben kann.«

»Allerdings«, stimmte er ihr bereitwillig zu. »Zart bist du nicht. Das ist noch ein Grund, und zwar ein sehr guter. Oder hältst du mich für einen Mann, der die Schwäche einer Frau attraktiv findet?«

Nein. Dass er nicht so war, wusste sie. Die Überzeugung hallte in ihr wider und entkräftete all ihre tief sitzenden Bedenken. Seine aufgeknöpfte Weste hing lose herab – eine verpasste Gelegenheit, die förmlich um Abhilfe bettelte. Sie streifte sie ihm von den Schultern, und er machte die Arme lang, sodass sie zu Boden rutschte. »In Ordnung«, sagte sie, »beide zusammen«, und nach einem bedeutungsvollen Blickwechsel nickte er, sie holte tief Luft und er sank auf die Knie, wo er den Rest der Knöpfe an ihrem Mieder öffnete.

Sein Mund strich über den Ansatz ihrer Brust, und dann hob er sie ganz heraus und saugte an der Brustwarze. Dies verlieh dem Wort »köstlich« eine ganz neue Bedeutung. Das Gefühl, der leise Laut, den er dabei ausstieß, das Streicheln seiner Zunge ließen Hitze durch ihren Körper strömen. Ein skurriler Gedanke kam ihr in den Sinn, dass die wirklich exquisiten Köstlichkeiten, die Pralinen und Trüffel, sich sogar gerne verschlingen ließen. Seine Hände unter ihren Röcken strichen über ihre Waden nach oben, während er an ihr saugte, zuerst an einer Brust und dann an der anderen. Sein Haar fühlte sich weich und feucht an, und sie zog daran, wenn sein Mund zu fordernd wurde, und streichelte es, wenn seine Lippen sie streichelten.

Das klatschnasse Gewicht ihrer Röcke wurde leichter. Ihr Unterleib zog sich unter den Bewegungen seiner Hände zusammen: Er band ihre Unterhosen auf. Der regennasse Stoff landete mit einem dumpfen Schlag an ihren Fußknöcheln. Er raffte ihr Unterkleid hoch, und ihre Schenkel zogen sich unter seinen Lippen zusammen. Finger strichen über ihre Kniekehlen, zeichneten langsame Kreise, Spiralen, die emporstiegen wie seine Küsse. Und dann … und dann …

Sie blickte nach unten. Der Schuppen hätte einstürzen können, sie hätte keinen Mucks gemacht. Ihre Verwunderung war so vollkommen, dass die körperlichen Empfindungen verblassten. Sie nahm nichts mehr wahr als den Anblick seines Kopfes zwischen ihren Schenkeln. Sie sprach es für sich selbst deutlich aus, in einfach zu verstehenden Sätzen, was er gerade tat. Er leckte sie. Er benutzte seine Zunge, um sie zu öffnen und zu liebkosen. Trotzdem begriff sie es nicht. Er hatte die Hand ausgestreckt, um ihre Röcke von ihr wegzuhalten, sie an die Wand zu drücken; sein Unterarm zitterte vor Anstrengung, diesen ungünstigen Winkel beizubehalten. Er bot ihr den Anblick wissentlich. Er wollte, dass sie hinsah.

Diese Erkenntnis weckte ihre Sinne aufs Neue. Wieder auf ihren Körper konzentriert, glitt ihre Wahrnehmung jetzt nach unten wie ein fließender Eidotter, dorthin, wo seine Zunge über sie schnellte und sie neckte. Ein Wimmern entfuhr ihr. Das war sündhaft, unglaublich. Es war Ekstase. Es löste den Wunsch in ihr aus, aus der Haut zu fahren. Für die Gefühle, die in ihr aufstiegen, gab es keine Worte, nur ein plötzliches, überwältigendes Bedürfnis, ihn wieder eng an ihrem Körper zu spüren, an sie gepresst wie vorhin, aber noch härter, tiefer …

»Bitte.« Sie drückte ihn auf den nackten Fußboden und sank neben ihm auf die Knie. Sie wollte das tun. Er wollte ihr etwas sagen, doch sie hielt ihm den Mund zu. Er leckte ihre Handfläche, und sie drückte fester dagegen. »Bitte«, sagte sie noch einmal, und dann bemerkte sie ihren Fehler: Wenn sie das beide wollten, brauchte sie um nichts zu bitten.

Sie gab seinen Mund wieder frei und griff mit zitternden Händen nach dem Saum seines Hemds. Er hob die Arme, damit sie es ihm besser abstreifen konnte, was ein eigenartiges Hochgefühl in ihr auslöste. Sie konnte tun, was sie wollte, und er würde sich ihr fügen. Sie warf das Hemd beiseite und starrte ihn an. So offen hatte sie noch nie jemanden gemustert. Sie betrachtete ihn so genau und unverfroren wie ein Artefakt, und er hielt – vom raschen Heben und Senken seiner Brust einmal abgesehen – still und ließ es zu. Sein Bauch war flach und von Muskeln unterteilt, fremd und verführerisch zogen sie sich unter ihrer Berührung zusammen. Er sah nicht aus wie ein Hafenarbeiter, wie sie einmal gedacht hatte, sondern wie ein Boxer. Er setzte seinen Körper zum Kämpfen ein. Doch ihr stellte er ihn jetzt zu einem süßeren Gebrauch zur Verfügung, wenn nicht gar für einen friedvolleren.

Sie beugte sich vor und drückte ihm einen Kuss auf die nackte Schulter, so kräftig und fest unter ihrem Mund. Er legte sich auf den Boden, und sie folgte ihm. Ihr nun lose herunterfallendes Haar umrahmte seinen schlanken Oberkörper. Seine Brustwarze wurde hart, als sie mit dem Daumen darüberstrich. Sie entledigte sich ihrer Schuhe und strich mit dem nackten Spann über seine bekleidete, durchnässte Wade. Selbst dort war er muskulös. Sie legte sich der Länge nach auf ihn und umschlang ihn mit Armen und Beinen. Sie wollte in ihm versinken, wie der Regen in der Erde.

Er drehte sich mit ihr, sodass jetzt sie auf dem Boden zu liegen kam, und erhob sich über sie. Sie ließ die Hände über seinen Rücken gleiten, dann zum Schlitz in seiner Hose. Das war jetzt ihr Begehren. Sie nestelte an dem Verschluss herum, und seine Hände führten sie, bis ihre Finger ihn in seiner ganzen Länge umschlossen – hart, heiß und unerwartet glatt. Die Intensität ihrer Begierde schockierte sie. Sie erzitterte darin, zögerte an einer feinen, qualvollen Schwelle, die nicht nur körperliche Begierde war, sondern noch etwas anderes, etwas rein Triumphierendes. Es speiste sich aus den Überresten ihrer Furcht; es verwandelte das Risiko in ein Aphrodisiakum. *Das ist die Frau, die ich sein werde.* Es lag keinerlei Würde in diesem Augenblick, in ihren nassen Röcken, die sich an ihrer Taille bündelten und ihren Schoß noch von seinen Lenden trennten. Ob nun im Kleinen oder im Großen betrachtet, war ihr jetziges Handeln den Erwartungen, die andere an sie stellten, ganz und gar fremd. Sie hätte ein Milchmädchen sein können, ein sündhaftes Frauenzimmer – alles außer Lydia Boyce. Außer dass sie Lydia Boyce *war.* Und sie würde es mit Freuden tun, bereitwillig und frohen Herzens.

Sie küsste ihn mit neuer Wildheit. Sein Penis stieß gegen sie, ein unverblümter, unnachgiebiger Druck. Die Aggressivität des Aktes raubte ihr den Atem. Sie spürte, wie sie nachgiebiger wurde, während sich alles in ihr seiner Kraft öffnete. Sie hatte sich Flügel gewünscht, und nun schwebte sie, nur noch von ihrem pulsierenden Körper zusammengehalten. Selbst der Boden, der sich in ihre Schulterblätter grub, schien ihr willkommen, ein harter, angenehmer Kontrast zu ihren schlaffen Gliedern. Sie nahm es fälschlicherweise als weitere Dimension seiner Berührung wahr.

Dann spürte sie plötzlich weniger einen Schmerz als vielmehr ein Brennen: langsam für eine Empfindung geöffnet zu werden, die sie sich niemals hätte vorstellen können. Dann stieß er heftig und kraftvoll zu, und es schoss nun doch ein Schmerz durch sie. Sie wimmerte, und er erstarrte. Sie war auf eine Art von ihm ausgefüllt, wie sie es noch nie gewesen war, nahm Stellen tief in sich wahr, die ihrem Bewusstsein bislang nicht zugänglich gewesen waren. Er flüsterte ihr etwas zu – sie verstand es nicht, doch sie nickte, und das war alles, was er brauchte. Seine Hüften zogen sich zurück und drängten wieder nach vorn. Er bewegte sich in ihr. Sie klammerte sich an seinen Haaren, an seinen Schultern, an seinem Rücken fest, um ihn mit dem Mund, mit dem Körper in sich aufzunehmen; die Vorstellung dämpfte ihre Schmerzen, ließ ein heftiges Verlangen sich in ihr ausbreiten. Sie hob sich ihm entgegen und spürte dasselbe wie zu Beginn, wie alles sich lockerte, weicher wurde. Sie trieb ihn an. Er blieb in ihr, konzentriert, seine Lippen jetzt auf ihrer Schulter, jetzt an ihrem Kinn; ein Liebeswerben oben, unten eine stete Invasion – sie konnte so laut sein, wie sie wollte, alles tun, was ihr gefiel, er würde nicht weg…

Er zog sich zurück, um seine Hand zwischen ihre Körper zu schieben, griff nach unten, um sie zu berühren – nur ein zweimaliges festes Streicheln. Aber es genügte. Die Muskeln in ihr zogen sich fest zusammen und zuckten. Mit einem Stöhnen vergrub er die Finger wieder in ihren Haaren und stieß schnell gegen sie – einmal, zweimal, noch einmal – und hielt inne. Sein Kopf sank auf ihre Schulter. Sie lag erhitzt und zitternd da, schwer atmend von den wundersamen Gefühlen.

Nach einer Weile rollte er sich weg und zog sie mit sich, sodass sie beieinanderlagen, ihr Gesicht an seine Schulter geschmiegt. Sein Puls schlug immer noch schnell, und seine Arme waren angespannt, seine Finger steif, die auf ihrem Rücken und ihrer Hüfte lagen. Sie verspürte das Bedürfnis, etwas zu sagen. Doch wenn es Worte gab, die einem solchen Moment gerecht wurden, kannte sie sie nicht.

Während die körperlichen Empfindungen abebbten, schien die Ungeheuerlichkeit ihres Handelns immer größer zu werden. Sie erinnerte sich an das Paar in der Bibliothek. Als sie es damals beobachtete, hatte sie an Sanburne gedacht und sich deshalb leidgetan. Doch nun, da er ihren Rücken streichelte, kam es ihr vor, als läge durchaus Gefühl in seiner Berührung. Und als sie sanft die Finger durch sein Haar gleiten ließ, war ihre Liebkosung nicht ohne Fürsorge.

Gott im Himmel, war sie so anmaßend gewesen, sich einzubilden, sie könnte dies ohne Reue tun? Sie lag an ihn geschmiegt wie ein Kind, ohne jedes Bedürfnis, sich zu bewegen, nicht einmal zu blinzeln. Sie hatte nicht mehr so nahe bei einem Menschen gelegen, seit sie neun oder zehn gewesen war. Ja, in jenem Sommer, als sie hohes Fieber bekommen hatte und Halluzinationen, als wilde Monster vor ihren Augen getanzt hatten. Vor Angst weinend hatte sie sich erst wieder beruhigt, als Mama zur ihr ins Bett gekommen war. Wie kühl sich Mamas Hals angefühlt hatte. Nur mit dem Gesicht daran gepresst hatte Lydia sich sicher genug gefühlt, um zu schlafen. Sicher – so fühlte sie sich auch jetzt, in seiner Wärme geborgen, in seinen Armen, die sich bei jedem ungewollten Zucken von ihr fester um sie schlossen. Doch es war eine trügerische Sicherheit. In Wahrheit bot er ihr nichts dergleichen. Und sie hatte dies auch nicht getan, um etwas von ihm zu bekommen. Oder etwa doch?

Beunruhigt wollte sie sich aufsetzen. »Warte«, murmelte er und hielt sie fest. »Noch ein Weilchen. Was dir auch gerade durch den Sinn gehen mag – was du dir auch gerade sagst –, ignoriere es erst einmal.«

»Das war leichtfertig.«

»Überaus. Das sind die besten Entscheidungen meistens.«

Sie heftete den Blick aufs Fenster. Der Regen klopfte nicht mehr an die Scheibe, und die Wolken schienen sich zu lichten. »Aber dass es ein Kind zur Folge haben wird, ist sehr unwahrscheinlich. Mit Biologie kenne ich mich aus und mit meiner … Regel.«

»Ist es das, was dir Sorge bereitet?« Er zögerte, und seine nächsten Worte kamen unbeholfen hervor, als hätte er es verlernt, normal mit ihr zu reden. »Ich habe dir doch schon gesagt, dass ich kein Tunichtgut bin. Ich würde dich nicht im Stich lassen.«

Aus dem Munde eines Mannes, der derart gefeit gegen naturgegebene Gefühle war, kam ihr diese Beteuerung untypisch vor. Andererseits vergaß sie immer wieder, dass er auch eine andere Seite hatte. Zum Ausgleich für sein grauenvolles Verhalten Moreland gegenüber war da seine Liebe zu Lady Boland. Diese beiden Aspekte passten für sie nur schlecht zusammen. Sie fühlte sich seltsam aus der Balance gebracht, obwohl sie sich keinen Zentimeter bewegt hatte. Wie konnte er ihre unverzagte Hingabe an Papa nicht verstehen? Wo sie seinen Gefühlen für seine Schwester doch so ähnlich war! Eine derartige Hingabe von seinem Geliebten entgegengebracht zu bekommen … bei dieser Vorstellung atmete sie wieder schneller.

Schon im nächsten Moment war sie wütend auf sich selbst. Er behauptete, seine Loyalität nur Menschen zu schenken, die sie auch verdienten. Hegte sie ernsthaft die Hoffnung, dass sie sie sich verdient hätte, indem sie ihm zu Willen war? Wie unglaublich herabwürdigend.

Sie rollte sich weg von ihm. Ihre Finger fühlten sich steif und geschwollen an, während sie ungeschickt an den Knöpfen ihres Mieders nestelte. Als er sich aufsetzte und ihr helfen wollte, drehte sie sich weg. »Ich kann das allein.«

»Lass mich«, bat er.

»Nein.«

Als er ihre Hände von dem Mieder wegziehen wollte, gab sie seinen einen leichten Klaps. Er packte ihre Handgelenke und hielt sie fest, als wäre sie ein Nichts, als wäre sie der Schwächling, der sie seiner Meinung nach angeblich nicht war. Sie verlagerte ihr Gewicht auf die Knie und versuchte, sich von ihm loszureißen, doch er lockerte seinen Griff nicht. Das ärgerte sie. Mit einem unwilligen Knurren versuchte sie es erneut und schaffte es zwar, ihn hoch auf die Knie zu ziehen, aber nicht, sich loszureißen. Sie versuchte es abermals und abermals, und ihr Ärger schlug rasch in Wut um. Doch er ließ sie zappeln. Seine Finger schlangen sich heiß und fest um ihre Gelenke, während er sie fixierte. Sein steter Blick brachte sie langsam in Verlegenheit. Er wirkte so ruhig und gelassen, während diese Wut … Woher kam sie nur? Sie trieb ihr Tränen in die Augen. Sie stand in keinem Verhältnis zu dem Anlass; es kam ihr so vor, als hätte er sie verraten, obwohl es natürlich nicht so war.

Mit einem Stoßseufzer gab sie auf. Sanburnes Hände strichen von ihren Handgelenken zu ihren Fingerspitzen und bewegten sich dann zu den Knöpfen ihres Mieders. Ganz leise, den Blick auf sein Tun gerichtet, sagte er: »Hör mir zu. Hörst du mir zu?«

»Ja«, murmelte sie unwillig.

»Ich will, dass du mir vertraust, Lydia.«

Wie geschickt er die Knöpfe bewältigte. Er hatte das ohne Frage schon tausendmal gemacht. »Warum?« Sie zwang sich zu einem Lachen, doch es klang nicht überzeugend. »Du willst mir einen Rat geben?«

»So großzügig bin ich nicht«, sagte er. »Nein, ich will dein Vertrauen, weil ich will, dass du ehrlich zu mir bist. Du musst inzwischen gemerkt haben, dass ich das schätze. Offenheit ist selten, und ich glaube … Ich glaube, ich könnte mich mit der Zeit daran gewöhnen.«

Das war eine seltsame Antwort, die im Gegenzug etwas Seltsames in ihr auslöste. Ihre Skepsis brach in sich zusammen und verwandelte sich in eine sonderbare Schwermut, die ihre Stimme belegt klingen ließ, als sie wieder sprach. »Dann sei auch aufrichtig zu mir.«

Als er mit den Knöpfen fertig war, half er ihr auf, zog sich einen Schritt zurück und verschränkte in einer seltsam förmlich anmutenden Bewegung die Hände hinter dem Rücken. »Was willst du wissen?«

Ihr erster Impuls war aus einem alten Reflex geboren: *Was willst du wirklich von mir?*, hätte sie ihn fast gefragt. Doch im selben Moment, als ihr die Frage in den Sinn kam, war sie schon überflüssig. Sie konnte nicht länger anzweifeln, dass er etwas in ihr sah, das ihn anzog. Er fand sie … schön. Und sie glaubte ihm. Andernfalls wäre sie niemals mit ihm in das Bootshaus gegangen. Ihre innere Gewissheit, dass er aufrichtig zu ihr war, hatte diesen Vorfall erst möglich gemacht.

Doch sie erinnerte sich auch an ihren Schlagabtausch im Treppenhaus vor Mrs Ogilvies Wohnung. Damals hatte er keine Ehrlichkeit gewollt. »Warum sollte dir meine Offenheit zusagen? Was willst du wirklich von mir hören?«

»Was immer du möchtest.«

Diese Antwort befriedigte sie nicht. Sie mutete zu ausweichend und zu simpel an. Sie hatte ihm die falsche Frage gestellt. »Was befürchtest du, von mir zu hören?«

Er lächelte sie schief an. »Ich glaube, du hast es bereits gesagt, Lydia. Du hast ein Talent dafür.«

»Dann bin ich für dich also so etwas wie dein Boxclub. Eine weitere Methode für dich, dir Schmerzen zuzufügen.« Sie lachte unglücklich. »Und eine weitere Methode, deinen Vater zu beschämen.«

»Himmel, nein.« Er trat auf sie zu, doch sie wich einen Schritt zurück (sie traute sich selbst nicht, wenn er sie berührte), und er blieb sofort stehen. »Na schön«, seufzte er und raufte sich die Haare. »Nein. Das hat überhaupt nichts mit meinem Vater zu tun. Du siehst sehr klar, Lydia. Und ich kann das manchmal nicht. Ich … du erduldest alles mit Anmut. Ich nicht.« Er seufzte. »Es ist so leicht, nicht zu erdulden. Einfach darin … verloren zu gehen, in all diesen feudalen Pflichten. Und anzufangen, an sie zu glauben. Noch ein Jahr wie dieses, und ich werde auch einer von jenen hirnlosen Kuckucksvögeln sein, die katzbuckeln und sich fein machen, weil sie nichts Besseres zu tun haben.« Er lachte, doch es war kein freudiger Laut. »Ich werde noch wie mein gottverdammter Vater. Und wenn nicht? Wenn ich ausbrechen würde? Dann könnte ich feststellen, dass ich mich als genau so … so nutzlos erweise, wie du mich findest.«

Ein Mann wie er war nicht zum Stammeln gemacht. Es zu hören, schmerzte sie. »Nein«, sagte sie und trat zu ihm, um ihn zu küssen. Als sie sich wieder zurückzog, hatte sich sein Gesichtsausdruck verändert. Er sah … fasziniert aus. »Ich kann dir da nicht helfen«, sagte sie leise. »Dein Schicksal hast nur du in der Hand, James. Du hast ja keine Ahnung, was für ein Glück du hast.«

Er sprach jetzt so leise wie sie. »Na schön. Vergiss es. Du willst frei sein, nicht? Das verstehe ich. Kaum jemand weiß besser als ich, wie die Regeln der feinen Gesellschaft eine Frau einengen können. Vielleicht kann ich dir helfen.«

Ich bin nicht deine Schwester, hätte sie fast gesagt. Doch ihr Feingefühl hielt sie davon ab. Er redete nicht ohne Grund um den heißen Brei herum. Und Gott schütze sie, auf einmal wusste sie, dass sie ihn nicht vertreiben wollte. »Mich zu retten ist nicht deine Aufgabe.«

»Gewiss nicht. Aber im Leben geht es nicht immer gerecht zu. Wenn du eine Chance bräuchtest, könnte ich sie dir gewähren.«

Sie wusste nicht mehr so recht, worüber sie eigentlich sprachen. Er vermutlich auch nicht. Das bedeutungsschwangere Schweigen zwischen ihnen zog sich in die Länge. Einer von ihnen musste es brechen und die Frage stellen, die gestellt werden musste. Doch sie hatte ihre Lektion gelernt. Sie würde sich zurückhalten.

Es klopfte an der Tür. Entsetzt nach Luft schnappend, hechtete sie hinter das Ruderboot.

Jetzt quietschten die Türangeln, und eine Frauenstimme sagte: »Sie haben beschlossen, eine Bootsfahrt bei Mondenschein zu machen.« Es war Mrs Chudderley. »Falls Miss Boyce hier ist, schlage ich vor, dass sie mit mir zurück zum Haus kommt.«

Auf dem nassen Rasen funkelte eingefangener Regen. Lydias Röcke saugten sich mit Schlamm voll und wurden immer schwerer, was sie dazu zwang, sie vor jedem quatschenden Schritt hoch zu treten. Mrs Chudderley war allem Anschein nach zu wendig, um von so banalen Dingen wie Schmutz oder Schwerkraft in Mitleidenschaft gezogen zu werden, und schwebte vor ihr her, den hübschen Kopf hoch erhoben, ihre Haut in dem kalten Licht glatt wie Porzellan. Gelegentlich warf sie ihr einen nachdenklichen Blick zu und gab ein leises Summen von sich – vielleicht ein Laut amüsierter Neugier, der Lydia die Röte ins Gesicht trieb.

In der Säulenhalle, wo sie kurz stehen blieben, um ihre Röcke auszuschütteln, sagte Mrs Chudderley: »Nennen Sie mich Elizabeth. Dann nenne ich Sie Lydia, was übrigens ein schöner Name ist.«

Als sich das Schweigen in die Länge zog, hoben sich die Augenbrauen der Frau erwartungsvoll. Lydia blieb keine andere Wahl, als sich zu räuspern und zu sagen: »Danke.«

»Gern geschehen. Jetzt, wo wir ungezwungener miteinander umgehen, frage ich Sie: Welche Absichten hegen Sie James gegenüber?«

Ihre Röcke rutschten ihr aus den kraftlosen Fingern. »Ich … wird diese Frage sonst nicht eher dem Mann gestellt?«

Elizabeth lachte. »Und ich habe geglaubt, eine Frau von heute vor mir zu haben. Schätzchen, James ist wie ein Bruder für mich. Ich müsste schon blind sein, wenn mir sein Interesse an Ihnen entgehen sollte. Verstehen Sie mich nicht falsch: Ich habe nichts dagegen. Seit dieser traurigen Angelegenheit mit Stella hat er sich nicht mehr für viel interessiert. Bis auf …« Sie zuckte mit den Achseln. »Bis auf seine Fabriken natürlich. Aber das hat auch etwas mit ihr zu tun.«

Lydia ließ sich von ihrem beiläufigen Ton nicht täuschen. Etwas an ihrem Verhalten – wie sie mit dem Kopf zuckte und ihr verstohlene Seitenblicke zuwarf – verriet sie. Sie wollte darum gebeten werden, ausführlicher zu werden, und Lydia sah keinen Grund, der Versuchung zu widerstehen. »Was meinen Sie damit?«

»Hat er es Ihnen nicht erzählt?« Elizabeth warf einen Blick über den Rasen. Ein Gästegrüppchen schlängelte sich zum See, umgeben von einer Handvoll Dienern, deren Fackeln sich windende Schatten aufs Gras warfen. »Dann irre ich mich vielleicht doch. Aber das von seiner Schwester wissen Sie doch sicher.«

»Bruchstückhaft«, sagte Lydia unbehaglich. »Wer tut das nicht?«

»Nun, seine Fabriken sind für Frauen wie seine Schwester gedacht. Frauen von niedrigerem sozialen Rang natürlich, die in einer schlimmen Situation gefangen sind und nicht die finanziellen Mittel haben, um sich daraus zu befreien. Er verschafft ihnen Arbeit, und ihre Kinder können gegen eine geringe Gebühr einen Hort auf dem Gelände oder die Schule besuchen, die dort betrieben wird. Das gibt ihm immerhin eine Beschäftigung.« Sie lächelte. »Sie wirken verblüfft, Schätzchen. Haben Sie ihn für völlig unbrauchbar gehalten?«

Sie suchte in ihrem Herzen nach der Antwort. *Ich könnte mich mit der Zeit an deine Offenheit gewöhnen.* »Nein«, sagte sie langsam. »Trotz größter Anstrengungen seinerseits.«

»Was Sie nicht sagen«, murmelte Elizabeth.

Sie traten in die Vorhalle. Es kam ihr vor wie eine Ewigkeit, seit sie nach draußen in den Regen gelaufen war. Sie hatte das Haus ganz spontan verlassen, und bei jedem Schritt, den sie jetzt ging, erinnerte sie der Schmerz zwischen ihren Schenkeln daran, dass sie jetzt eine andere war. Ihre Gefühle schwankten heftig zwischen Niedergeschlagenheit, Benommenheit und etwas, das sich merkwürdigerweise wie Hochstimmung anfühlte. War es das, was man Hysterie nannte?

Wie zum Beweis dafür brach es aus ihr heraus: »Was meinten Sie eben? In welcher Beziehung glauben Sie, sich vielleicht zu irren?«

Elizabeth war bereits die Treppe hinaufgestiegen. Eine schneeweiße Hand auf dem Geländer, wandte sie sich zu ihr um. »Na, dass er in Sie verliebt ist. Ich hoffe, Sie kommen jetzt nicht auf dumme Gedanken … Es ist durchaus möglich, dass ich mich irre. Sie sind ganz und gar nicht der Typ, von dem ich erwartet hätte, dass er ihn von seiner Schwermut befreien könnte. Aber wenn es nur eine Tändelei ist, hätte ich auch nichts dagegen. Was genau ihn letztlich aus seiner unendlich düsteren Stimmung reißt, ist mir gleichgültig. Es wird langsam langweilig.« Und mit einem Achselzucken drehte sie sich wieder um und setzte ihren Weg fort.

Lydia blieb entgeistert zurück. Nur eine anerkannte Schönheit konnte sich einen so unbekümmerten Abgang verschaffen. Die gerade Haltung ihres schlanken Rückens und dass sie ihr nicht einmal mehr einen letzten Blick zuwarf, kündete von ihrem völligen Desinteresse an dem Aufruhr, den sie mit ihren Worten in Lydia ausgelöst hatte.

Ein Dienstmädchen trippelte mit einer Flasche Portwein in der Hand durch die Halle. Ihr neugieriger Blick veranlasste Lydia, tief durchzuatmen und ebenfalls die Treppe hinaufzusteigen.

Auf dem ersten Treppenabsatz erschreckte sie der Anblick ihres Gesichts in dem langen Spiegel dort: blass und mit geröteten Augen, als würde sie gleich weinen. Als wüsste ihr Körper bereits etwas, das ihr Gehirn erst noch begreifen musste. Sie betrachtete sich lange.

Lydia Boyce, gefallene Frau.

Lydia Durham, Viscountess Sanburne.

Ihre Wangen wurden heiß. Na großartig! Sie, die sich nie für typisch weiblich gehalten hatte, errötete nun bei der Vorstellung, einen Verweigerer zu heiraten. Und wäre das nicht ein Riesenwitz? Der Liebling der herrschenden Klasse, dazu gezwungen, eine unscheinbare alte Jungfer zur Braut zu nehmen. Trotz seiner offenkundigen Missachtung der Meinung anderer konnte sie sich nicht vorstellen, dass er auch Spott und Hohn so gut zu handhaben wüsste. Dafür ließ er sich zu gern bewundern. Er hatte fast geprahlt damit. Und was Mrs Chudderleys bizarre Spekulation betraf: Das war es nicht wert, darüber nachzudenken. Sanburne hatte nicht von Liebe gesprochen, und schon gar nicht von Heirat. Er hatte ihr nur versprochen, sie nicht *im Stich zu lassen*. Selbst eine teure Hure hätte ein besseres Angebot erwartet: eine Blankovollmacht für sein Konto und eine eigene Wohnung.

Ein zitternder Seufzer entfuhr ihr. Sie wandte sich von ihrem hämischen Spiegelbild ab und lief durch den Korridor zu Sophies Tür. Als auf ihr leises Klopfen keine Reaktion erfolgte, drückte sie die Türklinke herunter. Sophies Dienstmädchen schlief in der Ecke auf einer Pritsche. Das Bett selbst war leer, die Laken unberührt und glatt gebügelt.

Sophie war mit den anderen Boot fahren gegangen. Nichts weiter.

Doch auf dem Weg in ihr eigenes Zimmer stieg eine leichte Übelkeit in ihr auf. Vielleicht war an Sanburnes Liebesphilosophie etwas Wahres dran. Sophie hatte mit George kaum fünfzig persönliche Worte gewechselt, als sie seinen Heiratsantrag annahm. Alle Gründe, die sie dazu bewogen hatten, ihre Liebe zu ihm zu erklären – seine feinen Manieren, sein gutes Aussehen, der Luxus, den er ihr bieten konnte –, hatten nichts damit zu tun, wie er sie behandelt hatte. Und nun beklagte sie sich ständig über ihn und quälte sich wenig anmutig unter der Last ihrer erfüllten Erwartungen. Er hätte sich ihr erst einmal beweisen müssen, dachte Lydia.

Und Sophie sich ihm eigentlich auch.

In ihrem Zimmer fand sie Ana schlafend vor. An der Lampe lehnte ein Telegramm. Papa hatte mit einer Theorie aus Gibraltar gekabelt: Er hatte an Bord des Schiffes einen Bekannten getroffen, einen gemeinsamen Freund von ihm und Hartnett. Zu Papas großer Betroffenheit hatte dieser Mann angedeutet, dass Hartnett sich kurz vor seinem Tod mit Overton angefreundet hatte. Papa wollte zwar nicht glauben, dass sein alter Freund sich mit seinem erbitterten Konkurrenten gegen ihn verschworen hatte, um seinen guten Ruf zu untergraben, doch die Möglichkeit war nicht ganz von der Hand zu weisen.

Sie ließ das Telegramm sinken. Das klang logisch. Carnelly hatte erwähnt, dass Overtons Sendung ebenfalls fehlgeleitet worden war. Es war schockierend, aber nicht undenkbar, dass Overton die Verwechslung der Sendungen arrangiert hatte, um Hartnetts echte Antiquitäten durch Fälschungen zu ersetzen. Ein infamer Plan, aber eine hervorragende Methode, einen Konkurrenten zu diskreditieren.

Sie wusste, was sie empfinden sollte: Erleichterung über eine glaubwürdige Erklärung und eine gesunde Wut auf Overton. Doch ihre Gefühle waren seltsam abgestumpft. *Ich würde dich nicht im Stich lassen*. Was hatte er damit gemeint? Sie wünschte, sie könnte ihm glauben, doch Moreland hätte zweifellos eine andere Geschichte zu erzählen. Darin lag James' eigentlicher Irrtum, und auch Sophies. Wenn Liebe einmal erklärt und Loyalität einmal geschenkt wurde, durfte man sein Wort nicht brechen, wenn man wollte, dass einem je wieder geglaubt würde.

Mit einem Seufzer faltete sie das Telegramm zusammen und verstaute es in ihrer Reisetasche. Es war an der Zeit, Carnelly einen neuerlichen Besuch abzustatten.

13

Im Expresszug nach London befanden sich zu dieser frühen Morgenstunde nur wenige Fahrgäste. Ein Student mit einem Haarwirbel, der verträumt einen Brief betrachtete, dessen Ränder viele Herzchen säumten. Eine Mutter mit einem übermütigen kleinen Mädchen, das James breit angrinste, als er an ihnen vorbeikam. Ein grauhaariger Universitätsdozent, der stirnrunzelnd die neuste Herodot-Übersetzung las. Und schließlich die Frau, die ihm gegenüber auf der Bank mit grünem Mohair-Stoff saß. Sie hatte kein Wort mit ihm gesprochen, seit er sich hingesetzt hatte. Bis zum Hals zugeknöpft, eine Hand an die Wand gestützt, um dem Schaukeln des Waggons entgegenzuwirken, wirkte Lydia Boyce alles andere als freundlich.

Zu anderen Gelegenheiten, in einer anderen Stimmung, hätte er sie deshalb vielleicht aufgezogen. Doch ihm war nicht nach Liebenswürdigkeit zumute. Er hatte nicht mehr als eine Stunde geschlafen. Kurz nach Sonnenaufgang war er schließlich aufgestanden, um einen Spaziergang zu machen, und hatte Lydia in der Vorhalle angetroffen, wo sie gerade einen Diener anwies, die Kutsche bereitzustellen. Diese Frau, der er letzte Nacht beigewohnt hatte, deren Schenkel unter seinen Küssen erbebt waren, beabsichtigte, abzureisen, ohne ihm Lebewohl zu sagen. Das brachte ihn in Harnisch. »Sich ohne Anstandsdame einfach aus dem Staub zu machen«, hatte er sarkastisch bemerkt. »Das ist nicht nur feige, sondern auch ein wenig unklug, wage ich zu behaupten.«

Sie hatte ihn lange angesehen und die Augenbrauen leicht zusammengezogen, als bemühte sie sich, ihn klarer zu erkennen. In ihm war Besorgnis aufgestiegen. »Hast du deine Brille verlegt?« Die Frage hatte mokant geklungen, doch nur, um eine Sorge zu verbergen, die so groß war, dass sie ihm lächerlich vorkam. Schließlich konnte sie nur schlecht allein mit dem Zug fahren, wenn sie nicht einmal richtig sah. »Tu das nicht«, fuhr er fort. »Bleib noch und sprich mit mir.« Und zu seiner Verwunderung war die Schamröte in ihm aufgestiegen, woraufhin er den Mund fester zugeklemmt hatte als eine Auster. Idiotisches Schuljungengeschwätz.

»Tut mir leid«, sagte sie gedankenvoll. »Ich muss zurück in die Stadt. Eine dringende Angelegenheit. Wir sprechen ein andermal, wenn ich wieder klarer denken kann.«

Sie wollte also einfach so davonstürzen und ihre Unterhaltung vertagen, bis es ihr passte? »Wir reden jetzt. Ich stimme dir zu, du kannst gerade nicht klar denken. Du bist nicht in dem Zustand, ohne Begleitung zu reisen.«

Aus heiterem Himmel hatte sie gelächelt. »Hältst du mich für eine Mimose? Nach all dem? Ich führe das Geschäft meines Vaters, Sanburne. Da kann ich auch allein mit dem Zug fahren, wage ich zu behaupten.« Und dann hatte sie mit einem kühlen Nicken auf dem Absatz kehrtgemacht und war hinausgegangen.

Eine gute Minute lang hatte er fassungslos hinter ihr hergegafft. Sie hatte ihn schon einmal gewarnt: *Ich habe ein Talent für denkwürdige Abgänge*. Doch er hatte ihr nicht zugehört. Seine Meinung von ihr war wie eine Sandburg: Sie bedurfte ständiger Reparaturen. Oh Eitelkeit! Was auch immer ihre Motive gewesen sein mochten, mit ihm zu schlafen, er war wie selbstverständlich davon ausgegangen, dass er selbst auch zu ihnen zählte. Doch als die Tür ins Schloss fiel, war ihm etwas klar geworden, was er in den langen Nachtstunden nicht ein einziges Mal auch nur in Betracht gezogen hatte. Abgesehen von einer Stunde Vergnügen und gelegentlichem Begleitschutz in zweifelhafte Stadtviertel wollte sie überhaupt nichts von ihm.

Seine Fassungslosigkeit bewog ihn, ihr zu folgen. Er war attraktiv, reich und beliebt. Erbe eines Titels und eines überreichlichen Vermögens. Infolgedessen kamen die Frauen mit konkreten Zielen zu ihm. Das letzte Mal, als er mit jemandem geschlafen hatte, der ausschließlich seine Gesellschaft wollte, war er sechzehn gewesen, und sie dreißig, die gelangweilte Witwe eines Freundes der Familie. Ein angenehmes Zwischenspiel, durchaus; doch plötzlich war er sich nicht mehr sicher, ob diese Vorteile ihm immer noch zusagten.

Er war ihr zum Bahnhof gefolgt und hatte einen Fahrschein zurück in die Stadt gelöst.

Jetzt sah er sie an, wie sie ihm stocksteif gegenübersaß. Der Regen war nur noch ein schwaches, entferntes Zischen unter dem lauteren Stampfen der Räder, die über die Schwellen in den Gleisen rollten. Das Geräusch stimmte ihn nachdenklich. Wovor hatte sie Angst? Sie war ihm viel stärker zugetan, als sie zuzugeben bereit war. Immerhin mochte sie ihn so sehr, dass sie mit ihm geschlafen hatte. Er vermutete, dass sie ihn auch genug mochte, um von ihm zu träumen. Doch es gelang ihr viel besser, ehrlich zu ihm zu sein als zu sich selbst.

Wenigstens war sie genauso vergrätzt wie er. Unter dem hohen Giebelpunkt ihres Hutes blickte sie stirnrunzelnd auf die nassen Felder, die am Fenster vorbeiflogen. Selbst der kleine Vogel, der ihren Hut schmückte, schien sich in einem Dilemma zu befinden: Er zitterte, als stünden ihm unmittelbare Enthüllungen bevor.

Vielleicht wusste er, was sie plagte. Seine Bemerkungen gestern Abend hatten sie überrascht. Sie hatten ihre schlimmsten Erwartungen an ihn widerlegt. Wenn er gar kein gemeiner Verführer war, sondern ein Mann mit aufrichtigem Interesse an ihr, dann war ihr Versuch, das sündhafte Frauenzimmer zu spielen, fehlgeschlagen. Kurz gesagt, sie hatte ihn umsonst bestiegen.

Gott, es war lächerlich, sich so – verletzt? – zu fühlen. Wie ein geprügelter Hund, der sich nach einem stillen Plätzchen sehnte, um vor sich hin zu brüten und seine Wunden zu lecken. Sexuelle Wonnen garantierten keine tieferen Gefühle. Das sollte er besser wissen als sie. Mit wie vielen Frauen hatte er es in seinem Leben schon getrieben? Und sie war auch noch Jungfrau gewesen.

Doch es kam ihm so vor, als wäre in seinem Kopf alles durcheinandergeraten. Er konnte den genauen Augenblick benennen, als es geschehen war. Er hatte versucht, mit ihr über Stella zu reden, über das verdammte Gefängnis, in dem er lebte, davon, dass die Zeit, vor der ihm graute, schon sehr bald käme, wenn er aufwachen und feststellen würde, dass er zu einem weiteren stumpfsinnigen Rädchen im gesellschaftlichen Getriebe geworden war, ebenso hoffnungslos wie alle anderen. Und sie hatte ihn so süß geküsst, als würde sie seine Gedanken bereits kennen und wollte ihm den Schmerz ersparen, sie auszusprechen. In jenem Kuss hatte Verständnis und Mitgefühl gelegen. Das hatte er zumindest geglaubt.

Doch in Wahrheit hatte sie ihn zum Schweigen bringen wollen. Sie hatte keine Geständnisse gewollt. Ihr war nicht an Vertrautheit gelegen. Ihm entfuhr ein kurzes Lachen. *Ich bin ein verdammter Idiot*. Er wünschte, er käme dahinter, wie sie es schaffte, ihn immer wieder zu verwirren. Wenn ihm das gelänge, könnte er sich vielleicht auch von diesem lächerlichen Verlangen kurieren, sie anzufassen. Ein klarer Fall von sublimierter Gewalt, vermutete er. Da er sich nicht vorstellen konnte, eine Frau zu misshandeln, missverstand er das Bedürfnis, sie zu schütteln, als Verlangen, es ihr zu besorgen.

Der Gedanke, sie zu provozieren, munterte ihn ein wenig auf. Er lümmelte sich so auf seinem Sitz herum, dass er mit den

Knien ihre Röcke berührte. Sie blickte demonstrativ darauf, sagte jedoch keinen Ton. Es wurde immer schwieriger, sie aus der Fassung zu bringen. Gütiger Himmel, er hatte sie entjungfert! Sie könnte wenigstens rot werden! Vielleicht hatte sie ein Leck im Hirn, und alles, was mit Männern zu tun hatte, floss unmittelbar wieder heraus, damit sie für die wirklich wichtigen Dinge im Leben einen klaren Kopf behielt – wie verstaubte Steine und ferne Länder. Er musste ihr Anerkennung zollen: Sie verfügte über eine Million Strategien, ihren Körper zu ignorieren und dafür Sorge zu tragen, dass sie an ganz andere Dinge dachte.

Er räusperte sich. »Ich bin überzeugt, dass die Briefe, die ich erhalten habe, etwas mit Hartnetts Lieferung zu tun haben.« Seine großzügige Pause rief keine Reaktion hervor. »Die Erkenntnis kam mir ganz plötzlich. Aber Mordanschläge bringen einen eben ins Grübeln.«

Diese Bemerkung kitzelte immerhin ihr Grübchen hervor. »Werden Sie deutlicher, Sir.«

»*Sir?* Also wirklich, Lyd. Bist du immer so förmlich zu den Männern, mit denen du geschlafen hast?«

Ihr Kopf schnellte so heftig zu ihm herum, dass sich der Vogel auf ihrem Hut heftig vor und zurück bewegte, wie ein ausgehungerter Specht am Baum. »Soll mich diese Bemerkung in Verlegenheit bringen?«

»Ganz und gar nicht. Wenn es dich emotional nicht berührt hat, sehe ich nicht, warum eine Anspielung darauf dich stören sollte.«

Wieder kam die gerunzelte Stirn und jener seltsame, durchdringende Blick, als versuchte sie, seine Gedanken zu lesen. »Wenn du etwas wissen willst«, sagte er langsam, »brauchst du mich nur zu fragen.«

Ihre Brust hob sich, als sie tief Luft holte. »Na schön. Was für ein Mordanschlag?«

»Feigling.«

Sie wurde noch röter. »Nun sag schon.«

»Also gut.« Er zuckte mit den Achseln. »Im Empire hat mich ein Junge angesprochen. Hat irgendwas von Tränen gefaselt. Wie in diesen Briefen, die ich bekommen habe. Aber diesmal erwähnte er noch etwas anderes. Ägypten. Ist das nicht faszinierend?«

Ein erschreckter Ausdruck huschte über ihr Gesicht. Und dann, genauso schnell, wurde ihre Miene rebellisch. »Ägypten ist ein sehr großes Land, und noch dazu einer unserer wichtigsten Handelspartner. Ich gehe davon aus, dass viele Menschen regelmäßig davon sprechen.«

»Stimmt, aber mir ist noch etwas anderes aufgefallen. Diese Briefe bekomme ich erst, seit die Zeitungen über unser Tête-à-Tête im Institut berichtet haben.«

Sie schwieg. »Das ist wirklich beunruhigend«, gab sie schließlich zu. »Aber wieso sollte jemand so großes Interesse an ihnen haben, dass er dich deshalb bedroht? Die Fälschungen sind doch wertlos.«

»Vielleicht befindet sich etwas in ihnen, das nicht ganz so wertlos ist. Diese Tränen, die er ständig erwähnt.« Er verstummte. Phin hatte mit einer sehr provokanten Theorie aufgewartet, die nur allzu gut zu Miss Marshalls Behauptung passte. »Hast du je von den Tränen von Idihet gehört? Legendäre Diamanten, die vor ein paar Jahren verloren gingen?«

Sie versteifte sich zusehends. »Ja. Sie gehörten zur königlichen Schatzkammer Ägyptens. Was willst du damit andeuten? Sei nicht albern, Sanburne.«

»Lass mich ausreden. Der Khedive, der Vizekönig von Ägypten, hat britische Spione des Diebstahls bezichtigt. Er behauptete, wir versuchten, seine Autorität zu untergraben. Meinen Vater hat das sehr gefreut«, fügte er trocken hinzu. »Er war immer ein lautstarker Befürworter einer größeren Einmischung in ägyptische Angelegenheiten. Auf jeden Fall haben wir behauptet, nichts mit ihrem Verschwinden zu tun zu haben, und vielleicht hatten wir das auch nicht.« Phin hatte es nicht genau sagen können; sein Hauptinteresse lag scheinbar auf Fragen bezüglich des Orients. »Aber die Juwelen sind nie wieder aufgetaucht, und der Khedive hatte recht: Ihr Verlust schwächte seine Position. Sein Armeegeneral zettelte eine Meuterei an, die uns genau den richtigen Vorwand lieferte, um Alexandria zu bombardieren und inoffiziell die Kontrolle über das Land zu übernehmen.«

Sie war sehr blass geworden. »Ich brauche keine Geschichtslektion. Hätte das Bombardement zwei Tage früher stattgefunden, wäre mein Vater in Alexandria gewesen. Worauf willst du hinaus?«

»Vielleicht sind das die Juwelen, von denen Miss Marshall etwas erfahren hat.«

Er rechnete mit einer spitzen Bemerkung. Doch sie schien die Möglichkeit, wenn auch nur kurz, in Betracht zu ziehen. »Und wo sind sie dann?«, fragte sie. »Du hast doch gesehen, wie ich die Stele zertrümmert habe. Und die anderen habe ich inzwischen schon ein Dutzend Mal untersucht. Sie sind aus solidem Stein.«

»Und genau das hat mich von Anfang an stutzig gemacht, Lyd. Warum sollte jemand Geld dafür bezahlen, um wertlose Steine zu verschiffen?«

Sie wandte sich wieder zum Fenster. »Dein Ton gefällt mir nicht«, sagte sie, doch wieder blieb der erwartete Nachdruck seltsamerweise aus. »Ich habe dir doch gesagt, dass der Austausch erst durchgeführt worden sein muss, *nachdem* die Gegenstände in Kisten verpackt wurden.«

»Und das ist sogar noch merkwürdiger«, sagte er vorsichtig. »Wozu sich die Mühe machen, gefälschte Antiquitäten in die Sendung zu schmuggeln? Lydia, hast du inzwischen neue Antworten von deinem Vater bekommen?«

»Das habe ich allerdings. Er hat mir eine neue Theorie unterbreitet, die einen seiner Rivalen betrifft …«

»Rivalen?« Er lachte. »Ich hatte ja keine Ahnung, dass es in der akademischen Welt so dramatisch zugeht.«

Jetzt sah sie ihn wieder an. »Es ist ein geschäftlicher Rivale«, sagte sie nüchtern. »Ein Mann namens Mr Overton, der einem nicht mal den Unterschied zwischen Archäologie und dem Ausheben von Wassergräben erklären könnte. Seit bestimmte Kunden von ihm zu meinem Vater gewechselt sind, war er verbittert. Auf jeden Fall fahre ich in die Stadt, um der Sache nachzugehen.«

Herrgott. »Hast du nicht gehört, was ich eben gesagt habe? Ein Mann mit einem *Messer* hat mich angegriffen. Du brauchst dieser Sache nicht nachzugehen. Wenn dein Vater auf dem Weg hierher ist, soll er das selbst regeln. Schließlich ist es sein Geschäft, oder nicht?«

»Sein Geschäft, das ich führe.«

»Gratuliere!«

»Was soll das heißen?« Sie kniff die Augen zusammen. »Was sollte ich denn sonst tun, Sanburne? Mich mit Gobelinstickerei befassen und Klavier spielen?«

Er schwieg. Aber oh, jetzt wusste er, woher der Wind wehte! Sie wickelte Boyces Geschäfte für ihn ab. Löste all seine Probleme. Sie war Sekretärin und Geschäftsführerin in einem, zum billigsten Lohn. Ganz schön clever, der Herr Papa.

Sie beäugte ihn noch immer. »Wenn ich es mir recht überlege, warst du diesen Winter auch in Ägypten, stimmt's? Vielleicht kommt ja jemand auf die Idee, dass du von dort ein kleines Geschenk mitgebracht hast.«

Nichts brachte sie schneller in Verteidigungshaltung als Kritik an ihrem Papa. Ihm kam der abstruse Gedanke, dass er mit einem Sechzigjährigen konkurrierte. »Schon möglich. Leider habe ich nichts mitgebracht außer Flöhen.« Wieder zuckte er mit den Achseln. »Nun, es ist eine abenteuerliche Theorie. Recht oder Unrecht, in einem sind wir uns einig: Die Fälschungen sind für uns wertlos. Da sie es dem Jungen wert sind, für sie einen Mord zu begehen, würde ich sagen, dass wir sie ihm lieber aushändigen. Und meinem Briefkasten den Missbrauch ersparen – ganz zu schweigen von meiner Kehle.«

»Ganz gewiss nicht«, gab sie kühl zurück. »Wenn dieser Verrückte sie so dringend will, muss er der Schlüssel dazu sein. Wenn wir ihn haben, können wir herausfinden, bei wem er in Lohn steht, bei Overton oder bei jemand anderem.«

»Großer Gott«, sagte er leise. Steif und förmlich hatte er sie einmal gefunden. Doch es war nicht Gefühlskälte, die sie antrieb. Es war unerbittliche, wahnhafte Entschlossenheit. »Lydia. Du würdest dich dafür wissentlich in Gefahr bringen?«

Sie sah ihn an wie den größten Idioten auf Erden. »Sanburne, warum verstehst du es nicht? Wenn dies ein wohlüberlegtes Komplott ist, um den guten Namen meines Vaters zu besudeln, habe ich keine Wahl.«

»Der Mann hatte ein Messer«, sagte er. »Was daran verstehst du nicht?«

Sie presste grimmig die Lippen zusammen und wich seinem Blick aus.

Was für ein Spaß, dachte er düster. Was als harmloser kleiner Streich begonnen hatte, um seinen Vater in Verlegenheit zu bringen, hatte ihn in diese Lage gebracht – eine ungewollte Rolle in dem banalsten Drama, das man sich nur vorstellen konnte: die Rettung der Ehre ihres Vaters.

Albern, einen Schauder zu verspüren. Doch es war unheimlich, geradezu gespenstisch, wie sehr sie ihn an Stella erinnerte. Seine Schwester war so starrsinnig gewesen, so verbohrt auf ihr Ziel konzentriert, dass selbst gewaltige Explosionen sie nicht vom Kurs hätten abbringen können. Boland hatte sie in aller Öffentlichkeit gerügt, weil sie angeblich einem anderen schöne Augen gemacht hatte, und sie entschuldigte sich dafür. Als sie ihn wegen eines falschen Tanzschritts auslachte und er sie deshalb wütend von der Tanzfläche stieß, entschuldigte sie ihn abermals und schob die Schuld für seine Launenhaftigkeit auf das zweitklassige Orchester. Er hatte ganz offen eine Affäre mit der Duchess of Farley geführt, und als Stella ihn deshalb zur Rede stellte, ohrfeigte er sie wegen ihrer Unverschämtheit. Sie hatte prophezeit, dass die Ehe ihn läutern würde. Falsch gedacht. Ohrfeigen waren nützliche Warnungen. Ohrfeigen und Messer – nur Märtyrer und zukünftige Opfer ignorierten sie. »Dir steht noch einiges bevor«, sagte er grimmig.

Sie gab nicht vor, ihn misszuverstehen. »Bitte hör damit auf, meinen Vater zu verunglimpfen. Ich habe es dir schon einmal verziehen, oder nein, inzwischen schon zweimal, wenn man deine Fisimatenten bei Lord Morelands Dinner mitzählt. Aber ich kann es nicht noch einmal zulassen. Nicht guten Gewissens.«

»Mach dir nichts vor«, sagte er. »Wenn du jetzt weitermachst, spielst du nicht mehr nur die pflichtbewusste Tochter. Du spielst mit deinem Leben.«

Sie lachte. »Und wäre ich dann so viel anders als du? Wie viele Gallonen Gin trinkst du am Tag, um Moreland zu ärgern? Kann das so viel gesünder sein?«

Vielleicht war sie zu weit gegangen. Seine Augen verengten sich, und er presste die Lippen zusammen. Diesen Ausdruck in seinem Gesicht mochte und kannte sie nicht. Sie warf einen Blick den Gang hinunter. Die anderen Fahrgäste saßen ein Stück weiter weg und ihr Geplänkel schien niemandem aufgefallen zu sein. Natürlich nicht. Sie mussten ihn für ihren Ehemann halten. Wenigstens in diesen Momenten hatte sie die trügerische Erlaubnis, hier allein mit ihm zu sitzen. Ihn sogar ganz diskret zu berühren.

Ihr Herz schlug unregelmäßig, wie es es bereits hin und wieder getan hatte, seit er am Bahnhof von Bishop's Stortford plötzlich aufgetaucht war. Sie konnte es nicht fassen, dass er ihr gefolgt war, dass er so schamlos war, sich ihr gegenüberzusetzen, mit ihr zu flirten und sie zu verspotten, als hätte die letzte Nacht niemals stattgefunden. Sie wünschte, sie könnte seinem Elan etwas entgegensetzen, doch es fiel ihr schon schwer genug, die Fassung zu bewahren. Ihm in die Augen zu sehen reichte schon aus, um sie erröten zu lassen. Sein Lächeln ließ ihren Puls tanzen wie ein Betrunkener.

Was hast du mit mir gemacht? Ihr Körper kam ihr vor wie ein ganzer Katalog fremdartiger Empfindungen, die zu undurchsichtig waren, um sie deuten zu können, und sich jedem Versuch, sie zu steuern, widersetzten. Als er seinen Hut abzog, erinnerten sich ihre Lippen daran, wie weich sein Haar war. Er schlug die Beine übereinander, und ihre Fingerspitzen zuckten bei der Erinnerung an seine Schenkel, wie hart sich seine Muskeln anfühlten. Seine Hand – *nun hör schon auf! Denk nicht daran, wo sie sich befunden hat!* – griff jetzt in seine Jacke und zog eine Taschenflasche hervor.

Sie stieß einen spöttischen Laut aus. »Lord Moreland kann dich hier nicht sehen. Du könntest zumindest damit warten, bis wir in St. Pancras ankommen.« Statt einer Antwort drehte er den Verschluss ab und setzte die Flasche an seinem Mund an. Wie tief empfunden ihre Sorge um ihn war, versetzte ihr einen Schock. »Du trinkst zu viel, Sanburne.« Als er schluckte – einmal, zweimal, dreimal –, wurde sie wütend. »Hör auf! Gütiger Himmel, es ist noch nicht einmal acht Uhr morgens. Du trinkst dich noch besinnungslos!«

»Das will ich doch hoffen.« Er wischte sich mit dem Handrücken über den Mund. Die Sonne trat jetzt hinter einer Wolke hervor, und das Licht, das durchs Fenster fiel, wärmte sein

Gesicht und erhellte die kleinsten Details. Auf seinem Kinn sprossen Stoppeln; er hatte sich heute Morgen nicht rasiert. Der Alkohol hatte seine Lippen befeuchtet. Sie ertappte sich dabei, wie sie fasziniert darauf starrte. Seine Lippen stellten erstaunliche und haarsträubende Dinge an. Seine Zunge …

Sie wandte den Blick ab. Doch ein Funkeln, das sie aus den Augenwinkeln wahrnahm, lenkte ihre Aufmerksamkeit wieder auf ihn. Er hatte den Flachmann wieder hochgehoben. »Du bist ein regelrechter Säufer«, blaffte sie ihn an.

Er ließ die Flasche sinken und sah sie an. »Natürlich. Ein erstaunlich hingebungsvoller Säufer. Außerdem ein nutzloser Schmetterling. Hast du noch nicht gehört? Du solltest meine Schwester fragen. Sie kann dir alles darüber erzählen.«

Am liebsten hätte sie mit der Faust auf den Sitz geschlagen. »Du willst, dass ich ehrlich zu dir bin? Na schön. Ich kann keinem Mann vertrauen, der sich selbst nicht respektiert. Wie groß ist dann die Chance, dass er mich respektiert?«

Sanburne lachte. »Oh, großartig! Das ist das flammendste Plädoyer für Abstinenz, das ich je gehört habe.«

Der Boden unter ihren Füßen erbebte, als der Zug abbremste. Sie fuhren jetzt in die Bahnhofshalle ein. Ein Dampfwolke quoll auf und nahm ihnen die Sicht aus dem Fenster. »Endstation«, rief der Schaffner.

»Darf ich dir anbieten, dich nach Hause zu fahren?«, fragte Sanburne.

»Ich glaube, eher nicht. Wir würden nur in der Themse landen.« Sie schnappte sich ihren Regenschirm, sprang auf und lief mit großen Schritten durch den Waggon. Das war doch lächerlich. Sie verstand ihre eigene Wut nicht. Er hatte recht, was seinen Charakter anging. Er konnte sie nicht enttäuschen, denn er hatte ihre eigenen Worte gebraucht, um seine Beweggründe zu erklären. Er verhielt sich nur erwartungsgemäß.

Lydia trat aus dem Zug in wimmelndes Chaos. Zu dieser Stunde waren in der Bahnhofshalle alle Gleise von leuchtend gelben Personenwagen belegt. Eine Flut von Bankangestellten in schlichten schwarzen Anzügen strömte im Gleichschritt zum Bahnhofsgebäude. Ausnahmslos alle hatten ihr Kinn in warmen Schals versteckt und trugen die Morgenzeitung unter den Arm geklemmt. Sie heftete sich einem von ihnen an die Fersen und vertraute darauf, dass er ihr rasch einen Weg durch das Gewirr von Händlern (sie boten Hot Cross Buns, Kartoffeln und glühend heißen Tee feil), Zeitungsjungen und Müttern bahnte, die weinende Kinder und Picknickkörbe mit sich trugen.

Als sie das Ende des Zuges erreichte, erblickte sie in der Türöffnung eines Zweite-Klasse-Abteils einen Mann, der sie ansah und grüßend gegen seine Melone tippte. So ein Halunke, bei einer Fremden Annäherungsversuche zu machen! Als sie im Vorbeigehen einen Blick zurückwarf, entdeckte sie Sanburne, der nur ein paar Schritte hinter ihr herlief. Der Mann mit der Melone sprang auf den Bahnsteig und folgte ihm, und als ihr Blick ihn noch einmal streifte, erkannte sie sein Gesicht. Wo hatte sie ihn noch einmal gesehen? Damals hatte sie an Sanburne gedacht …

Die Bibliothek. Er war einer der zwei Turteltäubchen, die an dem Tag, als sie die Nachricht von Polly Marshall erhielt, neben ihr gesessen hatten. Vielleicht hatte er sie wiedererkannt. Trotzdem war es unverschämt von ihm, sie zu grüßen.

Als sie unter der großen Uhr entlangging, griff sie in ihr Ridikül, um darin nach Geld für eine Droschke zu kramen. Sie wollte auf direktem Wege zu Carnelly fahren. Das war ihre Pflicht, und sie traute sich nicht, es aufzuschieben, da sie eben einen kurzen Augenblick in Versuchung geraten war, Sanburnes Vorschlag, die Sache Papa zu überlassen, anzunehmen. *Mordanschlag*, dachte sie grimmig. Wenn es wirklich so ernst gewesen wäre, hätte er es schon gestern Abend erwähnt. Zweifellos war er voll wie eine Haubitze gewesen und hatte jemanden angerempelt, der daran Anstoß genommen hatte. Im schlimmsten Falle stammten diese Briefe von Overtons Kontaktmann. Konnte man sich eine bessere Methode vorstellen, Papa zu ruinieren, als ihm von einer bedeutenden Persönlichkeit vorwerfen zu lassen, Meuchelmörder zu entsenden?

Eine Hand streifte sie am Arm. Mit einer scharfen Bemerkung auf den Lippen warf sie einen Blick zurück. Doch alles, was sie sah, waren nur Dutzende vorbeihastender Menschen – und der Mann mit der Melone. Er war jetzt unmittelbar hinter ihr. Ein Zittern schoss bis in ihre Kniekehlen. Wie albern! Trotzdem beschleunigte sie ihre Schritte. Wo war Sanburne bloß abgeblieben? Das plötzliche, schrille Quietschen eines anhaltenden Zuges ließ sie zusammenzucken. Sie lachte gezwungen. Diese Panik war irrational. Trotzdem blickte sie wieder zurück. Der Melonenmann gewann an Boden. Nur noch wenige Schritte, und er wäre in der Lage, sie zu berühren. Doch er verfolgte sie sicher nicht. Er war nur auf dem Weg zum südlichen Ausgang.

Ihr Körper akzeptierte diese Logik nicht. Ihr Herz hämmerte warnend. Beunruhigt sah sie sich um und suchte die Menschenmenge nach dem hellen Schopf des Viscount ab.

Ein Fremder trat ihr in den Weg. »Miss Boyce«, sagte er. Er war groß und dünn, mit einer knöchernen Nase und tiefliegenden Augen, die sie selbstsicher fixierten. »Wir müssen uns unterhalten.« Er warf einen raschen Blick hinter sie, und da wusste sie, wusste sie instinktiv, dass er den Mann mit der Melone ansah. Sie waren Komplizen.

Er griff in seine Jacke. Das hatte nichts Gutes zu bedeuten. Sie sah ihm ins Gesicht. Auch in Albträumen geschahen Dinge manchmal auf diese Art – sehr langsam, sodass ihre Gedanken schneller waren als ihre Reaktionen. »Lassen Sie mich in Ruhe«, rief sie, warf ihm in hohem Bogen ihren Regenschirm ins Gesicht und fing an zu rennen.

Eine Hand schloss sich um ihren Ellenbogen. Ihre Stimme dröhnte aus ihr hervor und hätte mit ihrer Lautstärke jeder Suffragette Ehre gemacht. »*James!*« Doch ihr Schrei drang nicht durch den Lärm. Jetzt wurde sie herumgerissen. Der Melonenmann hatte pockennarbige Wangen und einen winzigen Mund. Er hob die Hand, nur dass es nicht seine Faust war, die er ihr auf den Mund schlug. Das Tuch war mit einem ekelhaft süßen Parfüm getränkt. Es stieg ihr in die Nase und breitete sich bis in ihre Lunge aus.

Sie schlug ihre Fingernägel in seine Fingerknöchel. *Nicht atmen; nicht.* Ein Husten bemächtigte sich ihrer, sie roch beißende Dämpfe. Sie versuchte nach hinten auszuweichen, prallte jedoch gegen einen Körper, der sie festhielt, wo sie war. Sie erstickte. Die Geräusche um sie herum verlangsamten sich. Sie stieß mit dem Ellenbogen nach hinten, doch ihre Muskeln lockerten sich, lösten sich in ihre Einzelteile auf. Sie fiel jetzt. Sie schlug auf dem Boden auf. Einen kurzen Augenblick lang tat es weh, doch dann fühlte er sich unter ihrer Wange auf einmal an wie ein Schwamm. Füße liefen in einem langen Schleier vorbei. Sie schloss die Augen. Sie hatte Angst, war jedoch zu müde, um dagegen anzugehen.

Nun erbebte die Welt um sie herum. Sie löste sich auf in grelle Farbstreifen, die sich, während sie hochgehoben wurde, in die Länge zogen wie sich auflösender Kautschuk. Ihre Glieder baumelten kraftlos herab, lästig, schwer und gefühllos, hatten nicht mehr das Geringste mit ihrem Oberkörper zu tun. Sanburnes Gesicht kräuselte sich, eine Spiegelung in windgepeitschtem Wasser. Er sprach mit ihr, doch sie konnte ihn nicht verstehen. Seine Stimme sprang und wurde leiser wie bei einer schlechten Phonografen-Aufnahme.

Sie lag in seinen Armen: Diese Erkenntnis drang zu ihr durch. Er trug sie. Sie legte die Wange an seine Schulter und ließ die Dunkelheit erblühen wie eine nachtdunkle Rose. In Blumen sollte man sowieso nicht zu viel hineininterpretieren …

Lydia fühlte sich in seinen Armen so leicht wie ein Kind. Er hatte keine Geduld mit den Fragen der Polizisten. Er wollte sie so schnell wie möglich nach Hause schaffen. Ausnahmsweise einmal kam es ihm gelegen, auf dem Papier ein Adliger zu sein: Er erwähnte ganz nebenbei seinen Titel und machte eine Anleihe beim hochmütigen Lächeln seines Vaters, und innerhalb von zehn Minuten katzbuckelten die Gesetzeshüter vor ihm und willigten ein, ihn später in seinem Haus zu befragen.

In der Droschke rührte sie sich kaum. Gelegentlich gab sie ein Wimmern von sich. Einmal schnappte er seinen Namen auf. *James*, flüsterte sie. Er glaubte nicht, dass es Einbildung war.

Er streichelte ihre Wange, bis er sich sicher war, dass sie nicht noch kälter wurde. Und dann, einmal lang und tief durchatmend, sah er aus dem Fenster. Der Tag hatte regnerisch begonnen, doch nun war die Sonne durch die Wolken gebrochen. Ihr Licht wurde von dem peitschenden Regen reflektiert, der wie ein Schauer aus Diamanten auf schwarze Äste fiel, die mit rosa Blüten übersät waren. Der Frühling hatte sich nun doch noch Londons erinnert.

Er hatte zwar behauptet, dass Alkohol ihm nichts ausmachte, doch das war gelogen. Sein Gang war unstet gewesen, als er über den Bahnsteig gelaufen war. Oder lag es an der frühen Stunde und an der Erschöpfung, die er tief in seinen Gliedern verspürte? So oder so, es gab dafür keine Entschuldigung. Der Selbstekel, der in seiner Brust brannte, machte ihn kurzatmig. Wenn er nur einen Schluck mehr getrunken hätte, wäre er womöglich nicht mehr in der Lage gewesen, die Männer zu überwältigen.

Sie rührte sich in seinen Armen. Seine Finger krallten sich

in ihr Haar. *Das darf nicht noch einmal passieren.* Ein besserer Mensch würde sie in Wilton Crescent absetzen, da er wusste, welchen Skandal er herausforderte, wenn er sie woanders hinbrachte. Aber er war kein guter Mensch. Doch bei Gott, er wollte auch nicht so ein gottverdammter nutzloser Schweinehund sein, der dumm herumsaß und tatenlos zusah, wie noch eine Frau aufgrund eines blinden, unangebrachten Vertrauens unbekümmert in ihr Verderben stolperte.

Und er wollte nicht wieder betrunken dasitzen, wenn er von ihrem Schicksal erfuhr.

Ihr Augen öffneten sich flatternd. Mit ungewöhnlich kleinen Pupillen starrte sie ihn an. Er fragte sich, was sie sah. Er wusste nicht einmal, ob er in diesem Moment sein eigenes Gesicht erkennen würde. Er kam sich selbst wie ein Fremder vor. »Ich bin hier«, murmelte er. »Dir geht es gut.«

Das war eine recht simple Gleichung. Es wäre wohl hinzubekommen.

Sie seufzte, und ihre Wimpern senkten sich wieder flatternd.

14

Lydia erwachte langsam von einem Geräusch, das sich zuerst wie entferntes Donnergrollen anhörte, doch dann, als ihr Bewusstsein ihre Sinne schärfte, eher wie Klavierspiel. Irgendjemand attackierte die Tasten mit den tiefsten Tönen. Sie bekam Kopfschmerzen davon. Als sie tief durchatmete, registrierte sie, dass ihr der Magen wehtat. Sie schlug die Augen auf und erblickte als Erstes einen ihr unbekannten altmodischen Betthimmel. Abrupt setzte sie sich auf.

Das Zimmer, in dem sie sich befand, war weitläufig und hübsch möbliert. Die Vorhänge mit kirschroten und weißen Streifen standen offen und ließen die späte Nachmittagssonne herein, und die Wände waren mit zahlreichen Gemälden von ländlichen Szenen geschmückt. Sie hatte keine Ahnung, wo sie sich befand. Als sie die Hand auf ihre Brust legte, spürte sie, wie ihr Herz raste. Ihr wollenes Mieder fühlte sich feucht an. Als sie den Kopf senkte, nahm sie den Duft von Fliederwasser und den leisesten Hauch von Erbrochenem wahr. Hatte sie sich auf sich selbst übergeben? Tat ihr deshalb der Magen …?

Hör auf. Denk nicht darüber nach.

Sie stand vorsichtig auf. Ihr Hut lag auf einem Stuhl ganz in der Nähe und ihre Stiefel standen auf dem Teppich bereit. Während sie sie zuschnürte, sah sie sich eingehender im Raum um. Mitglieder einer Schlägerbande würden ihre Gefangenen ganz bestimmt nicht mit Seidentapete und Bettwäsche aus französischem Linnen ausstatten. Aber etwas an dem Raum machte sie trotzdem beklommen. Der französische Toilettentisch aus

Emaille war zwar sehr elegant, aber völlig leer. Der Schreibtisch aus Walnussholz wies weder Papier noch Federhalter auf. Auf dem Kaminsims standen Kerzen, die noch nie angezündet worden waren, und die glänzend blauen Kacheln im Kamin selbst waren von Asche unberührt. Einen nichtssagenderen und sterileren Raum hätte man sich nicht vorstellen können. Er hätte sich überall in Mayfair befinden können, doch dass es Sanburnes war, bezweifelte sie stark.

Ihre Zunge lag staubtrocken in ihrem Mund, sodass sich ihr Durst als stärker erwies als ihre Angst. Auf dem Toilettentisch stand ein silberner Krug. Das kalte Wasser darin schmeckte köstlicher als Ambrosia, und sie trank es gierig, Schluck für Schluck, bis auf den letzten Tropfen aus, während das Klavier in der Ferne weiter donnerte. Als ihr Durst gestillt war, stellte sie den Krug wieder ab und nahm die Tür in Augenschein. Sie stand einen Spalt offen. Das Mitglied einer Schlägerbande hätte sie eingesperrt. Sie nahm ihren Hut an sich und folgte der Musik nach draußen, durch einen Vorraum in einen dunklen Gang, in dem es irritierenderweise roch wie in Alexandria. Weihrauch, wurde ihr im Nachhinein klar: Im arabischen Viertel hatten sie ihn ständig verbrannt.

Nach nur wenigen Schritten den Gang entlang fand sie das Klavier in einem Salon mit hoher Decke, dessen Vorhänge offen standen und Licht hereinließen. Die furiose Musik wurde von einem Kind erzeugt – einem kleinen Mädchen im weißen Spitzenkleid mit einer blauen Schärpe um die Taille und einem dazu passenden Band, das in ihren langen blonden Zopf gebunden war. Lydias Eintreten löste ein misstönendes Getöse aus: Die Klavierspielerin stützte sich mit dem Ellenbogen auf den Tasten mit den tiefsten Tönen ab und wirbelte auf dem Hocker zu ihr herum. »Endlich wach!«, rief sie. »Hat die Musik es fertiggebracht?«

Lydia brauchte einen Moment, um sich auf ihre guten Manieren zu besinnen. »Nein, ganz bestimmt nicht«, sagte sie. »Ich …« Doch dann sprang das Mädchen vom Klavierhocker auf, und Lydia verschlug es vor Überraschung erneut die Sprache. Das Mädchen war erstaunlich schön und ihr Kleid doch nicht das einer Schülerin, sondern eines dieser neuen »ästhetischen Kleider«, dessen locker fallende Falten eine Figur zum Vorschein brachten, die eher fraulich als kindlich war. Wie alt war sie wirklich? Ihr Gesicht war herzförmig, ihre Haare von diesem unwahrscheinlichen Platinblond, das mit zunehmendem Alter meist nachdunkelte, ihre Augen so riesengroß und blau wie die eines Neugeborenen. Vielleicht war sie sechzehn? »Verzeihung«, sagte sie. »Ist … Ist dein Vater da?«

Das Mädchen lachte. »Schön wär's.« Als sie vortrat, lag die Ironie dieses Lachens noch auf ihrem Gesicht, was Lydia dazu veranlasste, ihre Schätzung augenblicklich nach oben zu korrigieren. Die Frau war mindestens zwanzig.

Sie räusperte sich. »Entschuldigen Sie. Ich fürchte, ich bin im Kopf noch nicht ganz klar.«

»Das glaube ich gern.« Die Frau hatte einen merkwürdigen Akzent – in einem Moment noch flach und amerikanisch, und schon im nächsten ganz und gar englisch. »Von Chloroform kann man stundenlang bewusstlos sein. Oder war es Äther? Wir konnten es nicht mit Sicherheit sagen.«

»Äh … Ich habe keine Ahnung.«

»Nun, waren Ihre Träume süß? Oder beängstigend?«

»Beängstigend.«

Die Frau verzog das Gesicht. »Dann war es Chloroform. Sie Arme. Ich musste das Zeug einmal in Hongkong einatmen.« Sie erschauderte. »Damals hab ich von Phin geträumt.«

Wenn man nach einer versuchten Entführung erwachte, könnte man sich eine ausgeglichenere Gesellschaft wünschen als diese Frau. »Wissen Sie zufällig, wo ich den Viscount Sanburne finde?«

»Kommt darauf an. Phin hatte heute schon zwei Besucher. Ist er groß und hübsch oder klein und furchteinflößend?«

»Groß«, brachte Lydia mit Mühe hervor.

»In der Bibliothek.« Die Frau eilte an ihr vorbei und zog ein seltsames, fremdartig duftendes Parfüm hinter sich her. Als sie über den Gang zur Treppe liefen, fügte sie hinzu: »Ich würde Ihnen raten, ihn nicht um Hilfe zu bitten. Das wird im Handumdrehen ziemlich heikel.«

»Verzeihung?«

Sie musterte kritisch Lydias Figur. Ihr Blick blieb an dem Hut hängen, der sie zu amüsieren schien. »Aber vielleicht würde Sie das ja nicht stören«, sagte sie kryptisch. »Was für ein *schöner* ausgestopfter Vogel. Phin wird einen Narren daran fressen.«

Die Frau schien zu glauben, dass sie in irgendeiner Beziehung zu diesem Phin stand. Lydia dachte fieberhaft nach, bis sie sich an ein pikantes Detail erinnerte, das sie einmal über Sanburnes Freundeskreis aufgeschnappt hatte. »Meinen Sie den Earl von Ashmore?«

Der Akzent der Frau schlug wieder ins Amerikanische um. »Ja, welchen Namen er Ihnen auch immer genannt hat. Monroe tut es auch.«

Ihr Hirn war noch zu benebelt für derart unsinniges Geschwätz. Als sie die Treppe hinabstiegen, hielt sie sich gut am Geländer fest. »Dann ist dies die Residenz des Earl?«

»Residenz, Gefängnis, Pension, was immer Sie wollen. Gelegentlich auch« – die Frau senkte die Stimme und riss ihre atemberaubenden Augen auf – »*Lustschloss*.« In normaler Lautstärke fuhr sie fort: »Dann sind Sie nicht mit ihm befreundet, nehme ich an.«

»Nein, wir hatten noch nicht das Vergnügen.«

Auf der untersten Stufe blieb sie stehen. »Da können Sie von Glück sagen. Hier, vielleicht färbt ein bisschen was davon auf mich ab.« Damit streckte sie ihr die Hand hin, um die ihre forsch und durch und durch amerikanisch zu schütteln. »Ich bin Mina Masters. Vielleicht haben Sie von meinem Haarwasser gehört? Nein? Nun gut. Nur fünf Shilling für spektakulären Glanz. Phin ist da drin.« Sie deutete mit einem Nicken auf eine Tür, die vom Flur abging. »Erzählen Sie ihm unbedingt, dass Sie mich kennengelernt haben: Er wird einen Anfall kriegen.« Und mit einem Augenzwinkern hob sie ihre Röcke und wandte sich zurück zum oberen Stockwerk.

Lydia hatte nicht damit gerechnet, allein gelassen zu werden. Durchaus froh darüber, hielt sie einen Moment inne, um ihre Röcke glatt zu streichen. Unter den gegebenen Umständen fand sie ihre Contenance beeindruckend – bis zu dem Augenblick, als sie die Bibliothek betrat und Sanburne erblickte. Die Erleichterung, die sie in dem Moment überkam, wühlte eine Menge unverarbeiteter Gefühle in ihr auf: Angst, Panik, ein immer noch nachwirkender Schock. Sie warf sich in seine Arme. Ihr war egal, was der andere Mann von ihr dachte. Für sie zählte nur, wie tief sie ihr Gesicht an seiner Brust vergraben konnte. Er schlang die Arme um sie und streichelte ihr Haar. »James«, flüsterte sie und unterdrückte die Tränen, die wie aus dem Nichts in ihr aufstiegen.

»Schscht.« Seine Stimme war ruhig und so wohltuend vertraut. »Alles in Ordnung, Lyd. Du bist in Sicherheit.«

Die Nase an ihn gedrückt, atmete sie tief durch. Sie war zwar kein kleines Kind mehr, das beruhigt werden musste, doch als er ihren Kopf streichelte, normalisierte sich ihr Herzschlag wieder. Er war kein solider Mann, so viel war ihr schon klar. Doch als er sie jetzt umarmte, kam er ihr durchaus solide vor. Seine Arme hielten sie so fest, dass sie das Gefühl hatte, er ließe sie nie wieder los. Es beruhigte eine Angst in ihr, die sie mit sich herumgetragen hatte, seit … seit wann, wusste sie nicht.

Als sie wieder gefasst genug war, um sich von ihm zu lösen, sah sie einen scheußlichen neuen Bluterguss, der seine Wange violett färbte. Sie strich besorgt mit dem Finger darüber. Er hielt ihre Hand fest, schüttelte leise mit dem Kopf und lächelte. Sie lächelte zurück. Ihr war auf einmal geradezu schwindelig. »Ich habe oben eine äußerst merkwürdige Frau getroffen«, informierte sie ihn. »Vielleicht habe ich sie mir auch nur eingebildet.«

»Ach, die habe ich auch schon kennengelernt«, sagte er leichthin. »Mir scheint, Phin hat sich eine Cousine zugelegt.« Damit warf er dem anderen Mann einen Blick zu, den sie nicht deuten konnte.

Das fasste der Earl als Aufforderung auf, sich ihnen zu nähern. Sie erkannte ihn sofort: Es war der Mann, der Mrs Chudderley vom Ball bei den Stromonds nach Hause gebracht hatte. Er war schlank und groß, und alles an ihm war braun: seine Augen, seine Haare, seine sonnengebräunte Haut.

Als James sie miteinander bekannt machte, beugte er sich förmlich über ihre Hand. »Lyd, der Earl von Ashmore. Phin, Miss Boyce. Seid nett zueinander, und streitet euch nicht. Ihr seid beide zu stur, um mit Würde zu verlieren.«

Lord Ashmore lächelte sie ironisch an, während er sich wieder aufrichtete. »Keine Angst, Miss Boyce. Wir sind zwar alte Freunde, aber meine Manieren habe ich anderswo gelernt.«

Sie erwiderte sein Lächeln, konnte sich jedoch einen fragenden Blick zu James nicht verkneifen. Er interpretierte ihn richtig und zuckte mit den Achseln. »Da Phin nichts mit den Fälschungen zu tun hat, erschien es mir sicherer, dich hierherzubringen. Und da ist noch etwas. Aber setz dich doch erst, Lyd. Du musst schreckliche Kopfschmerzen haben.«

Sie ließ sich von ihm zu einem Sessel am Kamin führen. Als sie sich niederließen, sahen die beiden sie ernst an. Ihre Stimmung war umgeschlagen. Vielleicht war ihr irgendetwas entgangen, schließlich fühlte sie sich immer noch desorientiert. Verwirrt rieb sie sich das Gesicht. »Ich habe keine Ahnung, wie ich hierhergekommen bin«, gestand sie.

James rutschte auf seinem Sessel weiter nach vorn, sodass sein Knie bis in ihre Röcke ragte. »Das war ganz leicht. Es gibt keine einfachere Methode, sich in der Warteschlange für eine Droschke vorzudrängeln, als flankiert von zwei Polizeiinspektoren und mit einer ohnmächtigen Frau in den Armen aufzukreuzen.«

»Die Polizei war da?« Sie entspannte sich. »Dann haben sie die Männer ja gefasst. Wer waren sie? Diebe? Sklavenhändler?«

Sein Lächeln war sonderbar. »Oh, *gefasst* haben sie sie. Aber nicht für lange. Bis ich dich hier untergebracht hatte und bei Scotland Yard ankam, hatten sie sie wieder freigelassen.«

»Freigelassen?« Sie starrte ihn entsetzt an. »Aber … warum in aller Welt? Immerhin haben sie versucht, mich zu entführen!«

»Allerdings.« Wieder warf er dem Earl einen Blick zu. »Und hier kommt Phin ins Spiel. Bevor der Titel über ihn kam wie die Pest, hat er sich sogar nützlich gemacht.«

»So kann man es auch nennen«, warf der Earl trocken ein.

Sie hatte noch zu schlimme Kopfschmerzen, um solch obskure Anspielungen zu verstehen. »Drück dich bitte deutlicher aus«, sagte sie. Und dann fiel ihr ganz plötzlich James' mitleidige Miene auf. Ihr schnürte sich die Kehle zu. »Oh nein«, flüsterte sie. »Sag nicht, dass es etwas mit meinem Vater zu tun hat.«

James erwiderte ihren Blick. Sein Gesichtsausdruck war zwar ruhig, doch die Narbe, die seine Augenbraue teilte, verriet ihn: Sie war knallrot. »Phin hat Erkundigungen eingezogen. Um es kurz zu machen: Deine Angreifer stehen bei der Regierung in Lohn.«

Sie musste sich verhört haben. Sie warf dem Earl einen fragenden Blick zu, der angesichts von James' Behauptung keinerlei Überraschung zeigte. Schließlich betrachtete sie eingehend ihren Schoß. Ihre Finger waren gelenkiger, als sie je vermutet hätte: Sie verschränkten sich so fest, dass ihre Fingerknöchel blutleer aussahen.

Sanburne berührte sie am Knie. Lange, starke Hände, lächerliche Ringe. Er erwies ihr Freundlichkeit, doch sie legte keinen Wert darauf. Ihrer Erfahrung nach lag das nur allzu oft in Mitleid begründet. »Sag es mir«, verlangte sie.

Der Earl räusperte sich. »Ich setze großes Vertrauen in James. Wenn er sagt, dass man Ihnen vertrauen kann, glaube ich ihm. Also werde ich Ihnen im Vertrauen sagen, dass ich mit einem der beiden Männer, die Sie heute überfallen haben, einmal zusammengearbeitet habe. Es war keine angenehme Erfahrung. Normalerweise wird er angeheuert, um mit Schwierigkeiten fertig zu werden, die zu unangenehm sind, um sie über offizielle Kanäle zu erledigen.« Sein Ton wurde freundlicher. »Seine Beteiligung ist keine gute Nachricht für Sie, Miss Boyce. Sie können von Glück sagen, dass er davon ausging, Sie würden alleine reisen. Ich glaube, James hat ihn überrumpelt.«

Was für eine außerordentliche Stimme er doch hatte – so tief und warm, dass sie dazu gezwungen war, ihm zuzuhören, selbst wenn die Worte schrecklich waren. Schützend schlang sie die Arme um sich. Sie wusste, was als Nächstes kam. »Sie werden gleich Anschuldigungen gegen meinen Vater erheben.« Ihre Stimme klang sehr müde. »Nur zu. Bringen wir es hinter uns.«

Der Earl und James wechselten einen Blick. Sie glaubten zweifellos, dass sie gleich in Hysterie verfallen würde. »Von Ihrem Vater weiß ich nichts«, sagte er. »Ich weiß nur, was mir erzählt wurde. Eine Frau namens Polly Marshall …«

»Ist eine Lügnerin«, führte sie den Satz leise zu Ende. In dieser eigentümlichen, farblosen Stimmung konnte sie ihre übliche Empörung nicht aufbringen. Alles, was sie spürte, waren Erschöpfung und ein seltsames Gefühl der Unvermeidlichkeit.

Wieder und wieder brachte sie die Argumente zu seiner Verteidigung vor, was jedoch niemanden zu überzeugen schien. »Momentan sieht es so aus, als hätte sich ihr Liebhaber mit einem geschäftlichen Konkurrenten meines Vaters verschworen, um ihn zu ruinieren.«

»Alles ist möglich«, sagte der Earl milde. »Aber man gibt mir zu verstehen, dass es auch Quellen in Ägypten gibt.«

Das war ihr neu. Das deutete auf eine umfassende Untersuchung hin. Eine kurze Panik bahnte sich einen Weg durch ihre Benommenheit. Von all dem hatte Papa keine Ahnung. »Was genau meinen Sie?«

»Leider kenne ich keine Details. Es sei hier nur gesagt, dass die Regierung Ihren Vater im Besitz der Tränen von Idihet wähnt.«

So! Endlich hatte es jemand laut ausgesprochen. Die Worte rasten durch ihre Seele wie eine Kanonenkugel. Sie hatte das Gefühl, als käme in ihr etwas zum Einsturz: Möglichkeiten, Hoffnungen, alles, was gut war, alles, was sie sich eingeredet hatte, um nachts in den Schlaf zu kommen. »Die Regierung glaubt das also«, sagte sie und war erstaunt über ihre Ruhe.

»Ja. Die Wiederbeschaffung der Juwelen ist zu einer Frage von allergrößter Wichtigkeit geworden. Sollten sie in England auftauchen, wären die politischen Auswirkungen verheerend. Ganz gewiss würde es erneute Unruhen in Ägypten zur Folge haben. Zudem würde es unseren Kritikern schädliche Munition liefern. Frankreich protestiert sowieso schon gegen unsere Kontrolle des Suezkanals. Durch diese peinliche Angelegenheit würde unsere Vorherrschaft jeglicher Grundlage beraubt.« Er hielt kurz inne. »Jetzt verstehen Sie vielleicht, warum die Regierung beschlossen hat, diese Angelegenheit über ungewöhnliche Kanäle zu regeln. Doch die dringende Notwendigkeit der Geheimhaltung ist nicht gerade von Vorteil für Sie. Es können noch viel schlimmere Dinge passieren, wenn keine Veranlassung besteht, sie der Öffentlichkeit zu erklären.«

Sie schüttelte stumm den Kopf. Doch sie verstand, was Ashmore ihr damit sagen wollte. »Sie werden ihn umbringen.«

»Nein«, widersprach James heftig. »Lydia, das ist es ganz und gar nicht. Phin will dir ein Angebot unterbreiten.«

Sie blickte auf.

»Offenbar soll Ihr Vater morgen in Southampton landen«, sagte der Earl. Wirklich? Das war ihr neu. Hatte sie Ashmore attraktiv gefunden? Sein Gesicht war ihr auf einmal verhasst. Wie distanziert und unbeeindruckt er angesichts der Nachrichten wirkte, die er ihr übermittelte. »Man wird ihm erlauben, seine Reise nach London ungehindert fortzusetzen und ihn nicht weiter behelligen. Unter einer Bedingung: dass die Juwelen innerhalb der nächsten sieben Tage der Regierung ausgehändigt werden.«

Ein guter Handel. Da gab es nur ein Problem. »Und wenn er sie nicht hat?«

»Ironischerweise können Sie nur hoffen, dass er sie hat.« Die Liebenswürdigkeit in seiner Stimme erschien ihr jetzt grotesk. »Ungeachtet Ihrer eigenen Überzeugung, Miss Boyce, glaubt die Regierung, dass er bei dem Diebstahl seine Hände im Spiel hatte. Wenn die Juwelen verschwunden bleiben, wird er festgenommen und verhört. Indes wird jeder, der für ihre Rückgabe verantwortlich zeichnet, von jeder Schuld, ob öffentlicher oder privater Natur, freigesprochen.« Er zögerte. »Dasselbe Angebot gilt natürlich auch für eine Frau.«

Sie war zu verstört, um die Andeutung, die in dieser Bemerkung lag, zu registrieren. Erst als James fluchte, wurde sie darauf aufmerksam. »Natürlich, sie sieht aus wie eine Diebin. Du kannst mich mal, Phin, ich bringe sie jetzt nach Hause.«

Der Earl zuckte entschuldigend mit den Achseln. »Es musste gesagt werden. Tut mir leid.«

Mit großer Mühe kam sie auf die Beine. Die Luft kam ihr dicht und zähflüssig vor, als liefe sie durchs Wasser. »Dann wird seine Unschuld ihm zum Verhängnis«, sagte sie leise. »Denn er hat keine Diamanten.«

In der Kutsche legte James den Arm um sie und zog sie an sich. Ihr war nicht nach Protestieren zumute. Warum sollte sie auch? Inzwischen hatte sie sich fast damit abgefunden, dass er ihr ein gewisses Maß an Trost bieten konnte, wenn sie selbst dazu nicht mehr imstande war. »Ich weiß nicht, was ich tun soll«, flüsterte sie. »Wie kann man beweisen, dass man etwas nicht hat?«

»Keine Ahnung«, sagte er leise. »Jetzt ruh dich ein bisschen aus, Lydia. Du kannst das Problem im Moment nicht lösen.«

Seine Antwort deprimierte sie. Sie brauchte Optimismus, einen Plan. Sie schmiegte ihr Gesicht an seinen Ärmel und atmete seinen vertrauten Geruch ein, nach Bergamotte und Mandarine und jener besonderen Komponente, die sie nie so recht benennen konnte, sondern nur als seinen ureigenen Duft wahrnahm. »Du musst ehrlich zu mir sein.« Sie schloss die Augen. »Hältst du mich für eine Närrin, weil ich an ihn glaube?«

Als sie vom Schotterweg auf Kopfsteinpflaster abbogen, begannen die Fenster zu klappern. Der Lärm schluckte seinen Seufzer, doch sie spürte, wie seine Brust sich unter ihrer Wange hob und senkte. »Nein«, sagte er. »Bisher hast du keinerlei Beweise gesehen. Ich verstehe, dass du eher deinem Vater Glauben schenkst als einem Fremden.«

Bei dieser großmütigen Bemerkung schnürte sich ihr die Kehle zu. Es war für ihn ein großer Schritt gewesen, ihre Gründe nachzuvollziehen. Ein derartiger Schritt, dachte sie dankbar, könnte auch ein Vertrauensbeweis an sich sein.

»Darf ich dich etwas fragen?« Er drückte sich jetzt sehr förmlich aus. »Was würdest du tun, wenn du herausfändest, dass er doch involviert ist?«

Darauf hatte sie keine Antwort parat. Die Frage traf sie bis ins Mark und fand Halt in einem dunklen, kalten Abgrund, der sich in ihr aufgetan hatte, als sie die Stele zertrümmert hatte, und der seitdem immer tiefer geworden war. Jedes Mal, wenn sie sich geweigert hatte, sich diese Frage zu stellen, hatte dieser Abgrund sich weiter aufgetan. Doch jetzt musste sie in ihn hinabsehen. »Ich kann es kaum ertragen, schlecht von ihm zu denken«, sagte sie stockend. »Du musst verstehen, wie falsch es mir vorkommt, was für ein Verrat es mir zu sein scheint, auch nur in Betracht zu ziehen, dass er schuldig sein könnte. Aber ich glaube, wenn er denn schuldig wäre, hätte ich keine andere Wahl, als weiterzumachen wie bisher. Bis jemand in der Lage ist, zweifelsfrei zu beweisen, dass er es getan hat, wäre ich immer noch durch meine Ehre und meine Liebe an meine Pflicht als Tochter gebunden.«

In gequältem Schweigen harrte sie seiner Antwort. Doch als er wieder sprach, ging es um etwas völlig anderes, und man hörte ihm die Anstrengung an, neutral zu klingen. »Phin und ich haben veranlasst, dass euer Haus beobachtet wird. Wenn du ausgehst, wird dir jemand folgen, aber nur zu deinem eigenen Schutz. Ist das für dich akzeptabel?«

Eine derartige Notwendigkeit war ihr zwar nicht in den Sinn gekommen, doch nach den Geschehnissen am Morgen wäre sie verrückt, dies abzulehnen. In plötzlicher Angst machte sie sich von ihm los. »Meine Schwestern … glaubst du, sie sind in Gefahr?«

Er lächelte leise und strich ihr eine Haarsträhne aus dem Nacken. »Sorg dich lieber um dich selbst, Lyd. Wenn es etwas gibt, das alle von dir wissen, dann dass du der Mann deines Vaters in England bist.«

Zögernd erwiderte sie sein Lächeln. Diese Bemerkung war nicht als Beleidigung gedacht. Sie verstand das jetzt, im Gegensatz zu früher. Und das war ihr Vertrauensbeweis, dachte sie. Es fiel ihr überhaupt nicht schwer.

Sie schmiegte ihr Gesicht an seine Brust. In weniger als zehn Minuten wäre sie wieder in Wilton Crescent. Nach einem solchen Tag sollte sie bei dem Gedanken, nach Hause zu kommen, eigentlich Dankbarkeit empfinden. Ihre Schwestern trafen mit dem Nachmittagszug ein; sie sollte sich auf ihre Gesellschaft freuen. Doch am liebsten wäre sie einfach so sitzen geblieben und hätte weiter seine Wärme gespürt.

In seinen Armen konnte sie es sich eingestehen. Sie hatte sich tatsächlich in ihn verliebt.

Diese Wahrheit brachte keinen Trost mit sich. Seine Zärtlichkeiten waren zu ihrem kostbarsten Besitz geworden, doch sie gehörten ihr nicht. Nach ihrer Ankunft zu Hause würden sie sich trennen. Und in der Öffentlichkeit, auf Bällen oder bei Abendessen, musste sie wegsehen, wenn ihre Blicke sich trafen, denn sie hatten einander nichts versprochen, das ihr das Recht gegeben hätte, seinen Blick offen zu erwidern.

Die Kutsche fuhr langsamer. Sie sah aus dem Fenster. Sie waren schon in Piccadilly. James setzte sich alarmiert auf. »Bleib, wo du bist«, sagte er. Sein Ton irritierte sie. Er klang plötzlich sehr distanziert.

Er stieg aus, um nach dem Rechten zu sehen, während sie allein auf ihn wartete. Die Zeit kam ihr sehr lang vor, aber vielleicht dauerte es nur ein paar Minuten, denn die Kirchenglocken in der Ferne läuteten nur einmal und verkündeten die halbe Stunde. Dann öffnete sich die Tür, und er stieg wieder ein.

Diesmal setzte er sich ihr gegenüber. »Umgestürztes Fuhrwerk«, erklärte er kurz angebunden.

Als ihr Wagen weiterrumpelte, machte sie den Mund auf, klappte ihn aber wieder zu, da sie nicht wusste, wie sie ihn wieder zu sich bitten sollte.

Er ergriff als Erster das Wort. »Du willst also so weitermachen.«

»Du meinst, mit meinen Versuchen, die Wahrheit herauszufinden?«

»Wenn du es so nennen willst.«

»Was soll ich denn sonst tun?«

»Verlasse die Stadt«, sagte er. »Verbring die Woche auf dem Land. Lass deinen Vater seine Probleme selbst lösen.«

Waren ihre Worte nicht bei ihm angekommen? »Ich habe dir doch gesagt, dass ich ihn nicht im Stich lassen kann.«

»Nein«, sagte er. »Wahrscheinlich nicht.« Und dann fügte er mit einem eigenartigen Lachen hinzu: »Natürlich nicht. Dich wird nichts dazu bringen, klein beizugeben.«

Sie war erleichtert. Sie hatte keine Kraft, diese Auseinandersetzung noch einmal zu führen. »Dann verstehst du mich also.«

Er nickte. »Ja. Ich bin mit dir fertig, Lydia.«

Die Worte füllten die Distanz zwischen ihnen und trennten sie. Sie musste sich verhört haben. Sie galten nicht ihr. »Was?«

Er sprach mit kalter, langsamer Stimme. »Ich habe das schon einmal miterlebt. Ich habe zugesehen, wie eine starke, starrköpfige Frau sich blindlings ins Verderben gestürzt hat. Ich hatte zwar nicht das zweifelhafte Vergnügen, ihr beim Sterben zuzusehen, doch mir scheint, dass du entschlossen bist, mir diese Chance zu bieten. Ich werde sie nicht ergreifen, Lydia. Von nun an bist du auf dich allein gestellt.«

»Nein«, flüsterte sie.

»Doch. Das hier ist kein Spiel. Diese Männer heute Morgen wollten dir etwas zuleide tun. Hätte ich eine Pistole bei mir getragen, hätten sie jetzt Kugeln zwischen den Augen, und auf dem Boden läge eine Blutlache. Verstehst du das? Die leblosen Steine haben wir lange hinter uns gelassen. Wir handeln jetzt mit dem Tod. Du spielst mit deinem Leben. Der Junge im Empire hat mir ein Messer an die Kehle gehalten. Er wird bei dir mindestens dasselbe tun. Wenn du dich nicht von dieser Sache distanzierst – wenn du deinen Vater seine Probleme nicht selbst lösen lässt, wirst du unter der Erde landen. Und ich werde nicht an deinem Grab stehen und um dich weinen.«

Sie versuchte zu schlucken, doch ihre Kehle wehrte sich dagegen. Vor ihrem geistigen Auge nahm das Bild Gestalt an: ein stürmischer Tag, eine Trauergemeinde, Krähen, die sich um die Beute scharten. Frische Rosen, Blutflecken auf der ausgehobenen Erde. Und er, wie er mit schlackerndem Mantel weit abseits stand und sich weigerte, zu weinen.

Ein kalter Schauder durchlief sie. Das Bild war so lebendig, dass es ihr vorkam wie eine Vorahnung.

»Ich will das ja nicht tun«, brach es aus ihr heraus. »Ich will mich nicht in Gefahr bringen! Aber welche Möglichkeit bleibt mir sonst? James …«

»Deine Möglichkeiten sind ganz klar«, sagte er kategorisch. »Sehr viele Menschen halten deinen Vater für schuldig. Recht oder Unrecht, du musst das akzeptieren und ihn das handhaben lassen. Oder du kannst im Alleingang handeln. Dein Leben für deinen Glauben an ihn aufs Spiel setzen und verlieren.«

Sie hielt die Tränen zurück. Tränen der Wut oder der Verzweiflung? Sie wusste es nicht. In jenem Moment war ihr gar nichts klar. Alles war ein widersprüchliches Durcheinander, befeuert durch den irrationalsten Gedanken überhaupt: den Wunsch, auf seine Seite zu wechseln. Dass er ihre Hand hielte, während er diese schrecklichen Dinge sagte.

Lächerlich! Wut, ja, das war es, was sie empfand, vor allem auf sich selbst. »Was interessiert es dich, wenn ich mich in Schwierigkeiten bringe? Du würdest nicht um mich weinen, selbst wenn du dich durchsetzen würdest, selbst wenn ich meinen Vater im Stich ließe und mich dir an den Hals werfen würde. Hast du je gesagt, dass du mich liebst? Und welchen Wert hätten meine Gefühle für dich, wenn ich etwas Derartiges fertigbrächte? Würdest du die Liebe eines solchen Menschen wollen?« Ihre Stimme klang jetzt verzweifelt. »Du wirfst deinem Vater vor, dass er behauptet, Lady Boland zu lieben, aber nicht um sie kämpft. Inwiefern wäre ich anders? Wenn ich meinen Vater im Stich ließe, nur weil es mir gelegen kommt? Sag mir, James – du wünschst dir doch nichts mehr, als deine Schwester in Freiheit zu sehen, oder? Würdest du diesen Wunsch aufgeben? Wenn alle Welt dir sagte, sie wäre verrückt, würdest du akzeptieren, dass sie in eine Anstalt gehört? Ich glaube nicht!«

Er brauchte lange, um zu antworten. Minuten verstrichen, bevor er wieder sprach. »Du hast deine Wahl schon getroffen.« Er klang müde. »Ich werde nicht versuchen, dich umzustimmen. Ich weiß, wie gut das funktioniert. Man sagt, die Geschichte wiederholt sich, aber nicht mit mir.«

Bis die Kutsche langsamer fuhr, saß sie wie erstarrt da. War sie schon zu Hause? Ihr überraschter Blick fiel auf Sophies Haus, schoss dann zurück zu ihm, als er sich vorbeugte, um ihr die Tür zu öffnen. Ein Diener wartete schon. Ihr blieb nichts anderes übrig, als auszusteigen.

Als sie den Fuß auf den Tritt setzte, sprach er wieder. »Aber es war kein Spiel.« Sein Gesicht verlor sich im Dunkel der Kutsche, doch sie glaubte, ein Achselzucken zu erkennen. »Das solltest du wissen. Es ist schon seit geraumer Zeit kein Spiel mehr.« Und dann sagte er: »Guten Abend, Miss Boyce.«

15

Als sie die Vorhalle betrat, hörte sie Ana in der oberen Etage lachen. Sie lehnte sich an die Wand und hörte ihr zu. So ein überschäumendes Lachen, aus dem nichts als Freude klang. Sie wünschte, James könnte es hören. Vielleicht würde er sie dann verstehen. Ana war mit dem Gesicht zur Sonne auf die Welt gekommen, und wenn diese Sonne Anstalten machte, unterzugehen, würden sie sich alle mit Freuden verbrennen, um sie für sie am Himmel zu halten. Sogar Sophie würde sich für Ana einsetzen. Man gab seine Liebe nicht einfach so preis, wenn es beschwerlich wurde.

Wütend wischte sie sich die Tränen aus den Augen und nahm ihre Korrespondenz vom Silbertablett. Mit einer Sache hatte Ashmore recht: Papa würde morgen Abend nach Hause kommen. Das stand in dem Telegramm, das auf sie gewartet hatte.

Die Worte flimmerten vor ihren Augen. Ihr ganzer Körper schmerzte, als hätte man sie gegen eine Wand geschmissen. Sie hätte es auf das Chloroform schieben können, aber sie war kein Dummkopf.

»Du bist wieder da!«, rief Ana ihr fröhlich von der Treppe zu. »Meine Güte, Lydia, bist du vom Bahnhof aus geradewegs in die Bibliothek gegangen?«

»Ja.« Bei dieser Lüge überlief sie ein kalter Schauder. Sie schüttelte das Gefühl ab und stieg die Treppe hinauf.

»Ich habe eine wunderbare …« Ana verstummte und runzelte die Stirn. »Fühlst du dich nicht wohl? Du siehst schlecht aus.«

»Nur Kopfschmerzen«, wehrte Lydia ab und nahm Ana am

Arm, um sie über den Flur zu lotsen. »Was wolltest du mir sagen?«

»Nur, dass ich eine sehr aufregende Nachricht für dich habe. Aber geht es dir auch wirklich gut? Ja? Wirklich? Na schön.« Sie huschte vor ihr her und öffnete die Tür zu Lydias Wohnzimmer. »Lady Farlow ist es gelungen, St. George's für die Hochzeit zu bekommen!«

»Oh, das ist schön.« Lydia umarmte sie. Wie süß ihre Schwester duftete, nach Veilchen und Sonnenschein und staunender Naivität. Auch sie würde mit der Zeit noch Leid erfahren. So wie alle Menschen. Doch das wäre nicht ihrer Familie zuzuschreiben. »Ich freue mich sehr für dich, Liebes. Und du bist glücklich, ja?«

»Schrecklich«, beteuerte Ana. »Ich habe immer davon geträumt, dort getraut zu werden.« Sie errötete. »Ich muss dir noch etwas sagen, Lyddie. Ich habe es noch niemandem erzählt, aber … er hat mich geküsst! Heute Morgen auf dem Tennisplatz in Bagley End. Wir waren hinter dem Buschwerk, uns hat niemand gesehen. Oh, es war so verwegen von ihm! Du bist doch jetzt nicht schockiert?«

Viel schockierender fand Lydia den Gedanken, dass sie als Erste davon erfuhr. Immerhin wusste sie, für wie prüde Ana sie hielt. »Du hast Sophie noch nichts davon erzählt?«

Ana verzog das Gesicht. »Sie hat schon den ganzen Tag eine schreckliche Laune. Ich weiß nicht, was sie hat.«

Lydia fürchtete, den Grund zu kennen. »Ich rede mit ihr«, sagte sie grimmig.

Sophie lag mit einer Kompresse auf den Augen auf dem Bett. Die Vorhänge waren zugezogen, und auf dem Waschtisch stand eine geöffnete Packung Weidenrindenpulver gegen Schmerzen. Als sich die Matratze unter Lydias Gewicht senkte, drehte Sophie sich von ihr weg und murmelte: »Ich will allein sein.«

Lydia blieb eine Weile schweigend sitzen. Wenn es um Liebesdinge ging, waren sie keine Vertrauten. Wie sollten sie auch. Noch bis vor Kurzem hätte Lydia Sophie sowieso nichts erzählen können, was nicht mit ihrem Ehemann zu tun gehabt hätte. Sie konnte nur hoffen, dass Sophie das auch von sich behaupten konnte. Und falls nicht – gütiger Himmel, sie wollte es gar nicht wissen.

Doch der Kummer ihrer Schwester war so offensichtlich, dass sie sich gezwungen sah, das Schweigen zu brechen. »Ist es wegen Mr Ensley?«

Sophie riss sich die Kompresse ab und setzte sich auf. »Erwähne ihn nicht. Er ist ein ungehobelter, unzivilisierter Wüstling!«

Lydia brauchte einen Moment, um das zu verdauen. »Gestern Abend hast du seine Aufmerksamkeiten aber durchaus genossen.«

»Und wenn schon! Das gibt ihm noch lange nicht das Recht … Dinge von mir zu erwarten. Er hat behauptet, ich würde ihm falsche Hoffnungen machen!«

Sie schnappte nach Luft. George hatte ihr einst einen ähnlichen Vorwurf gemacht. Damals hatte sie das sehr beschämt und mitgenommen, doch inzwischen sah sie viel klarer. Männer hatten sich viel besser unter Kontrolle, als er behauptete. Sie hatte eine solche Behandlung nicht verdient. »Sophie, hat er dich grob angefasst?«

Ein seltsamer Ausdruck huschte über das Gesicht ihrer Schwester. »Nicht sehr.«

Schrecken und ein Funke von Zorn ließen sie ein Stück näher rücken. Sie würde den Kerl umbringen. »Wie sehr, Herzliebchen?«

»Ach, hör doch auf damit! Von *dir* habe ich keine Hilfe nötig.«

Sie sprang auf. »Na schön, aber wir müssen es sofort George erzählen. Dieser Flegel kann nicht einfach …«

Sophie packte sie am Handgelenk und zerrte sie wieder aufs Bett. »Nein! Hörst du mich? Er darf nichts davon erfahren. Niemals!«

Lydia hatte sie noch nie so aufgewühlt erlebt. »Großer Gott, Sophie. Es war nicht deine Schuld, dass er …«

Sophie krallte ihre Fingernägel in Lydias Handgelenk. »Ich meine es ernst, Lydia. Wenn du ihm auch nur ein Sterbenswörtchen erzählst, werde ich … werde ich dich aus dem Haus werfen!«

Ihr Erstaunen machte sie stumm. Noch nie, nicht einmal während ihrer schlimmsten Auseinandersetzungen, hatte Sophie eine solche Drohung ausgesprochen.

Sophie schlug die Augen nieder und ließ die Hand sinken. Als ihr langsam die Röte ins Gesicht stieg, verstand Lydia plötzlich. »Gütiger Himmel«, flüsterte sie. »Du hast ihn ermutigt, dich zu küssen.«

»Ich will nicht darüber sprechen.«

»Noch mehr als das? Gott im Himmel, Sophie!«

»Ich hab doch gesagt, es ist nicht viel passiert.« Sophie straffte die Schultern. »Aber selbst wenn, was ist schon dabei?« Sie ließ sich zurück in die Kissen fallen. »George wäre es sowieso egal. Wenn es ihm etwas ausmachen würde, wäre er mitgekommen, oder? Aber tut er das je? Natürlich nicht.« Sie lachte bitter. »Schließlich tagt das Parlament. Auch wenn das halbe Haus bei der königlichen Regatta in Henley ist! So selten, wie ich meinen Mann sehe, könnte ich genauso gut eine alte Jungfer sein wie du.«

In Lydia stieg eine scharfe Erwiderung auf, die sich als verächtlicher Laut Bahn brach. »Was für eine großartige Rechtfertigung! Du wusstest doch, was er war, als du ihn geheiratet hast.«

»Aber als ich ihn geheiratet habe, hat er mir versprochen, mich zu lieben. Und nicht, mich zu belehren und ständig auszuschimpfen wie ein Küchenmädchen. Du hast es doch erlebt! Er spricht kaum mit mir, außer um mich dafür zu tadeln, dass ich nicht mehr Interesse an seinem politischen Hickhack zeige. Als würden mich die Abstimmungen im Unterhaus interessieren! Ich hab ihm gesagt, wenn er *das* will, hat er die falsche Schwester geheiratet.« Auf Lydias unterdrücktes Luftschnappen hin stieß Sophie ein ungehaltenes Geräusch aus. »Nun, mir ist das gleichgültig. Es stimmt doch, oder? Und du brauchst mich jetzt nicht anzusehen wie ein Scheusal. Schließlich habe ich ihn uns zuliebe geheiratet!«

Lydia entfuhr ein eigenartiges Lachen. »Uns zuliebe?«

»Ja, und jetzt bin *ich* diejenige, die dafür büßt«, fuhr Sophie starrsinnig fort. »Ich bin diejenige, die zu diesen langweiligen Abendessen und öden Debatten gehen und sich verhalten muss wie eine todlangweilige, zugeknöpfte Rückschrittlerin, nur weil es Georges Freunden missfallen könnte, wenn ich auch nur andeutungsweise Rückgrat zeigte. Und währenddessen können du und Ana herumscharwenzeln und machen, was ihr wollt, weil Georges Geld es euch ermöglicht!«

Lydia sah sie entgeistert an. »Nur damit wir uns recht verstehen«, sagte sie langsam. »Du hast mich getäuscht. Du hast mich angelogen. Du hast dich hinter meinem Rücken über mich lustig gemacht, um *uns* zu retten?«

Sophie winkte verärgert ab. »Herrgott noch mal! Lass uns nicht schon wieder davon anfangen. Wo wären wir denn heute, wenn ich seinen Antrag nicht angenommen hätte? Du bist zweifellos sehr klug, aber mit dem Geld, das du mit Papas Kunstgegenständen verdienst, hättest du uns drei nicht versorgen können!«

Lydia lachte. »Du meinst, ich hätte uns nicht standesgemäß versorgen können.«

»Was soll das denn nun wieder heißen? Soll ich mich etwa schämen, nur weil ich gerne gut lebe?«

»Nein.« Lydias Stimme fühlte sich an wie Gift. Sie brannte in ihrer Kehle. »Ich weiß, wie viel dir dein Komfort bedeutet. Welche Opfer du dafür gebracht hast, weiß ich nur allzu gut! Du wusstest von meiner Liebe zu ihm, aber du hast ihn mir trotzdem ausgespannt. Du hast ihn mir *ausgespannt*, und jetzt beklagst du dich, dass er nicht zu dir passt? Besser noch, du erwartest, dass ich deshalb *Mitleid* mit dir habe? Mein Gott! Das ist unfassbar egoistisch, es ist *unfassbar* kindisch …«

»Erstaunlich! Du redest dir also immer noch ein, dass er sich zuerst für dich interessiert hat?«

»Allerdings!«

»Du hast ihm nichts bedeutet!«

»Ganz London wusste, dass er mir den Hof gemacht hat!«

»Großer Gott, Lydia, er hat nie einen zweiten Blick an dich verschwendet! Er hat sich mit dir angefreundet, um mich kennenzulernen – sonst nichts!«

Sie waren beide aufgesprungen und schrien sich an. Jeder im Treppenhaus würde sie hören können. Das Wissen darum ließ Lydia ihre nächsten Worte unterdrücken. Sophie hingegen, die sie wütend anstarrte, tat sich keinen Zwang an. »Sag es doch einfach! Sag mir noch etwas, das ich falsch gemacht habe! Ich weiß ja, wie gerne du den Märtyrer spielst!«

Märtyrer? Der Vorwurf brachte sie aus dem Konzept. Anfangs hatte sie tatsächlich mit ihren gekränkten Gefühlen nicht hinter dem Berg gehalten. Doch Sophie schien ihre Sticheleien nie bemerkt zu haben. »Das ist Jahre her«, sagte sie mit aufrichtiger Bestürzung. Jahre, seit die Wut und der Schmerz sie nachts wachgerüttelt hatten. Jene Zeit und jene Gefühle ergaben für sie keinen Sinn mehr. Sie sah jetzt klar und deutlich, dass ihre Liebe zu George auf Hirngespinsten beruht hatte. Der Mann selbst hatte sie nie auch nur ein Hundertstel der Dinge spüren lassen, die Sanburne in ihr auslöste. Ihre Gespräche waren oberflächlich gewesen, seine Aufmerksamkeiten den Konventionen geschuldet. Oh, sie wollte keinen weiteren Gedanken an ihn verschwenden. »Es spielt wirklich keine Rolle mehr, welche von uns er zuerst begehrt hat. Was zählt ist, dass du ihn bekommen hast. Und ich danke Gott dafür! Ich meine es ernst, Sophie. Ich würde ihn sowieso nicht wollen.«

»Ha!« Sophie deutete mit derselben triumphalen Miene auf sie, die sie aufsetzte, wenn sie beim Tennisspielen einen Punkt erzielte. »Und doch bist du es, die das Thema permanent aufs Neue anspricht!«

Lydia starrte sie an. »Sophie, nein. Verstehst du nicht? Die Sache hat überhaupt nichts mit George zu tun. Sondern mit uns.« Sie sank wieder aufs Bett. »Du hast mich *verraten*. Du wusstest, dass ich für ihn schwärmte, hast mich aber trotzdem blindlings in die Irre gehen lassen. Und dann hast du mit ihm darüber gelacht.« Sie hielt inne. Diese Ungeheuerlichkeit vermochte sie noch immer in Erstaunen zu versetzen. »Wie konntest du mir das antun? Deiner eigenen Schwester?«

Sophie ließ sich auf dem entgegengesetzten Ende der Matratze nieder. »Das klingt sehr grausam«, gab sie zu. »Aber das sollte es nicht sein! Ich war noch blutjung und hatte Angst, es dir zu sagen. Wen hätte ich denn um Rat fragen können? Tante Augusta war übergeschnappt. Ana hatte damals noch Zöpfe. Und um meine Freundinnen damit zu behelligen, war die Sache zu persönlich.«

Das war die vernünftigste Erklärung, die sie ihr je angeboten hatte. Lydia wusste ihre Bemühung zu schätzen. Wenn sie es nur hätte glauben können. »Wir haben ständig über ihn gesprochen. Wenn du all deinen Mut zusammengerafft hättest, hätte ich dir verziehen. Es hätte mich zwar schrecklich verletzt, aber es wäre ja nicht deine Schuld gewesen, dass Georges Zuneigung auf dich umgeschwenkt war.«

Sophie war kreidebleich geworden. »*Du* hättest mir vielleicht verziehen«, sagte sie matt. »Aber Papa nicht. Er hätte es niemals erlaubt, Lydia.«

Sie schüttelte verwirrt den Kopf und begann langsam zu begreifen. »Du kannst doch nicht ernsthaft glauben, dass Papa dich von dieser Heirat abgehalten hätte!«

Sophie lächelte sie ungläubig an. »Mit dem Mann, in den sich seine süße kleine Lydia verliebt hatte? Natürlich. Daran habe ich keinerlei Zweifel.«

»Mein Gott.« Lydia schlug entsetzt die Hand vor den Mund. »Wie … schrecklich für dich. Aber er liebt dich doch. Du bist seine *Tochter*. Du …«

»Sprich nicht so herablassend mit mir!« Sophie sprang auf und lief mit großen Schritten um das Bett herum. »Und was ist mit dir? Vor der Hochzeit einfach so davonzulaufen! Hat Papa mich je wegen des Skandals getröstet, den du ausgelöst hast? Wegen der wissenden Blicke, mit denen wir bedacht wurden, und des Hohngelächters?«

»Was glaubst du, wer von diesen Blicken das meiste abbekommen hat? Ich!«

»*Du*? Du warst für niemanden interessant genug, um dich auch nur eines Blickes zu würdigen! *Ich* war diejenige, die gelitten hat. Es hat die Hochzeit vollkommen überschattet! Alle haben nach dir gefragt, nach Papa und dabei schrecklich wissend gegrinst! Stell dir das nur vor: die Abwesenheit des eigenen Vaters erklären und lügen zu müssen, obwohl alle die wahre Geschichte kennen. Vielleicht hätte ich ihnen ja die Wahrheit sagen sollen: dass Papa, wenn es nach ihm ginge, nur eine Tochter hat – Ana und ich hingegen sind wie Waisen!«

Groß zu sein hatte auch seine Vorteile. Als Lydia sich erhob, musste Sophie zur ihr aufblicken, um ihr in die Augen zu sehen. »Ist das der wahre Grund für dein Handeln? Du wolltest dich an mir rächen, weil ich sein Liebling bin?« Als Sophie die Augen verdrehte, kam ihr noch eine weitere Eingebung. »Oder aber du wolltest seine ungeteilte Aufmerksamkeit«, sagte sie langsamer. »Das ist der Grund, nicht? Du kämst als Erste unter die Haube, was dich zu etwas Besonderem macht. Noch besser, du würdest den Mann lieben, von dem Papa wusste, dass ich mir Hoffnungen auf ihn mache. Was gäbe es für eine bessere Methode, seine Aufmerksamkeit zu erringen, als ihm zu zeigen, dass ein Mann dich für würdiger hielte als mich? Oh«, sagte sie leise. »Aber es lief nicht ganz nach Plan, nicht? Papa war bei mir. Er hat deinen Triumph nicht miterlebt.«

Sophie wich ihrem Blick aus und starrte ins Leere, während sie wieder aufs Bett sank. »Nein«, sagte sie, klang aber nicht überzeugend.

Lydias Nachsicht stieß zwar an ihre Grenzen, aber sie sagte die Wahrheit. »Papa wäre sehr gerne auf deiner Hochzeit gewesen. Er hat an dem Tag von nichts anderem als von dir gesprochen.« Er hatte unaufhörlich Geschichten aus ihrer und Sophies Kindheit erzählt, einer Zeit, als Sophie noch ihre beste Freundin gewesen war und sie sehr bewundert hatte.

»*Einen* Tag?« Sophie lachte auf. »Meine Güte! Wie großzügig von ihm.« Dann schüttelte sie leicht den Kopf und ließ die Schultern hängen. »Lydia … wirklich. Die ganze Sache war … eigentlich nicht dazu gedacht, dich zu verletzen. Das heißt … ich bin zwar manchmal wütend auf dich, aber ich weiß, dass das irrational ist. Welchen Grund habe ich schon, um dich zu beneiden? Im Grunde genommen keinen. Ich wäre nur äußerst ungern allein, auch wenn ich weiß, dass es dir nichts ausmacht«, fügte sie rasch hinzu, als Lydia sich ein ungläubiges Lächeln verkniff. »Aber ich bin anders als du. Ich könnte mich nie mit Büchern und Studien zufriedengeben. Und es würde mich grämen, wenn die Männer mich unattraktiv fänden. Ich halte mich deshalb nicht für oberflächlich. Es ist nichts Falsches daran, wenn es einem gefällt, umschwärmt zu sein.« Sie zögerte und fügte dann schulterzuckend hinzu: »Warum also sollte ich mich für Papa interessieren? Ich habe so viel, was du nicht hast. Vielleicht ist es da nur gerecht, dass du ihn hast.«

Lydia drehte sich um und lief zur Tür. Mit der Hand auf dem Griff sagte sie ganz ruhig: »Papa anderen zuzuteilen steht dir nicht zu, Sophie. Und wenn du dir einbildest, dass ich deiner Mildtätigkeit bedarf, dann hast du dich verrechnet. Du hast tatsächlich eine Menge, doch wie alle verwöhnten Kinder krittelst du an jedem Geschenk, das du bekommst, herum und treibst Schindluder damit. Und genau da liegt der Hase im Pfeffer: Du bist kein Kind mehr, und das Geschenk, mit dem du dieses Wochenende Schindluder getrieben hast, ist kein Spielzeug, sondern deine Ehe. Wenn du sie kaputt machst, gibt es keinen Ersatz dafür.«

Sie schloss die Tür hinter sich. Im Treppenhaus atmete sie tief durch. Die Luft in dem kleinen Schlafzimmer war stickig gewesen, mit Parfüm verpestet. Wie hielt Sophie es nur aus, dort stundenlang zu liegen? Kein Wunder, dass sie Kopfschmerzen hatte. Sie schuf sich aus freien Stücken ein Gefängnis und strafte sich selbst damit. Auf diese Weise verschloss sie sich allen realen Möglichkeiten; wenn sie so weitermachte, würde sie niemals glücklich.

Ich habe so viel mehr Glück.

Der Gedanke war ungewohnt und kam überraschend. Doch es war die Wahrheit: Als sie zur Treppe lief, fühlte sie sich glücklich. Es war doch noch nicht zu spät für ihre Träume. Die Ängste, die sie auf Mrs Ogilvies Dach noch gehemmt hatten, waren verblasst. Und sie fühlte sich auch nicht mehr zu alt und runzelig, um ihr Herz aufs Spiel zu setzen. Was war Würde schon im Vergleich zu der Chance auf Glück? Nur eine andere Art von Gefängnis: ehrenwert, steril und feige.

Sie musste lächeln. Sie lachte laut. *So* fühlte es sich also an, wenn Logik und Instinkt übereinstimmten. Ana war unter der Haube. Für Papa konnte sie gegenwärtig nichts tun. Doch mit unerschütterlicher Gewissheit wusste sie, was sie für sich selbst tun musste.

Die Abenddämmerung legte sich über London wie kühlende, sanfte Hände, welche die Stadt mit blauer Dunkelheit umschlossen. Er blickte durch die gläsernen Wände seines Wintergartens zum Himmel. Die Akazien hatten jetzt Knospen. *Wusstest du, dass sie süß duften?* Die Klarheit ihrer Ränder faszinierte ihn. Mit Alkohol würde sich das vermutlich geben. Bis zur Dämmerung war er immer gern betrunken. An dem Abend, als man ihm die Nachricht überbracht hatte, war es auch schon dämmrig gewesen. Ein Himmel mit der Farbe der Lippen eines Ertrunkenen. Elizabeth hatte am Klavier gesessen und irgendeine Melodie gespielt – ein schrilles Geklimper, eine kalte Melodie mit den hohen Tönen der Tastatur. Damals waren alle Teppiche aufgerollt, um sie auszuklopfen, und die Holzdielen hatten starrend vor frischem Wachs unter seinen Füßen geknarrt.

Sein Vater hatte sich nicht die Mühe gemacht, ihm die Nachricht persönlich zu überbringen. Ein Stück Papier aus der behandschuhten Hand eines Mannes, dessen Namen er bis zum heutigen Tag nicht kannte – so hatte er davon erfahren.

In jenem Frühling war es ungewöhnlich kalt gewesen, die Zweige noch kahl. Sie hatten an der Fensterscheibe gekratzt, ein klagender Kontrapunkt zu Elizabeths Melodie. Schwarze Tinte auf cremefarbenem Leinenpapier, das Siegel noch nicht einmal ganz trocken. Es platzte unter seinen Fingern auf wie fauliges Obst und spie eine nüchterne, kurze Nachricht aus. Er hatte sie viermal gelesen, fünfmal, und doch konnte er ihre Kernaussage nicht erfassen. In Druckschrift, nicht zu bestreiten, rätselhaft.

Stella hatte ihren Mann getötet. Stella selbst war schwer verletzt – besinnungslos – und würde die Nacht wahrscheinlich nicht überleben.

Erstaunlich, dass solche Gräuel ganz beiläufig geschahen, an einem so langweiligen Abend. Von einem Augenblick zum anderen, während er am Fenster gesessen, an seinem Glas genippt und zugesehen hatte, wie die Sonne über St. James's Park unterging und die schwarzen spinnenartigen Bäume verschwammen und sich zu einer dickeren Linie aus Dunkelheit verdichteten, war sie mit dem Horror konfrontiert worden. Einsam und verängstigt. Alles voller Blut. Ein Sturz die Stufen hinab, in den Ohren die eigenen gellenden Schreie.

Hatte sie in jenen Momenten an ihn gedacht? Sie hatte ihn gebeten, sie zu retten. Nicht einmal eine Woche zuvor, in ebendiesem Raum.

Und nach dem Sturz? Als sie bewusstlos dagelegen hatte, war ihr Geist an ihm vorbeigeirrt? Er hatte gelangweilt am Fenster gesessen, leicht gereizt aufgrund Elizabeths unbeirrter Beschäftigung mit der Melodie. Ohne jeden Schwung, hatte er gedacht. *Lernst du es denn nie, mit beiden Händen zu spielen?* Solch egoistische, kleinliche, selbstgefällige, überhebliche Gedanken.

Vier Jahre lang hatte er gehofft, dass sie es nicht mitbekommen hatte. Sie war die Treppe hinab in eine weiche, schwarze Ruhe gestürzt, eine Erholung vom Leben. Sie hatte nicht versucht, nach ihm zu rufen, nur um festzustellen, dass sie in einem stummen, gemarterten Körper gefangen war. Das hatte er sich eingeredet.

Sie danach zu fragen hatte er nie gewagt. Weder per Brief noch während eines ihrer kurzen Zusammentreffen in jenem Drecksloch, in das man sie vor Kenhurst gesteckt hatte. Dennoch, in der Abenddämmerung war er nicht gern nüchtern.

Er blickte auf das Glas Wasser in seiner Hand. Warum sollte

er zu dieser Tageszeit nüchtern sein? Der Untergang der Sonne brachte nichts Freundliches mit sich. Eine Kälte, die dem Land die Farbe entzog. Die gewaltige, quälende Traurigkeit der Dämmerung war, so dachte er, nicht nur ein Ergebnis seiner persönlichen Erfahrung, sondern schlicht eine elementare Wahrheit – eine Wahrheit, die zu erkennen er inzwischen genügend sensibilisiert war. Die Dämmerung war der Helfer der Nacht, der eine Dunkelheit zur Erde drückte, die letztendlich sie alle vernichten würde.

»Du siehst schlecht aus.«

Er fuhr zusammen, wandte sich jedoch nicht um. Schließlich, *zum Teufel mit ihr*, war er nicht dazu verpflichtet, immer gut auszusehen. Dies war sein Zuhause, da konnte er tun und lassen, was er wollte. »Wie bist du an Gudge vorbeigekommen?«

»An deinem Butler? Er hat mich reingelassen.«

»Erinnere mich daran, ihn zu entlassen.«

Lydia seufzte. Es klang unglücklich, und in ihm regte sich das schlechte Gewissen. *Ein Gastgeber ist immer liebenswürdig. Ein Gast wird immer geehrt. Sei nett zu deinen Lieben.*

Aber das waren überholte Regeln, überholte Umgangsformen, die er mit allem anderen ad acta gelegt hatte. Mit den Lügen, die er so gerne glaubte, mit den Erinnerungen, die keinen Sinn mehr ergaben: Stellas glückliches Lachen, ihre Hand, die vertrauensvoll auf seinem Arm lag. Oder der Geruch, wenn er früher die Nase an die Brust seines Vaters drückte: Zigarrenrauch, Wäschestärke, Vetiver-Parfum. Erstaunlich, der Gedanke, dass diese Gerüche ihn einst beruhigt hatten.

Sie stand noch immer da. Ihr Schweigen war wie die Hand der Nacht: Es lastete stärker auf ihm, als ihre Worte es getan hatten. »Geh weg«, sagte er.

»Nein. Ich muss mit dir reden.«

»Ach wirklich?« Ein hässlicher und bösartiger Unterton

schlich sich in seine Stimme. »Das wundert mich. Kannst du deine Gefühle überhaupt artikulieren?«

Nach einer Weile sagte sie: »Ich kann dir nicht folgen.«

Natürlich konnte sie das nicht. Sie brauchte Logik, Regeln, riesige purpurfarbene Pfeile. Gefühle hatten in ihrem Denken nichts verloren. Sie verfügte nicht über die Fähigkeit, die breiten Gräben auszuloten, die sich zwischen zwei Menschen auftun konnten, die eine gemeinsame Vergangenheit hatten – oder auch das dunkle Terrain in ihr selbst. Nun, dann würde er es ihr eben erklären. »Du bist wütend«, sagte er. »Dir wird langsam klar, dass ich recht habe. Dein Vater war an der Sache beteiligt. Aber du kannst dich immer noch nicht dazu durchringen, es zu glauben.«

»Ich bin überhaupt nicht wütend, James.« Doch ihre Stimme zitterte. »Ich bin … hoffnungsvoll.«

»Ach ja? Dann bist du also in der Hoffnung hergekommen, dass ich meine Entscheidung rückgängig mache.« Er legte Härte in seine Stimme. Sie würde sich das jetzt anhören – dazu konnte er sie immerhin zwingen. »Du erkennst, dass ich dir eine Hilfe war. Deshalb hoffst du, dass ich dir wieder helfe. Natürlich weißt du, dass ich es wahrscheinlich nicht tun werde. Dir ist klar geworden, dass ich, trotz all meiner Fehler, sage, was ich meine. Deshalb bist du bereit zu verhandeln. Mit deinem Körper, nehme ich an? Was für ein Opfer, Miss Boyce. Doch diesmal könnte Ihr Spiel Konsequenzen haben.«

»Das hast du ganz falsch verstanden …«

»Dann wünsche mich dafür zur Hölle, dass ich dich beschuldigt habe. Wünsch mich in den Hades – so würdest du es wohl eher ausdrücken. Oder sag mir, dass ich ein verdammter Schweinehund bin, wenn das zu deinem Wortschatz gehört. Aber ich flehe dich an, sei nicht unterwürfig. Wenn du mir zu nahe kommst, ist es dann nämlich wahrscheinlicher, dass ich nach dir trete, statt dir für deine Höflichkeit zu danken.«

Sie schnappte hörbar nach Luft. »Was für eine schlechte Meinung du …«

»Ganz im Gegenteil«, sagte er, und sein Lachen wühlte das Wasser auf, als er das Glas wieder zum Munde führte. »Ich halte dich für den Inbegriff der feinen Gesellschaft. Deine Haltung und alles, was dazugehört.«

»Eine schlechte Meinung von *dir selbst*«, führte sie den Satz zu Ende. »Allein die Vorstellung, ich würde mich von dir treten lassen! Also wirklich, James – und du nennst *mich* dumm?«

Wieder betrachtete er das Glas in seiner Hand. Sehr hochwertiges Kristall, direkt aus Waterford – ein Produkt der erlesensten Grausamkeiten Englands gegen die Iren. Für so etwas kämpfte sein Vater in seinem endlosen Feldzug, das Streben der Iren nach Selbstverwaltung zu unterdrücken. Doch die abgeschrägten Kanten des Glases waren gar nicht so fein. Sie rieben an seinen überempfindlichen Fingerkuppen, als konzentrierte sich das Blut seines ganzen Körpers in seinen Händen und würde die Haut bis zur Unerträglichkeit dehnen. Das Gefühl hatte er schon einmal verspürt, als Junge in Nordengland. Es hatte geschneit und er und Stella waren herumgerannt, in selbst gebaute Iglus gekrochen und hatten Schneemänner gebaut, um den Teufel fernzuhalten. Wie durchgefroren sie gewesen waren, wie vergnügt und wie rosig ihre Wangen!

Jenes kleine Mädchen lebte jetzt in einem Gefängnis, hinter Türschlössern, deren Schlüssel sie nicht besaß, unter ständiger Beobachtung, gehegt und gepflegt wie eine zahme Maus.

»Ich brauche dich«, sagte sie. »Nicht für ihn. Für … mich selbst.«

»Wie bedauernswert«, sagte er leise.

Er hörte das Rascheln von Röcken, die ihren Geruch aufwirbelten, jene unverwechselbare Mischung aus Vanille und Veilchen, Lavendel und Rosen – ein wandelnder Garten mit einer

Küche als Dreingabe, Gott schütze die Allergiker. »Ich bin bereit zu verhandeln«, sagte sie.

Die Flüssigkeit schwappte auf seine Fingerknöchel. »Wie großzügig von dir. Aber ich empfehle dir, anderswo zu schachern.«

»Oh.« Das leise Wort enthielt ein eigenartiges Stolpern. Er blickte auf und sah sofort, dass sie geweint hatte.

Ihr Gesichtsausdruck bremste ihn. Eine unsichtbare Faust boxte ihm in die Rippen und griff nach seinem Herzen. Sie fesselte ihn auf seinem Platz, während er sie unverwandt anstarrte. Ihr dunkles Haar umgab ihr blasses Gesicht wie ein Heiligenschein, der veilchenblaue Himmel hinter ihr eine Flagge, die jede einzelne grauenvolle Erinnerung zeigte, mit der er möglichst nichts mehr zu tun haben wollte. »Gott«, sagte er und bemerkte erst, als das Wort an seine Ohren drang, dass seine Lippen sich überhaupt bewegt hatten. »Lydia … Himmelherrgott. Vergieß deine Tränen anderswo. Weine für jemanden, der umgestimmt werden will.«

»Ich kann nichts dafür.« Sie senkte den Kopf. Und da war ihr Scheitel, schnurgerade, zart und weiß, der sich gegen die dunklen Wellen abhob und ihr Haar in der Mitte wie eine Friedensflagge durchteilte. Als sich ihre Stirn an sein Knie legte, blieb ihm die Luft weg. »Ich kann keinen von euch loslassen«, klagte sie mit leiser, unglücklicher Stimme. »Und ich weiß nicht, wie ich dir helfen soll.«

Einen Augenblick lang glaubte er, sich verhört zu haben. Ihm helfen? Der Gedanke war so verwunderlich, dass er lachte. »Du bist doch in Schwierigkeiten«, sagte er. »Du bist doch wild entschlossen, dich um die Ecke bringen zu lassen. Da ich kein Interesse habe, Heiligenstatus zu erlangen, wirst du mir verzeihen, wenn ich mich von diesem Schauspiel abwende.«

Sie blieb stumm. Er spürte ihren Atem, warm am Stoff seiner Hose, was sein Bewusstsein wieder auf den Körper richtete, auf die sterbliche Hülle, die er manchmal vergaß, wenn er Glück hatte. Auf den Teil von ihm, der solche Dinge spürte, Wärme, und Feuchtigkeit, und auch die Kälte. Er machte den Mund auf. Doch was gab es noch zu sagen? *Das kannst du doch nicht ernst meinen.* Oder *Du willst mir helfen? Du brauchst doch selbst Hilfe.* Vertrockneter, blutleerer Blaustrumpf.

Oder auch das: *Du bist alles, was ich brauche.*

Seine Lippen waren nicht dazu bereit. Er streckte die Hand aus … um ihre Haare zu berühren? Um ihren Scheitel nachzuziehen, der so unbeirrt durch ihre Haarwirbel schnitt? Das Wasser in seiner Hand zitterte wie die Beine eines unbedarften Mädchens bei seinem ersten Walzer. Er holte tief Luft und stellte das Glas auf den Weidentisch neben ihm. Seine Hand, die nun frei war, schwebte unsicher über ihrem Kopf. Ihr Gesicht war noch immer an ihn gepresst, ein steter Druck, keine Spur von Zögern oder Zweifel. »Du solltest vorsichtig sein«, murmelte er. »Spiel mir nicht solche Vorteile in die Hände.«

»Ich vertraue dir.« Sie atmete hörbar zitternd ein. »Ich habe Vertrauen in dich, James.«

Seine Finger legten sich auf ihre Haare. Das reinste, weichste Schwarz. Die Farbe, die man sah, wenn man an einem warmen, behaglichen Ort die Augen schloss, um sich auszuruhen. »Du bist ein Dummkopf«, sagte er sanft. »Wie hast du es so weit durchs Leben gebracht? Ich habe nichts getan, um mir dein Vertrauen zu verdienen.« Schwierig, die Worte aus seinem tiefsten Inneren ans Licht zu holen. Sie fühlten sich scharfkantig an, sperrig. Der Preis dafür, sie auszusprechen, war ein bitteres Brennen in seiner Kehle. »Niemandes Vertrauen.«

Sie hob den Kopf. Zwei glänzende Linien zeichneten den Weg ihrer Tränen nach. »Ich habe es dir wieder und wieder gesagt. Das ist nichts, was man sich verdient. Es wird einem einfach geschenkt. Und warum sollte ich es dir nicht schenken?« Sie hielt inne und sagte sehr leise: »Was mit deiner Schwester passiert ist, war nicht deine Schuld.«

Was wusste sie schon davon? »Sie hat mich um Hilfe gebeten. Alles, was ich ihr geben konnte …«

Ihre Finger krallten sich in den Stoff seiner Hose. »Es lag nicht in deiner Macht, Boland aufzuhalten. Du hast ihr alles gegeben, was du konntest. Du hast ihr Hilfe angeboten, von ihm fortzukommen. Als sie sich geweigert hat, zu gehen, war das ihre Entscheidung, und nicht deine. Grundgütiger! Warum siehst du das nicht ein?«

Er ließ die Worte auf sich wirken. Dachte über sie nach, drehte und wendete sie. Sie machte den Mund auf, um etwas zu sagen, besann sich dann jedoch eines Besseren.

»Lass es gut sein«, sagte er. »Das wolltest du mir doch gerade sagen.«

»Was? Nein!« Ein liebevoller, amüsierter Ausdruck huschte über ihr Gesicht. »Mein Gott, das ist das Letzte, was ich dir raten würde. Ausgerechnet ich! Deine Liebe zu deiner Schwester, deine Loyalität ihr gegenüber ist …« Sie stieß einen Seufzer aus. »Bewundernswert? Ergreifend.« Sie schüttelte den Kopf. »Mir fehlen die Worte, um es zu beschreiben. Diese Liebe ist tief und unerschütterlich und hat dich dazu getrieben, schreckliche Dinge zu tun, und dich vielleicht auch auf ein paar sehr unredliche und falsche Gedanken gebracht, die ich nicht gutheißen kann. Aber das ist ein Teil von dir, der … mich anspricht.« Ihre Lippen verzogen sich leicht – ein Lächeln, das mehr von Traurigkeit sprach als von Freude. »Es spricht mich sogar stark an. Und ich würde nur ungern erleben, dass du sie aufgibst. Sie ist das Einzige, was dich noch auf der Erde hält.«

Ein Gefühl durchströmte ihn. Seltsam. Wie der Schüttelfrost, der einem Fieber vorausging, die ersten Anzeichen einer Krankheit. »Das ist nicht das Einzige«, sagte er langsam.

Ihre Lippen öffneten sich. Sie leckte sie ab. Schluckte, als wäre sie nervös. »Küss mich.«

Wieder dachte er an Stella – an das Entsetzen, ihr dabei zusehen zu müssen, wie sie geradewegs in eine Tragödie taumelte. An ihre Weigerung, auf ihn zu hören. Wie verdammt hilflos er sich gefühlt hatte. Der Schmerz darüber, die Schmach seines eigenen Versagens, all das war tief in ihm verankert.

Wieder sah er sie an. Ihr Gesicht war nach oben gewandt, ihre Augen geschlossen. Sie wartete darauf, dass er sie berührte.

Wenn er darauf einging, war er ihr gegenüber verpflichtet. Mit Ketten und Fesseln an den Weg gebunden, den sie gehen wollte. Dann konnte er nicht mehr unbeteiligt zusehen. Nicht noch einmal.

Aber er konnte sie auch nicht abweisen. Nicht, wenn sie so vertrauensvoll wartete.

Er atmete tief durch und beugte sich vor, um seine Lippen auf ihre zu legen. Ihr Mund ruhte sanft auf seinem – so sanft wie ihr Vertrauen und genauso leicht zu brechen. Es brachte ihn aus dem Gleichgewicht, das Wissen um ihre Zartheit. Er hatte ihr zwar gesagt, dass sie nicht zerbrechlich wäre, doch seine Hände umfassten mühelos den Bogen von ihrem Schlüsselbein bis zu ihrem Genick, und er konnte mit den Fingerkuppen über die spitzen Knochen fahren. Und doch leugnete die Frau, die in diesem Körper wohnte, ihre Schwäche. Sie trotzte ihr und riskierte dabei leichtsinnig ihr Leben. Er küsste sie, stärker jetzt, als er es hätte tun sollen. Er würde sie zur Vernunft bringen. Sie zwingen, sich ihre Verletzlichkeit einzugestehen, damit sie sich ihre nächsten Schritte besser überlegte.

Sie schlang die Arme um ihn und zog ihn furchtlos von seiner Bank. Er glitt auf die Knie, doch sie zog ihn weiter hinab, bis er in voller Länge auf ihr lag. Sein Gewicht hätte sie nach Luft ringen lassen müssen. Es musste sie schier erdrücken. Doch sie war auch belastbar: Die Muskeln ihrer Arme und ihres Oberkörpers waren fest. Sie seufzte leise und ihre Lippen glitten zu seiner Kehle. Sie biss ihn sanft an der Stelle, wo sein Hals in seine Schulter überging. Sie hatte keine Vorstellung von ihren Grenzen, selbst wenn sie nur allzu deutlich verstand, wie sie aussehen sollten.

Er packte sie an den Handgelenken und drückte sie über ihrem Kopf so auf den Boden, dass sie sich ohne Weiteres hätte losreißen können. Ihre Augen, jetzt golden wie Herbstmonde, öffneten sich und rundeten sich fragend.

Jetzt heftiger atmend, starrte er auf sie herab. Es gab einen dunklen Trieb, der vielleicht in jedem Manne wohnte – das Verlangen, brutal zu werden, wenn Subtilität nicht zum Ziel führte. Doch das war eine armselige Entschuldigung, nur etwas für Feiglinge. Er würde ihr die Wahl lassen. »Wenn wir das tun, lasse ich dich nicht mehr gehen. Verstehst du mich?«

»Ich will gar nicht gehen«, flüsterte sie. »James, ich habe mich schon entschieden. Ich bin zu *dir* gekommen.«

Er wollte das zwar akzeptieren. Doch sein Wesen war nicht so edel wie ihres: Er würde immer prüfen wollen, was andere als Wahrheit hinstellten. Er ignorierte ihren Protest und stand auf. Dann fasste er sie um die Taille und hob sie in seine Arme. Als er mit ihr auf die Tür zusteuerte, wehrte sie sich heftiger. »Wo willst du mit mir hin?«

Er blieb stehen. »An allen Bediensteten vorbei«, erklärte er. »Vorbei an allen in diesem Haushalt, die tratschen. Und dann nach oben in meine Zimmerflucht.« Er gab ihr Zeit, darauf zu reagieren.

Ihr schweres Atmen drückte ihre Brüste an seine Brust. Seine Finger zogen sich reflexartig zusammen und krallten sich in ihren Schenkel. Er zwang sich dazu, sich zu entspannen, seine Atemzüge zu zählen. Er wollte keine blauen Flecke an ihr hinterlassen. Ihre Haut war blass und würde leicht Blutergüsse davontragen.

»Einverstanden«, sagte sie und verbarg ihr Gesicht in seiner Schulterbeuge.

Er hatte ein Zeichen setzen wollen, doch als er mit ihr in die Halle trat, musste er feststellen, dass seine Geduld dafür nicht ausreichte. Immerhin lauerte das Zimmermädchen in der Tür zum Salon; ihre Aussage müsste genügen. Er bewältigte die Stufen, indem er immer zwei auf einmal nahm. Er befand sich jetzt im ersten Stock und stieß mit der Schulter die Tür zu seiner Zimmerflucht auf. Zu viele verdammte Vorräume, bis er sein Schlafgemach erreichte. Er legte sie aufs Bett und wich ihren ungeduldigen Händen aus. Das sollte keine Reprise der Bootshaus-Episode werden. Keine Dunkelheit sollte sie trennen. Und auch keine Kleiderschichten.

Er rechnete mit Protest, doch sie akzeptierte seine Führung und blieb ruhig liegen, während er ihr die Stiefel aufschnürte, ihr die Strumpfhalter herunterzog und ihr die Strümpfe abschälte. Ihre Beine waren weißer, als er erwartet hatte, wie Sahne. Die Möglichkeit, dass ihr Körper noch andere Geheimnisse für ihn barg, verlieh seinen Bewegungen Dringlichkeit. Bei anderer Gelegenheit würde er innehalten, um ihre Kniekehlen zu lecken, doch einstweilen wollte er sie systematisch und wohlüberlegt offenlegen. Sie hatte so heftig darum gekämpft, verborgen zu bleiben, doch hiernach gab es kein Zurück mehr.

Ihre Unterröcke und das Unterkleid fielen, genauso ihr Mieder und jene verdammte Plage der Menschheit, das Korsett. Sie ergab sich mit geschlossenen Augen seinen geschickten Handgriffen. Ab und zu entfuhr ihr ein leises, genüssliches Stöhnen. Dieser kleine Laut würde ihn noch um den Verstand bringen. Seine Hände zitterten. Als Letztes zog er ihr die Unterhose aus, über Hüften, die sich so sanft und anmutig rundeten wie die Chiltern Hills, wo er sie das erste Mal besessen hatte. Jetzt lag sie nackt vor ihm. Athene und Venus in einem. Er zog sich zum Fußende zurück. »Mach die Augen auf«, sagte er heiser.

Ihre Brüste hoben und senkten sich, als sie tief Luft holte. Ihre Wangen verfärbten sich rot, während sie ihn eingehend musterte. Er war immer noch bekleidet, was sie nervös zu machen schien, denn sie drehte den Kopf weg. Er kroch wieder über sie und nahm ihr Gesicht in die Hände, um sie zu zwingen, ihn wieder anzusehen. »Ich sehe dich«, flüsterte er. Er fuhr mit den Händen herab und umfasste ihre Schultern. Sie leckte sich die Lippen. Jetzt zur erlesenen Weichheit ihrer Brüste, die seine Handflächen so perfekt ausfüllten. Unter dem Streicheln seiner Daumen wurden ihre Brustwarzen zu kleinen harten Perlen. Er legte den Mund auf eine davon, saugte erst sanft daran und dann heftiger, bis sie sich unter ihm aufbäumte. Wie konnte die Haut einer Frau so weich sein? Es war, als hätte die Welt sie nie berührt. Seine Finger glitten weiter, entlang an der sanften Kurve ihrer Taille und über diese wunderbaren Hüften, die alle Erwartungen übertrafen. Ihre Schenkel gaben unter seiner Hand nach, sanken auseinander wie Hindernisse auf dem Weg zu einer Offenbarung. Er beugte sich herab, um sie zu lecken, nur damit ihr Fleisch noch einmal erbebte wie in seiner Erinnerung. Und dann wanderten seine flachen Hände an ihren Knien vorbei zu ihren Waden, zu der zarten Wölbung ihrer Füße. Er hob einen Fußknöchel an seinen Mund, um ihn zu küssen. »Ich sehe jeden Teil von dir«, sagte er leise. »Dein Körper war nur der letzte Teil, Lyd.«

Ihre Kehle bewegte sich, als sie schluckte. Sie machte Anstalten, sich aufzusetzen und nach ihm zu greifen, doch er zog sich zurück. Sie ließ sich wieder in die Kissen fallen und murmelte: »Dann zieh dich auch aus. Lass mich dasselbe sehen.«

Er ließ sie nicht aus den Augen, während er sich entkleidete. Ihr Blick senkte sich einmal, als er seine Hose auszog, und ihr Erröten verstärkte sich. Als er sich wieder auf sie legte, schob er den Arm unter sie, um sie umzudrehen, sodass ihr langer, gerader Rücken entblößt vor ihm lag. Er ließ Küsse darauf regnen, und seine Finger glitten über die Rückseite ihres Beins, hielten in ihrer Kniekehle inne und umfassten eine ihrer üppigen Pobacken. Er presste sich mit dem ganzen Körper auf sie, sodass er sie von Kopf bis Fuß bedeckte. Sie zuckte leicht unter seinen Bissen zusammen, als er ihr seinen Mund auf die Schulter drückte. »Jetzt gibt es nichts mehr zu verstecken«, flüsterte er ihr ins Ohr.

»Nein«, stimmte sie zu, »nichts«, und drehte sich wieder herum. Ein Stöhnen entfuhr ihm, als sein Glied ihre Feuchtigkeit streifte. Er rutschte weiter nach unten, um dieser Versuchung zu entgehen.

Doch ihre Hände folgten ihm. Sie ergriff ihn und streichelte ihn, zuerst unbeholfen, doch dann, als er seine Hand auf ihre legte und ihr den Weg wies, mit zunehmender Kühnheit. Er sah ihr in die Augen, und ein leises Lächeln umspielte ihren Mund. »Du wirst mir auch etwas beibringen«, sagte sie und senkte den Blick wieder, um zuzusehen, wie er sie anleitete.

Nur ein Blick, doch fast wäre es um ihn geschehen gewesen. Er nahm ihre Hand weg und leckte sie vom Handgelenk bis zu ihrer Fingerspitze, bevor er sie wieder ablegte. Dann zeichnete er mit den Fingerknöcheln das sanfte Gefälle ihres Unterleibs nach. Er durchforschte die weichen Haare zwischen ihren Schenkeln, bis er ihren Spalt fand. Sein Daumen strich aufwärts und übte dort einen sanften Druck aus. Ihr Keuchen war süß, süßer noch, als er den Finger in sie schob und ihre Hüften sich ihm entgegenreckten.

Jetzt wollte er in ihr sein. Es war kein rein fleischliches Verlangen. Als er sich über sie schob und seinen Körper in die richtige Lage brachte, sie seinen Blick erwiderte und die Arme um ihn schlang, verspürte er eine Anspannung, die weit über reine Lust hinausging. Wie die Schwingung, die sich durch den Boden übertrug, wenn ein Orchester sein Crescendo erreichte. Schmerz war überhaupt nicht wie Musik. *Das* hier war es, wozu seine Muskeln vibrierten: ihr Körper, als er in sie stieß und sie nach Luft schnappte und den Kopf in den Nacken warf. Einen eigentümlichen Moment lang wusste er nicht, ob er imstande wäre, sich zurückzuziehen, um erneut zuzustoßen. Ihre heiße, feuchte Umklammerung, das sinnliche Gewicht ihres Körpers unter ihm und ihre Umarmung brachten etwas in ihm dazu, sich endgültig zu beruhigen. Es zog ihn in die Tiefe wie ein Gewicht, erdete ihn tief in ihr. Und dann lächelte sie zu ihm auf, und es durchfuhr ihn wie einen Schock vom Gehirn bis zu den Lenden, und er begann, sich zu bewegen.

Alles war sanft, erregt, freigiebig und sinnlich, ihre Zungen, die sich umtanzten, ihre Fingernägel in seinem Rücken. Du bist überhaupt nicht schwach, dachte er verwundert. Wie hatte er das vergessen können? Sie war eine Walküre. Seine Ängste waren ihr nicht von Nutzen. Er würde nicht zulassen, dass sie sie einschränkten. Ihre Finger zogen jetzt an seinen Haaren, und er drehte sich wieder herum, sodass jetzt sie ihn niederdrückte, und ihre Bewegungen, sie waren so beflügelt. *Sie wird mir noch etwas beibringen, mit ihrer natürlichen Begabung.* Er hatte es vom ersten Augenblick an gewusst. Er packte sie an der Taille und stieß jetzt fester zu, spürte den Moment, in dem sie begriff, wie man seine eigene Lust fand, die plötzliche Gewissheit ihrer Hüften, ihre zunehmende Aggression. Sie kam zum Höhepunkt. Sie erstarrte und biss ihm auf die Lippe, und er drehte sie wieder um, stieß einmal zu, zweimal, erreichte den Höhepunkt mit einer Macht, die ihn zum Keuchen brachte, als er schließlich auf ihr zusammenbrach.

Einen langen Moment lagen sie da, und ihr Zittern war ebenso ausgeprägt wie seines. Ihre Hände glitten von seinen Schultern, ein sanftes Streicheln hinab zu seinen Pobacken, und sie küsste ihn lang und innig. Für eine Frau wie sie, die so erbittert für ihren Vater kämpfte, hatten Küsse eine eigene Verbindlichkeit. »Du wirst mich nicht gehen lassen«, murmelte er.

»Nein«, sagte sie. »Niemals.«

Ein langes Schweigen tat sich zwischen ihnen auf. Er strich ihr zärtlich eine Haarsträhne von den Schultern. Sie errötete immer wieder. Beim leisesten Streichen mit dem Fingernagel über ihre Stirn schloss sie flatternd ihre Wimpern.

Und dann erschien das Grübchen wieder.

»Was ist?«, murmelte er.

»Nichts.«

Er küsste die Einkerbung.

»Was soll das heißen?«

»Du hast etwas, das dich verrät, Lydia. Am Spieltisch würden wir dich als leichtes Opfer bezeichnen.«

Das Grübchen wurde schwächer, als ihre Lippen sich zu einem Lächeln verzogen. Sie schlug die Augen auf. Als sie ihn ansah, huschte ein wehmütiger Ausdruck über ihr Gesicht, und sie seufzte.

»Dein Vater«, sagte er sanft. »Wir finden eine Lösung. Das verspreche ich dir.«

»Es ist nicht nur das.« Sie sah jetzt an ihm vorbei. Er folgte ihrem Blick zu der Karaffe, die weiter hinten im Raum stand. »Ich mache mir Sorgen um dich«, sagte sie. »Ich würde dich niemals bitten, deine Schwester aufzugeben. Aber diese Probleme zwischen dir und deinem Vater – du musst Frieden mit ihm schließen. Sonst wird es auch zwischen uns stehen.«

Was war das nun wieder für ein Unsinn? Er runzelte die Stirn. »Das hat mit uns nichts zu tun.«

Ihr Blick war zu fest, um ihm angenehm zu sein. »Meine Offenheit nützt dir nichts, wenn du nicht darauf hörst.« Sie machte sich von ihm los und beugte sich über die Bettkante, um nach ihrem Korsett zu greifen. »Hilf mir beim Anziehen.«

»Zum Teufel damit.«

Ihre Stimme klang jetzt ungeduldig. »Ich muss gehen, James.«

Seine Wut kam aus heiterem Himmel. »Du hättest gar nicht erst herkommen sollen. Aber du hast es getan. Und bei Gott, jetzt, wo du einmal hier bist, wirst du auch bleiben.«

»Sei nicht kindisch«, erwiderte sie ruhig. »Es ist eine Sache, Tratsch zu riskieren, aber eine ganz andere, ihn offen herauszufordern.«

»Das ist nicht das, was ich unten gesagt habe. Du wusstest ganz genau, wozu du dich verpflichtest, indem du mit hierherkommst.«

»Das stimmt schon.« Sie zuckte mit den Achseln. »Ich bin ein Risiko eingegangen. Habe einen großen Sprung gewagt. Ich bin mir immer noch nicht sicher, wie es ausgeht. Aber ich sehe, wie weit du dafür zu gehen bereit bist, und das beruhigt mich nicht gerade.«

Er hielt sie am Ellbogen fest. »Wir stehen das gemeinsam durch, Lydia.«

Sie sah ihm fest in die Augen. »Das dachte ich auch. Aber jetzt kneifst du. Oh ja, ich habe vorhin gesehen, dass du Wasser getrunken hast. Aber solange du diesen Hass kultivierst, besteht für mich keinerlei Veranlassung zu glauben, dass du dich nicht wieder dem Whisky zuwendest.«

Er nahm die Schnüre ihres Korsetts und zwang sich, seine Frustrationen nicht an ihren Rippen auszulassen. »Das ist unfair«, protestierte er und unterstrich seine Worte mit einem kräftigen Ruck. »Du lässt deinen Vater nicht los, aber verlangst von mir, dass ich meine Schwester aufgebe?«

Der Blick, den sie ihm über die Schulter zuwarf, war überrascht. »Nie. James, die beiden Dinge haben nichts miteinander zu tun.«

»Davon hast du keine Ahnung.«

Bei ihrem Lächeln wurde ihm ganz kalt ums Herz. Es wirkte so seltsam resigniert. »Du anscheinend aber auch nicht.«

16

Sie wollte nicht zurück in das Haus am Wilton Crescent. Es kam ihr nicht einmal mehr annähernd vor wie ein Zuhause. Doch in James' Haus würde sie sich auch nicht zu Hause fühlen, solange es eine Festung blieb, die einzig und allein zu dem Zweck errichtet worden war, seinen Vater gegen ihn aufzubringen.

Sophie und Ana waren ausgegangen. Sie waren zum Abendessen eingeladen worden, informierte sie der Butler. Lydia machte sich früh bettfertig, nicht weil sie müde war, sondern weil dieser Tag endlich ein Ende haben sollte. Und womöglich auch, weil tief in ihr eine Hoffnung ruhte, unerschütterlich und gegen jede Vernunft gefeit: Er würde kommen, um sie zu holen. Vielleicht war es töricht, aber sie kam nicht dagegen an. Nachts würde er zwar sicher nicht kommen, doch das hielt sie nicht davon ab, wach zu liegen und die Glockenschläge der Standuhr unten in der Halle zu zählen.

Um halb drei kamen Sophie und Ana zurück. Mit weit aufgerissenen Augen horchte sie, wie sie sich leise eine gute Nacht wünschten. Dann herrschte wieder Stille, und nach scheinbar endloser Zeit blieb die alte Uhr in der Halle stehen und die Glockenschläge blieben aus. Das stete Pochen ihres Herzens lullte sie schließlich doch noch in den Schlaf.

Als sie erwachte, war das Zimmer lichtdurchflutet, und Ana stand lächelnd an ihrem Bett. »Komm schnell nach unten! Du glaubst nicht, wer gekommen ist.«

Als sie Minuten später die Treppe hinabstieg, drang fröhlicher Lärm aus dem Salon. Am liebsten wäre sie zu ihm geflogen. Wie ärgerlich, dass dieses Wiedersehen von den Neuigkeiten getrübt wurde, die sie an ihn weiterleiten musste.

Doch als sie im Treppenhaus seine Stimme hörte – so vertraut und tröstlich wie ein Wiegenlied –, fielen ihre Sorgen von ihr ab. Sie stürmte ins Zimmer, und sein liebes Gesicht erschien ihr wie die Antwort auf all ihre Fragen: der grau melierte Schnurrbart und die sonnengebräunte Haut, der runde Rücken, das Bäuchlein, das er nicht mehr loswurde, egal wie sehr er sich in Enthaltsamkeit übte. Er hatte sich kein bisschen verändert. »Papa!«

Er unterbrach sein Gespräch mit Sophie mitten im Satz. Sein Gesicht hellte sich auf, und er breitete die Arme aus. »Lydia! Mein Liebling, wo bist du gewesen?«

Seine Umarmung roch nach seiner Reise, nach Schweiß und Kohlenrauch. Doch darunter lag die nicht greifbare Essenz dessen, was sie einst mit allem in Verbindung gebracht hatte, das sicher, liebevoll und wunderbar war. Mit einem Male wurde ihr klar, dass sie ihn noch nie so sehr gebraucht hatte wie jetzt. »Papa«, flüsterte sie in sein Revers. »Gott sei Dank bist du zu Hause.«

Sie hob den Kopf und sah an Anas strahlendem Gesicht und Sophies gefrierendem Lächeln vorbei zu George, der sich leicht abseits hielt und sie wütend anstarrte wie ein dämonischer Wasserspeier. Papa folgte ihrem Blick und raunte ihr ins Ohr: »Wir müssen uns unter vier Augen unterhalten, Lydia. Und zwar bald.«

Und schon war ihre gute Laune dahin.

Später, nach einem langen Mittagessen, in dessen Verlauf Papa sie mit Geschichten über seine Reise und die Eskapaden seiner Arbeiter unterhielt, zog sie sich mit ihm ins Gästeschlafzimmer zurück, wo sein Gepäck verstaut war. »Ich weiß nicht, wie ich es dir beibringen soll«, sagte sie, und er zog sie an seine Seite und legte ihr den Arm um die Schulter, wie er es vielleicht bei einem Sohn getan hätte.

»Nur raus damit«, ermunterte er sie. »Du kannst mir alles sagen, Liebes.«

Doch als sie ihm die Geschichte unterbreitete – die Lügen von Miss Marshall, der merkwürdige Junge mit dem Messer, die Männer am Bahnhof und (stockend, mit einem Hauch von Kränkung) Ashmores Angebot –, löste er sich von ihr. Zuerst seine Wange, die er an ihre gedrückt hatte, und dann seinen erstarrenden Arm, den er kraftlos auf die Armlehne seines Stuhls sinken ließ. Sein Gesicht lief so hochrot an, dass sie um seine Gesundheit fürchtete. Sie verstummte.

Er sprang so ungestüm auf, dass die Stuhlbeine mit einem dumpfen Schlag auf dem Teppich aufkamen. »Aber das ist doch lächerlich!«, rief er aus. »Wer ist dieser Ashmore? Woher kennst du ihn? Wie kann er es wagen, dir solche Lügen aufzutischen?«

»Er ist der Freund ... eines Freundes«, sagte sie betreten. *Der Freund des Mannes, den ich liebe.* Sie hatte gehofft, sich ihm auch in dieser Angelegenheit anvertrauen zu können, doch die Unbeherrschtheit, mit der er jetzt auf und ab lief, veranlasste sie dazu, dieses Thema noch nicht anzusprechen.

»Für wen hält er sich? Sich aufgrund solch fadenscheiniger Zufälle ein Urteil zu erlauben!«

»Ich weiß es nicht.« Sie schob die Hände unter ihre Schenkel und drückte sie gegen den Sitz, um ihre nervöse Unruhe zu kanalisieren. »Er ... er hat mir den Eindruck vermittelt, dass er für die Regierung arbeitet.«

Papa wirbelte herum und starrte sie entgeistert an. »Unter einer Decke mit solchem Abschaum? Mit jemandem, der dich am helllichten Tage überfällt?« In seinem Bart fingen sich Speicheltropfen. »Das ist ungeheuerlich. Ist unsere Regierung schon so tief gesunken? Ich kann mir wirklich einen sinnvolleren Zeitvertreib für sie vorstellen. Ägypten wird von den Franzosen überrannt, Russland macht uns unsere indischen Grenzen streitig, und denen fällt nichts Besseres ein, als eine Frau zu drangsalieren – alles aufgrund eines paranoiden Hirngespinstes wegen irgendwelcher Strass-Steinchen des Khedive?«

Seine Wut war so untypisch, dass sie nicht wusste, was sie sagen sollte. »Es tut mir leid«, flüsterte sie. »Ich habe ihm gesagt, dass du unschuldig bist, dass das alles nur Lügen sind. Ich schwör's!«

Sein Gesicht veränderte sich, die zerfurchte Falte zwischen seinen Augen glättete sich. »Natürlich hast du das«, sagte er, trat zu ihr und nahm sie in die Arme. »Lydia, mein Mädchen, sei nicht so verzweifelt. Wir werden das klarstellen. Das tun wir doch immer, nicht? Es gibt nichts, das wir nicht gemeinsam bewältigen könnten.«

Das war alles, was sie schon seit Langem hatte hören wollen. Doch als sie in seinen Armen die Augen schloss, ebbte ihre Furcht nicht ab. »Wie denn?«, stieß sie hervor. »Was sollen wir tun?«

Er entzog sich ihr. »Ich werde diesem Ashmore einen Besuch abstatten.«

»Ich komme mit«, sagte sie sofort.

»Nein. Auf keinen Fall! Ich werde dich ihm nicht noch einmal aussetzen.« Er streichelte mit den Fingerknöcheln über ihre Wange. »Diese Ähnlichkeit mit deiner Mutter«, murmelte er. »Lydia, du darfst dir deshalb keine Sorgen machen. Ich kümmere mich sofort darum.«

James nahm den Zug, der kurz nach Tagesanbruch im Victoria Bahnhof losfuhr. Es war eine Direktverbindung nach Kedston, wo er sich für die fünf Meilen weite Fahrt zur Nervenheilanstalt eine Kutsche mietete. Die Anstalt lag etwas abgelegen von der Hauptstraße, die sich durch eine niedrige Hügellandschaft wand und zu ihren verschnörkelten schwarzen Toren führte. Ein paar

Minuten lang sah er nur grasende Schafe und einen blauen Himmel, der so sanft war wie die Augen eines Babys. Eine Baumreihe tauchte auf, die nach kurzer Strecke den Blick auf eine kreisförmige Auffahrt freigab. Die Kutsche hielt an einer kurzen Treppe.

Er stieg aus und blickte nach oben. Stellas Gefängnis war ein prachtvolles Herrenhaus, das sich mit etwa sechzig Zimmern in die Breite und drei Geschossen in die Höhe erstreckte. Am westlichen Ende erhob sich ein hoher Turm. Nach den Buntglasfenstern zu urteilen musste das die Kapelle sein, das Herzstück ihrer Besserung. Eine kurze Treppe führte hinauf zum Eingang; in das Bogenfeld des Portals war eine Inschrift gemeißelt: »Wenn der Herr nicht das Haus bauet, so arbeiten umsonst, die daran bauen.« Mit einem verächtlichen Schnauben lief James darunter hindurch in die Eingangshalle.

Er hatte ein Telegramm vorausgeschickt und seinen Besuch angekündigt. Wie er erwartet hatte, war Dwyer nicht anwesend. Eine junge Frau namens Miss Leadsom kam aus dem Büro, um ihn zu empfangen. Sie war so zierlich und braun wie ein Zaunkönig, und der zu schwer beladene Schlüsselbund an ihrer Taille verlieh ihr den Anschein haushälterischer Autorität. Sie versuchte zunächst, ihn abzuweisen, und erinnerte ihn daran, dass Stella keinen Besuch wünschte.

»Wie ich bereits telegrafiert habe, bin ich fest entschlossen, sie zu sehen. Ich warte so lange in der Eingangshalle, bis sie ihre Meinung ändert.«

Er nahm in einem weichen Sessel Platz. Der Morgentee wurde serviert und wieder abgetragen. »Bitte, Sir«, sagte Miss Leadsom. »Sie sagt, sie lässt sich nicht umstimmen.«

»Schade«, antwortete er ungerührt. »Ich mich auch nicht.«

Gegen Mittag begannen die Bediensteten, ihm im Vorbeigehen nervöse Blicke zuzuwerfen. Wieder erschien Miss Leadsom. »Mylord, sie fleht Sie an, wieder zu gehen.«

»Sobald ich sie gesehen habe«, beharrte er grimmig.

In der Eingangshalle gab es keine Uhren. War das Absicht? Ging der Lauf der Zeit den Irren auf die Nerven? Normalerweise hätte er das als schlechtes Zeichen für sich selbst interpretiert, doch heute störte ihn die Warterei überhaupt nicht. Irgendwann begannen die Buntglasfenster Schatten zu werfen. Er beobachtete, wie sie langsam über den Boden krochen. Die Worte seiner Stiefmutter kamen ihm in den Sinn: Blau, um den Geist zu beruhigen. Grün, um den Willen zu stärken. Rot für Leidenschaft, Gelb für Freude. Lydia bedurfte keiner dieser Farben. Nun, vielleicht ein bisschen Gelb, doch dabei würde er ihr helfen. Er selbst bedurfte keiner davon, wenn er bei ihr war.

Jetzt gab es Abendbrot. Ihm knurrte der Magen. Er konzentrierte sich auf die grünen Lichtstreifen, die nun fast die Haupttreppe erreicht hatten.

Ein Räuspern erregte seine Aufmerksamkeit. Miss Leadsom blieb ein kleines Stück von ihm entfernt stehen. »Bitte folgen Sie mir«, sagte sie.

Er erhob sich. Sie führte ihn durch einen prächtig möblierten Korridor zu einem Seitenflügel, den sie als die »Damenabteilung« bezeichnete. Einmal kamen sie an einem Dienstmädchen vorbei, das ein Tablett mit nur halb aufgegessenem Essen trug, doch sonst war niemand zu sehen. Das Haus war ungeheuer still. Ein dicker Perserteppich dämpfte ihre Schritte, und die schweren Wandteppiche schluckten den restlichen Lärm. Die Stille verunsicherte ihn, obwohl sie den Schreien und Rufen vorzuziehen war, die, wie er mutmaßte, sonst in solchen Institutionen vorherrschten.

»Lady Boland hat ihre eigene Zimmerflucht«, erklärte Miss Leadsom ihm und blieb vor einer nicht gekennzeichneten Tür stehen. Er nahm den Spion und das Schloss am Türgriff zur Kenntnis. »Sie genießt die Gartenanlagen, wenn das Wetter es erlaubt, deshalb haben wir sie hier im Erdgeschoss untergebracht. Sie werden feststellen, dass sie keinen Grund zur Klage hat.«

Er wappnete sich für den Moment, in dem sie nach dem Schlüsselbund greifen würde. *Eingesperrt und unter Beobachtung wie ein Tier.* Doch als sie die Hand hob, dann nur, um an die Tür zu klopfen.

»Ich will unter vier Augen mit ihr sprechen«, sagte James scharf.

Der Zaunkönig warf ihm einen verwunderten Blick zu. »Aber selbstverständlich. Mir fiele nicht im Traum ein, mich einzumischen.«

Eine Stimme rief sie herein. Miss Leadsom trat zurück und knickste. »Ich warte in der Halle.«

Er betrat ein spärlich möbliertes, kleines Wohnzimmer mit einem venezianischen Teppich, einem Schreibtisch und einem Bücherregal an der Wand. Die Vorhänge waren zugezogen, die Atmosphäre bedrückend. Mit tief empfundenem Schrecken stellte er fest, dass es roch wie im Haus seines Vaters. Nach Orchideen und Zitronenwachs. Er sog prüfend die Luft ein. Stella hatte stets Rosenwasser bevorzugt, doch davon lag kein Hauch in der Luft. Gestatteten sie ihr einen solchen Luxus nicht?

»James.« Die Stimme, die aus dem Nebenzimmer kam, erschreckte ihn. »Gib mir bitte noch einen Moment.«

Dass er ihre Stimme nicht erkannt hatte, verunsicherte ihn. Er lief unruhig durchs Zimmer und fuhr mit dem Finger über den unterschiedlichsten Nippes. Ein leerer Stickrahmen. Ein Buch von Mrs Gaskell. Ein kleines Porträt eines Kätzchens. Sie hatte ihre Haustiere immer sehr gemocht.

Ein Rascheln kündigte ihr Eintreten an. Als er sich umdrehte, zog sich seine Brust schmerzlich zusammen. In dem dämmerigen Licht sah sie unverändert aus. Groß und schlank. Ihre Haut war zum Glück nicht gezeichnet, bis auf die Narbe am Kinn, wo sie auf der Treppe aufgeschlagen war. Sie trug ein schlichtes, dunkles Wollkleid, und es dauerte einen Moment, bis ihm klar wurde, warum ihre Kleidung so altmodisch wirkte: Sie trug keine Turnüre.

»Liebling«, rief sie und kam auf ihn zu. Sie umarmten sich, wenn auch nicht so lange, wie es ihm lieb gewesen wäre, denn sie entzog sich ihm sogleich wieder.

Als er den Mund aufmachte, musste er feststellen, dass er nicht wusste, was er ihr sagen sollte. Ihr leises Lächeln deutete an, dass sie das verstand. Das irritierte ihn. Er hatte ganz vergessen, wie ähnlich sie Moreland war, und war nicht daran gewöhnt, dieses Lächeln zu sehen, ohne dabei einen Hauch von Feindseligkeit und Wut zu empfinden.

»Verzeih, dass ich dich habe warten lassen«, sagte sie und deutete auffordernd auf einen Lehnstuhl. Als er Platz genommen hatte, setzte sie sich auf den anderen Stuhl. »Natürlich hättest du gar nicht erst kommen sollen. Aber ich freue mich, dass du für deine Reise so angenehmes Wetter hattest. Du bist mit dem Zug gekommen?«

Er hatte mit allem gerechnet, doch dass sie das Gespräch auf solche Weise beginnen würde, wäre ihm nie in den Sinn gekommen. Das waren genau die banalen Höflichkeiten, die sie einst vor Langeweile wahnsinnig gemacht hatten. »Ja«, sagte er langsam, »mit dem Zug. Und du? Geht es dir gut?«

Sie schlug die Augen nieder. »Mir geht es gut«, sagte sie. »Ich fühle mich sehr wohl. Sie kümmern sich hier wunderbar um mich.«

Er starrte sie entgeistert an. »Tatsächlich?«

»Oh ja. Nicht das geringste Unbehagen. Zuerst war es natürlich beängstigend – ich hatte ja nur die andere Anstalt zum Vergleich. Aber wie du siehst, ist es hier ganz anders. Ein bisschen wie ein Hotel. Nun …« Sie lachte. »Ein Hotel mit sehr eigenartigen Gästen. Aber ich kann mir aussuchen, mit wem ich verkehre. Und ich habe ein paar reizende Freundinnen gefunden. Du würdest nicht glauben, was heutzutage alles für Wahnsinn gehalten wird.«

Ihm kam das alles unwirklich vor, wie in einem Traum. »Ein Hotel. Aha. Mit einem Schlitz in der Tür, damit sie nach dir sehen können, wann immer es ihnen passt.«

Sie runzelte die Stirn. Die Bemerkung gefiel ihr nicht. »Ich weiß, dass es für dich schwer sein muss. Vater hat mir von deiner Verzweiflung geschrieben. Ich wünschte, es würde dich nicht so quälen.«

Sein Unbehagen verstärkte sich. »Großer Gott, wie könnte mich das nicht beunruhigen? Du verdienst etwas Besseres. Du verdienst es, *frei* zu sein.«

Sie seufzte. »Das ist genau der Grund, warum ich doch noch eingewilligt habe, dich zu empfangen. Ich wollte es dir höchstpersönlich sagen.« Sie holte tief Luft. »Ich weiß, dass es schwer für dich sein wird, dir das anzuhören.« Noch ein tiefes Luftholen, und dann: »Ich möchte hier nicht weg, Liebling, ich bin glücklich hier. Ich *will* hier bleiben – wenigstens noch ein Weilchen.«

»Nein.« Das brach so heftig aus ihm heraus, dass er kurz innehalten und sich sammeln musste. »Moreland hat dir das eingeredet.«

»*Vater*, James. Ich habe ihn nie anders genannt als Vater.« Ihre Augen waren groß und vertrauensvoll – die Augen eines jungen Hundes, den man schnell treten und noch schneller einschüchtern kann.

Der Gedanke erschreckte ihn. Er war erschüttert, denn bisher hatte er ihr gegenüber noch nie Gehässigkeit empfunden. Niemals. »Ich sehe mich also mit einer weiteren Frau konfrontiert, die sich weigert, schlecht von ihrem Vater zu denken – egal, wie sehr er es verdient.«

Sie verzog das Gesicht. »Oh, er ist kein Heiliger. Du verstehst mich falsch, wenn du glaubst, dass ich gegen ihn keine Beschwerden vorzubringen habe. Aber er ist nicht für das verantwortlich, was mir passiert ist.« Ihr Mundwinkel verzog sich zu einer seltsamen kleinen Grimasse. »Das war vorwiegend Boland.«

»Vorwiegend?«

»Vorwiegend«, sagte sie bestimmt. »Er war ein brutaler Mensch und hat bekommen, was er verdient hat. Aber …« Ihr Gesicht wandte sich zum Fenster, und er sah, wie sie schluckte. Sie war nicht so ruhig, wie sie erschien, doch aus irgendeinem Grund war es ihr wichtig, den Eindruck zu erwecken. Er atmete tief durch und erinnerte sich an den Rat, den ihm eine andere Frau gegeben hatte: *Jeder ist eben auf seine Art mutig. Sie dürfen andere nicht verurteilen, wenn sie nicht in Ihr Schema passen.* »Ich war noch sehr jung«, erklärte sie. »Kapriziös, eigenwillig. Es gibt so vieles, das ich bedauere.«

»Das ist keine verdammte Entschuldigung …«

»Natürlich nicht. Aber du hast mich ja gewarnt. Ach, ich weiß, du hast uns miteinander bekannt gemacht, aber du hast auch schnell gemerkt, wie schlecht wir zueinander passten. Du hast mich auf dem Weg zur Kirche die ganze Zeit gewarnt. Aber ich wollte ja nicht auf dich hören.«

»Das Gerede hat dich davon abgehalten. Diese tratschenden Hyänen …«

»Du bist so entschlossen, die Schuld bei anderen zu suchen«, murmelte sie. »Kannst du mir nicht auch ein bisschen davon zugestehen?«

In ihm regte sich der alte Zorn. »Das hatte nichts mit dir zu tun. Boland und Moreland …«

»Es hatte ausnahmslos mit mir zu tun.« Die Worte klangen gereizt. »Dass ich ihn getötet habe, tut mir nicht leid – und ich *habe* ihn getötet, James. Ich war froh darüber, und ich bin es noch. Ich hatte keine Wahl, und ich werde es nicht bereuen.

Aber Gott allein weiß, warum ich überhaupt bei ihm geblieben bin. Du hast recht – und du kannst es von den Dächern schreien, wenn du dich dann besser fühlst –, du hast mir einen Ausweg aufgezeigt. Aber habe ich das Angebot angenommen? Gott im Himmel, *warum* habe ich es nicht angenommen? Das alles hätte verhindert werden können …« Sie drückte die Hand vor ihren Mund, schüttelte aber den Kopf, als er Anstalten machte, auf sie zuzugehen und sie zu umarmen. »Nein«, sagte sie schließlich und ließ die Hand schwer in ihren Schoß sinken. »Ich habe mich selbst enttäuscht. Ich habe mich selbst verraten. Ich habe mich entschieden, bei ihm zu bleiben, und wie kann ich von hier weggehen, bevor ich den Grund dafür weiß? Wie kann ich mir je selbst verzeihen, wenn ich nicht verstehe, warum ich mich entschieden habe, mir selbst so wehzutun? Wie kann ich zurück in die Welt gehen, wenn ich mir nicht sicher bin, dass ich mich nicht noch einmal selbst verrate?«

Er konnte nichts tun, als sie anzustarren. Die Emotionen, die in ihm wüteten, waren zu komplex und heftig, als dass er sie hätte in schlüssige Gedanken fassen können. »Du willst also hier bleiben«, sagte er wie betäubt, »um dich selbst zu verstehen?«

Jetzt sah sie ihn direkt an. »Ja. Genau das. Und bis dahin kannst du so wütend auf Vater sein, wie du willst. Aber nicht um meinetwillen.« Sie erhob sich, und ihm wurde mit Schrecken klar, dass sie sich von ihm verabschieden wollte. Er stand schwerfällig auf, was ihr ein Lächeln entlockte. »Bevor du gehst, sollte ich dir noch etwas zeigen. Eigentlich sollte ich es dir ganz überlassen – ich glaube, du hast es ebenso nötig wie ich –, aber ich bin zu egoistisch, um darauf zu verzichten.« Sie trat an ihren Schreibtisch und zog eine Schublade auf, der sie ein Bündel Briefe entnahm, die mit einem gelben Band zusammengeschnürt waren. Als sie am Ende des Seidenbandes zog, flatterten die Umschläge auf den Boden. »Wie dumm von mir!«, rief sie aus und hockte sich hin, um sie wieder zusammenzusammeln.

Wie frei sich Frauen bewegen konnten, wenn sie nicht mit einem Korsett eingeschnürt und zugebunden waren wie Rebhühner. Er kniete sich neben sie. Doch als er nach dem erstbesten Brief greifen wollte, hielt er ungläubig inne. »Was ist das? Die sind ja alle …«

»Von Vater, ja«, beendete sie den Satz sanft. »Er schreibt mir jeden Tag. Dachtest du, er hätte mich vergessen?«

Er hockte sich hin. Er konnte den Blick nicht von den Briefen wenden, doch die Vorstellung, sie zu berühren, bewirkte etwas Eigenartiges in ihm. Es machte ihn schwindlig und panisch. Wie die Aussicht, einen Drachen anfassen zu müssen oder in einen Wandschrank zu greifen und ein Monster zu berühren. Etwas Außerordentliches und Unfassbares, dessen fühlbarer Beweis die Grundlagen von allem zerstören konnte, woran man glaubte. Von allem, was man sich einredete, um abends einschlafen zu können.

»Dieser hier«, sagte sie und hob ein Stück Papier auf. »Bitte lies diesen hier.«

Als seine Hand immer noch zögerte, griff sie nach seinen Fingern und schloss sie einzeln um den Brief. Dann zog sie ihren Bruder am Handgelenk hoch und reckte sich auf die Zehenspitzen, um ihn aufs Kinn zu küssen.

»Bitte lies ihn«, sagte sie traurig. Sie setzte sich wieder und nahm ihre Stricknadeln zur Hand. Bis auf das leise Klappern der Stöcke war es still im Raum.

Er starrte ungläubig auf den Brief und ließ sich langsam auf dem Stuhl nieder.

Meine geliebte Tochter,

wieder eine Abendgesellschaft. Diese saisonbedingten Verpflichtungen nehmen kein Ende. Nun ja. Ich fürchte, das ist der Preis der Politik. Ich hätte dich heute Abend brauchen können, mein Liebes. Deine Stiefmutter ist zwar liebenswürdig und charmant, doch ihr fehlt die Lebensfreude, die du stets mit an den Tisch brachtest. In heiklen Momenten greift sie zwar beruhigend ein, kann die Situation jedoch nicht immer retten. Dieses Talent war dir stets gegeben. Wie oft hat dein Lachen uns unsere Sorgen vergessen lassen!

Ich hoffe, du hast in Kenhurst das Lachen nicht verlernt. Mr Dwyer berichtet mir, dass es dir besser geht, so gut, dass du Besuch bekommen könntest. Aber ich verstehe deine Zurückhaltung nicht, uns zu empfangen. Deine Stiefmutter und ich würden dich sehr gerne besuchen, falls du deine Meinung änderst.

Ich habe nicht viel zu schreiben. Das Abendessen war langweilig, bis auf eine kurze Unterbrechung durch deinen Bruder. Er tauchte mit einer Operntänzerin auf. Sie hatte eine Vorliebe für Kroketten. Ich hatte schon Angst, dass Gladstone daran Anstoß nehmen könnte. Ich hätte es besser wissen müssen. Manchmal glaube ich, James könnte sogar den Teufel überreden, zum Abendmahl zu gehen. Gott schütze meine Parteikollegen, wenn er den Titel erbt.

Wenn du einen Grund suchst, um gesund zu werden, Stella, denk bitte an ihn. Man kann mit ihm nicht mehr vernünftig reden, und ich habe es fast aufgegeben. Er wird mir nie verzeihen, dass ich dich enttäuscht habe, oder sich auch nur ein einziges Wort von mir ohne Skepsis anhören. Ich glaube, ihm wird erst wieder wohl sein, wenn du wieder bei uns zu Hause bist. Dein dich liebender Vater, Moreland

Das Papier in seiner Hand zitterte. Seltsam. Er schüttelte unwillkürlich den Kopf.

»Er weiß, dass ich hierbleiben will«, murmelte sie. »Bis ich meinen Frieden mit allem geschlossen habe, bin ich fern von der Welt besser aufgehoben.«

»Das kann ich nicht akzeptieren.«

»Nein, natürlich nicht. Aber im Gegensatz zu dir ist Vater dazu in der Lage, meine Wünsche zu respektieren.«

Das traf ihn wie eine Ohrfeige. »Nun, du hast mit Sicherheit den herzigsten Brief aus dem Bündel gewählt. Sonst schlägt er vermutlich andere Töne an.«

»Ach, James.« Sie legte die Stricknadeln weg und hielt ihm die Hand hin. »Gib ihn mir. Ich weiß nicht einmal, welcher es ist. Ich habe ihn aufs Geratewohl genommen.«

Er zerknüllte das Papier in seiner Faust, ein hässliches Geräusch. »Ich bin mir sicher, er wird dir epische Gedichte schreiben, solange du hier sicher weggesperrt bist. Ich bin derjenige, der mit ihm persönlich fertig werden muss.« Er warf das Papierknäuel auf den Boden. »Und mich wird er leider auch nicht so leicht los.«

»Hör auf, ihn zu verteufeln«, sagte sie scharf. »Und lass mich jetzt meinen eigenen Kampf kämpfen.«

»Oh ja, hier im Irrenhaus eingesperrt wirst du eine grandiose Schlacht schlagen!«

Sie sprang auf. »Bei Gott, wie ich mein Leben lebe, geht dich gar nichts an!«

»Dein Leben? Das nennst du ein *Leben*?« Die Wut, die seit vier langen Jahren in ihm gebrodelt hatte – gegen die er angekämpft und die er ertragen hatte, die zu ignorieren ihm gelegentlich sogar gelungen war, die er jedoch nie ganz hatte auslöschen können –, loderte so plötzlich in ihm auf, dass er sie nicht im Zaum halten konnte. »Das geht mich nichts an, ja? Was zum Teufel glaubst du, was ich in den letzten Jahren getan habe? Hast du auch nur irgendeine Vorstellung davon, was ich durchgemacht habe? All die Nächte, in denen ich wach gelegen habe, die Schreckensbilder, die ich mir von dir ausgemalt habe – während du hier gemütlich gesessen und *deine Seele ergründet* hast und dir nicht einmal die Mühe gemacht hast, mir zu schreiben? Weißt du überhaupt, wie ich …« Seine Stimme brach, als sie auf ihn zukam; zu seiner Verwunderung kamen ihm die Tränen. »Stella, hast du irgendeine Vorstellung davon, wie sehr ich wegen dir gelitten habe?«

Sie nahm sein Gesicht in die Hände und griff fest zu. »Hier geht es nicht um dich, James. Mein Gott … ja, es tut mir leid, dass du um mich getrauert hast! Aber was muss ich noch sagen, um dich davon zu überzeugen, es dabei bewenden zu lassen? Ja, ich hätte auf dich hören sollen! Ja, ich hätte mit dir gehen sollen, als du mir angeboten hast, mich fortzubringen!« Sie zwinkerte, und eine Träne tropfte aus ihrem Auge. »Aber den Preis für mein Versagen musst nicht du bezahlen. Sondern ich! Und du wirst mich jetzt bezahlen lassen!«

»Ich kann nicht akzeptieren …«

Ihre Nägel krallten sich in sein Gesicht. »Ich sage es jetzt zum letzten Mal. Ich liebe dich. Ich liebe dich dafür, dass du versucht hast, mich zu retten. Ich liebe dich für das, was du mit deinen Fabriken erreicht hast. Aber ich werde nicht länger als deine Entschuldigung herhalten. Und wir werden uns erst wiedersehen, wenn ich dazu bereit bin, und nicht, weil du es willst.«

Ihre blauen Augen sahen grimmig in seine, dann ließ sie sein Gesicht los. Sie umarmte ihn und drückte die Stirn an seine Schulter.

Er holte zitternd Luft. Seine Hände hoben sich zögernd über ihren Rücken. Sie zitterte. Er verspürte einen kurzen Moment der Trostlosigkeit und dann die leiseste, zaghafteste Regung von etwas Leichterem und Wunderbarem. Er umarmte sie fest. »Ich liebe dich«, sagte er heiser.

»Daran habe ich nie gezweifelt«, flüsterte sie an seiner Brust.

Nachdem ihr Vater zu Ashmore aufgebrochen war, wurde Lydia klar, dass sie einen schrecklichen Fehler begangen hatte.

Ashmore wusste von ihrer Tändelei mit James. Wenn er es nun erwähnte? Sie war sich nicht sicher, wie Papa darauf reagieren würde. Sein Wutanfall vorhin hatte ihm gar nicht ähnlich gesehen. Würde er glauben, dass Ashmore log, um ihn zu verspotten, und sich dann bewogen fühlen, etwas Unüberlegtes zu tun?

Sie fand sich im Salon wieder. Sophie und Ana waren einkaufen gegangen. Sie waren mit großem Eifer dabei, Anas Brautausstattung zusammenzustellen. Sie ging um einen gusseisernen Topf mit Schusterpalmen herum und versuchte, sich zu beruhigen. Ashmore würde Diskretion wahren. Er würde ganz bestimmt nichts davon erwähnen.

Ich hätte mitgehen sollen. Es war zu wichtig, um nicht mitzugehen.

Ihre Schwestern hatten den Brougham genommen. Ihr blieb keine andere Wahl, als zu laufen. Sie schnappte sich einen Mantel und wollte sich zu Fuß auf den Weg machen, als ein Mann sie erschreckte, der aus einem Wagen stieg. Furcht wallte in ihr auf.

»Miss Boyce«, sagte der Mann. »Lord Sanburne hat mich beauftragt, Sie zu begleiten, wohin Sie auch gehen wollen.«

Na schön. Er kam zwar nicht persönlich, stellte ihr aber immerhin einen Diener zur Verfügung. »Also gut«, sagte sie. »Folgen Sie mir, wenn Sie wollen.«

Durch die kurvenreichen Sträßchen von Belgravia legte sie ein flottes Tempo vor. Sie brauchte keine halbe Stunde, um zu Ashmores Haus zu kommen. Als sie sich dem Eingang näherte, zog sich Sanburnes Mann zurück. Sie klingelte voll Beklommenheit, und die Tür öffnete sich sofort. »Ich bin hier, um mit dem Earl zu sprechen«, sagte sie.

Als der Portier sie skeptisch musterte, fiel ihr ein, dass sie in ihrer Hast sowohl Hut als auch Handschuhe vergessen hatte.

Um seinen Argwohn zu zerstreuen, knöpfte sie ihren Mantel auf und zog ihn aus. Beim Anblick ihres eleganten Kleides wurde er freundlicher.

»Er ist beschäftigt. Vielleicht könnten Sie später wiederkommen, Miss.«

»Ich glaube, er spricht gerade mit Mr Boyce, meinem Vater.«

»Oh. Man hat mich nicht informiert, dass Sie erwartet werden, Miss. Warten Sie bitte hier.«

Als er abzog, blieb sie zunächst stehen, folgte ihm dann jedoch kurzentschlossen.

Um die Ecke und nur wenige Schritte weiter im Treppenhaus erregte ein Geräusch ihre Aufmerksamkeit: Gedämpftes Geschrei ertönte. Sie erkannte die Stimme ihres Vaters. »*Wo* es ist, weiß ich nicht, aber wenn es jemand auseinanderreißt, bekommen wir alle einen Haufen Ärger. Und wenn meiner Tochter auch nur ein Haar gekrümmt wird …«

Der Butler blieb abrupt stehen. Sie tat es ihm nach. Er musste die Bewegung wahrgenommen haben, denn er warf einen Blick zu ihr zurück und schnappte entsetzt nach Luft. »Miss! Bitte lassen Sie mich vorgehen, um Sie anzukündigen.«

»Nein«, erwiderte sie leise. »Nein. Ich habe es mir anders überlegt.« Damit machte sie auf dem Absatz kehrt und lief rasch zurück zur Tür.

Draußen wandte sie sich in Richtung Oxford Street zu den Omnibussen. *Wo es ist, weiß ich nicht. Wenn es jemand auseinanderreißt.* Aus dieser ominösen Aussage konnte sie nur einen Schluss ziehen. Doch sie musste sich irren.

Es gab nur eine Möglichkeit, es herauszufinden.

Mr Carnelly war über ihr Erscheinen sichtlich überrascht. »Hallo, Miss Boyce.« Seine Stimme schien aus weiter Ferne zu kommen. »Lange nicht gesehen.«

»Ja«, sagte sie. »Mr Carnelly, Sie haben Hartnetts Sachen neu verpackt, bevor Sie sie an mich weitergeschickt haben. Haben Sie noch das ursprüngliche Material, in dem sie verschifft wurden?«

Er runzelte die Stirn. »Die Lattenkiste, meinen Sie? Jawohl, die muss da hinten irgendwo sein. Wozu brauchen Sie sie?«

»Nur, um sie zu kontrollieren. Ich fürchte, ein Stück Korrespondenz, das an der Sendung befestigt war, könnte abgetrennt worden sein und klemmt noch irgendwo darin.« Als er nicht darauf reagierte, fügte sie hinzu: »Die Kiste ist rechtmäßiges Eigentum meines Vaters. Ich gehe davon aus, dass das kein Problem sein wird.«

»Nein«, sagte er langsam.

»Ich werde auch irgendein Werkzeug brauchen.«

Er wühlte unter dem Ladentisch nach einem Hammer und bedeutete ihr mit einem Nicken, ihm zu folgen. Sie liefen in den hinteren Bereich, durch Gänge, in denen sich die Überbleibsel von hundert Transporten stapelten. »Danke«, sagte sie, als er stehen blieb. »Ich möchte jetzt ungestört sein.«

Verblüfft zog er sich zurück.

Es war keine leichte Arbeit. Als sie den Deckel aufbrach, zersplitterte das Holz, und sie schrammte sich die Fingerknöchel auf. Zum Schutz wertvoller Gegenstände während der Verschiffung wurden zwei Schichten aus grobem Leinen an die inneren Kistenbretter geklammert. Es kostete sie ihre ganze Kraft, diese Befestigung herauszutrennen. Jedes Mal, wenn einer der schweren Metallkrampen nachgab, taumelte sie zurück. Nach und nach kamen die nackten Bretter des Kistenbodens zum Vorschein. Nichts, dachte sie.

Doch dann, mit dem nächsten Krampen, gelang es ihr, den Leinenstoff so weit hochzuziehen, dass sie in der Ecke einen kleinen Stoffballen erspähte. Ihre Finger schlossen sich um ihn. Ihre Hände waren schneller als ihr Gehirn. Flink lösten sie den

Knoten, der die Baumwolle zusammenhielt, sodass der Ballen sich öffnete und einen weichen Beutel aus Velourssamt freigab.

Sie kippte ihn um.

Fünf funkelnde Juwelen und die Fragmente eines sechsten schlugen dumpf auf den Boden auf. Rot, Blau, Grün, Gelb, Violett und das reinste Weiß – sie schienen das ganze Licht im Raum in sich zu speichern. Während sie heller erstrahlten, vertieften sich die Schatten um sie herum und wurden kälter.

Sie hatte die Tränen von Idihet gefunden.

Während sie fassungslos darauf starrte, begannen sie zu verschwimmen. Sie staunte vage darüber: über die Weisheit ihres Körpers, der die Tragweite dieser Entdeckung bereits erfasste, und über die Konsequenzen, um die ihre Gedanken permanent gekreist waren, die ihr Verstand jedoch nicht hatte fassen wollen.

Als sie die Augen schloss, begannen die Tränen zu fließen.

»Du hast es getan, nicht? Du hast beim Diebstahl der Juwelen geholfen!«

Papa blickte von seiner Lektüre auf. Dann warf er einen verstohlenen Blick zu Georges Kammerdiener, der gerade dabei war, ihm seine Abendgarderobe bereitzulegen.

Dieser Blick sagte ihr alles. Dass seine erste Reaktion nicht Verwirrung oder schockiertes Leugnen war – sondern Sorge, wer vielleicht mithören könnte. »Geben Sie uns einen Moment«, bat er Harkness. Als sich die Tür hinter dem Mann geschlossen hatte, sah er sie direkt an. »Du hast mit Ashmore gesprochen?«

»Viel besser«, gab sie zurück. »Ich habe die Juwelen gefunden.«

Er erstarrte so abrupt, dass die Stuhlbeine über die Holzdielen quietschten. »Wo sind sie?«

»In Sicherheit«, sagte sie. »Im Gegensatz zu uns.«

»Lydia …« Er fuhr sich mit der Hand über den Mund. »Du musst mir glauben: Ich hatte keine Wahl.«

»Ach ja?« Sie stieß ein verächtliches Lachen aus. Es schien ihr im Halse stecken zu bleiben, denn danach hatte sie beim Schlucken Schmerzen. »Erlaube mir, mich nach den Einzelheiten zu erkundigen. Hat dir jemand eine Pistole an den Kopf gehalten?«

Mit einem schweren Seufzer erhob er sich. »Als es um die Tränen ging? Es fehlte nicht viel, ja.«

»Verstehe. Gab es über die Jahre viele Pistolen? Denn Polly Marshall schien zu glauben, dass du und Hartnett in diesem Geschäft langjährige Partner wart. Und mir scheint, dass Pistolen nicht sehr zuverlässig sind. Hätte man dir so oft eine an den Kopf gehalten, wärst du inzwischen tot.«

»Lydia.« Er zögerte. »Du weißt, wie schwer es ist, meine Arbeit zu finanzieren. Und du verstehst die Wichtigkeit meiner Unternehmung, den Nachweis für die biblischen Geschichten zu erbringen! Dann verstehst du doch sicher auch ...«

»Nein! Ich verstehe es nicht im Geringsten.« Gott, wenn sie an ihre unaufhörlichen Unschuldsbeteuerungen zurückdachte, an die Anstrengungen, die sie unternommen hatte, um ihn zu verteidigen, und wofür? »Mein Gott«, flüsterte sie. »Ich komme mir vor wie eine Närrin. Restlos eingewickelt von deinen hochfliegenden Versprechen. Dein Projekt? Was ist damit? Du bestiehlst die Menschen, Papa – du hilfst Dieben dabei, sich mit ihrer Beute aus dem Staub zu machen! Es kann durchaus sein, dass du zur Destabilisierung der Khedive-Herrschaft beigetragen hast. Weißt du, wie viele Menschen bei der Bombardierung von Alexandria ums Leben gekommen sind? Ich weiß, dass du es weißt! Noch Monate später konntest du von nichts anderem mehr sprechen!«

Er lief rot an. »Und weißt du, um wie vieles besser Ägypten dasteht, seit Ahmad Urabi Pascha weg ist? Lydia, der Mann war Anarchist! Wenn ich dazu beigetragen habe, ihn ins Exil zu jagen, entschuldige ich mich nicht dafür. Bei Gott, am liebsten würde ich es von den Dächern schreien!«

»Ach«, sagte sie leise. »Jetzt heißt es also plötzlich Ägypten den Ägyptern – solange es die richtigen Ägypter sind. Diejenigen, die du für geeignet hältst.«

»Das ist irrelevant«, blaffte er. »Was glaubst du, wie wir uns dieses elegante Dach über dem Kopf leisten konnten? Hätte Sophie das allein bewerkstelligen können? Glaubst du wirklich, der Erlös aus deinem armseligen Antiquitätenhandel hätte ausgereicht, um eure Einführung in die feine Gesellschaft zu finanzieren? Oder bist du davon ausgegangen, dass ich die restliche Summe von meinen Fördergeldern abgezweigt habe?«

So lange lief das also schon? »Warum dann überhaupt?«, ereiferte sie sich. »Warum hast du vorgegeben, dass es wichtig ist? Und warum hast du mich überhaupt da mit hineingezogen?«

»Das musste ich«, gab er unumwunden zu. »Die Behörden wurden langsam misstrauisch. Es musste legitimen Handelsverkehr geben, um den illegalen zu tarnen.«

Natürlich, dachte sie finster. Und sie hatte geglaubt, dass er sich auf sie verließ, dass er ihr vertraute und von ihr abhing wie sonst noch nie jemand. Doch selbst das hatte nur praktische Gründe gehabt. Überaus praktisch, eine unverheiratete Tochter zu haben, die ihm seine Alibis lieferte.

Gott, was für ein Dummkopf sie war! Nicht einmal bei George hatte sie sich so gründlich zum Narren gemacht.

»Tochter.« Er griff nach ihrer Hand. Sie ließ es zu. Sie spürte seine Berührung sowieso kaum. »Du weißt, wie sehr ich dich liebe. Meine Liebe zu dir ist der Grund, warum ich das getan habe. Ich habe es für uns getan.«

Sophie hatte von sich dasselbe behauptet. Und wie Papa hatte sie es mit Bedauern gesagt. Falsche Aufopferung, dachte Lydia. Wahre Aufopferung forderte keine Leidtragenden außer einen selbst. Sie ließ die Empfänger ihrer Wohltätigkeit nicht blutend zurück.

Sie atmete aus. Er hatte recht, das Dach über ihrem Kopf war wirklich elegant. Prächtig ausgestattet: Kidderminster-Teppiche und an den Wänden unbezahlbare Ölgemälde. George war kein verletzlicher junger Mann. Er stand im Zentrum mächtiger Allianzen, die es sich nicht leisten konnten, ihn zu ächten, wenn herauskäme, dass sein Schwiegervater sich einen Fehltritt erlaubt hatte. Mr Pagett hatte sich öffentlich festgelegt; Ana war wahrscheinlich aus dem Schneider. »Du hast es für dich selbst getan«, sagte sie anklagend. »Es gibt keinen Zweck, der diese Mittel heiligt.« Ihr Ton war hässlich geworden: Sie hatte einen Kloß im Hals. Sie würde nicht vor ihm weinen. Diese Genugtuung gönnte sie ihm nicht. »Und nichts von dem, was du hier siehst, ist deinem Diebstahl geschuldet. George hat Sophie nicht wegen der eleganten Kleider geliebt, die sie trug, oder aufgrund der unrechtmäßig erworbenen Gelder, mit denen du ihr Kämme gekauft hast. Er hat sich um ihrer selbst willen in sie verliebt. Möge Gott ihm beistehen, aber das hatte nichts mit dir zu tun. Deine Ausflüchte widern mich an.«

»Nein«, flüsterte er. »Lydia, du irrst dich. Ich habe es wirklich für dich getan. Und für Ana. Ich konnte mich nicht darauf verlassen, dass ihr einen Mann findet. Ich konnte euch nicht unversorgt zurücklassen. Ich habe für euch ein Konto eingerichtet – ich habe dir nie etwas davon gesagt, aber die Vorstellung, was nach meinem Tod mit euch geschieht, hat mich sehr gequält …«

»Und für Ägypten?« Sie holte zitternd Luft. »Ich nehme an, du hast es auch für Ägypten getan.«

Er runzelte die Stirn. »Ja. Ich denke schon.«

»Und für die wissenschaftlichen Publikationen, die du veröffentlichen kannst. Das Geld, das du verdienen kannst, damit du dir weiter einen Namen machen kannst.«

Er wich zurück. »Du glaubst, ich tue das alles um des Ruhmes willen? Du glaubst, ich verbringe Jahre getrennt von dir, von deinen Schwestern, nur um ein wenig Unsterblichkeit zu erwerben? Mein Projekt steht über all dem, Lydia. Es geht um die Ursprünge der Menschheit!«

Sie hatte keinen Bedarf mehr an solcher Phrasendrescherei. Was sie in Wut versetzte, waren die Details. »Jahre? Jahre, die du im Ausland verbracht hast? Unser ganzes Leben lang hast du keine Zeit für uns gehabt! Bei dir stand immer Ägypten an erster Stelle! Sogar als Mama im Sterben lag …« Sie fing sich wieder. Sie hörte selbst, wie kindisch sie klang, wie eine Fünfjährige bei einem Trotzanfall. »Ana kennt dich kaum«, sagte sie jetzt ruhiger. »Weißt du, wie oft sie mich fragt, ob du ihr geschrieben hast? Dann erkläre ich ihr jedes Mal: Seine Arbeit ist wichtig. Er ist sehr beschäftigt. Sein Anliegen ist nobel. Aber stimmt das überhaupt?« Ihre Stimme wurde wieder lauter. »*Das* ist es, wofür du auf uns verzichtet hast? Für Schmuggel, Diebstahl und Profitgier?«

»Rede keinen Unsinn«, wies er sie scharf zurecht. »Wie kannst du an meiner Hingabe zweifeln? Ausgerechnet du! Mein Gott, hast du denn alles Vertrauen in mich verloren?«

Vertrauen. Sie wusste besser als jeder andere, was das war. Langlebiger als jeder Stoff, den die Wissenschaft bisher entdeckt hatte – und wenn es zerbrach, spitzer und schärfer als Glas. Sie würde für den Rest ihres Lebens über die Scherben gehen. Mit jedem Schritt wäre der Schmerz bei ihr.

Sie zwang sich, ihm ins Gesicht zu sehen. Die Falten um seinen Mund hatten sich im vergangenen Jahr vertieft. Seine Augen sanken langsam in ihre Höhlen. Und doch war er immer noch der Alte. Papa. Sie konnte es nicht miteinander vereinbaren, dieses Gesicht, das ihr so lieb und teuer war, und den Fremden darin. Es kam ihr morbide vor, ihn anzuschauen, als starrte man einen Leichnam an, der genauso ging und sprach wie der Mann, den sie einst vergöttert hatte. »Nun, du kannst deine Tränen haben«, sagte sie. »Du kannst sie Ashmore übergeben und dir deine Freiheit erkaufen.«

Die Überraschung in seinem Gesicht – und dann die langsame Erkenntnis, wie ein Mann, der erfährt, dass er vom Galgen verschont bleibt, widerten sie an. Als er ihr dankbar die Hand drückte, zuckte sie zusammen. Sie hatte ganz vergessen, dass er sie hielt. »Gott segne dich«, sagte er mit heiserer Stimme.

»Ja«, gab sie bitter zurück. »Was für eine gute Tochter ich doch bin. Was für ein loyales kleines Mädchen.«

»Du hast uns gerettet«, murmelte er. Sein Blick wurde unscharf, er sah verstört in die Ferne.

»Bestimmt singen jetzt irgendwo Engel«, sagte sie. »Aber nicht über Ägypten.«

17

In Wilton Crescent informierte der Butler James, dass Lydia nicht zu Hause war. Er überlegte gerade, ob er seine Karte hinterlassen oder im Salon warten sollte, als Lydia auf der Treppe erschien. »Warte«, rief sie. Schon als sie den ersten Schritt auf ihn zu machte, wusste er, dass etwas nicht stimmte. Sie bewegte sich steif, wie eine alte Frau, oder ein Mädchen, das um kalte, höfliche Würde bemüht ist. »Ich bin froh, dass du gekommen bist«, sagte sie, als sie ihn erreichte. »Leider hast du meinen Vater verpasst. Er ist nach Whitehall gefahren. Sonst hätte ich dich mit dem größten Dieb des Empire bekannt gemacht.«

Aus der Nähe sah er, dass sie um den Mund herum und zwischen den Augen leichte Kummerfalten hatte. So ähnlich sähe sie vielleicht in dreißig Jahren aus. Doch hoffentlich nicht aus diesem Grund. »Lydia«, sagte er und streckte die Hände nach ihr aus.

Sie ließ eine kurze Umarmung zu, entzog sich ihm dann aber und hob das Kinn, um versuchsweise zu lächeln. »Ich will dein Mitleid nicht. Zu wissen, dass ich es verdient habe, ist schon schwer genug.«

»Was du in meinem Gesicht siehst, ist kein Mitleid.« Es war Wut auf Henry Boyce. »Ich könnte dich nie bemitleiden.«

Sie schluckte. »Ich wünschte, ich könnte dasselbe von mir behaupten. Ich habe die Juwelen tatsächlich gefunden. Sie befanden sich die ganze Zeit über in Hartnetts Lieferung. Aber in dem ursprünglichen Versandmaterial, nicht in der Lattenkiste, die Carnelly mir geschickt hat.«

Am liebsten hätte er sie sich geschnappt und sie aus diesem gottverdammten Haus getragen. Doch sein Instinkt mahnte ihn, mit Bedacht vorzugehen. »Es tut mir sehr leid.« Herrgott, Sprache war hier unnütz. Das Gefühl, das in ihm brodelte, war zu groß, um es in Worte zu fassen.

Sie holte zittrig Luft. »Ich muss mir überlegen, wie es mit mir weitergehen soll.« Ihre Augen sahen feucht aus, und sie wandte sich abrupt ab und steuerte auf die Treppe zu. Nach kurzem Zögern folgte er ihr. In der ersten Etage war es still; am Ende des Flures stand eine Tür offen. Das war ihr Wohnzimmer. Als er auf der Schwelle stand, war unübersehbar, dass sie den Raum in ein Chaos verwandelt hatte. Dutzende Bücher lagen auf dem Boden verstreut. Eine Reisetasche, in die sie haufenweise Papiere gestopft hatte, stand offen auf dem Teppich. Weiter hinten, im Schlafzimmer, lagen zerwühlte Kleider auf dem Bett herum.

Sie sank bei dem Gepäck auf die Knie und machte weiter, wo sie aufgehört hatte. »Das sind meine Artikel«, erklärte sie und stieß ein seltsames Lachen aus. »Vielleicht die letzten, die ich je schreiben werde.«

»Rede keinen Unsinn«, sagte er ruhig. »Das war die Sünde deines Vaters. Nicht deine.«

Sie hielt inne. »Sünde. Das ist die richtige Bezeichnung dafür. Aber ist es wirklich nur seine? Ich kann an nichts anderes mehr denken, als daran, was für ein Dummkopf ich doch bin.« Sie hob das Gesicht. »Das ist eine gewaltige Ironie, nicht wahr? Dabei habe ich mich für so ungeheuer schlau gehalten. Aber er hat das alles nie ernst gemeint. Und dann werde ich wütend auf mich selbst, denn bestimmt …« Sie machte sich wieder an den Papieren zu schaffen. »Bestimmt ist es sehr egoistisch, sich so schlecht zu fühlen, wo bei dieser Sache doch so viele Menschen ums Leben gekommen sind«, sagte sie schnell. »Weißt du, wie viele Menschen in Alexandria gestorben sind? Nein, komm nicht näher …« Er war auf sie zugetreten: Sie schüttelte heftig den Kopf. »Ich bin dafür im Moment … zu beschämt. Ich habe dir unrecht getan. Ich habe dir gepredigt wie die selbstgerechteste, blindeste, idiotischste …«

Er glaubte nicht, dass er ihr zustimmen konnte. Alles in ihm neigte sich zu ihr, wie ein Segel, das von einem leichten Wind erfasst wird. »Lydia«, flüsterte er. »Das ist nicht wichtig.«

»Ha!« Sie sprang auf. »Und ob es das ist«, widersprach sie heftig. »Du hast mich naiv genannt, und du hattest recht damit. Du wärst deshalb fast gestorben. Hätte dieser Junge im Varietétheater dich umgebracht …«

Zum Teufel damit. James ignorierte ihre Ablehnung, ihr strauchelndes Zurückweichen, und trat auf sie zu. Einige Buchrücken brachen unter seinen Stiefeln, Seiten zerrissen, als er sich mit raschen Schritten ihr näherte. Es spielte keine Rolle. Er würde ihr neue kaufen. Als er sie an seine Brust drückte, flüsterte sie: »Du warst gut zu mir, James. Sehr gut.« Ihr Atem an seinem Hals war warm. »Aber es überläuft mich kalt. Vermutlich vor Scham. Ich weiß nicht mehr, was ich noch denken soll. Von mir selbst genauso wenig wie von ihm. Ich weiß nicht, ob ich … das kann.«

Er lächelte. »Als du zu mir kamst, habe ich fast dasselbe gesagt. Damals hast du mir versichert, dass du über genügend Vertrauen für uns beide verfügst. Ich sage jetzt dasselbe zu dir.«

»Vielleicht hatte ich unrecht.« Als er die Augen öffnete, starrte sie trotzig auf eines der ramponierten Bücher. »Vielleicht gibt es doch nichts so Dauerhaftes, wie ich gehofft habe.«

Die Worte schnitten ihm ins Herz. Er packte Lydia an den Armen. »Du hattest nicht unrecht!«

»Du hast ja keine Ahnung …«

Er hielt sie ein Stück von sich weg, um ihr ins Gesicht zu sehen. »Vergiss nicht, mit wem du sprichst. Ich habe sogar *viel* Ahnung davon, wie es ist, sich verraten zu fühlen – von Grund auf verraten – von dem Menschen, den man auf der Welt am meisten liebt. Ich habe in den letzten vier Jahren jeden Tag mit diesem Gefühl gelebt. Ja, es hat mich innerlich verbrannt. Und ich dachte, es hätte mein Vertrauen zerstört. Meine Hoffnung.« Er wartete, bis sie ihm wieder in die Augen sah. »Du hast mich wachgerüttelt. Als du das letzte Mal zu mir kamst, hast du ein Versprechen gegeben. Ob du es begriffen hast oder nicht, es war verbindlich. Du wirst dich jetzt nicht von mir abwenden.«

Ihr innerer Kampf manifestierte sich in dem leichten Zucken ihres Mundes. »Das werde ich auch nicht«, flüsterte sie. »Ich halte meine Versprechen. Aber …«

»Aber du hast Angst«, sagte er rundheraus. »Wenn dein Vater dich verraten konnte, wie viel Hoffnung bleibt dir dann, dass ich es nicht auch tue? Aber du vergisst eines: Ich bin in dich verliebt, Lydia. Und ob diese Erkenntnis es geschafft hat oder nicht, von deinem Herzen bis zu deinem Verstand vorzudringen, du liebst mich auch.«

Einen erfreulichen Augenblick lang sah sie verwundert aus. Doch dann, nach dem nächsten Atemzug, runzelte sie die Stirn und sagte: »Was ist schon dabei?«

»Was schon dabei ist?« Er lachte ungläubig. »Ich werde dir sagen, was dabei ist: Ich würde dich gerne heiraten. Gütiger Himmel! Es sollte mich nicht überraschen, dass es so kommen musste. Ich will den Rest meines Lebens mit dir teilen, Lydia. Mein Bett, meine Gedanken, meine Besitztümer – Herrgott, meine verdammte Antiquitätensammlung. Dir gefällt die Lady von Winchester? Du kannst sie haben. Du kannst alles haben, wenn du willst. Wenn du magst, kannst du auch jede Nacht eine andere Statue zertrümmern, ganz nach Belieben. Mir ist es egal. So lange ich dich am anderen Ende des Flures weiß, bin ich einverstanden.«

Als sie ihn anstarrte, konnte er beim besten Willen nicht

ergründen, was ihr gerade durch den Kopf ging. Doch als sie endlich sprach, klang ihre Stimme verzagt. »Ich habe dir nichts zu bieten.«

»Hervorragend, denn ich will gar nichts von dir, außer dich selbst. Das ist es, was Liebe bedeutet, Lydia.« Wieder lachte er. »Und jetzt klinge ich wie du. Wie amüsant.«

Der Frontenwechsel amüsierte sie nicht. Sie wandte sich von ihm ab und ließ den Kopf hängen, wodurch die anmutige Linie ihres Nackens zur Geltung kam. »Das Schlimmste habe ich dir noch gar nicht erzählt.«

Er legte ihr die Hand auf die Schulter, um sie zu sich zurückzudrehen. Als er in ihr Gesicht herabblickte, in diese traurigen, schräg stehenden Augen, empfand auch er Schmerz. »Dann sag es mir.«

Sie wischte sich mit dem Handrücken über die Nase. »Ich habe sie ihm gegeben. Ich habe ihm die Tränen gegeben.«

»Selbstverständlich! Was hättest du sonst tun sollen?«

Unbehaglich entwand sie sich seinem Griff. »Verstehst du nicht? Er kommt ungeschoren davon. Sein Ruf wird keinen Schaden nehmen. Vermutlich sollte ich dankbar dafür sein. Das wird das Leben meiner Schwestern viel einfacher machen.« In ihren Augen standen Tränen. »Aber er muss sich nicht vor Gericht verantworten – es wird also keine Gerechtigkeit geben. Keine!«

»Lydia, du hattest keine Wahl.«

»Und ob ich eine hatte! Ich behaupte von mir, eine prinzipientreue Frau zu sein? Ich hätte sie selbst zurückgeben können.« Sie zog eine Grimasse. »Soll er doch einmal sehen, wie es sich anfühlt, verraten zu werden.«

»Nein«, widersprach er. »Ich kenne dich. Du kannst ihn nicht ans Messer liefern – egal wie gerecht es dir momentan erscheint.«

»Du bist doch derjenige, der ständig gegen Scheinheiligkeit

wettert.« Sie lachte geknickt. »Das war meine Chance, es besser zu machen. Wie kannst du mich je wieder mit Respekt ansehen?«

»Problemlos. Hast du auch nur ein Wort von dem gehört, was ich dir gesagt habe? Über die Liebe und all das?«

Ihre Miene wurde kühl. »Aber vielleicht ist Liebe das Vertrauen nicht wert. Sieh dir nur die Beziehung meiner Schwester an. Sie verdirbt wie Milch.«

»Unsere nicht.«

»Wie kannst du das wissen?«

»Wegen dir«, antwortete er. »Denn wenn du an etwas glaubst, kämpfst du dafür. Du kämpfst um jeden Preis.«

»Und habe mich damit zum Hampelmann gemacht«, murmelte sie.

Er musterte sie frustriert. Ihm gingen langsam die Argumente aus. Sie steckte tief in einer Depression, so viel war klar. »Ich weiß, du siehst im Moment alles schwarz, aber der Schmerz wird nachlassen.«

»Es frisst mich auf«, flüsterte sie.

»Aber nicht für immer, Lyd. Irgendwann wirst du die Kraft in dir finden, ihm zu vergeben und ihn für das zu lieben, was er einmal für dich war. Du wirst wieder sehen, was er für dich getan hat, selbst wenn du verabscheust, was er anderen angetan hat. Und ich werde die ganze Zeit bei dir sein. Ich helfe dir dabei.«

Den Blick, den sie ihm zuwarf, vermochte er nicht zu deuten. »Ich hätte nie gedacht, so etwas aus deinem Munde zu hören«, sagte sie. »Von dir, der sein ganzes Leben zu einer Fehde gegen Moreland gemacht hat.«

»Das war falsch von mir«, sagte er langsam. Das sonderbare Lächeln, das sie ihm als Antwort schenkte, machte ihn sehr beklommen. Er wusste nicht, wie er sie überzeugen sollte. Es stimmte, seine Beteuerungen passten nicht zu seinem Verhalten in der Vergangenheit, aber …

Ihm ging ein Licht auf. Er lachte leise. Sie hatte ihn mit seinen eigenen Waffen geschlagen. Kein Wunder, dass sie kein Vertrauen zu ihm haben konnte. »Du hältst mich für einen schrecklichen Heuchler, nicht wahr?«

»Nein«, sagte sie, doch ihr Dementi klang wenig überzeugend.

Er fasste einen Entschluss. »Ich muss noch ein paar Dinge regeln.« Ihr erschrockener Blick brachte ihn zum Grinsen. »Aber diese Unterhaltung ist noch nicht zu Ende. Ich spreche morgen bei euch vor.«

»Mein Vater wird zu Hause sein«, sagte sie niedergeschlagen, wandte sich ab und widmete sich wieder ihrer Reisetasche.

Es war das Schwerste, was James je hatte tun müssen. Aber er tat es für sie. Es war das Einzige, was er ihr geben konnte, was sie von ihm noch nicht besaß.

Sein Vater saß in seinem Arbeitszimmer hinter dem großen Schreibtisch. Zitronenwachs und Tinte – jene eigentümliche Mischung aus Gerüchen beschwor in James so viele, ausnahmslos dunkle Assoziationen herauf. Als Kind war er nur hierher beordert worden, um bestraft zu werden. Klatschende Schläge mit dem Rohrstock oder mit der flachen Hand. Geringfügige Verstöße, dachte James, die kleinsten Kleinigkeiten hatten ihm eine Tracht Prügel eingebracht. Eine zerbrochene Vase, die er beim Fangenspielen umgestoßen hatte. Ein Fleck auf seinem Anzug. Wenn er sich abends weigerte, seinen Teller leer zu essen.

Stella hatte da mehr Glück gehabt. Sie hatte sich entgegen Morelands Anweisungen hineingeschlichen, um ihn zu necken und zu liebkosen. Er hatte zwar gemurrt, es aber toleriert. »Das Arbeitszimmer ist das, was uns trennt, James«, hatte sie einmal zu ihm gesagt. »Dort habe ich gelernt, was Liebe ist, während du nur Feindseligkeit erfahren hast.«

Er sah zu, wie Moreland mühsam auf die Beine kam und

vor Anstrengung rot anlief. Und plötzlich wurde ihm klar: Die Guillotine würde früher fallen, als er gedacht hatte. Schon bald würde dieses Arbeitszimmer ihm gehören, und er würde es vom Geruch des Zitronenwachses reinigen.

Der Gedanke hätte ihn sonst vielleicht erfreut. Stattdessen bohrte er sich heute wie ein Messer in eine Stelle tief in ihm, die bisher versiegelt war, und setzte eine überwältigende Welle von Bedauern frei.

Ihr Verhältnis hätte nicht anders sein können. Er kannte seinen Vater und sich selbst zu gut, um sich etwas anderes einzureden. Dafür waren sie sich zu ähnlich: beide zu stur und zu entschlossen, an ihren Grundsätzen festzuhalten, und weniger ehrenhaft, um an dem Unrecht festzuhalten, das ihnen angetan wurde. Gott, er hatte diesen Hass zu lange kultiviert. Einstmals hatte er ihm die Kraft gegeben, weiterzuleben. Er hatte sich selbst weisgemacht, dass es ein nobles Anliegen sei, das seiner Welt eine gewisse Würze verlieh. Doch jetzt war es zu einer Bürde geworden. Er hatte es satt. Es war nur noch ermüdend. Wenn Stella den Hass nicht brauchte, brauchte er ihn auch nicht mehr.

»Nun?«, bellte Moreland. Er hatte Haltung angenommen, die Hände flach auf den Tisch gelegt und rechnete fest mit harschen Worten, einer neuen Anfeindung, gegen die er sich wehren musste. Er zog schon seine eigenen Waffen zusammen: Seine Fingerknöchel waren weiß von der Anstrengung seiner Vorbereitung.

James räusperte sich. Er hatte sich darauf gefasst gemacht, dass es ihm schwerfiele, die Worte auszusprechen. Doch sie kamen aus seinem Munde, als hätte er sie schon hundert Mal geübt. »Ich bereue das«, sagte er. »Ich bereue, dass wir einander nur noch mit Argwohn ansehen können. Ich glaube nicht, dass wir das je überwinden werden. Aber du sollst wissen, dass es mir keinen Spaß mehr macht.«

Moreland zog die Augenbrauen zusammen. Aus jeder Falte seines Gesichts sprach Misstrauen. »Was für ein Unsinn ist das nun wieder?«

»Von der besten Art. Ein kleines bisschen Aufrichtigkeit, unverschleiert von Höflichkeit. Dwyer hat dir sicher schon berichtet, dass ich Stella besucht habe.«

»Selbstverständlich. Gegen ihren ausdrücklichen Wunsch, und gegen meinen eigenen, musstest du dich einmal mehr durchsetzen.« Mit plötzlicher Hitzigkeit fügte er hinzu: »Geh zum Teufel, James. Du wirst sie in Ruhe lassen!«

»Das werde ich auch«, beteuerte James. »Jetzt, wo ich sie gesehen habe.« Er nahm vor dem Schreibtisch Platz. Das überraschte Moreland. Er stieß ein abfälliges Schnauben aus und ließ sich wieder auf seinem Stuhl nieder. Als er eine bequeme Position gefunden hatte, starrte er James an und versuchte, ihn zum Wegsehen zu zwingen. Das war ein alter Trick von ihm, der sich am besten bei verängstigten Achtjährigen anwenden ließ. James fuhr unbeeindruckt fort. »Ich verstehe jetzt ein bisschen besser, warum du deine Hände in Unschuld wäschst. Es ist ein hübsches Arrangement, das sie in Kenhurst hat. Ganz anders als in der Anstalt davor. Das wusstest du natürlich. Und auch, dass ich es nicht wusste. Nur schade, dass du dir nie die Mühe gemacht hast, mich damit zu beruhigen.«

Moreland räusperte sich. Nach einer langen Pause sagte er: »Ich bin dir keine Erklärung schuldig.«

Darauf lief es immer hinaus. Er hütete seine Überlegenheit mit solch unbeugsamer Hingabe. »Ich habe dich nie um etwas gebeten«, sagte James grimmig. »Aber du hättest es mir trotzdem sagen können. Stattdessen hast du ungerührt zugesehen, wie ich mich in meinen schauderhaften Vorstellungen gesuhlt habe.« Dabei musste er genau gewusst haben, welche Schreckensvisionen James von Kenhurst hegte. Immerhin hatten sie Stella in der ersten Anstalt gemeinsam besucht. Nur weil James darauf bestanden hatte, war sie überhaupt von dort verlegt worden. »Aber natürlich wolltest du es mir nicht sagen. Und zwar nicht, weil es unter deiner Würde wäre, deinen eigenen Sohn zu beruhigen, sondern weil es dir gefallen hat, am längeren Hebel zu sitzen – sogar in dieser Angelegenheit. Herrgott, Moreland – selbst wenn es um meine Ängste um meine Schwester geht. Und das ist es, was dich zu einem richtigen Mistkerl macht!«

Morelands Nasenlöcher blähten sich. »Du bist ein Narr«, rief er aufgebracht. »Glaubst du, ich hätte mir auch nur einen Moment Sorgen um deine Ängste gemacht? Du, der du nur allzu bereitwillig dein Leben zerstörst …«

»Ja«, fiel James ihm ins Wort. »Ich habe mein Leben nur allzu bereitwillig zerstört. In dem Punkt hast du recht. Ich habe mich dieser Aufgabe verschrieben und mir eingeredet, dass es um ihretwillen war. Dass ich dich dadurch zwingen könnte, dein Vorgehen zu bereuen. Einzugestehen, dass du mit deiner Sturheit uns beiden Unrecht getan hast und ihr Leben um deines Stolzes willen zerstört hast. Doch selbst nachdem mir klar geworden war, dass es hoffnungslos ist – dass du viel zu eingenommen von dir bist, um je eine Schwäche einzugestehen –, habe ich weitergemacht. Ich habe einzig und allein weitergemacht, um dich zu ärgern.« Er lachte leise. »Eine so perverse Hingabe, ausschließlich dir gewidmet: Ist je ein Kind loyaler gewesen? Selbst Stella hat dir verziehen, doch ihre Erwartungen an dich waren schon immer niedriger. Sie lässt deine Fehler außer Acht, weil sie dich liebt. Ich persönlich sehe den größten Fehler bei mir selbst: Ich verabscheue deine Fehler, liebe dich aber trotzdem. Wenn es anders wäre, würde ich dich nicht so sehr hassen.«

Moreland saß ganz still da. »Was heckst du jetzt wieder aus?«

»Nichts.« James musterte ihn lange. »Ich bin dieser aussichtslosen Situation überdrüssig. Sie ist kindisch. Ich bin bereit, es auf sich beruhen zu lassen. Wir werden einander nie mögen, und ich werde sicher nie verstehen, warum du Stella ermutigt hast, zu Boland zurückzugehen. Aber ich kann jetzt glauben, dass sie in dieser Anstalt bleiben will und dass du das wusstest und dass dies die Grundlage deines jüngsten Verhaltens war.« Er zuckte mit den Achseln. »Das ist immerhin ein Anfang.«

Moreland stieß hörbar die Luft aus. »Wenn ich die Zeit zurückdrehen könnte«, sagte er heiser, »würde ich Bolands Antrag ablehnen. Aber was danach kam? Ich hätte nichts daran ändern können, James. Weder du noch ich hätten etwas tun können. Sie war eigensinnig, leichtfertig und auf Schwierigkeiten aus. Sie war eine Gefahr für sich selbst. Sie muss vorerst dort bleiben. Du darfst nicht versuchen, ihr das auszureden.«

»Das habe ich doch schon gesagt. Aber ich will auch etwas von dir.«

»Als Gegenleistung … ich hätte es wissen müssen.«

»Nein«, widersprach James. »Unabhängig davon werde ich sie in Ruhe lassen. Was dies betrifft … bitte ich dich wohl eher um einen Gefallen.«

Moreland grunzte. »Das wird interessant. Was willst du?«

»Es gibt da ein Problem. Ich brauche …« Gott, jeder Instinkt in ihm rebellierte dagegen, dieses Wort in seines Vaters Gegenwart auszusprechen. Er holte tief Luft. »Du musst für mich den Vater spielen.«

In dem nachfolgenden Schweigen fragte er sich, was Moreland durch den Kopf ging. »Was für ein Problem?«, fragte der Earl. Seine Stimme war abweisend. »Ich werde erst eine Vereinbarung treffen, wenn ich die Einzelheiten kenne.«

»Wie ich eben schon sagte«, erklärte James. »Ich will, dass du für mich den Vater spielst. Ich will, dass du mir dabei hilfst, die Hand der Frau zu gewinnen, die ich heiraten will. Im Gegenzug kann ich nicht weniger für dich tun, als den Sohn zu spielen.«

Lydia war bisher nicht klar gewesen, dass Täuschung ein nobler Aspekt der Liebe sein konnte. Als ihre Familie sich am Abend an den Esstisch setzte (George und Sophie, Ana und Mr Pagett, Papa, der ihr nicht in die Augen sehen konnte, jedoch heute Vormittag in ihre Zimmerflucht gekommen war, um ihr stockend mitzuteilen, dass Ashmore sein Versprechen gehalten hatte), hielt sie den Mund und lächelte. Ana strahlte und sonnte sich in der Aufmerksamkeit ihres Liebsten. George zeigte sich Pagett von seiner besten Seite und legte wieder den Esprit an den Tag, auf den sie einst hereingefallen war. Sophie genoss ausnahmsweise Papas volle Aufmerksamkeit. Ihr glückliches Lächeln, ihre geröteten Wangen und ihre neckenden Bemerkungen an ihn stimmten Lydia ein klein wenig traurig. Es schien, als hätte Sophie sich tatsächlich ein Leben lang danach gesehnt, in ein Unwetter hinauszulaufen, nur um ihn auf sich aufmerksam zu machen, sich nur nie dazu überwinden können. *Und mir ist es nie in den Sinn gekommen, es ihr beizubringen.* Das bedauerte Lydia jetzt sehr.

Aufgrund dieser Erkenntnis machte sie weiterhin gute Miene zum bösen Spiel, als Papa so dreiste Lügen darüber erzählte, wie er seinen Tag verbracht hatte. Er hatte die Befragung, die er über sich hatte ergehen lassen müssen, mit keiner Silbe erwähnt, und als er von den Skandalen des Khedive und seiner dicken Freundschaft mit seinen Kollegen in Kairo erzählte, war ihm nicht die geringste Scham anzumerken.

James behauptete zwar, dass sie mit der Zeit lernen würde, ihn zu lieben, auch wenn sie keinen Respekt mehr für ihn empfände. Doch sie bezweifelte, dass sie sich je dazu durchringen könnte, wenn er weiterhin ein solches Verhalten an den Tag legte.

Das Gespräch wandte sich der Hochzeitsreise zu. Mr Pagett hatte Griechenland und Italien vorgeschlagen, und Ana war keineswegs abgeneigt. »Und danach«, fügte sie lachend hinzu,

»werde ich von dem Klima so verwöhnt sein, dass ich mich weigern werde, ins trübe alte England zurückzukehren.«

»Nein, ganz bestimmt nicht«, schmunzelte Mr Pagett und legte seine Hand auf ihre. »Denn deine Schwester wird auf deine Rückkehr warten.« Er sah Lydia an. »Sie werden doch bei uns wohnen, Miss Boyce? Es wäre egoistisch von Lady Southerton, Sie ganz für sich zu beanspruchen.«

Ana lächelte und legte ihre freie Hand auf seine. »Wir hatten doch eine Vereinbarung«, erinnerte sie Lydia. »Ich halte mich daran, und du darfst sie auch nicht brechen.«

Anas Lächeln war unwiderstehlich. Selbst jetzt konnte sie ihm nicht misstrauen. In seinem Strahlen begann das Eis in Lydia zu schmelzen – nur ein wenig, gerade genug, um ihre Seele an eine Andeutung von Wärme zu erinnern. »Wir werden sehen«, sagte sie leise. »Aber ich danke euch.«

»Ich habe da auch noch ein Wörtchen mitzureden«, protestierte Sophie. »Warum weiß *ich* nichts von dieser Vereinbarung? Und wenn ich nun« – sie hielt kurz inne, als der Butler den Raum betrat und sich herabbeugte, um George etwas ins Ohr zu flüstern – »und wenn ich nun nicht gerne auf die Gesellschaft meiner Schwester verzichten möchte?«

George blickte auf. »Lydia«, sagte er. »Du hast Besuch.«

»Zu dieser Stunde?« Sophie runzelte die Stirn. »Wie eigenartig. Sag ihm, dass wir jetzt niemanden empfangen.«

George zögerte. »Nun, das würde ich ja, aber es ist Lord Moreland.«

»Moreland? Was um alles in der Welt …?«

Die Angst, die sie erfüllte, hatte eine nie gekannte Dimension. War James etwas zugestoßen? Sie sprang auf. »Entschuldigt mich«, sagte sie und rannte hinaus.

Im Eingang zum Salon blieb sie wie angewurzelt stehen. »Mylord«, sagte sie. »Ich … geht es ihm gut?«

Der Earl lächelte grimmig, als er sich ihr zuwandte. »Ihre Überraschung steht meiner in nichts nach«, sagte er trocken. »Hätte mir noch vor zehn Tagen jemand gesagt, dass ich für James den Gesandten spielen würde, hätte ich ihn als Gottes größten Narren beschimpft und ihn hochkant aus dem Haus geworfen.«

Gesandter. Das klang nicht so unheilvoll, wie sie befürchtet hatte. Verdutzt trat sie ein. Doch die anderen Stühle waren leer. »Er ist nicht mit Ihnen gekommen?«, fragte sie zögernd.

Moreland schnaubte verächtlich. »Das wäre wohl sinnvoll gewesen. Aber nein, natürlich ist er nicht mitgekommen. Er hat mich angewiesen, in seinem Namen mit Ihnen zu sprechen. Ich habe vernommen, dass er sich bisher weder an Ihren Vater noch an Lord Southerton gewendet hat, deshalb gebe ich zu, dass ich sein Anliegen ziemlich närrisch finde. Wenn es Ihnen Unbehagen bereitet, werde ich es nur allzu gerne ignorieren.«

Närrisch konnte man es auch nennen. Sie konnte es kaum glauben. Er hatte seinen Vater geschickt? James hatte *Moreland* geschickt?

Und dann fegte die Erkenntnis durch sie hindurch, so rasant und bedeutungsschwer, dass sie nur mit Mühe den Überblick über ihre Gefühle behielt. Verblüffung, Ungläubigkeit, das Aufkeimen echter Hoffnung – der erste unverfälschte Augenblick der Hoffnung in einer unendlich langen Zeit. Sie brauchte eine Weile, bis sie ihre Stimme wiedererlangt hatte. Ihr war warm und schummrig zumute, als hätte sie eine Gallone Gin getrunken. »Nein«, sagte sie, und ihre Stimme brach schon bei der einen Silbe. »Der Viscount versteht mich sehr gut.«

»Seien Sie sich da nicht so sicher«, gab Moreland gereizt zurück. »Er hatte noch eine weitere absonderliche Bitte an mich.« Er griff in seine Jacke und entnahm ein Bündel Papiere, das er ihr mit leicht zitternder Hand hinhielt.

Ihre eigenen Hände waren gleichermaßen unsicher. Sie nahm die Papiere entgegen, und auf sein ermunterndes Nicken hin löste sie die Schnur, mit der sie zusammengebunden waren.

Der erste Papierbogen enthielt die Einzelheiten einer Reise: eine Fahrt mit dem Dampfschiff nach New York. Eine Zugreise nach Toronto, Kanada. Neben dem Namen der Stadt fand sich die entschlossen hingekritzelte Anmerkung: *Gott weiß, wie wir von dort aus quer über den Kontinent zu den Indianern kommen. Aber was sagst du? Flitterwochen im Lande des Mülls.*

Sie presste die Lippen zusammen. Ob sie sich das Lachen oder das Schluchzen verkneifen wollte, wusste sie selbst nicht. Mit linkischen Händen blätterte sie weiter.

Es war eine Sondergenehmigung.

Moreland musterte sie schon die ganze Zeit über so eingehend, dass es ihr unangenehm war. »Ja«, murmelte er. »Vielleicht kennt er Sie wirklich. Auf jeden Fall brauche ich eine Antwort von Ihnen, und dann werde ich das einzig Richtige tun und Ihren Vater konsultieren. Ich meine zwar, dass das eigentlich James' Aufgabe ist, aber so lange er sich versteckt wie ein unreifer Junge, kann ich das genauso gut für ihn erledigen.«

Tun Sie's nicht, hätte sie fast gesagt. *Das geht meinen Vater nichts an.*

Doch ihr Fingerspitzengefühl hielt sie davon ab. Der Earl wirkte alles andere als entspannt in seiner Rolle. Seine Schultern waren steif und unbeweglich, während seine Finger auf dem Griff seines Stockes nervös zuckten. Zweifellos fühlte sich James gleichermaßen unbehaglich, wo auch immer er sich versteckt hielt. Er musste das Gefühl haben, ein großes Risiko eingegangen zu sein, indem er diese Aufgabe in die Hände seines Vaters legte.

Mein Gott. Das Ausmaß seines Handelns wurde ihr erst jetzt richtig bewusst. Er war für sie zu Moreland gegangen. Er hatte eine Art Aussöhnung herbeigeführt. *Für sie.* Hätte sie nach einem Liebesbeweis verlangt, hätte sie sich keinen besseren wünschen können.

Sie wollte ihn sehen, jetzt sofort, mit einem Verlangen, das sie fast vernichtete. Ihr stockte der Atem. Doch sie würde vor dem Earl nicht weinen. Seinem Auftreten nach zu urteilen, war die Wiederannäherung allenfalls fragil gewesen, und sie glaubte nicht, dass James es schätzen würde, wenn sie Moreland einen unnötigen Vorteil gewährte.

Bei diesem Gedanken schlich sich ein Hauch Traurigkeit in ihr Staunen. Wir werden ganz allein sein, dachte sie. Ihren Vater wollte sie auf der Hochzeit nicht dabeihaben. Und sie würden auch die Feiertage nicht in Morelands Haus verbringen. Wenigstens nicht in naher Zukunft.

Aber es gab ja noch Ana. In ein paar Jahren wäre vielleicht auch Stella wieder bei ihnen. Und irgendwann auch ihre eigenen Kinder. Ein neuer Zyklus, eine neue Chance, die Sache wieder ins Lot zu bringen.

Unsere Kinder.

Diesen Traum hatte sie schon lange aufgegeben. Sie hatte sich eingeredet, dass derartige Dinge nicht für sie bestimmt waren. Doch jetzt zweifelte sie nicht mehr daran. Hätte James ihr die Sterne vom Himmel geholt, hätte er ihr seine Liebe nicht wirkungsvoller beweisen können.

Sie hielt sich die Hand vor den Mund. Das war auch bitter nötig, denn in diesem Zustand waren ihre Lippen zu nichts zu gebrauchen. Sie drückte gegen sie, um das Blut zurückzudrängen, damit sie wieder fest genug wurden, um Worte zu bilden und sprechen zu können. »Wo ist er?«

Moreland schnaubte verächtlich. »Hockt zweifellos in seiner Kutsche.«

»Und wo ist die Kutsche?«

Er riss schockiert die Augen auf. »Großer Gott, Miss Boyce! Beherrschen Sie sich! Wo sollte sie sonst sein als am Straßenrand?«

Sie flog förmlich aus dem Zimmer. Durch das Treppenhaus. Am verwunderten Portier vorbei, der zu langsam für sie war. Die Türklinke war alt und widerspenstig. Sie widersetzte sich ihren schweißnassen Händen, doch von derartigen Nichtigkeiten ließ sie sich nicht aufhalten. Nun die Treppe hinab, ein Stolpern über ihre Röcke, sie raffte sie großzügig hoch, als sie durchs Tor nach draußen rannte.

Er hatte schon nach ihr Ausschau gehalten. Er kannte sie besser als sie sich selbst. Die Kutschentür öffnete sich langsam. Doch sie kannte ihn genauso gut. Er war nicht unnütz, ob nun in seiner kleinen Welt in Mayfair oder außerhalb. Und wenn er es beweisen wollte, gab es keinen besseren Ort als Kanada, um damit anzufangen.

Er fing sie auf und zog sie in die Kutsche. »Hallo«, sagte er grinsend. »Hat dir meine Überraschung gefallen?«

Sie umfasste seine Wangen fest. »Du bist unmöglich«, murmelte sie und drückte ihm mehrere Küsse aufs Gesicht. »Deinen Feind loszuschicken, um mir den Hof zu machen. Andere Frauen hätten dir das vielleicht übel genommen.«

Er packte sie an den Ohren, um ihren Mund zu seinem zu ziehen. Nach einem langen, köstlichen Moment, in dem sich ihre Zungen umspielten und ihre Lippen sich aneinanderschmiegten, murmelte er: »Wir haben eine Art Waffenstillstand geschlossen. Hat er es dir nicht gesagt? Der alte Mistkerl.«

Sie zog sich ein Stückchen zurück. »Du darfst von mir nicht dasselbe erwarten«, flüsterte sie. »Wenigstens noch nicht. Das braucht Zeit.«

Sein Lächeln wurde weicher. »Wir haben Zeit«, sagte er. »Noch unser ganzes Leben lang. Was sagst du?«

Sie zögerte. Vorsicht ließ sich nicht so leicht abschütteln. »Ich wusste nicht, dass du dich für Kanada interessierst.«

Er räusperte sich und sagte ernst: »Ich habe immer genau gewusst, was mich hier erwartet, Lyd. Ich habe meine Zukunft glasklar vor mir gesehen und wusste, dass sie mir nicht gefiel. Ich sah auch mich selbst deutlich genug, um zu fürchten, dass ich auch anderswo nicht von Nutzen sein könnte.« Seine Hand strich über ihren Arm, seine Finger fanden ihre, verschränkten sich mit ihnen und drückten sie fest. Er lächelte sie an. »Ich kann nicht behaupten, dass Kanada je auf meiner Liste gestanden hätte. Aber wenn ich dich in meine Zukunftsvisionen mit einbeziehe, scheint mir nichts klar zu sein, außer dir. Liebling, ich sage das nur zögernd: Ich weiß, dass du ein Mensch bist, der Pläne und Ziele braucht. Aber du musst mir glauben, wenn ich dir sage, was es mir bedeutet. Es bedeutet, dass sich in meinem Leben wieder Möglichkeiten eröffnen.« Er hob ihre Hand an seinen Mund und drückte einen Kuss darauf. »Es heißt, dass *du* meine Freiheit bist, Liebste.«

»Ja«, flüsterte sie. Genau so war es. »Und du bist meine.«

»Das will ich doch hoffen. Ich werde mich selbst übertreffen, um deinen Erwartungen zu entsprechen, und du …« Er lächelte verschmitzt. »Du lässt dich auf so wunderbare Weise auf mein Niveau herab. Deshalb – ja. Ich habe ein großes und leidenschaftliches und *bleibendes* Interesse an Kanada.« Er zog fragend eine Augenbraue hoch. »Natürlich nur, wenn du es auch hast.«

»Ja!« Sie beugte sich vor und drückte ihren Mund auf seinen. »Kanada ist schön«, hauchte sie an seinen Lippen. »Und du bist schön.«

Sie spürte den Hauch seines Lachens in ihrem Mund. »Das ist mein Text, Lyd. Du solltest mich eigentlich *stattlich* finden.«

»Mag sein«, entgegnete sie glücklich. »Ich bin eben nicht so konventionell, wie ich aussehe.«

»Was du nicht sagst!« Er langte nach oben und klopfte aufs Kutschendach.

Als der Wagen abrupt losfuhr, klammerte sie sich an ihm fest. Sie hätte das Gleichgewicht auch ohne Hilfe gehalten, doch wenn einen der Geliebte mit solch inniger Bewunderung ansah, war es ein Gebot der Höflichkeit, sich wie eine mit den Wimpern klimpernde Kokette zu verhalten. »Und wohin fahren wir, Sir?«

Er grinste lasziv. »Wir werden die Flitterwochen vorwegnehmen, Mademoiselle – auf unkonventionelle Weise und irgendwo weit weg von Mayfair.«

»Gelobt sei Kanada«, murmelte sie, sank zurück auf die Bank und griff an sein Hemd, um ihn mit sich zu ziehen.

Danksagung

Beim Schreiben dieses Buches stieg meine Dankbarkeit proportional zur Wortzahl an. Deshalb 96 000 Mal Dank an folgende Personen: An Steve für die Sezessionen, die Haustierparaden, die Aufmunterung, wenn ich sie am nötigsten brauchte, und für dieses ganze Wunder. An Janine, meine außergewöhnliche Schreibpartnerin, deren gut durchdachte Ratschläge mir den Kopf im entscheidenden Moment frei machten. An BFF Ronroe für die Bewunderung meiner Papiertaschentuchschachtel – neben unzähligen anderen Dingen. An Lauren McKenna, als Lektorin unerreicht, die mit jedem Kritikpunkt meine Begeisterung für die Geschichte weiter anfeuerte. An Nancy Yost, meine gewinnende und siegreiche Agentin. Und an Megan McKeever, die gute Hirtin der verwirrten Autorin. Und zum Schluss: Ich habe ungeheures Glück, eine Familie und Freunde zu haben, die Verständnis dafür aufbrachten, dass ich zeitweise von der Bildfläche verschwand, die die Festung großzügig wieder auffüllten, wenn meine Vorräte zur Neige gingen, und die mich schon erwarteten, als ich endlich wieder auftauchte: Shelley, Rob, Betsey, Maureen, Maddie, Elizabeth, Royal, Mom und Dad – ich habe euch vermisst!

Die Übersetzerin dankt dem Europäischen Übersetzer-Kollegium in Straelen für die Unterstützung der übersetzerischen Arbeit.